FRANZ KAFKA

Der Prozess
Das Urteil
Die Verwandlung

FRANZ KAFKA

Der Prozess
Das Urteil
Die Verwandlung

PETERSBERG BIBLIOTHEK

PETERSBERG
ist ein Imprint der

HEEL Verlag GmbH
Gut Pottscheidt
53639 Königswinter
Tel.: 02223 9230-0
Fax: 02223 9230-13
E-Mail: info@petersberg-verlag.de
www.petersberg-verlag.de

Petersberg Verlag ist ein Imprint der HEEL Verlag GmbH
Bearbeitete Neuauflage und Zusammenstellung. Die Ausgabe folgt den ersten Ausgaben 1909 – 1915.

Orthografie und Interpunktion wurden der neuen deutschen Rechtschreibung angepasst. Grammatikalische Eigenheiten und Lautstand wurden dabei bewahrt.

Umschlaggestaltung: Dagmar Herrmann, Druckfrei. Büro für Mediengestaltung, Bad Honnef
Umschlagmotiv: © Bridgeman Images Berlin, „Portrait of Tristan Tzara" von Lajos Tihanyi
Satz: Stefan Witterhold, HEEL Verlag GmbH
Korrektorat: Julia Smith, Köln
Lektorat: Ulrike Reihn-Hamburger

Printed in Czech Republic

ISBN 978-3-7553-0012-0

Inhalt

DER PROZESS

Erstes Kapitel

Verhaftung – Gespräch mit Frau Grubach – Dann Fräulein Bürstner

Jemand musste Josef K. verleumdet haben, denn ohne dass er etwas Böses getan hätte, wurde er eines Morgens verhaftet. Die Köchin der Frau Grubach, seiner Zimmervermieterin, die ihm jeden Tag gegen acht Uhr früh das Frühstück brachte, kam diesmal nicht. Das war noch niemals geschehen. K. wartete noch ein Weilchen, sah von seinem Kopfkissen aus die alte Frau, die ihm gegenüber wohnte und die ihn mit einer an ihr ganz ungewöhnlichen Neugierde beobachtete, dann aber, gleichzeitig befremdet und hungrig, läutete er. Sofort klopfte es und ein Mann, den er in dieser Wohnung noch niemals gesehen hatte, trat ein. Er war schlank und doch fest gebaut, er trug ein anliegendes schwarzes Kleid, das, ähnlich den Reiseanzügen, mit verschiedenen Falten, Taschen, Schnallen, Knöpfen und einem Gürtel versehen war und infolgedessen, ohne dass man sich darüber klar wurde, wozu es dienen sollte, besonders praktisch erschien. »Wer sind Sie?«, fragte K. und saß gleich halb aufrecht im Bett. Der Mann aber ging über die Frage hinweg, als müsse man seine Erscheinung hinnehmen, und sagte bloß seinerseits: »Sie haben geläutet?« »Anna soll mir das Frühstück bringen«, sagte K. und versuchte, zunächst stillschweigend, durch Aufmerksamkeit und Überlegung festzustellen, wer der Mann eigentlich war. Aber dieser setzte sich nicht allzu lange seinen Blicken aus, sondern wandte sich zur Tür, die er ein wenig öffnete, um jemandem, der offenbar knapp hinter der Tür stand, zu sagen: »Er will, dass Anna ihm das Frühstück bringt.« Ein kleines Gelächter im Nebenzimmer folgte, es war nach dem Klang nicht sicher, ob nicht mehrere Personen daran beteiligt waren. Obwohl der fremde Mann dadurch nichts erfahren haben konnte, was er nicht schon früher gewusst hätte, sagte er nun doch zu K. im Tone einer Meldung: »Es ist unmöglich.« »Das wäre neu«, sagte K., sprang aus dem Bett und zog rasch seine Hosen an. »Ich will doch sehen, was für Leute im Nebenzimmer sind und wie

Frau Grubach diese Störung mir gegenüber verantworten wird.« Es fiel ihm zwar gleich ein, dass er das nicht hätte laut sagen müssen und dass er dadurch gewissermaßen ein Beaufsichtigungsrecht des Fremden anerkannte, aber es schien ihm jetzt nicht wichtig. Immerhin fasste es der Fremde so auf, denn er sagte: »Wollen Sie nicht lieber hierbleiben?« »Ich will weder hierbleiben noch von Ihnen angesprochen werden, solange Sie sich mir nicht vorstellen.« »Es war gut gemeint«, sagte der Fremde und öffnete nun freiwillig die Tür. Im Nebenzimmer, in das K. langsamer eintrat, als er wollte, sah es auf den ersten Blick fast genauso aus wie am Abend vorher. Es war das Wohnzimmer der Frau Grubach, vielleicht war in diesem mit Möbeln, Decken, Porzellan und Fotografien überfüllten Zimmer heute ein wenig mehr Raum als sonst, man erkannte das nicht gleich, umso weniger, als die Hauptveränderung in der Anwesenheit eines Mannes bestand, der beim offenen Fenster mit einem Buch saß, von dem er jetzt aufblickte. »Sie hätten in Ihrem Zimmer bleiben sollen! Hat es Ihnen denn Franz nicht gesagt?« »Ja, was wollen Sie denn?«, sagte K. und sah von der neuen Bekanntschaft zu dem mit Franz Benannten, der in der Tür stehengeblieben war, und dann wieder zurück. Durch das offene Fenster erblickte man wieder die alte Frau, die mit wahrhaft greisenhafter Neugierde zu dem jetzt gegenüberliegenden Fenster getreten war, um auch weiterhin alles zu sehen. »Ich will doch Frau Grubach –«, sagte K., machte eine Bewegung, als reiße er sich von den zwei Männern los, die aber weit von ihm entfernt standen, und wollte weitergehen. »Nein«, sagte der Mann beim Fenster, warf das Buch auf ein Tischchen und stand auf. »Sie dürfen nicht weggehen, Sie sind ja verhaftet.« »Es sieht so aus«, sagte K. »Und warum denn?«, fragte er dann. »Wir sind nicht dazu bestellt, Ihnen das zu sagen. Gehen Sie in Ihr Zimmer und warten Sie. Das Verfahren ist nun einmal eingeleitet, und Sie werden alles zur richtigen Zeit erfahren. Ich gehe über meinen Auftrag hinaus, wenn ich Ihnen so freundschaftlich zurede. Aber ich hoffe, es hört es niemand sonst als Franz, und der ist selbst gegen alle Vorschrift freundlich zu Ihnen. Wenn Sie auch weiterhin so viel Glück haben wie bei der Bestimmung Ihrer Wächter, dann können Sie zuversichtlich sein.« K. wollte sich setzen, aber nun sah er, dass im ganzen Zimmer keine Sitzgelegenheit war, außer dem Sessel beim Fenster. »Sie werden noch einsehen, wie wahr das alles ist«, sagte Franz und ging gleichzeitig mit dem andern Mann auf ihn zu. Besonders der letztere überragte K. bedeutend und klopfte ihm öfters auf die Schulter. Beide prüften K.s Nachthemd und sagten, dass er jetzt ein viel schlechteres Hemd werde anziehen müssen, dass sie aber dieses Hemd wie auch seine übrige Wäsche aufbewahren und, wenn seine Sache günstig ausfallen sollte, ihm wieder zurückgeben würden. »Es ist besser, Sie geben die Sachen uns als ins Depot«, sagten sie, »denn im Depot kommen öfters Unterschleife vor und außerdem verkauft man dort alle Sachen nach einer gewissen Zeit, ohne Rücksicht, ob das betreffende Verfahren zu Ende ist oder nicht. Und wie lange dauern doch derartige Prozesse, besonders in letzter Zeit! Sie bekämen dann schließlich allerdings vom Depot den Erlös, aber dieser Erlös ist erstens an sich schon gering, denn beim Verkauf entscheidet nicht die Höhe des Angebotes, sondern die Höhe der Bestechung, und weiter verringern sich solche Erlöse erfahrungsgemäß, wenn sie von Hand zu Hand und von Jahr zu Jahr weitergegeben werden.« K. achtete auf diese Reden kaum, das Verfügungsrecht über seine Sachen, das er vielleicht noch besaß, schätzte er nicht hoch ein, viel wichtiger war es ihm, Klarheit über seine Lage zu bekommen; in Gegenwart dieser Leute konnte er aber nicht einmal nachdenken, immer wieder stieß der Bauch des zweiten Wächters – es konnten ja nur Wächter sein – förmlich freundschaftlich an ihn, sah er aber auf, dann erblickte er ein zu diesem dicken Körper gar nicht passendes trockenes, knochiges Gesicht mit starker, seitlich gedrehter Nase, das sich über ihn hinweg mit dem anderen Wächter verständigte. Was waren denn das für Menschen? Wovon sprachen sie? Welcher Behörde gehörten sie an? K. lebte doch in einem Rechtsstaat, überall herrschte Friede, alle Gesetze bestanden aufrecht, wer wagte, ihn in seiner Wohnung zu überfallen? Er neigte stets dazu, alles möglichst leicht zu nehmen, das Schlimmste erst beim Eintritt des Schlimmsten zu glauben, keine Vorsorge für die Zukunft zu treffen, selbst wenn alles drohte. Hier schien ihm das aber nicht richtig, man konnte zwar das Ganze als Spaß ansehen, als einen groben Spaß, den ihm aus unbekannten Gründen, vielleicht weil heute sein dreißigster Geburtstag war, die Kollegen in der Bank veranstaltet hatten, es war natürlich möglich, vielleicht brauchte er nur auf irgendeine Weise den Wächtern ins Gesicht zu lachen, und sie würden mitlachen, vielleicht waren es Dienstmänner von der Straßenecke, sie sahen ihnen nicht unähnlich – trotzdem war er diesmal, förmlich schon seit dem ersten Anblick des Wächters Franz, entschlossen, nicht den geringsten Vorteil, den er vielleicht gegenüber diesen Leuten besaß, aus der Hand zu geben. Darin, dass man später sagen würde, er habe keinen Spaß verstanden, sah K. eine ganz geringe Gefahr, wohl aber erinnerte er sich – ohne dass es sonst seine Gewohnheit gewesen wäre, aus Erfahrungen zu lernen – an einige, an sich unbedeutende Fälle, in denen er zum Unterschied von seinen Freunden mit Bewusstsein, ohne das geringste Gefühl für die möglichen Folgen, sich unvorsichtig benommen hatte und dafür durch das Ergebnis gestraft worden war. Es sollte nicht wieder geschehen, zumindest nicht diesmal; war es eine Komödie, so wollte er mitspielen.

Noch war er frei. »Erlauben Sie«, sagte er und ging eilig zwischen den Wächtern durch in sein Zimmer. »Er scheint vernünftig zu sein«, hörte er hinter sich sagen. In seinem Zimmer riss er gleich die Schubladen des Schreibtischs auf, es lag dort alles in großer Ordnung, aber gerade die Legitimationspapiere, die er suchte, konnte er in der Aufregung nicht gleich finden. Schließlich fand er seine Radfahrlegitimation und wollte schon mit ihr zu den Wächtern gehen, dann aber schien ihm das Papier zu geringfügig und er suchte weiter, bis er den Geburtsschein fand. Als er wieder in das Nebenzimmer zurückkam, öffnete sich gerade die gegenüberliegende Tür und Frau Grubach wollte dort eintreten. Man sah sie nur einen Augenblick, denn kaum hatte sie K. erkannt, als sie offenbar verlegen wurde, um Verzeihung bat, verschwand und äußerst vorsichtig die Tür schloss. »Kommen Sie doch herein«, hatte K. gerade noch sagen können. Nun aber stand er mit seinen Papieren in der Mitte des Zimmers, sah noch auf die Tür hin, die sich nicht wieder öffnete, und wurde erst durch einen Anruf der Wächter aufgeschreckt, die bei dem Tischchen am offenen Fenster saßen und, wie K. jetzt erkannte, sein Frühstück verzehrten. »Warum ist sie nicht eingetreten?«, fragte er. »Sie darf nicht«, sagte der große Wächter. »Sie sind doch verhaftet.« »Wie kann ich denn verhaftet sein? Und gar auf diese Weise?« »Nun fangen Sie also wieder an«, sagte der Wächter und tauchte ein Butterbrot ins Honigfässchen. »Solche Fragen beantworten wir nicht.« »Sie werden sie beantworten müssen«, sagte K. »Hier sind meine Legitimationspapiere, zeigen Sie mir jetzt die Ihrigen und vor allem den Haftbefehl.« »Du lieber Himmel!«, sagte der Wächter. »Dass Sie sich in Ihre Lage nicht fügen können und dass Sie es darauf angelegt zu haben scheinen, uns, die wir Ihnen jetzt wahrscheinlich von allen Ihren Mitmenschen am nächsten stehen, nutzlos zu reizen!« »Es ist so, glauben Sie es doch«, sagte Franz, führte die Kaffeetasse, die er in der Hand hielt, nicht zum Mund, sondern sah K. mit einem langen, wahrscheinlich bedeutungsvollen, aber unverständlichen Blick an. K. ließ sich, ohne es zu wollen, in ein Zwiegespräch der Blicke mit Franz ein, schlug dann aber doch auf seine Papiere und sagte: »Hier sind meine Legitimationspapiere.« »Was kümmern uns denn die?«, rief nun schon der große Wächter. »Sie führen sich ärger auf als ein Kind. Was wollen Sie denn? Wollen Sie Ihren großen, verfluchten Prozess dadurch zu einem raschen Ende bringen, dass Sie mit uns, den Wächtern, über Legitimation und Haftbefehl diskutieren? Wir sind niedrige Angestellte, die sich in einem Legitimationspapier kaum auskennen und die mit Ihrer Sache nichts anderes zu tun haben, als dass sie zehn Stunden täglich bei Ihnen Wache halten und dafür bezahlt werden. Das ist alles, was wir sind, trotzdem aber sind wir fähig, einzusehen, dass die hohen Behörden, in deren Dienst wir stehen, ehe sie eine solche Verhaftung verfügen, sich sehr genau über die Gründe der Verhaftung und die Person des Verhafteten unterrichten. Es gibt darin keinen Irrtum. Unsere Behörde, soweit ich sie kenne, und ich kenne nur die niedrigsten Grade, sucht doch nicht etwa die Schuld in der Bevölkerung, sondern wird, wie es im Gesetz heißt, von der Schuld angezogen und muss uns Wächter ausschicken. Das ist Gesetz. Wo gäbe es da einen Irrtum?« »Dieses Gesetz kenne ich nicht«, sagte K. »Desto schlimmer für Sie«, sagte der Wächter. »Es besteht wohl auch nur in Ihren Köpfen«, sagte K., er wollte sich irgendwie in die Gedanken der Wächter einschleichen, sie zu seinen Gunsten wenden oder sich dort einbürgern. Aber der Wächter sagte nur abweisend: »Sie werden es zu fühlen bekommen.« Franz mischte sich ein und sagte: »Sieh, Willem, er gibt zu, er kenne das Gesetz nicht, und behauptet gleichzeitig, schuldlos zu sein.« »Du hast ganz recht, aber ihm kann man nichts begreiflich machen«, sagte der andere. K. antwortete nichts mehr; »muss ich«, dachte er, »durch das Geschwätz dieser niedrigsten Organe – sie geben selbst zu, es zu sein – mich noch mehr verwirren lassen? Sie reden doch jedenfalls von Dingen, die sie gar nicht verstehen. Ihre Sicherheit ist nur durch ihre Dummheit möglich. Ein paar Worte, die ich mit einem mir ebenbürtigen Menschen sprechen werde, werden alles unvergleichlich klarer machen als die längsten Reden mit diesen.« Er ging einige Male in dem freien Raum des Zimmers auf und ab, drüben sah er die alte Frau, die einen noch viel älteren Greis zum Fenster gezerrt hatte, den sie umschlungen hielt. K. musste dieser Schaustellung ein Ende machen: »Führen Sie mich zu Ihrem Vorgesetzten«, sagte er. »Wenn er es wünscht; nicht früher«, sagte der Wächter, der Willem genannt worden war. »Und nun rate ich Ihnen«, fügte er hinzu, »in Ihr Zimmer zu gehen, sich ruhig zu verhalten und darauf zu warten, was über Sie verfügt werden wird. Wir raten Ihnen, zerstreuen Sie sich nicht durch nutzlose Gedanken, sondern sammeln Sie sich, es werden große Anforderungen an Sie gestellt werden. Sie haben uns nicht so behandelt, wie es unser Entgegenkommen verdient hätte, Sie haben vergessen, dass wir, mögen wir auch sein was immer, zumindest jetzt Ihnen gegenüber freie Männer sind, das ist kein kleines Übergewicht. Trotzdem sind wir bereit, falls Sie Geld haben, Ihnen ein kleines Frühstück aus dem Kaffeehaus drüben zu bringen.«

Ohne auf dieses Angebot zu antworten, stand K. ein Weilchen lang still. Vielleicht würden ihn die beiden, wenn er die Tür des folgenden Zimmers oder gar die Tür des Vorzimmers öffnete, gar nicht zu hindern wagen, vielleicht wäre es die einfachste Lösung des Ganzen, dass er es auf die Spitze trieb. Aber vielleicht würden sie ihn doch packen und, war er einmal niedergeworfen, so war auch alle Überlegenheit verloren, die er jetzt ihnen gegenüber in gewisser Hinsicht doch wahrte. Deshalb zog er die Sicherheit der Lösung vor, wie sie der natürliche Verlauf bringen musste, und ging in sein Zimmer zurück, ohne dass von seiner Seite oder von Seite der Wächter ein weiteres Wort gefallen wäre.

Er warf sich auf sein Bett und nahm vom Waschtisch einen schönen Apfel, den er sich gestern Abend für das Frühstück vorbereitet hatte. Jetzt war er sein einziges Frühstück und jedenfalls, wie er sich beim ersten großen Bissen versicherte, viel besser, als das Frühstück aus dem schmutzigen Nachtcafé gewesen wäre, das er durch die Gnade der Wächter hätte bekommen können. Er fühlte sich wohl und zuversichtlich, in der Bank versäumte er zwar heute Vormittag seinen Dienst, aber das war bei der verhältnismäßig hohen Stellung, die er dort einnahm, leicht entschuldigt. Sollte er die wirkliche Entschuldigung anführen? Er gedachte es zu tun. Würde man ihm nicht glauben, was in diesem Fall begreiflich war, so konnte er Frau Grubach als Zeugin führen oder auch die beiden Alten von drüben, die wohl jetzt auf dem Marsch zum gegenüberliegenden Fenster waren. Es wunderte K., wenigstens aus dem Gedankengang der Wächter wunderte es ihn, dass sie ihn in das Zimmer getrieben und ihn hier allein gelassen hatten, wo er doch zehnfache Möglichkeit hatte, sich umzubringen. Gleichzeitig allerdings fragte er sich, diesmal aus seinem Gedankengang, was für einen Grund er haben könnte, es zu tun. Etwa weil die zwei nebenan saßen und sein Frühstück abgefangen hatten? Es wäre so sinnlos gewesen, sich umzubringen, dass er, selbst wenn er es hätte tun wollen, infolge der Sinnlosigkeit dazu nicht imstande gewesen wäre. Wäre die geistige Beschränktheit der Wächter nicht so auffallend gewesen, so hätte man annehmen können, dass auch sie, infolge der glei-

chen Überzeugung, keine Gefahr darin gesehen hätten, ihn allein zu lassen. Sie mochten jetzt, wenn sie wollten, zusehen, wie er zu einem Wandschränkchen ging, in dem er einen guten Schnaps aufbewahrte, wie er ein Gläschen zuerst zum Ersatz des Frühstücks leerte und wie er ein zweites Gläschen dazu bestimmte, sich Mut zu machen, das letztere nur aus Vorsicht für den unwahrscheinlichen Fall, dass es nötig sein sollte.
Da erschreckte ihn ein Zuruf aus dem Nebenzimmer derartig, dass er mit den Zähnen ans Glas schlug. »Der Aufseher ruft Sie!«, hieß es. Es war nur das Schreien, das ihn erschreckte, dieses kurze, abgehackte, militärische Schreien, das er dem Wächter Franz gar nicht zugetraut hätte. Der Befehl selbst war ihm sehr willkommen. »Endlich!«, rief er zurück, versperrte den Wandschrank und eilte sofort ins Nebenzimmer. Dort standen die zwei Wächter und jagten ihn, als wäre das selbstverständlich, wieder in sein Zimmer zurück. »Was fällt Euch ein?«, riefen sie. »Im Hemd wollt Ihr vor den Aufseher? Er lässt Euch durchprügeln und uns mit!« »Lasst mich, zum Teufel!«, rief K., der schon bis zu seinem Kleiderkasten zurückgedrängt war. »Wenn man mich im Bett überfällt, kann man nicht erwarten, mich im Festanzug zu finden.« »Es hilft nichts«, sagten die Wächter, die immer, wenn K. schrie, ganz ruhig, ja fast traurig wurden und ihn dadurch verwirrten oder gewissermaßen zur Besinnung brachten. »Lächerliche Zeremonien!«, brummte er noch, hob aber schon einen Rock vom Stuhl und hielt ihn ein Weilchen mit beiden Händen, als unterbreite er ihn dem Urteil der Wächter. Sie schüttelten die Köpfe. »Es muss ein schwarzer Rock sein«, sagten sie. K. warf daraufhin den Rock zu Boden und sagte – er wusste selbst nicht, in welchem Sinne er es sagte –: »Es ist doch noch nicht die Hauptverhandlung.« Die Wächter lächelten, blieben aber bei ihrem: »Es muss ein schwarzer Rock sein.« »Wenn ich dadurch die Sache beschleunige, soll es mir recht sein«, sagte K., öffnete selbst den Kleiderkasten, suchte lange unter den vielen Kleidern, wählte sein bestes schwarzes Kleid, ein Jackettkleid, das durch seine Taille unter den Bekannten fast Aufsehen gemacht hatte, zog nun auch ein anderes Hemd hervor und begann, sich sorgfältig anzuziehen. Im Geheimen glaubte er, eine Beschleunigung des Ganzen damit erreicht zu haben, dass die Wächter vergessen hatten, ihn zum Bad zu zwingen. Er beobachtete sie, ob sie sich vielleicht daran doch erinnern würden, aber das fiel ihnen natürlich gar nicht ein, dagegen vergaß Willem nicht, Franz mit der Meldung, dass sich K. anziehe, zum Aufseher zu schicken.
Als er vollständig angezogen war, musste er knapp vor Willem durch das

leere Nebenzimmer in das folgende Zimmer gehen, dessen Tür mit beiden Flügeln bereits geöffnet war. Dieses Zimmer wurde, wie K. genau wusste, seit kurzer Zeit von einem Fräulein Bürstner, einer Schreibmaschinistin, bewohnt, die sehr früh in die Arbeit zu gehen pflegte, spät nach Hause kam und mit der K. nicht viel mehr als die Grußworte gewechselt hatte. Jetzt war das Nachttischchen von ihrem Bett als Verhandlungstisch in die Mitte des Zimmers gerückt, und der Aufseher saß hinter ihm. Er hatte die Beine übereinandergeschlagen und einen Arm auf die Rückenlehne des Stuhles gelegt.

In einer Ecke des Zimmers standen drei junge Leute und sahen die Fotografien des Fräulein Bürstner an, die in einer an der Wand aufgehängten Matte steckten. An der Klinke des offenen Fensters hing eine weiße Bluse. Im gegenüberliegenden Fenster lagen wieder die zwei Alten, doch hatte sich ihre Gesellschaft vergrößert, denn hinter ihnen, sie weit überragend, stand ein Mann mit einem auf der Brust offenen Hemd, der seinen rötlichen Spitzbart mit den Fingern drückte und drehte. »Josef K.?«, fragte der Aufseher, vielleicht nur um K.s zerstreute Blicke auf sich zu lenken. K. nickte. »Sie sind durch die Vorgänge des heutigen Morgens wohl sehr überrascht?«, fragte der Aufseher und verschob dabei mit beiden Händen die wenigen Gegenstände, die auf dem Nachttischchen lagen, die Kerze mit Zündhölzchen, ein Buch und ein Nadelkissen, als seien es Gegenstände, die er zur Verhandlung benötige. »Gewiss«, sagte K., und das Wohlgefühl, endlich einem vernünftigen Menschen gegenüberzustehen und über seine Angelegenheit mit ihm sprechen zu können, ergriff ihn. »Gewiss, ich bin überrascht, aber ich bin keineswegs sehr überrascht.« »Nicht sehr überrascht?«, fragte der Aufseher und stellte nun die Kerze in die Mitte des Tischchens, während er die anderen Sachen um sie gruppierte. »Sie missverstehen mich vielleicht«, beeilte sich K. zu bemerken. »Ich meine« – hier unterbrach sich K. und sah sich nach einem Sessel um. »Ich kann mich doch setzen?«, fragte er. »Es ist nicht üblich«, antwortete der Aufseher. »Ich meine«, sagte nun K. ohne weitere Pause, »ich bin allerdings sehr überrascht, aber man ist, wenn man dreißig Jahre auf der Welt ist und sich allein hat durchschlagen müssen, wie es mir beschieden war, gegen Überraschungen abgehärtet und nimmt sie nicht zu schwer. Besonders die heutige nicht.« »Warum besonders die heutige nicht?« »Ich will nicht sagen, dass ich das Ganze für einen Spaß ansehe, dafür scheinen mir die Veranstaltungen, die gemacht wurden, doch zu umfangreich. Es müssten alle Mitglieder der Pension daran beteiligt sein und auch Sie alle, das ginge über die Grenzen eines Spaßes. Ich will also nicht sagen, dass es ein Spaß ist.« »Ganz richtig«, sagte der Aufseher und sah nach, wie viele Zündhölzchen in der Zündhölzchenschachtel waren. »Andererseits aber«, fuhr K. fort und wandte sich hierbei an alle und hätte gern sogar die drei bei den Fotografien sich zugewendet, »andererseits aber kann die Sache auch nicht viel Wichtigkeit haben. Ich folgere das daraus, dass ich angeklagt bin, aber nicht die geringste Schuld auffinden kann, wegen deren man mich anklagen könnte. Aber auch das ist nebensächlich, die Hauptfrage ist, von wem bin ich angeklagt? Welche Behörde führt das Verfahren? Sind Sie Beamte? Keiner hat eine Uniform, wenn man nicht Ihr Kleid« – hier wandte er sich an Franz – »eine Uniform nennen will, aber es ist doch eher ein Reiseanzug. In diesen Fragen verlange ich Klarheit, und ich bin überzeugt, dass wir nach dieser Klarstellung voneinander den herzlichsten Abschied werden nehmen können.« Der Aufseher schlug die Zündhölzchenschachtel auf den Tisch nieder. »Sie befinden sich in einem großen Irrtum«, sagte er. »Diese Herren hier und ich sind für Ihre Angelegenheit vollständig nebensächlich, ja wir wissen sogar von ihr fast nichts. Wir könnten die regelrechtesten Uniformen tragen, und Ihre Sache würde um nichts schlechter stehen. Ich kann Ihnen auch durchaus nicht sagen, dass Sie angeklagt sind, oder vielmehr, ich weiß nicht, ob Sie es sind. Sie sind verhaftet, das ist richtig, mehr weiß ich nicht. Vielleicht haben die Wächter etwas anderes geschwätzt, dann ist es eben nur Geschwätz gewesen. Wenn ich nun aber auch Ihre Fragen nicht beantworte, so kann ich Ihnen doch raten, denken Sie weniger an uns und an das, was mit Ihnen geschehen wird, denken Sie lieber mehr an sich. Und machen Sie keinen solchen Lärm mit dem Gefühl Ihrer Unschuld, es stört den nicht gerade schlechten Eindruck, den Sie im Übrigen machen. Auch sollten Sie überhaupt im Reden zurückhaltender sein, fast alles, was Sie vorhin gesagt haben, hätte man auch, wenn Sie nur ein paar Worte gesagt hätten, Ihrem Verhalten entnehmen können, außerdem war es nichts für Sie übermäßig Günstiges.«

K. starrte den Aufseher an. Schulmäßige Lehren bekam er hier von einem vielleicht jüngeren Menschen? Für seine Offenheit wurde er mit einer Rüge bestraft? Und über den Grund seiner Verhaftung und über deren Auftraggeber erfuhr er nichts? Er geriet in eine gewisse Aufregung, ging auf und ab, woran ihn niemand hinderte, schob seine Manschetten zurück, befühlte die Brust, strich sein Haar zurecht, kam an den drei Herren vorüber, sagte: »Es ist ja sinnlos«, worauf sich diese zu ihm umdrehten und ihn entgegenkommend, aber ernst ansahen, und machte endlich wieder vor dem Tisch des Aufsehers halt. »Der Staatsanwalt Hasterer ist mein guter Freund«, sagte er, »kann ich ihm telefonieren?« »Gewiss«, sagte der Aufseher, »aber ich weiß nicht, welchen Sinn das haben sollte, es müsste denn sein, dass Sie irgendeine private Angelegenheit mit ihm zu besprechen haben.« »Welchen Sinn?«, rief K., mehr bestürzt als geärgert. »Wer sind Sie denn? Sie wollen einen Sinn und führen dieses Sinnloseste auf, das es gibt? Ist es nicht zum Steinerweichen? Die Herren haben mich zuerst überfallen, und jetzt sitzen oder stehen sie hier herum und lassen mich vor Ihnen die Hohe Schule reiten. Welchen Sinn es hätte, an einen Staatsanwalt zu telefonieren, wenn ich angeblich verhaftet bin? Gut, ich werde nicht telefonieren.« »Aber doch«, sagte der Aufseher und streckte die Hand zum Vorzimmer aus, wo das Telefon war, »bitte, telefonieren Sie doch.« »Nein, ich will nicht mehr«, sagte K. und ging zum Fenster. Drüben war noch die Gesellschaft beim Fenster und schien nur jetzt dadurch, dass K. ans Fenster herangetreten war, in der Ruhe des Zuschauens ein wenig gestört. Die Alten wollten sich erheben, aber der Mann hinter ihnen beruhigte sie. »Dort sind auch solche Zuschauer«, rief K. ganz laut dem Aufseher zu und zeigte mit dem Zeigefinger hinaus. »Weg von dort«, rief er dann hinüber. Die drei wichen auch sofort ein paar Schritte zurück, die beiden Alten sogar noch hinter den Mann, der sie mit seinem breiten Körper deckte und, nach seinen Mundbewegungen zu schließen, irgendetwas auf die Entfernung hin Unverständliches sagte. Ganz aber verschwanden sie nicht, sondern schienen auf den Augenblick zu warten, in dem sie sich unbemerkt wieder dem Fenster nähern könnten. »Zudringliche, rücksichtslose Leute!«, sagte K., als er sich ins Zimmer zurückwendete. Der Aufseher stimmte ihm möglicherweise zu, wie K. mit einem Seitenblick zu erkennen glaubte. Aber es war ebenso gut möglich, dass er gar nicht zugehört hatte, denn er hatte eine Hand fest auf den Tisch gedrückt und schien die Finger ihrer Länge nach zu vergleichen. Die zwei Wächter saßen auf einem mit einer Schmuckdecke verhüllten Koffer und rieben ihre Knie. Die drei jungen Leute hatten die Hände in die Hüften gelegt und sahen ziellos herum. Es war still wie in irgendeinem vergessenen Büro. »Nun, meine Herren«, rief K., es schien ihm einen Augenblick lang, als trage er alle auf seinen Schultern, »Ihrem Aussehen nach zu schließen, dürfte meine Angelegenheit beendet sein. Ich bin der Ansicht, dass es am besten ist, über die Berechtigung oder Nichtberechtigung Ihres Vorgehens nicht mehr nachzudenken und der Sache durch einen gegenseitigen Händedruck einen versöhnlichen Abschluss zu geben. Wenn auch Sie meiner Ansicht sind, dann bitte –«, und er trat an den Tisch des Aufsehers hin und reichte ihm die Hand. Der Aufseher hob die Augen, nagte an den Lippen und sah auf K.s ausgestreckte Hand; noch immer glaubte K., der Aufseher werde einschlagen. Dieser aber stand auf, nahm einen harten, runden Hut, der auf Fräulein Bürstners Bett lag, und setzte sich ihn vorsichtig mit beiden Händen auf, wie man es bei der Anprobe neuer Hüte tut. »Wie einfach Ihnen alles scheint!«, sagte er dabei zu K., »wir sollten der Sache einen versöhnlichen Abschluss geben, meinten Sie? Nein, nein, das geht wirklich nicht. Womit ich andererseits durchaus nicht sagen will, dass Sie verzweifeln sollen. Nein, warum denn? Sie sind nur verhaftet, nichts weiter. Das hatte ich Ihnen mitzuteilen, habe es getan und habe auch gesehen, wie Sie es aufgenommen haben. Damit ist es für heute genug und wir können uns verabschieden, allerdings nur vorläufig. Sie werden wohl jetzt in die Bank gehen wollen?« »In die Bank?«, fragte K., »ich dachte, ich wäre verhaftet.« K. fragte mit einem gewissen Trotz, denn obwohl sein Handschlag nicht angenommen worden war, fühlte er sich, insbesondere seitdem der Aufseher aufgestanden war, immer unabhängiger von allen diesen Leuten. Er spielte mit ihnen. Er hatte die Absicht, falls sie weggehen sollten, bis zum Haustor nachzulaufen und ihnen seine Verhaftung anzubieten. Darum wiederholte er auch: »Wie kann ich denn in die Bank gehen, da ich verhaftet bin?« »Ach so«, sagte der Aufseher, der schon bei der Tür war, »Sie haben mich missverstanden. Sie sind verhaftet, gewiss, aber das soll Sie nicht hindern, Ihren Beruf zu erfüllen. Sie sollen auch in Ihrer gewöhnlichen Lebensweise nicht gehindert sein.« »Dann ist das Verhaftetsein nicht sehr schlimm«, sagte K. und ging nahe an den Aufseher heran. »Ich meinte es niemals anders«, sagte dieser. »Es scheint aber dann nicht einmal die Mitteilung der Verhaftung sehr notwendig gewesen zu sein«, sagte K. und ging noch näher. Auch die anderen hatten sich genähert. Alle waren jetzt auf einem engen Raum bei der Tür versammelt. »Es war meine Pflicht«, sagte der Aufseher. »Eine dumme Pflicht«, sagte K. unnachgiebig. »Mag sein«, antwortete der Aufseher, »aber wir wollen mit solchen Reden nicht unsere Zeit verlieren. Ich hatte angenommen, dass Sie in die Bank gehen wollen. Da Sie auf alle Worte aufpassen, füge ich hinzu: Ich zwinge Sie nicht, in die Bank zu gehen, ich hatte nur angenommen, dass Sie es wollen. Und um Ihnen das zu erleichtern und Ihre Ankunft in der Bank möglichst unauffällig zu machen, habe ich diese drei Herren, Ihre Kollegen, hier zu Ihrer Verfügung gehalten.« »Wie?«, rief K. und staunte die drei an. Diese so uncharakteristischen, blutarmen, jungen Leute, die er immer noch nur als Gruppe bei den Fotografien in der Erinnerung hatte, waren tatsächlich Beamte aus seiner Bank, nicht Kollegen, das war zu viel gesagt und bewies eine Lücke in der Allwissenheit des Aufsehers, aber untergeordnete Beamte aus der Bank waren es allerdings. Wie hatte K. das übersehen können? Wie hatte er doch hingenommen sein müssen von dem Aufseher und den Wächtern, um diese drei nicht zu erkennen! Den steifen, die Hände schwingenden Rabensteiner, den blonden Kullich mit den tiefliegenden Augen und Kaminer mit dem unausstehlichen, durch eine chronische Muskelzerrung bewirkten Lächeln. »Guten Morgen«, sagte K. nach einem Weilchen und reichte den sich korrekt verbeugenden Herren die Hand. »Ich habe Sie gar nicht erkannt. Nun werden wir also an die Arbeit gehen, nicht?« Die Herren nickten lachend und eifrig, als hätten sie die ganze Zeit über darauf gewartet, nur als K. seinen Hut vermisste, der in seinem Zimmer liegen geblieben war, liefen sie sämtlich hintereinander, ihn holen, was immerhin auf eine gewisse Verlegenheit schließen ließ. K. stand still und sah ihnen durch die zwei offenen Türen nach, der letzte war natürlich der gleichgültige Rabensteiner, der bloß einen eleganten Trab angeschlagen hatte. Kaminer überreichte den Hut, und K. musste sich, wie dies übrigens auch öfters in der Bank nötig war, ausdrücklich sagen, dass Kaminers Lächeln nicht Absicht war, ja dass er überhaupt absichtlich nicht lächeln konnte. Im Vorzimmer öffnete dann Frau Grubach, die gar nicht sehr schuldbewusst aussah, der ganzen Gesellschaft die Wohnungstür, und K. sah, wie so oft, auf ihr Schürzenband nieder, das so unnötig tief in ihren mächtigen Leib einschnitt. Unten entschloss sich K., die Uhr in der Hand, ein Automobil zu nehmen, um die schon halbstündige Verspätung nicht unnötig zu vergrößern. Kaminer lief zur Ecke, um den Wagen zu holen, die zwei anderen versuchten offensichtlich, K. zu zerstreuen, als plötzlich Kullich auf das gegenüberliegende Haustor zeigte, in dem eben der große Mann mit dem blonden Spitzbart erschien und, im ersten Augenblick ein wenig verlegen darüber, dass er sich jetzt in seiner ganzen Größe zeigte, zur Wand zurücktrat und sich anlehnte. Die Alten waren wohl noch auf der Treppe. K. ärgerte sich über Kullich, dass dieser auf den Mann aufmerksam machte, den er selbst schon früher gesehen, ja den er sogar erwartet hatte. »Schauen Sie nicht hin!«, stieß er hervor, ohne zu bemerken, wie auffallend eine solche Redeweise gegenüber selbstständigen Männern war. Es war aber auch keine Erklärung nötig, denn gerade kam das Automobil, man setzte sich und fuhr los. Da erinnerte sich K., dass er das Weggehen des Aufsehers und der Wächter gar nicht bemerkt hatte, der Aufseher hatte ihm die drei Beamten verdeckt und nun wieder die Beamten den Aufseher. Viel Geistesgegenwart bewies das nicht, und K. nahm sich vor, sich in dieser Hinsicht genauer zu beobachten. Doch drehte er sich noch unwillkürlich um und beugte sich über das Hinterdeck des Automobils vor, um möglicherweise den Aufseher und die Wächter noch zu sehen. Aber gleich wendete er sich wieder zurück und lehnte sich bequem in die Wagenecke, ohne auch nur den Versuch gemacht zu haben, jemanden zu suchen. Obwohl es nicht den Anschein hatte, hätte er gerade jetzt Zuspruch nötig gehabt, aber nun schienen die Herren ermüdet, Rabensteiner sah rechts aus dem Wagen, Kullich links, und nur Kaminer stand mit seinem Grinsen zur Verfügung, über das einen Spaß zu machen leider die Menschlichkeit verbot.

In diesem Frühjahr pflegte K. die Abende in der Weise zu verbringen, dass er nach der Arbeit, wenn dies noch möglich war – er saß meistens bis neun Uhr im Büro –, einen kleinen Spaziergang allein oder mit Beamten machte und dann in eine Bierstube ging, wo er an einem Stammtisch mit meist älteren Herren gewöhnlich bis elf Uhr beisammensaß. Es gab aber auch Ausnahmen von dieser Einteilung, wenn K. zum Beispiel vom Bankdirektor, der seine Arbeitskraft und Vertrauenswürdigkeit sehr schätzte, zu einer Autofahrt oder zu einem Abendessen in seiner Villa eingeladen wurde. Außerdem ging K. einmal in der Woche zu einem Mädchen namens Elsa, die während der Nacht bis in den späten Morgen als Kellnerin in einer Weinstube bediente und während des Tages nur vom Bett aus Besuche empfing.

An diesem Abend aber – der Tag war unter angestrengter Arbeit und vielen ehrenden und freundschaftlichen Geburtstagswünschen schnell verlaufen – wollte K. sofort nach Hause gehen. In allen kleinen Pausen der Tagesarbeit hatte er daran gedacht; ohne genau zu wissen, was er meinte, schien es ihm, als ob durch die Vorfälle des Morgens eine große Unordnung in der ganzen Wohnung der Frau Grubach verursacht worden sei und dass gerade er nötig sei, um die Ordnung wiederherzustellen. War aber einmal diese Ordnung hergestellt, dann war jede Spur jener Vorfälle ausgelöscht und alles nahm seinen alten Gang wieder auf. Insbesondere von den drei Beamten war nichts zu befürchten, sie waren wieder in die

große Beamtenschaft der Bank versenkt, es war keine Veränderung an ihnen zu bemerken. K. hatte sie öfters einzeln und gemeinsam in sein Büro berufen, zu keinem anderen Zweck, als um sie zu beobachten; immer hatte er sie befriedigt entlassen können.
Als er um halb zehn Uhr abends vor dem Hause, in dem er wohnte, ankam, traf er im Haustor einen jungen Burschen, der dort breitbeinig stand und eine Pfeife rauchte. »Wer sind Sie?«, fragte K. sofort und brachte sein Gesicht nahe an den Burschen, man sah nicht viel im Halbdunkel des Flurs. »Ich bin der Sohn des Hausmeisters, gnädiger Herr«, antwortete der Bursche, nahm die Pfeife aus dem Mund und trat zur Seite. »Der Sohn des Hausmeisters?«, fragte K. und klopfte mit seinem Stock ungeduldig den Boden. »Wünscht der gnädige Herr etwas? Soll ich den Vater holen?« »Nein, nein«, sagte K., in seiner Stimme lag etwas Verzeihendes, als habe der Bursche etwas Böses ausgeführt, er aber verzeihe ihm. »Es ist gut«, sagte er dann und ging weiter, aber ehe er die Treppe hinaufstieg, drehte er sich noch einmal um.
Er hätte geradewegs in sein Zimmer gehen können, aber da er mit Frau Grubach sprechen wollte, klopfte er gleich an ihre Tür an. Sie saß mit einem Strickstrumpf am Tisch, auf dem noch ein Haufen alter Strümpfe lag. K. entschuldigte sich zerstreut, dass er so spät komme, aber Frau Grubach war sehr freundlich und wollte keine Entschuldigung hören, für ihn sei sie immer zu sprechen, er wisse sehr gut, dass er ihr bester und liebster Mieter sei. K. sah sich im Zimmer um, es war wieder vollkommen in seinem alten Zustand, das Frühstücksgeschirr, das früh auf dem Tischchen beim Fenster gestanden hatte, war auch schon weggeräumt. »Frauenhände bringen doch im Stillen viel fertig«, dachte er, er hätte das Geschirr vielleicht auf der Stelle zerschlagen, aber gewiss nicht hinaustragen können. Er sah Frau Grubach mit einer gewissen Dankbarkeit an. »Warum arbeiten Sie noch so spät?«, fragte er. Sie saßen nun beide am Tisch, und K. vergrub von Zeit zu Zeit seine Hand in die Strümpfe. »Es gibt viel Arbeit«, sagte sie, »während des Tages gehöre ich den Mietern; wenn ich meine Sachen in Ordnung bringen will, bleiben mir nur die Abende.« »Ich habe Ihnen heute wohl noch eine außergewöhnliche Arbeit gemacht?« »Wieso denn?«, fragte sie, etwas eifriger werdend, die Arbeit ruhte in ihrem Schoße. »Ich meine die Männer, die heute früh hier waren.« »Ach so«, sagte sie und kehrte wieder in ihre Ruhe zurück, »das hat mir keine besondere Arbeit gemacht.« K. sah schweigend zu, wie sie den Strickstrumpf wieder vornahm. »Sie scheint sich zu wundern, dass

ich davon spreche«, dachte er, »sie scheint es nicht für richtig zu halten, dass ich davon spreche. Desto wichtiger ist es, dass ich es tue. Nur mit einer alten Frau kann ich davon sprechen.« »Doch, Arbeit hat es gewiss gemacht«, sagte er dann, »aber es wird nicht wieder vorkommen.« »Nein, das kann nicht wieder vorkommen«, sagte sie bekräftigend und lächelte K. fast wehmütig an. »Meinen Sie das ernstlich?«, fragte K. »Ja«, sagte sie leiser, »aber vor allem dürfen Sie es nicht zu schwernehmen. Was geschieht nicht alles in der Welt! Da Sie so vertraulich mit mir reden, Herr K., kann ich Ihnen ja eingestehen, dass ich ein wenig hinter der Tür gehorcht habe und dass mir auch die beiden Wächter einiges erzählt haben. Es handelt sich ja um Ihr Glück und das liegt mir wirklich am Herzen, mehr als mir vielleicht zusteht, denn ich bin ja bloß die Vermieterin. Nun, ich habe also einiges gehört, aber ich kann nicht sagen, dass es etwas besonders Schlimmes war. Nein. Sie sind zwar verhaftet, aber nicht so, wie ein Dieb verhaftet wird. Wenn man wie ein Dieb verhaftet wird, so ist es schlimm, aber diese Verhaftung –. Es kommt mir wie etwas Gelehrtes vor, entschuldigen Sie, wenn ich etwas Dummes sage, es kommt mir wie etwas Gelehrtes vor, das ich zwar nicht verstehe, das man aber auch nicht verstehen muss.«

»Es ist gar nichts Dummes, was Sie gesagt haben, Frau Grubach, wenigstens bin auch ich zum Teil Ihrer Meinung, nur urteile ich über das Ganze noch schärfer als Sie und halte es einfach nicht einmal für etwas Gelehrtes, sondern überhaupt für nichts. Ich wurde überrumpelt, das war es. Wäre ich gleich nach dem Erwachen, ohne mich durch das Ausbleiben der Anna beirren zu lassen, aufgestanden und ohne Rücksicht auf irgendjemand, der mir in den Weg getreten wäre, zu Ihnen gegangen, hätte ich diesmal ausnahmsweise etwa in der Küche gefrühstückt, hätte mir von Ihnen die Kleidungsstücke aus meinem Zimmer bringen lassen, kurz, hätte ich vernünftig gehandelt, so wäre nichts weiter geschehen, es wäre alles, was werden wollte, erstickt worden. Man ist aber so wenig vorbereitet. In der Bank zum Beispiel bin ich vorbereitet, dort könnte mir etwas Derartiges unmöglich geschehen, ich habe dort einen eigenen Diener, das allgemeine Telefon und das Bürotelefon stehen vor mir auf dem Tisch, immerfort kommen Leute, Parteien und Beamte, außerdem aber und vor allem bin ich dort immerfort im Zusammenhang der Arbeit, daher geistesgegenwärtig, es würde mir geradezu ein Vergnügen machen, dort einer solchen Sache gegenübergestellt zu werden. Nun, es ist vorüber und ich wollte eigentlich auch gar nicht mehr darüber sprechen, nur Ihr

Urteil, das Urteil einer vernünftigen Frau, wollte ich hören und bin sehr froh, dass wir darin übereinstimmen. Nun müssen Sie mir aber die Hand reichen, eine solche Übereinstimmung muss durch Handschlag bekräftigt werden.«

»Ob sie mir die Hand reichen wird? Der Aufseher hat mir die Hand nicht gereicht«, dachte er und sah die Frau anders als früher, prüfend an. Sie stand auf, weil auch er aufgestanden war, sie war ein wenig befangen, weil ihr nicht alles, was K. gesagt hatte, verständlich gewesen war. Infolge dieser Befangenheit sagte sie aber etwas, was sie gar nicht wollte und was auch gar nicht am Platze war: »Nehmen Sie es doch nicht so schwer, Herr K.«, sagte sie, hatte Tränen in der Stimme und vergaß natürlich auch den Handschlag. »Ich wüsste nicht, dass ich es schwernehme«, sagte K., plötzlich ermüdet und das Wertlose aller Zustimmungen dieser Frau einsehend.

Bei der Tür fragte er noch: »Ist Fräulein Bürstner zu Hause?« »Nein«, sagte Frau Grubach und lächelte bei dieser trockenen Auskunft mit einer verspäteten vernünftigen Teilnahme. »Sie ist im Theater. Wollten Sie etwas von ihr? Soll ich ihr etwas ausrichten?« »Ach, ich wollte nur ein paar Worte mit ihr reden.« »Ich weiß leider nicht, wann sie kommt; wenn sie im Theater ist, kommt sie gewöhnlich spät.« »Das ist ja ganz gleichgültig«, sagte K. und drehte schon den gesenkten Kopf der Tür zu, um wegzugehen, »ich wollte mich nur bei ihr entschuldigen, dass ich heute ihr Zimmer in Anspruch genommen habe.« »Das ist nicht nötig, Herr K., Sie sind zu rücksichtsvoll, das Fräulein weiß ja von gar nichts, sie war seit dem frühen Morgen noch nicht zu Hause, es ist auch schon alles in Ordnung gebracht, sehen Sie selbst.« Und sie öffnete die Tür zu Fräulein Bürstners Zimmer. »Danke, ich glaube es«, sagte K., ging dann aber doch zu der offenen Tür. Der Mond schien still in das dunkle Zimmer. Soviel man sehen konnte, war wirklich alles an seinem Platz, auch die Bluse hing nicht mehr an der Fensterklinke. Auffallend hoch schienen die Polster im Bett, sie lagen zum Teil im Mondlicht. »Das Fräulein kommt oft spät nach Hause«, sagte K. und sah Frau Grubach an, als trage sie die Verantwortung dafür. »Wie eben junge Leute sind!«, sagte Frau Grubach entschuldigend. »Gewiss, gewiss«, sagte K., »es kann aber zu weit gehen.« »Das kann es«, sagte Frau Grubach, »wie sehr haben Sie recht, Herr K. Vielleicht sogar in diesem Fall. Ich will Fräulein Bürstner gewiss nicht verleumden, sie ist ein gutes, liebes Mädchen, freundlich, ordentlich, pünktlich, arbeitsam, ich schätze das alles sehr, aber eines ist wahr, sie sollte stolzer, zurückhaltender sein. Ich habe sie in diesem Monat schon zweimal in entlegenen Straßen und immer mit einem anderen Herrn gesehen. Es ist mir sehr peinlich, ich erzähle es, beim wahrhaftigen Gott, nur Ihnen, Herr K., aber es wird sich nicht vermeiden lassen, dass ich auch mit dem Fräulein selbst darüber spreche. Es ist übrigens nicht das Einzige, das sie mir verdächtig macht.« »Sie sind auf ganz falschem Weg«, sagte K. wütend und fast unfähig, es zu verbergen, »übrigens haben Sie offenbar auch meine Bemerkung über das Fräulein missverstanden, so war es nicht gemeint. Ich warne Sie sogar aufrichtig, dem Fräulein irgendetwas zu sagen, Sie sind durchaus im Irrtum, ich kenne das Fräulein sehr gut, es ist nichts davon wahr, was Sie sagten. Übrigens, vielleicht gehe ich zu weit, ich will Sie nicht hindern, sagen Sie ihr, was Sie wollen. Gute Nacht.« »Herr K.«, sagte Frau Grubach bittend und eilte K. bis zu seiner Tür nach, die er schon geöffnet hatte, »ich will ja noch gar nicht mit dem Fräulein reden, natürlich will ich sie vorher noch weiter beobachten, nur Ihnen habe ich anvertraut, was ich wusste. Schließlich muss es doch im Sinne jedes Mieters sein, wenn man die Pension rein zu erhalten sucht, und nichts anderes ist mein Bestreben dabei.« »Die Reinheit!«, rief K. noch durch die Spalte der Tür, »wenn Sie die Pension rein erhalten wollen, müssen Sie zuerst mir kündigen.« Dann schlug er die Tür zu, ein leises Klopfen beachtete er nicht mehr.

Dagegen beschloss er, da er gar keine Lust zum Schlafen hatte, noch wach zu bleiben und bei dieser Gelegenheit auch festzustellen, wann Fräulein Bürstner kommen würde. Vielleicht wäre es dann auch möglich, so unpassend es sein mochte, noch ein paar Worte mit ihr zu reden. Als er im Fenster lag und die müden Augen drückte, dachte er einen Augenblick sogar daran, Frau Grubach zu bestrafen und Fräulein Bürstner zu überreden, gemeinsam mit ihm zu kündigen. Sofort aber erschien ihm das entsetzlich übertrieben, und er hatte sogar den Verdacht gegen sich, dass er darauf ausging, die Wohnung wegen der Vorfälle am Morgen zu wechseln. Nichts wäre unsinniger und vor allem zweckloser und verächtlicher gewesen.

Als er des Hinausschauens auf die leere Straße überdrüssig geworden war, legte er sich auf das Kanapee, nachdem er die Tür zum Vorzimmer ein wenig geöffnet hatte, um jeden, der die Wohnung betrat, gleich vom Kanapee aus sehen zu können. Etwa bis elf Uhr lag er ruhig, eine Zigarre rauchend, auf dem Kanapee. Von da ab hielt er es aber nicht mehr dort aus, sondern ging ein wenig ins Vorzimmer, als könne er dadurch die

Ankunft des Fräulein Bürstner beschleunigen. Er hatte kein besonderes Verlangen nach ihr, er konnte sich nicht einmal genau erinnern, wie sie aussah, aber nun wollte er mit ihr reden und es reizte ihn, dass sie durch ihr spätes Kommen auch noch in den Abschluss dieses Tages Unruhe und Unordnung brachte. Sie war auch schuld daran, dass er heute nicht zu Abend gegessen und dass er den für heute beabsichtigten Besuch bei Elsa unterlassen hatte. Beides konnte er allerdings noch dadurch nachholen, dass er jetzt in das Weinlokal ging, in dem Elsa bedienstet war. Er wollte es auch noch später nach der Unterredung mit Fräulein Bürstner tun.
Es war halb zwölf vorüber, als jemand im Treppenhaus zu hören war. K., der, seinen Gedanken hingegeben, im Vorzimmer so, als wäre es sein eigenes Zimmer, laut auf und ab ging, flüchtete hinter seine Tür. Es war Fräulein Bürstner, die gekommen war. Fröstelnd zog sie, während sie die Tür versperrte, einen seidenen Schal um ihre schmalen Schultern zusammen. Im nächsten Augenblick musste sie in ihr Zimmer gehen, in das K. gewiss um Mitternacht nicht eindringen durfte; er musste sie also jetzt ansprechen, hatte aber unglücklicherweise versäumt, das elektrische Licht in seinem Zimmer anzudrehen, sodass sein Vortreten aus dem dunklen Zimmer den Anschein eines Überfalls hatte und wenigstens sehr erschrecken musste. In seiner Hilflosigkeit und da keine Zeit zu verlieren war, flüsterte er durch den Türspalt: »Fräulein Bürstner.« Es klang wie eine Bitte, nicht wie ein Anruf. »Ist jemand hier?«, fragte Fräulein Bürstner und sah sich mit großen Augen um. »Ich bin es«, sagte K. und trat vor. »Ach, Herr K.!«, sagte Fräulein Bürstner lächelnd. »Guten Abend«, und sie reichte ihm die Hand. »Ich wollte ein paar Worte mit Ihnen sprechen, wollen Sie mir das jetzt erlauben?« »Jetzt?«, fragte Fräulein Bürstner, »muss es jetzt sein? Es ist ein wenig sonderbar, nicht?« »Ich warte seit neun Uhr auf Sie.« »Nun ja, ich war im Theater, ich wusste doch nichts von Ihnen.« »Der Anlass für das, was ich Ihnen sagen will, hat sich erst heute ergeben.« »So, nun ich habe ja nichts Grundsätzliches dagegen, außer dass ich zum Hinfallen müde bin. Also kommen Sie auf ein paar Minuten in mein Zimmer. Hier könnten wir uns auf keinen Fall unterhalten, wir wecken ja alle und das wäre mir unseretwegen noch unangenehmer als der Leute wegen. Warten Sie hier, bis ich in meinem Zimmer angezündet habe, und drehen Sie dann hier das Licht ab.« K. tat so, wartete dann aber noch, bis Fräulein Bürstner ihn aus ihrem Zimmer nochmals leise aufforderte zu kommen. »Setzen Sie sich«, sagte sie und zeigte auf die Ottomane, sie selbst blieb aufrecht am Bettpfosten trotz der Mü-

digkeit, von der sie gesprochen hatte; nicht einmal ihren kleinen, aber mit einer Überfülle von Blumen geschmückten Hut legte sie ab. »Was wollten Sie also? Ich bin wirklich neugierig.« Sie kreuzte leicht die Beine. »Sie werden vielleicht sagen«, begann K., »dass die Sache nicht so dringend war, um jetzt besprochen zu werden, aber –« »Einleitungen überhöre ich immer«, sagte Fräulein Bürstner. »Das erleichtert meine Aufgabe«, sagte K. »Ihr Zimmer ist heute früh, gewissermaßen durch meine Schuld, ein wenig in Unordnung gebracht worden, es geschah durch fremde Leute gegen meinen Willen und doch, wie gesagt, durch meine Schuld; dafür wollte ich um Entschuldigung bitten.« »Mein Zimmer?«, fragte Fräulein Bürstner und sah statt des Zimmers K. prüfend an. »Es ist so«, sagte K., und nun sahen beide einander zum ersten Mal in die Augen, »die Art und Weise, in der es geschah, ist an sich keines Wortes wert.« »Aber doch das eigentlich Interessante«, sagte Fräulein Bürstner. »Nein«, sagte K. »Nun«, sagte Fräulein Bürstner, »ich will mich nicht in Geheimnisse eindrängen, bestehen Sie darauf, dass es uninteressant ist, so will ich auch nichts dagegen einwenden. Die Entschuldigung, um die Sie bitten, gebe ich Ihnen gern, besonders da ich keine Spur einer Unordnung finden kann.« Sie machte, die flachen Hände tief an die Hüften gelegt, einen Rundgang durch das Zimmer. Bei der Matte mit den Fotografien blieb sie stehen. »Sehen Sie doch!«, rief sie. »Meine Fotografien sind wirklich durcheinandergeworfen. Das ist aber hässlich. Es ist also jemand unberechtigterweise in meinem Zimmer gewesen.« K. nickte und verfluchte im Stillen den Beamten Kaminer, der seine öde, sinnlose Lebhaftigkeit niemals zähmen konnte. »Es ist sonderbar«, sagte Fräulein Bürstner, »dass ich gezwungen bin, Ihnen etwas zu verbieten, was Sie sich selbst verbieten müssten, nämlich in meiner Abwesenheit mein Zimmer zu betreten.« »Ich erklärte Ihnen doch, Fräulein«, sagte K. und ging auch zu den Fotografien, »dass nicht ich es war, der sich an Ihren Fotografien vergangen hat; aber da Sie mir nicht glauben, so muss ich also eingestehen, dass die Untersuchungskommission drei Bankbeamte mitgebracht hat, von denen der eine, den ich bei nächster Gelegenheit aus der Bank hinausbefördern werde, die Fotografien wahrscheinlich in die Hand genommen hat. Ja, es war eine Untersuchungskommission hier«, fügte K. hinzu, da ihn das Fräulein mit einem fragenden Blick ansah. »Ihretwegen?«, fragte das Fräulein. »Ja«, antwortete K. »Nein!«, rief das Fräulein und lachte. »Doch«, sagte K., »glauben Sie denn, dass ich schuldlos bin?« »Nun, schuldlos ...«, sagte das Fräulein, »ich will nicht gleich ein vielleicht folgenschweres Urteil aussprechen, auch kenne ich Sie doch nicht, es muss doch schon ein schwerer Verbrecher sein, dem man gleich eine Untersuchungskommission auf den Leib schickt. Da Sie aber doch frei sind – ich schließe wenigstens aus Ihrer Ruhe, dass Sie nicht aus dem Gefängnis entlaufen sind – so können Sie doch kein solches Verbrechen begangen haben.« »Ja«, sagte K., »aber die Untersuchungskommission kann doch eingesehen haben, dass ich unschuldig bin oder doch nicht so schuldig, wie angenommen wurde.« »Gewiss, das kann sein«, sagte Fräulein Bürstner sehr aufmerksam. »Sehen Sie«, sagte K., »Sie haben nicht viel Erfahrung in Gerichtssachen.« »Nein, das habe ich nicht«, sagte Fräulein Bürstner, »und habe es auch schon oft bedauert, denn ich möchte alles wissen, und gerade Gerichtssachen interessieren mich ungemein. Das Gericht hat eine eigentümliche Anziehungskraft, nicht? Aber ich werde in dieser Richtung meine Kenntnisse sicher vervollständigen, denn ich trete nächsten Monat als Kanzleikraft in ein Advokatenbüro ein.« »Das ist sehr gut«, sagte K., »Sie werden mir dann in meinem Prozess ein wenig helfen können.« »Das könnte sein«, sagte Fräulein Bürstner, »warum denn nicht? Ich verwende gern meine Kenntnisse.« »Ich meine es auch im Ernst«, sagte K., »oder zumindest in dem halben Ernst, in dem Sie es meinen. Um einen Advokaten heranzuziehen, dazu ist die Sache doch zu kleinlich, aber einen Ratgeber könnte ich gut brauchen.« »Ja, aber wenn ich Ratgeber sein soll, müsste ich wissen, worum es sich handelt«, sagte Fräulein Bürstner. »Das ist eben der Haken«, sagte K., »das weiß ich selbst nicht.« »Dann haben Sie sich also einen Spaß aus mir gemacht«, sagte Fräulein Bürstner übermäßig enttäuscht, »es war höchst unnötig, sich diese späte Nachtzeit dazu auszusuchen.« Und sie ging von den Fotografien weg, wo sie so lange vereint gestanden hatten. »Aber nein, Fräulein«, sagte K., »ich mache keinen Spaß. Dass Sie mir nicht glauben wollen! Was ich weiß, habe ich Ihnen schon gesagt. Sogar mehr als ich weiß, denn es war gar keine Untersuchungskommission, ich nenne es so, weil ich keinen anderen Namen dafür weiß. Es wurde gar nichts untersucht, ich wurde nur verhaftet, aber von einer Kommission.« Fräulein Bürstner saß auf der Ottomane und lachte wieder. »Wie war es denn?«, fragte sie. »Schrecklich«, sagte K., aber er dachte jetzt gar nicht daran, sondern war ganz vom Anblick des Fräulein Bürstner ergriffen, die das Gesicht auf eine Hand stützte – der Ellbogen ruhte auf dem Kissen der Ottomane – während die andere Hand langsam die Hüfte strich. »Das ist zu allgemein«, sagte Fräulein Bürstner. »Was ist zu allgemein?«, fragte K. Dann erinnerte er sich und fragte: »Soll ich Ihnen zeigen, wie es gewesen ist?« Er wollte Bewegung machen und doch nicht weggehen. »Ich bin schon müde«, sagte Fräulein Bürstner. »Sie kamen so spät«, sagte K. »Nun endet es damit, dass ich Vorwürfe bekomme, es ist auch berechtigt, denn ich hätte Sie nicht mehr herein-lassen sollen. Notwendig war es ja auch nicht, wie es sich gezeigt hat.« »Es war notwendig, das werden Sie erst jetzt sehen«, sagte K. »Darf ich das Nachttischchen von Ihrem Bett herrücken?« »Was fällt Ihnen ein?«, sagte Fräulein Bürstner, »das dürfen Sie natürlich nicht!« »Dann kann ich es Ihnen nicht zeigen«, sagte K. aufgeregt, als füge man ihm dadurch einen unermesslichen Schaden zu. »Ja, wenn Sie es zur Darstellung brauchen, dann rücken Sie das Tischchen nur ruhig fort«, sagte Fräulein Bürstner und fügte nach einem Weilchen mit schwächerer Stimme hinzu: »Ich bin so müde, dass ich mehr erlaube, als gut ist.« K. stellte das Tischchen in die Mitte des Zimmers und setzte sich dahinter. »Sie müssen sich die Vertei-lung der Personen richtig vorstellen, es ist sehr interessant. Ich bin der Aufseher, dort auf dem Koffer sitzen zwei Wächter, bei den Fotografien stehen drei junge Leute. An der Fensterklinke hängt, was ich nur neben-bei erwähne, eine weiße Bluse. Und jetzt fängt es an. Ja, ich vergesse mich. Die wichtigste Person, also ich, stehe hier vor dem Tischchen. Der Auf-seher sitzt äußerst bequem, die Beine übereinandergelegt, den Arm hier über die Lehne hinunterhängend, ein Lümmel sondergleichen. Und jetzt fängt es also wirklich an. Der Aufseher ruft, als ob er mich wecken müss-te, er schreit geradezu, ich muss leider, wenn ich es Ihnen begreiflich ma-chen will, auch schreien, es ist übrigens nur mein Name, den er so schreit.« Fräulein Bürstner, die lachend zuhörte, legte den Zeigefinger an den Mund, um K. am Schreien zu hindern, aber es war zu spät. K. war zu sehr in der Rolle, er rief langsam: »Josef K.!«, übrigens nicht so laut, wie er gedroht hatte, aber doch so, dass sich der Ruf, nachdem er plötzlich ausgestoßen war, erst allmählich im Zimmer zu verbreiten schien.

Da klopfte es an die Tür des Nebenzimmers einige Mal, stark, kurz und regelmäßig. Fräulein Bürstner erbleichte und legte die Hand aufs Herz. K. erschrak deshalb besonders stark, weil er noch ein Weilchen ganz un-fähig gewesen war, an etwas anderes zu denken als an die Vorfälle des Morgens und an das Mädchen, dem er sie vorführte. Kaum hatte er sich gefasst, sprang er zu Fräulein Bürstner und nahm ihre Hand. »Fürch-ten Sie nichts«, flüsterte er, »ich werde alles in Ordnung bringen. Wer kann es aber sein? Hier nebenan ist doch nur das Wohnzimmer, in dem niemand schläft.« »Doch«, flüsterte Fräulein Bürstner an K.s Ohr, »seit gestern schläft hier ein Neffe von Frau Grubach, ein Hauptmann. Es ist gerade kein anderes Zimmer frei. Auch ich habe es vergessen. Dass Sie so schreien mussten! Ich bin unglücklich darüber.« »Dafür ist gar kein Grund«, sagte K. und küsste, als sie jetzt auf das Kissen zurücksank, ihre Stirn. »Weg, weg«, sagte sie und richtete sich eilig wieder auf, »gehen Sie doch, gehen Sie doch, was wollen Sie, er horcht doch an der Tür, er hört doch alles. Wie Sie mich quälen!« »Ich gehe nicht früher«, sagte K., »als Sie ein wenig beruhigt sind. Kommen Sie in die andere Ecke des Zimmers, dort kann er uns nicht hören.« Sie ließ sich dorthin führen. »Sie überlegen nicht«, sagte er, »dass es sich zwar um eine Unannehmlichkeit für Sie handelt, aber durchaus nicht um eine Gefahr. Sie wissen, wie mich Frau Grubach, die in dieser Sache doch entscheidet, besonders da der Hauptmann ihr Neffe ist, geradezu verehrt und alles, was ich sage, unbedingt glaubt. Sie ist auch im Übrigen von mir abhängig, denn sie hat eine größere Summe von mir geliehen. Jeden Ihrer Vorschläge über eine Erklärung für unser Beisammen nehme ich an, wenn es nur ein wenig zweckentsprechend ist, und verbürge mich, Frau Grubach dazu zu bringen, die Erklärung nicht nur vor der Öffentlichkeit, sondern wirklich und aufrichtig zu glauben. Mich müssen Sie dabei in keiner Weise schonen. Wollen Sie verbreitet haben, dass ich Sie überfallen habe, so wird Frau Grubach in diesem Sinne unterrichtet werden und wird es glauben, ohne das Vertrauen zu mir zu verlieren, so sehr hängt sie an mir.« Fräulein Bürstner sah, still und ein wenig zusammengesunken, vor sich auf den Boden. »Warum sollte Frau Grubach nicht glauben, dass ich Sie überfallen habe?«, fügte K. hinzu. Vor sich sah er ihr Haar, geteiltes, niedrig gebauschtes, fest zusammengehaltenes, rötliches Haar. Er glaubte, sie werde ihm den Blick zuwenden, aber sie sagte in unveränderter Haltung: »Verzeihen Sie, ich bin durch das plötzliche Klopfen so erschreckt worden, nicht so sehr durch die Folgen, die die Anwesenheit des Hauptmanns haben könnte. Es war so still nach Ihrem Schrei, und da klopfte es, deshalb bin ich so erschrocken, ich saß auch in der Nähe der Tür, es klopfte fast neben mir. Für Ihre Vorschläge danke ich, aber ich nehme sie nicht an. Ich kann für alles, was in meinem Zimmer geschieht, die Verantwortung tragen, und zwar gegenüber jedem. Ich wundere mich, dass Sie nicht merken, was für eine Beleidigung für mich in Ihren Vorschlägen liegt, neben den guten Absichten natürlich, die ich gewiss anerkenne. Aber nun gehen Sie, lassen Sie mich allein, ich habe es jetzt noch nötiger als früher. Aus den wenigen Minuten, um die Sie gebeten haben, ist nun eine halbe

Stunde und mehr geworden.« K. fasste sie bei der Hand und dann beim Handgelenk: »Sie sind mir aber nicht böse?«, sagte er. Sie streifte seine Hand ab und antwortete: »Nein, nein, ich bin niemals und niemandem böse.« Er fasste wieder nach ihrem Handgelenk, sie duldete es jetzt und führte ihn so zur Tür. Er war fest entschlossen, wegzugehen. Aber vor der Tür, als hätte er nicht erwartet, hier eine Tür zu finden, stockte er, diesen Augenblick benützte Fräulein Bürstner, sich loszumachen, die Tür zu öffnen, ins Vorzimmer zu schlüpfen und von dort aus K. leise zu sagen: »Nun kommen Sie doch, bitte. Sehen Sie«, – sie zeigte auf die Tür des Hauptmanns, unter der ein Lichtschein hervorkam – »er hat angezündet und unterhält sich über uns.« »Ich komme schon«, sagte K., lief vor, fasste sie, küsste sie auf den Mund und dann über das ganze Gesicht, wie ein durstiges Tier mit der Zunge über das endlich gefundene Quellwasser hinjagt. Schließlich küsste er sie auf den Hals, wo die Gurgel ist, und dort ließ er die Lippen lange liegen. Ein Geräusch aus dem Zimmer des Hauptmanns ließ ihn aufschauen. »Jetzt werde ich gehen«, sagte er, er wollte Fräulein Bürstner beim Taufnamen nennen, wusste ihn aber nicht. Sie nickte müde, überließ ihm, schon halb abgewendet, die Hand zum Küssen, als wisse sie nichts davon, und ging gebückt in ihr Zimmer. Kurz darauf lag K. in seinem Bett. Er schlief sehr bald ein, vor dem Einschlafen dachte er noch ein Weilchen über sein Verhalten nach, er war damit zufrieden, wunderte sich aber, dass er nicht noch zufriedener war; wegen des Hauptmanns machte er sich für Fräulein Bürstner ernstliche Sorgen.

Zweites Kapitel
Erste Untersuchung

K. war telefonisch verständigt worden, dass am nächsten Sonntag eine kleine Untersuchung in seiner Angelegenheit stattfinden würde. Man machte ihn darauf aufmerksam, dass diese Untersuchungen regelmäßig, wenn auch vielleicht nicht jede Woche, so doch häufiger einander folgen würden. Es liege einerseits im allgemeinen Interesse, den Prozess rasch zu Ende zu führen, anderseits aber müssten die Untersuchungen in jeder Hinsicht gründlich sein und dürften doch wegen der damit verbundenen Anstrengung niemals allzu lange dauern. Deshalb habe man den Ausweg dieser rasch aufeinanderfolgenden, aber kurzen Untersuchungen gewählt. Die Bestimmung des Sonntags als Untersuchungstag habe man deshalb vorgenommen, um K. in seiner beruflichen Arbeit nicht zu stören. Man setze voraus, dass er damit einverstanden sei, sollte er einen anderen Termin wünschen, so würde man ihm, so gut es ginge, entgegenkommen. Die Untersuchungen wären beispielsweise auch in der Nacht möglich, aber da sei wohl K. nicht frisch genug. Jedenfalls werde man es, solange K. nichts einwende, beim Sonntag belassen. Es sei selbstverständlich, dass er bestimmt erscheinen müsse, darauf müsse man ihn wohl nicht erst aufmerksam machen. Es wurde ihm die Nummer des Hauses genannt, in dem er sich einfinden solle, es war ein Haus in einer entlegenen Vorstadtstraße, in der K. noch niemals gewesen war.

K. hängte, als er diese Meldung erhalten hatte, ohne zu antworten, den Hörer an; er war gleich entschlossen, Sonntag hinzugehen, es war gewiss notwendig, der Prozess kam in Gang und er musste sich dem entgegenstellen, diese erste Untersuchung sollte auch die letzte sein. Er stand noch nachdenklich beim Apparat, da hörte er hinter sich die Stimme des Direktor-Stellvertreters, der telefonieren wollte, dem aber K. den Weg verstellte. »Schlechte Nachrichten?«, fragte der Direktor-Stellvertreter leichthin, nicht um etwas zu erfahren, sondern um K. vom Apparat wegzubringen. »Nein, nein«, sagte K., trat beiseite, ging aber nicht weg. Der Direktor-Stellvertreter nahm den Hörer und sagte, während er auf die telefonische Verbindung wartete, über das Hörrohr hinweg: »Eine Frage, Herr K.: Möchten Sie mir Sonntagfrüh das Vergnügen machen, eine Partie auf meinem Segelboot mitzumachen? Es wird eine größere Gesellschaft sein, gewiss auch Ihre Bekannten darunter. Unter anderem Staatsanwalt Hasterer. Wollen Sie kommen? Kommen Sie doch!« K. versuchte, darauf achtzugeben, was der Direktor-Stellvertreter sagte. Es war nicht unwichtig für ihn, denn diese Einladung des Direktor-Stellvertreters, mit dem er sich niemals sehr gut vertragen hatte, bedeutete einen Versöhnungsversuch von dessen Seite und zeigte, wie wichtig K. in der Bank geworden war und wie wertvoll seine Freundschaft oder wenigstens seine Unparteilichkeit dem zweithöchsten Beamten der Bank erschien. Diese Einladung war eine Demütigung des Direktor-Stellvertreters, mochte sie auch nur in Erwartung der telefonischen Verbindung über das Hörrohr hinweg gesagt sein. Aber K. musste eine zweite Demütigung folgen lassen, er sagte: »Vielen Dank! Aber ich habe leider Sonntag keine Zeit, ich habe schon eine Verpflichtung.« »Schade«, sagte der Direktor-Stellvertreter und wandte sich dem telefonischen Gespräch zu, das gerade hergestellt worden war. Es war kein kurzes Gespräch, aber K. blieb in seiner Zerstreutheit die ganze Zeit über neben dem Apparat stehen. Erst als der Direktor-Stellvertreter abläutete, erschrak er und sagte, um sein unnützes Dasein nur ein wenig zu entschuldigen: »Ich bin jetzt antelefoniert worden, ich möchte irgendwo hinkommen, aber man hat vergessen, mir zu sagen, zu welcher Stunde.« »Fragen Sie doch noch einmal nach«, sagte der Direktor-Stellvertreter. »Es ist nicht so wichtig«, sagte K., obwohl dadurch seine frühere, schon an sich mangelhafte Entschuldigung noch weiter verfiel. Der Direktor-Stellvertreter sprach noch im Weggehen über andere Dinge. K. zwang sich auch zu antworten, dachte aber hauptsächlich daran, dass es am besten sein werde, Sonntag um neun Uhr vormittags hinzukommen, da zu dieser Stunde an Werktagen alle Gerichte zu arbeiten anfangen.

Sonntag war trübes Wetter. K. war sehr ermüdet, da er wegen einer Stammtischfeierlichkeit bis spät in die Nacht im Gasthaus geblieben war, er hätte fast verschlafen. Eilig, ohne Zeit zu haben zu überlegen und die verschiedenen Pläne, die er während der Woche ausgedacht hatte, zusammenzustellen, kleidete er sich an und lief, ohne zu frühstücken, in die ihm bezeichnete Vorstadt. Eigentümlicherweise traf er, obwohl er wenig Zeit hatte umherzublicken, die drei an seiner Angelegenheit beteiligten Beamten, Rabensteiner, Kullich und Kaminer. Die ersten zwei fuhren in einer Elektrischen quer über K.s Weg, Kaminer aber saß auf der Terrasse eines Kaffeehauses und beugte sich, gerade als K. vorüberkam, neugierig über die Brüstung. Alle sahen ihm wohl nach und wunderten sich, wie ihr Vorgesetzter lief; es war irgendein Trotz, der K. davon abgehalten hatte, zu fahren, er hatte Abscheu vor jeder, selbst der geringsten fremden Hilfe in dieser seiner Sache, auch wollte er niemanden in Anspruch nehmen und dadurch selbst nur im Allerentferntesten einweihen; schließlich hatte er aber auch nicht die geringste Lust, sich durch allzu große Pünktlichkeit vor der Untersuchungskommission zu erniedrigen. Allerdings lief er jetzt, um nur möglichst um neun Uhr einzutreffen, obwohl er nicht einmal für eine bestimmte Stunde bestellt war.

Er hatte gedacht, das Haus schon von der Ferne an irgendeinem Zeichen, das er sich selbst nicht genau vorgestellt hatte, oder an einer besonderen Bewegung vor dem Eingang schon von Weitem zu erkennen. Aber die Juliusstraße, in der es sein sollte und an deren Beginn K. einen Augenblick lang stehen blieb, enthielt auf beiden Seiten fast ganz einförmige Häuser, hohe, graue, von armen Leuten bewohnte Miethäuser. Jetzt, am Sonntagmorgen, waren die meisten Fenster besetzt, Männer in Hemdärmeln lehnten dort und rauchten oder hielten kleine Kinder vorsichtig und zärtlich an den Fensterrand. Andere Fenster waren hoch mit Bettzeug angefüllt, über dem flüchtig der zerraufte Kopf einer Frau erschien. Man rief einander über die Gasse zu, ein solcher Zuruf bewirkte gerade über K. ein großes Gelächter. Regelmäßig verteilt befanden sich in der langen Straße kleine, unter dem Straßenniveau liegende, durch ein paar Treppen erreichbare Läden mit verschiedenen Lebensmitteln. Dort gingen Frauen aus und ein oder standen auf den Stufen und plauderten. Ein Obsthändler, der seine Waren zu den Fenstern hinauf empfahl, hätte, ebenso unaufmerksam wie K., mit seinem Karren diesen fast niedergeworfen. Eben begann ein in besseren Stadtvierteln ausgedientes Grammofon mörderisch zu spielen.

K. ging tiefer in die Gasse hinein, langsam, als hätte er nun schon Zeit oder als sähe ihn der Untersuchungsrichter aus irgendeinem Fenster und wisse also, dass sich K. eingefunden habe. Es war kurz nach neun. Das Haus lag ziemlich weit, es war fast ungewöhnlich ausgedehnt, besonders die Toreinfahrt war hoch und weit. Sie war offenbar für Lastfuhren bestimmt, die zu den verschiedenen Warenmagazinen gehörten, die jetzt versperrt den großen Hof umgaben und Aufschriften von Firmen trugen, von denen K. einige aus dem Bankgeschäft kannte. Gegen seine sonstige Gewohnheit sich mit allen diesen Äußerlichkeiten genauer befassend, blieb er auch ein wenig am Eingang des Hofes stehen. In seiner Nähe auf einer Kiste saß ein bloßfüßiger Mann und las eine Zeitung. Auf einem

Handkarren schaukelten zwei Jungen. Vor einer Pumpe stand ein schwaches, junges Mädchen in einer Nachtjoppe und blickte, während das Wasser in ihre Kanne strömte, auf K. hin. In einer Ecke des Hofes wurde zwischen zwei Fenstern ein Strick gespannt, auf dem die zum Trocknen bestimmte Wäsche schon hing. Ein Mann stand unten und leitete die Arbeit durch ein paar Zurufe.

K. wandte sich der Treppe zu, um zum Untersuchungszimmer zu kommen, stand dann aber wieder still, denn außer dieser Treppe sah er im Hof noch drei verschiedene Treppenaufgänge und überdies schien ein kleiner Durchgang am Ende des Hofes noch in einen zweiten Hof zu führen. Er ärgerte sich, dass man ihm die Lage des Zimmers nicht näher bezeichnet hatte, es war doch eine sonderbare Nachlässigkeit oder Gleichgültigkeit, mit der man ihn behandelte, er beabsichtigte, das sehr laut und deutlich festzustellen. Schließlich stieg er doch die Treppe hinauf und spielte in Gedanken mit einer Erinnerung an den Ausspruch des Wächters Willem, dass das Gericht von der Schuld angezogen werde, woraus eigentlich folgte, dass das Untersuchungszimmer an der Treppe liegen musste, die K. zufällig wählte.

Er störte im Hinaufgehen viele Kinder, die auf der Treppe spielten und ihn, wenn er durch ihre Reihe schritt, böse ansahen. »Wenn ich nächstens wieder hergehen sollte«, sagte er sich, »muss ich entweder Zuckerwerk mitnehmen, um sie zu gewinnen, oder den Stock, um sie zu prügeln.« Knapp vor dem ersten Stockwerk musste er sogar ein Weilchen warten, bis eine Spielkugel ihren Weg vollendet hatte, zwei kleine Jungen mit den verzwickten Gesichtern erwachsener Strolche hielten ihn indessen an den Beinkleidern; hätte er sie abschütteln wollen, hätte er ihnen wehtun müssen, und er fürchtete ihr Geschrei.

Im ersten Stockwerk begann die eigentliche Suche. Da er doch nicht nach der Untersuchungskommission fragen konnte, erfand er einen Tischler Lanz – der Name fiel ihm ein, weil der Hauptmann, der Neffe der Frau Grubach, so hieß – und wollte nun in allen Wohnungen nachfragen, ob hier ein Tischler Lanz wohne, um so die Möglichkeit zu bekommen, in die Zimmer hineinzusehen. Es zeigte sich aber, dass das meistens ohne Weiteres möglich war, denn fast alle Türen standen offen und die Kinder liefen ein und aus. Es waren in der Regel kleine, einfenstrige Zimmer, in denen auch gekocht wurde. Manche Frauen hielten Säuglinge im Arm und arbeiteten mit der freien Hand auf dem Herd. Halbwüchsige, scheinbar nur mit Schürzen bekleidete Mädchen liefen am fleißigsten hin und her. In allen Zimmern standen die Betten noch in Benützung, es lagen dort Kranke oder noch Schlafende oder Leute, die sich dort in Kleidern streckten. An den Wohnungen, deren Türen geschlossen waren, klopfte K. an und fragte, ob hier ein Tischler Lanz wohne. Meistens öffnete eine Frau, hörte die Frage an und wandte sich ins Zimmer zu jemandem, der sich aus dem Bett erhob. »Der Herr fragt, ob ein Tischler Lanz hier wohnt.« »Tischler Lanz?«, fragte der aus dem Bett. »Ja«, sagte K., obwohl sich hier die Untersuchungskommission zweifellos nicht befand und daher seine Aufgabe beendet war. Viele glaubten, es liege K. sehr viel daran, den Tischler Lanz zu finden, dachten lange nach, nannten einen Tischler, der aber nicht Lanz hieß, oder einen Namen, der mit Lanz eine ganz entfernte Ähnlichkeit hatte, oder sie fragten bei Nachbarn oder begleiteten K. zu einer weit entfernten Tür, wo ihrer Meinung nach ein derartiger Mann möglicherweise in Aftermiete wohne oder wo jemand sei, der bessere Auskunft als sie selbst geben könne. Schließlich musste K. kaum mehr selbst fragen, sondern wurde auf diese Weise durch die Stockwerke gezogen. Er bedauerte seinen Plan, der ihm zuerst so praktisch erschienen war. Vor dem fünften Stockwerk entschloss er sich, die Suche aufzugeben, verabschiedete sich von einem freundlichen, jungen Arbeiter, der ihn weiter hinaufführen wollte, und ging hinunter. Dann aber ärgerte ihn wieder das Nutzlose dieser ganzen Unternehmung, er ging nochmals zurück und klopfte an die erste Tür des fünften Stockwerkes. Das Erste, was er in dem kleinen Zimmer sah, war eine große Wanduhr, die schon zehn Uhr zeigte. »Wohnt ein Tischler Lanz hier?«, fragte er. »Bitte«, sagte eine junge Frau mit schwarzen, leuchtenden Augen, die gerade in einem Kübel Kinderwäsche wusch, und zeigte mit der nassen Hand auf die offene Tür des Nebenzimmers.

K. glaubte in eine Versammlung einzutreten. Ein Gedränge der verschiedensten Leute – niemand kümmerte sich um den Eintretenden – füllte ein mittelgroßes, zweifenstriges Zimmer, das knapp an der Decke von einer Galerie umgeben war, die gleichfalls vollständig besetzt war und wo die Leute nur gebückt stehen konnten und mit Kopf und Rücken an die Decke stießen. K., dem die Luft zu dumpf war, trat wieder hinaus und sagte zu der jungen Frau, die ihn wahrscheinlich falsch verstanden hatte: »Ich habe nach einem Tischler, einem gewissen Lanz, gefragt?« »Ja«, sagte die Frau, »gehen Sie, bitte, hinein.« K. hätte ihr vielleicht nicht gefolgt, wenn die Frau nicht auf ihn zugegangen wäre, die Türklinke ergriffen und gesagt hätte: »Nach Ihnen muss ich schließen, es darf niemand mehr hi-

nein.« »Sehr vernünftig«, sagte K., »es ist aber jetzt schon zu voll.« Dann ging er aber doch wieder hinein.
Zwischen zwei Männern hindurch, die sich unmittelbar bei der Tür unterhielten – der eine machte mit beiden, weit vorgestreckten Händen die Bewegung des Geldaufzählens, der andere sah ihm scharf in die Augen –, fasste eine Hand nach K. Es war ein kleiner, rotbäckiger Junge. »Kommen Sie, kommen Sie«, sagte er. K. ließ sich von ihm führen, es zeigte sich, dass in dem durcheinanderwimmelnden Gedränge doch ein schmaler Weg frei war, der möglicherweise zwei Parteien schied; dafür sprach auch, dass K. in den ersten Reihen rechts und links kaum ein ihm zugewendetes Gesicht sah, sondern nur die Rücken von Leuten, welche ihre Reden und Bewegungen nur an Leute ihrer Partei richteten. Die meisten waren schwarz angezogen, in alten, lang und lose hinunterhängenden Feiertagsröcken. Nur diese Kleidung beirrte K., sonst hätte er das Ganze für eine politische Bezirksversammlung angesehen.
Am anderen Ende des Saales, zu dem K. geführt wurde, stand auf einem sehr niedrigen, gleichfalls überfüllten Podium ein kleiner Tisch, der Quere nach aufgestellt, und hinter ihm, nahe am Rand des Podiums, saß ein kleiner, dicker, schnaufender Mann, der sich gerade mit einem hinter ihm Stehenden – dieser hatte den Ellbogen auf die Sessellehne gestützt und die Beine gekreuzt – unter großem Gelächter unterhielt. Manchmal warf er den Arm in die Luft, als karikiere er jemanden. Der Junge, der K. führte, hatte Mühe, seine Meldung vorzubringen. Zweimal hatte er schon, auf den Fußspitzen stehend, etwas auszurichten versucht, ohne von dem Mann oben beachtet worden zu sein. Erst als einer der Leute oben auf dem Podium auf den Jungen aufmerksam machte, wandte sich der Mann ihm zu und hörte hinuntergebeugt seinen leisen Bericht an. Dann zog er seine Uhr und sah schnell nach K. hin. »Sie hätten vor einer Stunde und fünf Minuten erscheinen sollen«, sagte er. K. wollte etwas antworten, aber er hatte keine Zeit, denn kaum hatte der Mann ausgesprochen, erhob sich in der rechten Saalhälfte ein allgemeines Murren. »Sie hätten vor einer Stunde und fünf Minuten erscheinen sollen«, wiederholte nun der Mann mit erhobener Stimme und sah nun auch schnell in den Saal hinunter. Sofort wurde auch das Murren stärker und verlor sich, da der Mann nichts mehr sagte, nur allmählich. Es war jetzt im Saal viel stiller als bei K.s Eintritt. Nur die Leute auf der Galerie hörten nicht auf, ihre Bemerkungen zu machen. Sie schienen, soweit man oben in dem Halbdunkel, Dunst und Staub etwas unterscheiden konnte, schlechter

angezogen zu sein als die unten. Manche hatten Polster mitgebracht, die sie zwischen den Kopf und die Zimmerdecke gelegt hatten, um sich nicht wundzudrücken.

K. hatte sich entschlossen, mehr zu beobachten als zu reden, infolgedessen verzichtete er auf die Verteidigung wegen seines angeblichen Zuspätkommens und sagte bloß: »Mag ich zu spät gekommen sein, jetzt bin ich hier.« Ein Beifallklatschen, wieder aus der rechten Saalhälfte, folgte. »Leicht zu gewinnende Leute«, dachte K. und war nur gestört durch die Stille in der linken Saalhälfte, die gerade hinter ihm lag und aus der sich nur ganz vereinzeltes Händeklatschen erhoben hatte. Er dachte nach, was er sagen könnte, um alle auf einmal oder, wenn das nicht möglich sein sollte, wenigstens zeitweilig auch die anderen zu gewinnen.

»Ja«, sagte der Mann, »aber ich bin nicht mehr verpflichtet, Sie jetzt zu verhören« – wieder das Murren, diesmal aber missverständlich, denn der Mann fuhr, indem er den Leuten mit der Hand abwinkte, fort –, »ich will es jedoch ausnahmsweise heute noch tun. Eine solche Verspätung darf sich aber nicht mehr wiederholen. Und nun treten Sie vor!« Irgendjemand sprang vom Podium hinunter, sodass für K. ein Platz frei wurde, auf den er hinaufstieg. Er stand eng an den Tisch gedrückt, das Gedränge hinter ihm war so groß, dass er ihm Widerstand leisten musste, wollte er nicht den Tisch des Untersuchungsrichters und vielleicht auch diesen selbst vom Podium hinunterstoßen.

Der Untersuchungsrichter kümmerte sich aber nicht darum, sondern saß recht bequem auf seinem Sessel und griff, nachdem er dem Mann hinter ihm ein abschließendes Wort gesagt hatte, nach einem kleinen Anmerkungsbuch, dem einzigen Gegenstand auf seinem Tisch. Es war schulheftartig, alt, durch vieles Blättern ganz aus der Form gebracht. »Also«, sagte der Untersuchungsrichter, blätterte in dem Heft und wandte sich im Tone einer Feststellung an K., »Sie sind Zimmermaler?« »Nein«, sagte K., »sondern erster Prokurist einer großen Bank.« Dieser Antwort folgte bei der rechten Partei unten ein Gelächter, das so herzlich war, dass K. mitlachen musste. Die Leute stützten sich mit den Händen auf ihre Knie und schüttelten sich wie unter schweren Hustenanfällen. Es lachten sogar einzelne auf der Galerie. Der ganz böse gewordene Untersuchungsrichter, der wahrscheinlich gegen die Leute unten machtlos war, suchte sich an der Galerie zu entschädigen, sprang auf, drohte der Galerie, und seine sonst wenig auffallenden Augenbrauen drängten sich buschig, schwarz und groß über seinen Augen.

Die linke Saalhälfte war aber noch immer still, die Leute standen dort in Reihen, hatten ihre Gesichter dem Podium zugewendet und hörten den Worten, die oben gewechselt wurden, ebenso ruhig zu wie dem Lärm der anderen Partei, sie duldeten sogar, dass einzelne aus ihren Reihen mit der anderen Partei hie und da gemeinsam vorgingen. Die Leute der linken Partei, die übrigens weniger zahlreich waren, mochten im Grunde ebenso unbedeutend sein wie die der rechten Partei, aber die Ruhe ihres Verhaltens ließ sie bedeutungsvoller erscheinen. Als K. jetzt zu reden begann, war er überzeugt, in ihrem Sinne zu sprechen.

»Ihre Frage, Herr Untersuchungsrichter, ob ich Zimmermaler bin – vielmehr, Sie haben gar nicht gefragt, sondern es mir auf den Kopf zugesagt –, ist bezeichnend für die ganze Art des Verfahrens, das gegen mich geführt wird. Sie können einwenden, dass es ja überhaupt kein Verfahren ist, Sie haben sehr recht, denn es ist ja nur ein Verfahren, wenn ich es als solches anerkenne. Aber ich erkenne es also für den Augenblick jetzt an, aus Mitleid gewissermaßen. Man kann sich nicht anders als mitleidig dazu stellen, wenn man es überhaupt beachten will. Ich sage nicht, dass es ein liederliches Verfahren ist, aber ich möchte Ihnen diese Bezeichnung zur Selbsterkenntnis angeboten haben.«

K. unterbrach sich und sah in den Saal hinunter. Was er gesagt hatte, war scharf, schärfer, als er es beabsichtigt hatte, aber doch richtig. Es hätte Beifall hier oder dort verdient, es war jedoch alles still, man wartete offenbar gespannt auf das Folgende, es bereitete sich vielleicht in der Stille ein Ausbruch vor, der allem ein Ende machen würde. Störend war es, dass sich jetzt die Tür am Saalende öffnete, die junge Wäscherin, die ihre Arbeit wahrscheinlich beendet hatte, eintrat und trotz aller Vorsicht, die sie aufwendete, einige Blicke auf sich zog. Nur der Untersuchungsrichter machte K. unmittelbare Freude, denn er schien von den Worten sofort getroffen zu werden. Er hatte bisher stehend zugehört, denn er war von K.s Ansprache überrascht worden, während er sich für die Galerie aufgerichtet hatte. Jetzt, in der Pause, setzte er sich allmählich, als sollte es nicht bemerkt werden. Wahrscheinlich um seine Miene zu beruhigen, nahm er wieder das Heftchen vor.

»Es hilft nichts«, fuhr K. fort, »auch Ihr Heftchen, Herr Untersuchungsrichter, bestätigt, was ich sage.« Zufrieden damit, nur seine ruhigen Worte in der fremden Versammlung zu hören, wagte es K. sogar, kurzerhand das Heft dem Untersuchungsrichter wegzunehmen und es mit den Fingerspitzen, als scheue er sich davor, an einem mittleren Blatte hochzuheben, sodass beiderseits die eng beschriebenen, fleckigen, gelbrandigen Blätter hinunterhingen. »Das sind die Akten des Untersuchungsrichters«, sagte er und ließ das Heft auf den Tisch hinunterfallen. »Lesen Sie darin ruhig weiter, Herr Untersuchungsrichter, vor diesem Schuldbuch fürchte ich mich wahrhaftig nicht, obwohl es mir unzugänglich ist, denn ich kann es nur mit zwei Fingern anfassen und würde es nicht in die Hand nehmen.« Es konnte nur ein Zeichen tiefer Demütigung sein oder es musste zumindest so aufgefasst werden, dass der Untersuchungsrichter nach dem Heftchen, wie es auf den Tisch gefallen war, griff, es ein wenig in Ordnung zu bringen suchte und es wieder vornahm, um darin zu lesen. Die Gesichter der Leute in der ersten Reihe waren so gespannt auf K. gerichtet, dass er ein Weilchen lang zu ihnen hinuntersah. Es waren durchwegs ältere Männer, einige waren weißbärtig. Waren vielleicht sie die Entscheidenden, die die ganze Versammlung beeinflussen konnten, welche auch durch die Demütigung des Untersuchungsrichters sich nicht aus der Regungslosigkeit bringen ließ, in welche sie seit K.s Rede versunken war? »Was mir geschehen ist«, fuhr K. fort, etwas leiser als früher, und suchte immer wieder die Gesichter der ersten Reihe ab, was seiner Rede einen etwas fahrigen Ausdruck gab, »was mir geschehen ist, ist ja nur ein einzelner Fall und als solcher nicht sehr wichtig, da ich es nicht sehr schwernehme, aber es ist das Zeichen eines Verfahrens, wie es gegen viele geübt wird. Für diese stehe ich hier ein, nicht für mich.«

Er hatte unwillkürlich seine Stimme erhoben. Irgendwo klatschte jemand mit erhobenen Händen und rief: »Bravo! Warum denn nicht? Bravo! Und wieder Bravo!« Die in der ersten Reihe griffen hier und da in ihre Bärte, keiner kehrte sich wegen des Ausrufs um. Auch K. maß ihm keine Bedeutung bei, war aber doch aufgemuntert; er hielt es jetzt gar nicht mehr für nötig, dass alle Beifall klatschten, es genügte, wenn die Allgemeinheit über die Sache nachzudenken begann und nur manchmal einer durch Überredung gewonnen wurde.

»Ich will nicht Rednererfolg«, sagte K. aus dieser Überlegung heraus, »er dürfte mir auch nicht erreichbar sein. Der Herr Untersuchungsrichter spricht wahrscheinlich viel besser, es gehört ja zu seinem Beruf. Was ich will, ist nur die öffentliche Besprechung eines öffentlichen Missstandes. Hören Sie: Ich bin vor etwa zehn Tagen verhaftet worden, über die Tatsache der Verhaftung selbst lache ich, aber das gehört jetzt nicht hierher. Ich wurde früh im Bett überfallen, vielleicht hatte man – es ist nach dem, was der Untersuchungsrichter sagte, nicht ausgeschlossen – den

Befehl, irgendeinen Zimmermaler, der ebenso unschuldig ist wie ich, zu verhaften, aber man wählte mich. Das Nebenzimmer war von zwei groben Wächtern besetzt. Wenn ich ein gefährlicher Räuber wäre, hätte man nicht bessere Vorsorge treffen können. Diese Wächter waren überdies demoralisiertes Gesindel, sie schwätzten mir die Ohren voll, sie wollten sich bestechen lassen, sie wollten mir unter Vorspiegelungen Wäsche und Kleider herauslocken, sie wollten Geld, um mir angeblich ein Frühstück zu bringen, nachdem sie mein eigenes Frühstück vor meinen Augen schamlos aufgegessen hatten. Nicht genug daran. Ich wurde in ein drittes Zimmer vor den Aufseher geführt. Es war das Zimmer einer Dame, die ich sehr schätze, und ich musste zusehen, wie dieses Zimmer meinetwegen, aber ohne meine Schuld, durch die Anwesenheit der Wächter und des Aufsehers gewissermaßen verunreinigt wurde. Es war nicht leicht, ruhig zu bleiben. Es gelang mir aber, und ich fragte den Aufseher vollständig ruhig – wenn er hier wäre, müsste er es bestätigen –, warum ich verhaftet sei. Was antwortete nun dieser Aufseher, den ich jetzt noch vor mir sehe, wie er auf dem Sessel der erwähnten Dame als eine Darstellung des stumpfsinnigsten Hochmuts sitzt? Meine Herren, er antwortete im Grunde nichts, vielleicht wusste er wirklich nichts, er hatte mich verhaftet und war damit zufrieden. Er hat sogar noch ein Übriges getan und in das Zimmer jener Dame drei niedrige Angestellte meiner Bank gebracht, die sich damit beschäftigten, Fotografien, Eigentum der Dame, zu betasten und in Unordnung zu bringen. Die Anwesenheit dieser Angestellten hatte natürlich noch einen anderen Zweck, sie sollten, ebenso wie meine Vermieterin und ihr Dienstmädchen, die Nachricht von meiner Verhaftung verbreiten, mein öffentliches Ansehen schädigen und insbesondere in der Bank meine Stellung erschüttern. Nun ist nichts davon, auch nicht im Geringsten, gelungen, selbst meine Vermieterin, eine ganz einfache Person – ich will ihren Namen hier in ehrendem Sinne nennen, sie heißt Frau Grubach –, selbst Frau Grubach war verständig genug, einzusehen, dass eine solche Verhaftung nicht mehr bedeutet als einen Anschlag, den nicht genügend beaufsichtigte Jungen auf der Gasse ausführen. Ich wiederhole, mir hat das Ganze nur Unannehmlichkeiten und vorübergehenden Ärger bereitet, hätte es aber nicht auch schlimmere Folgen haben können?«

Als K. sich hier unterbrach und nach dem stillen Untersuchungsrichter hinsah, glaubte er zu bemerken, dass dieser gerade mit einem Blick jemandem in der Menge ein Zeichen gab. K. lächelte und sagte: »Eben gibt hier neben mir der Herr Untersuchungsrichter jemandem von Ihnen ein geheimes Zeichen. Es sind also Leute unter Ihnen, die von hier oben dirigiert werden. Ich weiß nicht, ob das Zeichen jetzt Zischen oder Beifall bewirken sollte, und verzichte dadurch, dass ich die Sache vorzeitig verrate, ganz bewusst darauf, die Bedeutung des Zeichens zu erfahren. Es ist mir vollständig gleichgültig, und ich ermächtige den Herrn Untersuchungsrichter öffentlich, seine bezahlten Angestellten dort unten statt mit geheimen Zeichen laut mit Worten zu befehligen, indem er etwa einmal sagt: ›Jetzt zischt!‹, und das nächste Mal: ›Jetzt klatscht!‹«

In Verlegenheit oder Ungeduld rückte der Untersuchungsrichter auf seinem Sessel hin und her. Der Mann hinter ihm, mit dem er sich schon früher unterhalten hatte, beugte sich wieder zu ihm, sei es, um ihm im Allgemeinen Mut zuzusprechen oder um ihm einen besonderen Rat zu geben. Unten unterhielten sich die Leute leise, aber lebhaft. Die zwei Parteien, die früher so entgegengesetzte Meinungen gehabt zu haben schienen, vermischten sich, einzelne Leute zeigten mit dem Finger auf K., andere auf den Untersuchungsrichter. Der neblige Dunst im Zimmer war äußerst lästig, er verhinderte sogar eine genauere Beobachtung der Fernerstehenden. Besonders für die Galeriebesucher musste er störend sein, sie waren gezwungen, allerdings unter scheuen Seitenblicken nach dem Untersuchungsrichter, leise Fragen an die Versammlungsteilnehmer zu stellen, um sich näher zu unterrichten. Die Antworten wurden im Schutz der vorgehaltenen Hände ebenso leise gegeben.

»Ich bin gleich zu Ende«, sagte K. und schlug, da keine Glocke vorhanden war, mit der Faust auf den Tisch; im Schrecken darüber fuhren die Köpfe des Untersuchungsrichters und seines Ratgebers augenblicklich auseinander: »Mir steht die ganze Sache fern, ich beurteile sie daher ruhig, und Sie können, vorausgesetzt, dass Ihnen an diesem angeblichen Gericht etwas gelegen ist, großen Vorteil davon haben, wenn Sie mir zuhören. Ihre gegenseitigen Besprechungen dessen, was ich vorbringe, bitte ich Sie für späterhin zu verschieben, denn ich habe keine Zeit und werde bald weggehen.«

Sofort war es still, so sehr beherrschte K. schon die Versammlung. Man schrie nicht mehr durcheinander wie am Anfang, man klatschte nicht einmal mehr Beifall, aber man schien schon überzeugt oder auf dem nächsten Wege dazu.

»Es ist kein Zweifel«, sagte K. sehr leise, denn ihn freute das angespannte Aufhorchen der ganzen Versammlung, in dieser Stille entstand ein Sausen, das aufreizender war als der verzückteste Beifall, »es ist kein Zweifel, dass hinter allen Äußerungen dieses Gerichtes, in meinem Fall also hinter der Verhaftung und der heutigen Untersuchung, eine große Organisation sich befindet. Eine Organisation, die nicht nur bestechliche Wächter, läppische Aufseher und Untersuchungsrichter, die günstigsten Falles bescheiden sind, beschäftigt, sondern die weiterhin jedenfalls eine Richterschaft hohen und höchsten Grades unterhält, mit dem zahllosen, unumgänglichen Gefolge von Dienern, Schreibern, Gendarmen und anderen Hilfskräften, vielleicht sogar Henkern, ich scheue vor dem Wort nicht zurück. Und der Sinn dieser großen Organisation, meine Herren? Er besteht darin, dass unschuldige Personen verhaftet werden und gegen sie ein sinnloses und meistens, wie in meinem Fall, ergebnisloses Verfahren eingeleitet wird. Wie ließe sich bei dieser Sinnlosigkeit des Ganzen die schlimmste Korruption der Beamtenschaft vermeiden? Das ist unmöglich, das brächte auch der höchste Richter nicht einmal für sich selbst zustande. Darum suchen die Wächter den Verhafteten die Kleider vom Leib zu stehlen, darum brechen Aufseher in fremde Wohnungen ein, darum sollen Unschuldige, statt verhört, lieber vor ganzen Versammlungen entwürdigt werden. Die Wächter haben nur von Depots erzählt, in die man das Eigentum der Verhafteten bringt, ich wollte einmal diese Depotplätze sehen, in denen das mühsam erarbeitete Vermögen der Verhafteten fault, soweit es nicht von diebischen Depotbeamten gestohlen ist.«

K. wurde durch ein Kreischen vom Saalende unterbrochen, er beschattete die Augen, um hinsehen zu können, denn das trübe Tageslicht machte den Dunst weißlich und blendete. Es handelte sich um die Waschfrau, die K. gleich bei ihrem Eintritt als eine wesentliche Störung erkannt hatte. Ob sie jetzt schuldig war oder nicht, konnte man nicht erkennen. K. sah nur, dass ein Mann sie in einen Winkel bei der Tür gezogen hatte und dort an sich drückte. Aber nicht sie kreischte, sondern der Mann, er hatte den Mund breit gezogen und blickte zur Decke. Ein kleiner Kreis hatte sich um beide gebildet, die Galeriebesucher in der Nähe schienen darüber begeistert, dass der Ernst, den K. in die Versammlung eingeführt hatte, auf diese Weise unterbrochen wurde. K. wollte unter dem ersten Eindruck gleich hinlaufen, auch dachte er, allen würde daran gelegen sein, dort Ordnung zu schaffen und zumindest das Paar aus dem Saal zu weisen, aber die ersten Reihen vor ihm blieben ganz fest, keiner rührte sich, und keiner ließ K. durch. Im Gegenteil, man hinderte ihn, alte Männer hielten den Arm vor, und irgendeine Hand – er hatte nicht Zeit, sich umzudrehen – fasste ihn hinten am Kragen. K. dachte nicht eigentlich mehr an das Paar, ihm war, als werde seine Freiheit eingeschränkt, als mache man mit der Verhaftung ernst, und er sprang rücksichtslos vom Podium hinunter. Nun stand er Aug in Aug dem Gedränge gegenüber. Hatte er die Leute richtig beurteilt? Hatte er seiner Rede zu viel Wirkung zugetraut? Hatte man sich verstellt, solange er gesprochen hatte, und hatte man jetzt, da er zu den Schlussfolgerungen kam, die Verstellung satt? Was für Gesichter rings um ihn! Kleine, schwarze Äuglein huschten hin und her, die Wangen hingen herab, wie bei Versoffenen, die langen Bärte waren steif und schütter, und griff man in sie, so war es, als bilde man bloß Krallen, nicht als griffe man in Bärte. Unter den Bärten aber – und das war die eigentliche Entdeckung, die K. machte – schimmerten am Rockkragen Abzeichen in verschiedener Größe und Farbe. Alle hatten diese Abzeichen, soweit man sehen konnte. Alle gehörten zueinander, die scheinbaren Parteien rechts und links, und als er sich plötzlich umdrehte, sah er die gleichen Abzeichen am Kragen des Untersuchungsrichters, der, die Hände im Schoß, ruhig hinuntersah. »So«, rief K. und warf die Arme in die Höhe, die plötzliche Erkenntnis wollte Raum, »ihr seid ja alle Beamte, wie ich sehe, ihr seid ja die korrupte Bande, gegen die ich sprach, ihr habt euch hier gedrängt, als Zuhörer und Schnüffler, habt scheinbare Parteien gebildet, und eine hat applaudiert, um mich zu prüfen, ihr wolltet lernen, wie man Unschuldige verführen soll! Nun, ihr seid nicht nutzlos hier gewesen, hoffe ich, entweder habt ihr euch darüber unterhalten, dass jemand die Verteidigung der Unschuld von euch erwartet hat, oder aber – lass mich oder ich schlage«, rief K. einem zitternden Greis zu, der sich besonders nahe an ihn geschoben hatte – »oder aber ihr habt wirklich etwas gelernt. Und damit wünsche ich euch Glück zu euerem Gewerbe.« Er nahm schnell seinen Hut, der am Rande des Tisches lag, und drängte sich unter allgemeiner Stille, jedenfalls der Stille vollkommenster Überraschung, zum Ausgang. Der Untersuchungsrichter schien aber noch schneller als K. gewesen zu sein, denn er erwartete ihn bei der Tür. »Einen Augenblick«, sagte er. K. blieb stehen, sah aber nicht auf den Untersuchungsrichter, sondern auf die Tür, deren Klinke er schon ergriffen hatte. »Ich wollte Sie nur darauf aufmerksam machen«, sagte der Untersuchungsrichter, »dass Sie sich heute – es dürfte Ihnen noch nicht zu Bewusstsein gekommen sein – des Vorteils beraubt haben, den ein Verhör für den Verhafteten in jedem Falle bedeutet.« K. lachte die Tür an. »Ihr Lumpen«, rief er, »ich schenke euch alle Verhöre«, öffnete die Tür und eilte die Treppe hinunter. Hinter ihm erhob sich der Lärm der wieder lebendig gewordenen Versammlung, welche die Vorfälle wahrscheinlich nach Art von Studierenden zu besprechen begann.

Drittes Kapitel
Im leeren Sitzungssaal – Der Student – Die·Kanzleien

K. wartete während der nächsten Woche von Tag zu Tag auf eine neuerliche Verständigung, er konnte nicht glauben, dass man seinen Verzicht auf Verhöre wörtlich genommen hatte, und als die erwartete Verständigung bis Samstagabend wirklich nicht kam, nahm er an, er sei stillschweigend in das gleiche Haus für die gleiche Zeit wieder vorgeladen. Er begab sich daher sonntags wieder hin, ging diesmal geradewegs über Treppen und Gänge; einige Leute, die sich seiner erinnerten, grüßten ihn an ihren Türen, aber er musste niemanden mehr fragen und kam bald zu der richtigen Tür. Auf sein Klopfen wurde ihm gleich aufgemacht, und ohne sich weiter nach der bekannten Frau umzusehen, die bei der Tür stehen blieb, wollte er gleich ins Nebenzimmer. »Heute ist keine Sitzung«, sagte die Frau. »Warum sollte keine Sitzung sein?«, fragte er und wollte es nicht glauben. Aber die Frau überzeugte ihn, indem sie die Tür des Nebenzimmers öffnete. Es war wirklich leer und sah in seiner Leere noch kläglicher aus als am letzten Sonntag. Auf dem Tisch, der unverändert auf dem Podium stand, lagen einige Bücher. »Kann ich mir die Bücher anschauen?«, fragte K., nicht aus besonderer Neugierde, sondern nur, um nicht vollständig nutzlos hier gewesen zu sein. »Nein«, sagte die Frau und schloss wieder die Tür, »das ist nicht erlaubt. Die Bücher gehören dem Untersuchungsrichter.« »Ach so«, sagte K. und nickte, »die Bücher sind wohl Gesetzbücher und es gehört zu der Art dieses Gerichtswesens, dass man nicht nur unschuldig, sondern auch unwissend verurteilt wird.« »Es wird so sein«, sagte die Frau, die ihn nicht genau verstanden hatte. »Nun, dann gehe ich wieder«, sagte K. »Soll ich dem Untersuchungsrichter etwas melden?«, fragte die Frau. »Sie kennen ihn?«, fragte K. »Natürlich«, sagte die Frau, »mein Mann ist ja Gerichtsdiener.« Erst jetzt merkte K., dass das Zimmer, in dem letzthin nur ein Waschbottich gestanden war, jetzt ein völlig eingerichtetes Wohnzimmer bildete. Die Frau bemerkte sein Staunen und sagte: »Ja, wir haben hier freie Wohnung, müssen aber an Sitzungstagen das Zimmer ausräumen. Die Stellung meines Mannes hat manche Nachteile.« »Ich staune nicht so sehr über das Zimmer«, sagte K. und blickte sie böse an, »als vielmehr darüber, dass Sie verheiratet sind.«

»Spielen Sie vielleicht auf den Vorfall in der letzten Sitzung an, durch den ich Ihre Rede störte?«, fragte die Frau. »Natürlich«, sagte K., »heute ist es ja schon vorüber und fast vergessen, aber damals hat es mich geradezu wütend gemacht. Und nun sagen Sie selbst, dass Sie eine verheiratete Frau sind.« »Es war nicht zu Ihrem Nachteil, dass Ihre Rede abgebrochen wurde. Man hat nachher noch sehr ungünstig über Sie geurteilt.« »Mag sein«, sagte K. ablenkend, »aber Sie entschuldigt das nicht.« »Ich bin vor allen entschuldigt, die mich kennen«, sagte die Frau, »der, welcher mich damals umarmt hat, verfolgt mich schon seit Langem. Ich mag im Allgemeinen nicht verlockend sein, für ihn bin ich es aber. Es gibt hierfür keinen Schutz, auch mein Mann hat sich schon damit abgefunden; will er seine Stellung behalten, muss er es dulden, denn jener Mann ist Student und wird voraussichtlich zu größerer Macht kommen. Er ist immerfort hinter mir her, gerade ehe Sie kamen, ist er fortgegangen.« »Es passt zu allem anderen«, sagte K., »es überrascht mich nicht.« »Sie wollen hier wohl einiges verbessern?«, fragte die Frau langsam und prüfend, als sage sie etwas, was sowohl für sie als für K. gefährlich war. »Ich habe das schon aus Ihrer Rede geschlossen, die mir persönlich sehr gut gefallen hat. Ich habe allerdings nur einen Teil gehört, den Anfang habe ich versäumt und während des Schlusses lag ich mit dem Studenten auf dem Boden. – Es ist ja so widerlich hier«, sagte sie nach einer Pause und fasste K.s Hand. »Glauben Sie, dass es Ihnen gelingen wird, eine Besserung zu erreichen?« K. lächelte und drehte seine Hand ein wenig in ihren weichen Händen. »Eigentlich«, sagte er, »bin ich nicht dazu angestellt, Besserungen hier zu erreichen, wie Sie sich ausdrücken, und wenn Sie es zum Beispiel dem Untersuchungsrichter sagten, würden Sie ausgelacht oder bestraft werden. Tatsächlich hätte ich mich auch aus freiem Willen in diese Dinge gewiss nicht eingemischt, und meinen Schlaf hätte die Verbesserungsbedürftigkeit dieses Gerichtswesens niemals gestört. Aber ich bin dadurch, dass ich angeblich verhaftet wurde – ich bin nämlich verhaftet –, gezwungen worden, hier einzugreifen, und zwar um meinetwillen. Wenn ich aber dabei auch Ihnen irgendwie nützlich sein kann, werde ich es natürlich sehr gerne tun. Nicht etwa nur aus Nächstenliebe, sondern außerdem deshalb, weil auch Sie mir helfen können.« »Wie könnte ich denn das?«, fragte die Frau. »Indem Sie mir zum Beispiel die Bücher dort auf dem Tisch zeigen.« »Aber gewiss«, rief die Frau und zog ihn eiligst hinter sich her. Es waren alte, abgegriffene Bücher, ein Einbanddeckel war in der Mitte fast zerbrochen, die Stücke hingen nur durch Fasern zusammen.

»Wie schmutzig hier alles ist«, sagte K. kopfschüttelnd, und die Frau wischte mit ihrer Schürze, ehe K. nach den Büchern greifen konnte, wenigstens oberflächlich den Staub weg. K. schlug das oberste Buch auf, es erschien ein unanständiges Bild. Ein Mann und eine Frau saßen nackt auf einem Kanapee, die gemeine Absicht des Zeichners war deutlich zu erkennen, aber seine Ungeschicklichkeit war so groß gewesen, dass schließlich doch nur ein Mann und eine Frau zu sehen waren, die allzu körperlich aus dem Bilde hervorragten, übermäßig aufrecht dasaßen und sich infolge falscher Perspektive nur mühsam einander zuwendeten. K. blätterte nicht weiter, sondern schlug nur noch das Titelblatt des zweiten Buches auf, es war ein Roman mit dem Titel: »Die Plagen, welche Grete von ihrem Manne Hans zu erleiden hatte.« »Das sind die Gesetzbücher, die hier studiert werden«, sagte K., »von solchen Menschen soll ich gerichtet werden.« »Ich werde Ihnen helfen«, sagte die Frau, »wollen Sie?« »Könnten Sie denn das wirklich, ohne sich selbst in Gefahr zu bringen? Sie sagten doch vorhin, Ihr Mann sei sehr abhängig von Vorgesetzten.« »Trotzdem will ich Ihnen helfen«, sagte die Frau, »kommen Sie, wir müssen es besprechen. Über meine Gefahr reden Sie nicht mehr, ich fürchte die Gefahr nur dort, wo ich sie fürchten will. Kommen Sie.« Sie zeigte auf das Podium und bat ihn, sich mit ihr auf die Stufe zu setzen. »Sie haben schöne dunkle Augen«, sagte sie, nachdem sie sich gesetzt hatten, und sah K. von unten ins Gesicht, »man sagt mir, ich hätte auch schöne Augen, aber Ihre sind viel schöner. Sie fielen mir übrigens gleich damals auf, als Sie zum ersten Mal hier eintraten. Sie waren auch der Grund, warum ich dann später hierher ins Versammlungszimmer ging, was ich sonst niemals tue und was mir sogar gewissermaßen verboten ist.« »Das ist also alles«, dachte K., sie bietet sich mir an, sie ist verdorben wie alle hier ringsherum, sie hat die Gerichtsbeamten satt, was ja begreiflich ist, und begrüßt deshalb jeden beliebigen Fremden mit einem Kompliment wegen seiner Augen.« Und K. stand stillschweigend auf, als hätte er seine Gedanken laut ausgesprochen und dadurch der Frau sein Verhalten erklärt. »Ich glaube nicht, dass Sie mir helfen können«, sagte er, »um mir wirklich zu helfen, müsste man Beziehungen zu hohen Beamten haben. Sie aber kennen gewiss nur die niedrigen Angestellten, die sich hier in Mengen herumtreiben. Diese kennen Sie gewiss sehr gut und könnten bei ihnen auch manches durchsetzen, das bezweifle ich nicht, aber das Größte, was man bei ihnen durchsetzen könnte, wäre für den endgültigen Ausgang des Prozesses gänzlich belanglos. Sie aber hätten sich dadurch doch einige Freunde verscherzt. Das will ich nicht. Führen Sie Ihr bisheriges Verhältnis zu diesen Leuten weiter, es scheint mir nämlich, dass es Ihnen unentbehrlich ist. Ich sage das nicht ohne Bedauern, denn, um Ihr Kompliment doch auch irgendwie zu erwidern, auch Sie gefallen mir gut, besonders wenn Sie mich wie jetzt so traurig ansehen, wozu übrigens für Sie gar kein Grund ist. Sie gehören zu der Gesellschaft, die ich bekämpfen muss, befinden sich aber in ihr sehr wohl, Sie lieben sogar den Studenten, und wenn Sie ihn nicht lieben, so ziehen Sie ihn doch wenigstens Ihrem Manne vor. Das konnte man aus Ihren Worten leicht erkennen.« »Nein!«, rief sie, blieb sitzen und griff nach K.s Hand, die er ihr nicht rasch genug entzog. »Sie dürfen jetzt nicht weggehen, Sie dürfen nicht mit einem falschen Urteil über mich weggehen! Brächten Sie es wirklich zustande, jetzt wegzugehen? Bin ich wirklich so wertlos, dass Sie mir nicht einmal den Gefallen tun wollen, noch ein kleines Weilchen hierzubleiben?« »Sie missverstehen mich«, sagte K. und setzte sich, »wenn Ihnen wirklich daran liegt, dass ich hierbleibe, bleibe ich gern, ich habe ja Zeit, ich kam doch in der Erwartung her, dass heute eine Verhandlung sein werde. Mit dem, was ich früher sagte, wollte ich Sie nur bitten, in meinem Prozess nichts für mich zu unternehmen. Aber auch das muss Sie nicht kränken, wenn Sie bedenken, dass mir am Ausgang des Prozesses gar nichts liegt und dass ich über eine Verurteilung nur lachen werde. Vorausgesetzt, dass es überhaupt zu einem wirklichen Abschluss des Prozesses kommt, was ich sehr bezweifle. Ich glaube vielmehr, dass das Verfahren infolge Faulheit oder Vergesslichkeit oder vielleicht sogar infolge Angst der Beamtenschaft schon abgebrochen ist oder in der nächsten Zeit abgebrochen werden wird. Möglich ist allerdings auch, dass man in Hoffnung auf irgendeine größere Bestechung den Prozess scheinbar weiterführen wird, ganz vergeblich, wie ich heute schon sagen kann, denn ich besteche niemanden. Es wäre immerhin eine Gefälligkeit, die Sie mir leisten könnten, wenn Sie dem Untersuchungsrichter oder irgendjemandem sonst, der wichtige Nachrichten gern verbreitet, mitteilten, dass ich niemals und durch keine Kunststücke, an denen die Herren wohl reich sind, zu einer Bestechung zu bewegen sein werde. Es wäre ganz aussichtslos, das können Sie ihnen offen sagen. Übrigens wird man es vielleicht selbst schon bemerkt haben, und selbst wenn dies nicht sein sollte, liegt mir gar nicht so viel daran, dass man es jetzt schon erfährt. Es würde ja dadurch den Herren nur Arbeit erspart werden, allerdings auch mir einige Unannehmlichkeiten, die ich aber gern auf mich nehme, wenn ich weiß, dass jede gleichzeitig ein Hieb für die anderen ist. Und dass es so wird, dafür will ich sorgen. Kennen Sie eigentlich den Untersuchungsrichter?« »Natürlich«, sagte die Frau, »an den dachte ich sogar zuerst, als ich Ihnen Hilfe anbot. Ich wusste nicht, dass er nur ein niedriger Beamter ist, aber da Sie es sagen, wird es wahrscheinlich richtig sein. Trotzdem glaube ich, dass der Bericht, den er nach oben liefert, immerhin einigen Einfluss hat. Und er schreibt so viele Berichte. Sie sagen, dass die Beamten faul sind, alle gewiss nicht, besonders dieser Untersuchungsrichter nicht, er schreibt sehr viel. Letzten Sonntag zum Beispiel dauerte die Sitzung bis gegen Abend. Alle Leute gingen weg, der Untersuchungsrichter aber blieb im Saal, ich musste ihm eine Lampe bringen, ich hatte nur eine kleine Küchenlampe, aber er war mit ihr zufrieden und fing gleich zu schreiben an. Inzwischen war auch mein Mann gekommen, der an jenem Sonntag gerade Urlaub hatte, wir holten die Möbel, richteten wieder unser Zimmer ein, es kamen dann noch Nachbarn, wir unterhielten uns noch bei einer Kerze, kurz, wir vergaßen den Untersuchungsrichter und gingen schlafen. Plötzlich in der Nacht, es muss schon tief in der Nacht gewesen sein, wache ich auf, neben dem Bett steht der Untersuchungsrichter und blendet die Lampe mit der Hand ab, sodass auf meinen Mann kein Licht fällt, es war unnötige Vorsicht, mein Mann hat einen solchen Schlaf, dass ihn auch das Licht nicht geweckt hätte. Ich war so erschrocken, dass ich fast geschrien hätte, aber der Untersuchungsrichter war sehr freundlich, ermahnte mich zur Vorsicht, flüsterte mir zu, dass er bis jetzt geschrieben habe, dass er mir jetzt die Lampe zurückbringe und dass er niemals den Anblick vergessen werde, wie er mich schlafend gefunden habe. Mit dem allen wollte ich Ihnen nur sagen, dass der Untersuchungsrichter tatsächlich viele Berichte schreibt, insbesondere über Sie, denn Ihre Einvernahme war gewiss einer der Hauptgegenstände der sonntäglichen Sitzung. Solche langen Berichte können aber doch nicht ganz bedeutungslos sein. Außerdem aber können Sie doch auch aus dem Vorfall sehen, dass sich der Untersuchungsrichter um mich bewirbt und dass ich gerade jetzt in der ersten Zeit, er muss mich überhaupt erst jetzt bemerkt haben, großen Einfluss auf ihn haben kann. Dass ihm viel an mir liegt, dafür habe ich jetzt auch noch andere Beweise. Er hat mir gestern durch den Studenten, zu dem er viel Vertrauen hat und der sein Mitarbeiter ist, seidene Strümpfe zum Geschenk geschickt, angeblich dafür, dass ich das Sitzungszimmer aufräume, aber das ist nur ein Vorwand, denn diese Arbeit ist doch nur meine Pflicht und für sie wird mein Mann bezahlt. Es sind schöne Strümpfe, sehen Sie« – sie streckte die Beine, zog die Röcke bis zum Knie hinauf und sah auch selbst die Strümpfe an –, »es sind schöne Strümpfe, aber doch eigentlich zu fein und für mich nicht geeignet.« Plötzlich unterbrach sie sich, legte ihre Hand auf K.s Hand, als wolle sie ihn beruhigen, und flüsterte: »Still, Berthold sieht uns zu.« K. hob langsam den Blick. In der Tür des Sitzungszimmers stand ein junger Mann, er war klein, hatte nicht ganz gerade Beine und suchte sich durch einen kurzen, schütteren, rötlichen Vollbart, in dem er die Finger fortwährend herumführte, Würde zu geben. K. sah ihn neugierig an, es war ja der erste Student der unbekannten Rechtswissenschaft, dem er gewissermaßen menschlich begegnete, ein Mann, der wahrscheinlich auch einmal zu höheren Beamtenstellen gelangen würde. Der Student dagegen kümmerte sich um K. scheinbar gar nicht, er winkte nur mit einem Finger, den er für einen Augenblick aus seinem Barte zog, der Frau und ging zum Fenster, die Frau beugte sich zu K. und flüsterte: »Seien Sie mir nicht böse, ich bitte Sie vielmals, denken Sie auch nicht schlecht von mir, ich muss jetzt zu ihm gehen, zu diesem scheußlichen Menschen, sehen Sie nur seine krummen Beine an. Aber ich komme gleich zurück, und dann gehe ich mit Ihnen, wenn Sie mich mitnehmen, ich gehe, wohin Sie wollen, Sie können mit mir tun, was Sie wollen, ich werde glücklich sein, wenn ich von hier für möglichst lange Zeit fort bin, am liebsten allerdings für immer.« Sie streichelte noch K.s Hand, sprang auf und lief zum Fenster. Unwillkürlich haschte noch K. nach ihrer Hand ins Leere. Die Frau verlockte ihn wirklich, er fand trotz allem Nachdenken keinen haltbaren Grund dafür, warum er der Verlockung nicht nachgeben sollte. Den flüchtigen Einwand, dass ihn die Frau für das Gericht einfange, wehrte er ohne Mühe ab. Auf welche Weise konnte sie ihn einfangen? Blieb er nicht immer so frei, dass er das ganze Gericht, wenigstens soweit es ihn betraf, sofort zerschlagen konnte? Konnte er nicht dieses geringe Vertrauen zu sich haben? Und ihr Anerbieten einer Hilfe klang aufrichtig und war vielleicht nicht wertlos. Und es gab vielleicht keine bessere Rache an dem Untersuchungsrichter und seinem Anhang, als dass er ihnen diese Frau entzog und an sich nahm. Es könnte sich dann einmal der Fall ereignen, dass der Untersuchungsrichter nach mühevoller Arbeit an Lügenberichten über K. in später Nacht das Bett der Frau leer fand. Und leer deshalb, weil sie K. gehörte, weil diese Frau am Fenster, dieser üppige, gelenkige, warme Körper im dunklen Kleid aus grobem, schwerem Stoff, durchaus nur K. gehörte.

Nachdem er auf diese Weise die Bedenken gegen die Frau beseitigt hatte, wurde ihm das leise Zwiegespräch am Fenster zu lang, er klopfte mit den Knöcheln auf das Podium und dann auch mit der Faust. Der Student sah kurz über die Schulter der Frau hinweg nach K. hin, ließ sich aber nicht stören, ja drückte sich sogar eng an die Frau und umfasste sie. Sie senkte tief den Kopf, als höre sie ihm aufmerksam zu, er küsste sie, als sie sich bückte, laut auf den Hals, ohne sich im Reden wesentlich zu unterbrechen. K. sah darin die Tyrannei bestätigt, die der Student nach den Klagen der Frau über sie ausübte, stand auf und ging im Zimmer auf und ab. Er überlegte unter Seitenblicken nach dem Studenten, wie er ihn möglichst schnell wegschaffen könnte, und es war ihm daher nicht unwillkommen, als der Student, offenbar gestört durch K.s Herumgehen, das schon zeitweilig zu einem Trampeln ausgeartet war, bemerkte: »Wenn Sie ungeduldig sind, können Sie weggehen. Sie hätten auch schon früher weggehen können, es hätte Sie niemand vermisst. Ja, Sie hätten sogar weggehen sollen, und zwar schon bei meinem Eintritt, und zwar schleunigst.« Es mochte in dieser Bemerkung alle mögliche Wut zum Ausbruch kommen, jedenfalls lag darin aber auch der Hochmut des künftigen Gerichtsbeamten, der zu einem missliebigen Angeklagten sprach. K. blieb ganz nahe bei ihm stehen und sagte lächelnd: »Ich bin ungeduldig, das ist richtig, aber diese Ungeduld wird am leichtesten dadurch zu beseitigen sein, dass Sie uns verlassen. Wenn Sie aber vielleicht hergekommen sind, um zu studieren – ich hörte, dass Sie Student sind –, so will ich Ihnen gerne Platz machen und mit der Frau weggehen. Sie werden übrigens noch viel studieren müssen, ehe Sie Richter werden. Ich kenne zwar Ihr Gerichtswesen noch nicht sehr genau, nehme aber an, dass es mit groben Reden allein, die Sie allerdings schon unverschämt gut zu führen wissen, noch lange nicht getan ist.« »Man hätte ihn nicht so frei herumlaufen lassen sollen«, sagte der Student, als wolle er der Frau eine Erklärung für K.s beleidigende Rede geben, »es war ein Missgriff. Ich habe es dem Untersuchungsrichter gesagt. Man hätte ihn zwischen den Verhören zumindest in seinem Zimmer halten sollen. Der Untersuchungsrichter ist manchmal unbegreiflich.« »Unnütze Reden«, sagte K. und streckte die Hand nach der Frau aus, »kommen Sie.« »Ach so«, sagte der Student, »nein, nein, die bekommen Sie nicht«, und mit einer Kraft, die man ihm nicht zugetraut hätte, hob er sie auf einen Arm und lief mit gebeugtem Rücken, zärtlich zu ihr aufsehend, zur Tür. Eine gewisse Angst vor K. war hierbei nicht zu verkennen, trotzdem wagte er es, K. noch zu reizen, indem er mit der freien Hand den Arm der Frau streichelte und drückte. K. lief ein paar Schritte neben ihm her, bereit, ihn zu fassen und, wenn es sein musste, zu würgen, da sagte die Frau: »Es hilft nichts, der Untersuchungsrichter lässt mich holen, ich darf nicht mit Ihnen gehen, dieses kleine Scheusal«, sie fuhr hierbei dem Studenten mit der Hand übers Gesicht, »dieses kleine Scheusal lässt mich nicht.« »Und Sie wollen nicht befreit werden!«, schrie K. und legte die Hand auf die Schulter des Studenten, der mit den Zähnen nach ihr schnappte. »Nein!«, rief die Frau und wehrte K. mit beiden Händen ab. »Nein, nein, nur das nicht, woran denken Sie denn! Das wäre mein Verderben. Lassen Sie ihn doch, o bitte, lassen Sie ihn doch. Er führt ja nur den Befehl des Untersuchungsrichters aus und trägt mich zu ihm.« »Dann mag er laufen und Sie will ich nie mehr sehen«, sagte K. wütend vor Enttäuschung und gab dem Studenten einen Stoß in den Rücken, dass er kurz stolperte, um gleich darauf, vor Vergnügen darüber, dass er nicht gefallen war, mit seiner Last desto höher zu springen. K. ging ihnen langsam nach, er sah ein, dass das die erste zweifellose Niederlage war, die er von diesen Leuten erfahren hatte. Es war natürlich kein Grund, sich deshalb zu ängstigen, er erhielt die Niederlage nur deshalb, weil er den Kampf aufsuchte. Wenn er zu Hause bliebe und sein gewohntes Leben führte, war er jedem dieser Leute tausendfach überlegen und konnte jeden mit einem Fußtritt von seinem Wege räumen. Und er stellte sich die allerlächerlichste Szene vor, die es zum Beispiel geben würde, wenn dieser klägliche Student, dieses aufgeblasene Kind, dieser krumme Bartträger vor Elsas Bett knien und mit gefalteten Händen um Gnade bitten würde. K. gefiel diese Vorstellung so, dass er beschloss, wenn sich nur irgendeine Gelegenheit dafür ergeben sollte, den Studenten einmal zu Elsa mitzunehmen.

Aus Neugierde eilte K. noch zur Tür, er wollte sehen, wohin die Frau getragen wurde, der Student würde sie doch nicht etwa über die Straßen auf dem Arm tragen. Es zeigte sich, dass der Weg viel kürzer war. Gleich gegenüber der Wohnung führte eine schmale hölzerne Treppe wahrscheinlich zum Dachboden, sie machte eine Wendung, sodass man ihr Ende nicht sah. Über diese Treppe trug der Student die Frau hinauf, schon sehr langsam und stöhnend, denn er war durch das bisherige Laufen geschwächt. Die Frau grüßte mit der Hand zu K. hinunter und suchte durch Auf- und Abziehen der Schultern zu zeigen, dass sie an der Entführung unschuldig sei, viel Bedauern lag aber in dieser Bewegung nicht. K. sah sie ausdruckslos wie eine Fremde an, er wollte weder verraten, dass er enttäuscht war, noch auch, dass er die Enttäuschung leicht überwinden könne.

Die zwei waren schon verschwunden, K. aber stand noch immer in der Tür. Er musste annehmen, dass ihn die Frau nicht nur betrogen, sondern mit der Angabe, dass sie zum Untersuchungsrichter getragen werde, auch belogen habe. Der Untersuchungsrichter würde doch nicht auf dem Dachboden sitzen und warten. Die Holztreppe erklärte nichts, so lange man sie auch ansah. Da bemerkte K. einen kleinen Zettel neben dem Aufgang, ging hinüber und las in einer kindlichen, ungeübten Schrift: »Aufgang zu den Gerichtskanzleien.« Hier auf dem Dachboden dieses Miethauses waren also die Gerichtskanzleien? Das war keine Einrichtung, die viel Achtung einzuflößen imstande war, und es war für einen Angeklagten beruhigend, sich vorzustellen, wie wenig Geldmittel diesem Gericht zur Verfügung standen, wenn es seine Kanzleien dort unterbrachte, wo die Mietsparteien, die schon selbst zu den Ärmsten gehörten, ihren unnützen Kram hinwerfen. Allerdings war es nicht ausgeschlossen, dass man Geld genug hatte, dass aber die Beamtenschaft sich darüberwarf, ehe es für Gerichtszwecke verwendet wurde. Das war nach den bisherigen Erfahrungen K.s sogar sehr wahrscheinlich, nur war dann eine solche Verlotterung des Gerichtes für einen Angeklagten zwar entwürdigend, aber im Grunde noch beruhigender, als es die Armut des Gerichtes gewesen wäre. Nun war es K. auch begreiflich, dass man sich beim ersten Verhör schämte, den Angeklagten auf den Dachboden vorzuladen und es vorzog, ihn in seiner Wohnung zu belästigen. In welcher Stellung befand sich doch K. gegenüber dem Richter, der auf dem Dachboden saß, während er selbst in der Bank ein großes Zimmer mit einem Vorzimmer hatte und durch eine riesige Fensterscheibe auf den belebten Stadtplatz hinuntersehen konnte! Allerdings hatte er keine Nebeneinkünfte aus Bestechungen oder Unterschlagungen und konnte sich auch vom Diener keine Frau auf dem Arm ins Büro tragen lassen. Darauf wollte K. aber, wenigstens in diesem Leben, gerne verzichten.

K. stand noch vor dem Anschlagzettel, als ein Mann die Treppe heraufkam, durch die offene Tür ins Wohnzimmer sah, aus dem man auch das Sitzungszimmer sehen konnte, und schließlich K. fragte, ob er hier nicht vor Kurzem eine Frau gesehen habe. »Sie sind der Gerichtsdiener, nicht?«, fragte K. »Ja«, sagte der Mann, »ach so, Sie sind der Angeklagte K., jetzt erkenne ich Sie auch, seien Sie willkommen.« Und er reichte K., der es gar nicht erwartet hatte, die Hand. »Heute ist aber keine Sitzung angezeigt«, sagte dann der Gerichtsdiener, als K. schwieg. »Ich weiß«, sagte K. und betrachtete den Zivilrock des Gerichtsdieners, der als einziges amtliches Abzeichen neben einigen gewöhnlichen Knöpfen auch zwei vergoldete Knöpfe aufwies, die von einem alten Offiziersmantel abgetrennt zu sein schienen. »Ich habe vor einem Weilchen mit Ihrer Frau gesprochen. Sie ist nicht mehr hier. Der Student hat sie zum Untersuchungsrichter getragen.« »Sehen Sie«, sagte der Gerichtsdiener, »immer trägt man sie mir weg. Heute ist doch Sonntag, und ich bin zu keiner Arbeit verpflichtet, aber nur, um mich von hier zu entfernen, schickt man mich mit einer jedenfalls unnützen Meldung weg. Und zwar schickt man mich nicht weit weg, sodass ich die Hoffnung habe, wenn ich mich sehr beeile, vielleicht noch rechtzeitig zurückzukommen. Ich laufe also, so sehr ich kann, schreie dem Amt, zu dem ich geschickt wurde, meine Meldung durch den Türspalt so atemlos zu, dass man sie kaum verstanden haben wird, laufe wieder zurück, aber der Student hat sich noch mehr beeilt als ich, er hatte allerdings auch einen kürzeren Weg, er musste nur die Bodentreppe hinunterlaufen. Wäre ich nicht so abhängig, ich hätte den Studenten schon längst hier an der Wand zerdrückt. Hier neben dem Anschlagzettel. Davon träume ich immer. Hier, ein wenig über dem Fußboden, ist er festgedrückt, die Arme gestreckt, die Finger gespreizt, die krummen Beine zum Kreis gedreht, und ringsherum Blutspritzer. Bisher war es aber nur Traum.« »Eine andere Hilfe gibt es nicht?«, fragte K. lächelnd. »Ich wüsste keine«, sagte der Gerichtsdiener. »Und jetzt wird es ja noch ärger, bisher hat er sie nur zu sich getragen, jetzt trägt er sie, was ich allerdings längst erwartet habe, auch zum Untersuchungsrichter.« »Hat denn Ihre Frau gar keine Schuld dabei?«, fragte K., er musste sich bei dieser Frage bezwingen, so sehr fühlte auch er jetzt die Eifersucht. »Aber gewiss«, sagte der Gerichtsdiener, »sie hat sogar die größte Schuld. Sie hat sich ja an ihn gehängt. Was ihn betrifft, er läuft allen Weibern nach. In diesem Hause allein ist er schon aus fünf Wohnungen, in die er sich eingeschlichen hat, hinausgeworfen worden. Meine Frau ist allerdings die Schönste im ganzen Haus, und gerade ich darf mich nicht wehren.« »Wenn es sich so verhält, dann gibt es allerdings keine Hilfe«, sagte K. »Warum denn nicht?«, fragte der Gerichtsdiener. »Man müsste den Studenten, der ein Feigling ist, einmal, wenn er meine Frau anrühren will, so durchprügeln, dass er es niemals mehr wagt. Aber ich darf es nicht, und andere machen mir den Gefallen nicht, denn alle fürchten seine Macht. Nur ein Mann wie Sie könnte es tun.« »Wieso denn ich?«, fragte K. erstaunt. »Sie sind doch angeklagt«, sagte der Gerichtsdiener. »Ja«, sagte K., »aber desto mehr müsste ich doch fürchten, dass er, wenn auch vielleicht nicht Einfluss auf den Ausgang des Prozesses, so doch wahrscheinlich auf die Voruntersuchung hat.« »Ja, gewiss«, sagte der Gerichtsdiener, als sei die Ansicht K.s genau so richtig wie seine eigene. »Es werden aber bei uns in der Regel keine aussichtslosen Prozesse geführt.« »Ich bin nicht Ihrer Meinung«, sagte K., »das soll mich aber nicht hindern, gelegentlich den Studenten in Behandlung zu nehmen.« »Ich wäre Ihnen sehr dankbar«, sagte der Gerichtsdiener etwas förmlich, er schien eigentlich doch nicht an die Erfüllbarkeit seines höchsten Wunsches zu glauben. »Es würden vielleicht«, fuhr K. fort, »auch noch andere Ihrer Beamten und vielleicht sogar alle das Gleiche verdienen.« »Ja, ja«, sagte der Gerichtsdiener, als handle es sich um etwas Selbstverständliches. Dann sah er K. mit einem zutraulichen Blick an, wie er es bisher trotz aller Freundlichkeit nicht getan hatte, und fügte hinzu: »Man rebelliert eben immer.« Aber das Gespräch schien ihm doch ein wenig unbehaglich geworden zu sein, denn er brach es ab, indem er sagte: »Jetzt muss ich mich in der Kanzlei melden. Wollen Sie mitkommen?« »Ich habe dort nichts zu tun«, sagte K. »Sie können die Kanzleien ansehen. Es wird sich niemand um Sie kümmern.« »Ist es denn sehenswert?«, fragte K. zögernd, hatte aber große Lust mitzugehen. »Nun«, sagte der Gerichtsdiener, »ich dachte, es würde Sie interessieren.« »Gut«, sagte K. schließlich, »ich gehe mit.« Und er lief schneller als der Gerichtsdiener die Treppe hinauf.

Beim Eintritt wäre er fast hingefallen, denn hinter der Tür war noch eine Stufe. »Auf das Publikum nimmt man nicht viel Rücksicht«, sagte er. »Man nimmt überhaupt keine Rücksicht«, sagte der Gerichtsdiener, »sehen Sie nur hier das Wartezimmer.« Es war ein langer Gang, von dem aus roh gezimmerte Türen zu den einzelnen Abteilungen des Dachbodens führten. Obwohl kein unmittelbarer Lichtzutritt bestand, war es doch nicht vollständig dunkel, denn manche Abteilungen hatten gegen den Gang zu statt einheitlicher Bretterwände bloße, allerdings bis zur Decke reichende Holzgitter, durch die einiges Licht drang und durch die man auch einzelne Beamte sehen konnte, wie sie an Tischen schrieben oder geradezu am Gitter standen und durch die Lücken die Leute auf dem Gang beobachteten. Es waren, wahrscheinlich weil Sonntag war, nur wenig Leute auf dem Gang. Sie machten einen sehr bescheidenen Eindruck. In fast regelmäßigen Entfernungen voneinander saßen sie auf den zwei Reihen langer Holzbänke, die zu beiden Seiten des Ganges angebracht waren. Alle waren vernachlässigt angezogen, obwohl die meisten nach dem Gesichtsausdruck, der Haltung, der Barttracht und vielen, kaum sicherzustellenden kleinen Einzelheiten den höheren Klassen angehörten. Da keine Kleiderhaken vorhanden waren, hatten sie die Hüte, wahrscheinlich einer dem Beispiel des anderen folgend, unter die Bank gestellt. Als die, welche zunächst der Tür saßen, K. und den Gerichtsdiener erblickten, erhoben sie sich zum Gruß, da das die Folgenden sahen, glaubten sie auch grüßen zu müssen, sodass alle beim Vorbeigehen der beiden sich erhoben. Sie standen niemals vollständig aufrecht, der Rücken war geneigt, die Knie geknickt, sie standen wie Straßenbettler. K. wartete auf den ein wenig hinter ihm gehenden Gerichtsdiener und sagte: »Wie gedemütigt die sein müssen.« »Ja«, sagte der Gerichtsdiener, »es sind Angeklagte, alle, die Sie hier sehen, sind Angeklagte.« »Wirklich!«, sagte K. »Dann sind es ja meine Kollegen.« Und er wandte sich an den nächsten, einen großen, schlanken, schon fast grauhaarigen Mann. »Worauf warten Sie hier?«, fragte K. höflich. Die unerwartete Ansprache aber machte den Mann verwirrt, was umso peinlicher aussah, da es sich offenbar um einen welterfahrenen Menschen handelte, der anderswo gewiss sich zu beherrschen verstand und die Überlegenheit, die er sich über viele erworben hatte, nicht leicht aufgab. Hier aber wusste er auf eine so einfache Frage nicht zu antworten und sah auf die anderen hin, als seien sie verpflichtet, ihm zu helfen, und als könne niemand von ihm eine Antwort verlangen, wenn diese Hilfe ausbliebe. Da trat der Gerichtsdiener hinzu und sagte, um den Mann zu beruhigen und aufzumuntern: »Der Herr hier fragt ja nur, worauf Sie warten. Antworten Sie doch.« Die ihm wahrscheinlich bekannte Stimme des Gerichtsdieners wirkte besser: »Ich warte –«, begann er und stockte. Offenbar hatte er diesen Anfang gewählt, um ganz genau auf die Fragestellung zu antworten, fand aber jetzt die Fortsetzung nicht. Einige der Wartenden hatten sich genähert und umstanden die Gruppe, der Gerichtsdiener sagte zu ihnen: »Weg, weg, macht den Gang frei.« Sie wichen ein wenig zurück, aber nicht bis zu ihren früheren Sitzen. Inzwischen hatte sich der Gefragte gesammelt und antwortete sogar mit einem kleinen Lächeln: »Ich habe vor einem Monat einige Beweisanträge in meiner Sache gemacht und warte auf die Erledigung.« »Sie scheinen sich ja viele Mühe zu geben«, sagte K. »Ja«, sagte der Mann, »es ist ja meine Sache.« »Jeder denkt nicht so wie Sie«, sagte K., »ich zum Beispiel bin auch angeklagt, habe aber, so wahr ich selig werden will, weder einen Beweisantrag gestellt noch auch sonst irgendetwas Derartiges unternommen. Halten Sie denn das für nötig?« »Ich weiß nicht genau«, sagte der Mann wieder in vollständiger Unsicherheit; er glaubte offenbar, K. mache mit ihm einen Scherz, deshalb hätte er wahrscheinlich am liebsten, aus Furcht, irgendeinen neuen Fehler zu machen, seine frühere Antwort ganz wiederholt, vor K.s ungeduldigem Blick aber sagte er nur: »Was mich betrifft, ich habe Beweisanträge gestellt.« »Sie glauben wohl nicht, dass ich angeklagt bin?«, fragte K. »O bitte, gewiss«, sagte der Mann, und trat ein wenig zur Seite, aber in der Antwort war nicht Glaube, sondern nur Angst. »Sie glauben mir also nicht?«, fragte K. und fasste ihn, unbewusst durch das demütige Wesen des Mannes aufgefordert, beim Arm, als wolle er ihn zum Glauben zwingen. Aber er wollte ihm nicht Schmerz bereiten, hatte ihn auch nur ganz leicht angegriffen, trotzdem schrie der Mann auf, als habe K. ihn nicht mit zwei Fingern, sondern mit einer glühenden Zange erfasst. Dieses lächerliche Schreien machte ihn K. endgültig überdrüssig; glaubte man ihm nicht, dass er angeklagt war, so war es desto besser; vielleicht hielt er ihn sogar für einen Richter. Und er fasste ihn nun zum Abschied wirklich fester, stieß ihn auf die Bank zurück und ging weiter. »Die meisten Angeklagten sind so empfindlich«, sagte der Gerichtsdiener. Hinter ihnen sammelten sich jetzt fast alle Wartenden um den Mann, der schon zu schreien aufgehört hatte, und schienen ihn über den Zwischenfall genau auszufragen. K. entgegen kam jetzt ein Wächter, der hauptsächlich an einem Säbel kenntlich war, dessen Scheide, wenigstens der Farbe nach, aus Aluminium bestand. K. staunte darüber und griff sogar mit der Hand hin. Der Wächter, der wegen des Schreiens gekommen war, fragte nach dem Vorgefallenen. Der Gerichtsdiener suchte ihn mit einigen Worten zu beruhigen, aber der Wächter erklärte, doch noch selbst nachsehen zu müssen, salutierte und ging weiter mit sehr eiligen, aber sehr kurzen, wahrscheinlich durch Gicht abgemessenen Schritten.

K. kümmerte sich nicht lange um ihn und die Gesellschaft auf dem Gang, besonders da er etwa in der Hälfte des Ganges die Möglichkeit sah, rechts durch eine türlose Öffnung einzubiegen. Er verständigte sich mit dem Gerichtsdiener darüber, ob das der richtige Weg sei, der Gerichtsdiener nickte, und K. bog nun wirklich dort ein. Es war ihm lästig, dass er immer einen oder zwei Schritte vor dem Gerichtsdiener gehen musste, es konnte wenigstens an diesem Ort den Anschein haben, als ob er verhaftet vorgeführt werde. Er wartete also öfters auf den Gerichtsdiener, aber dieser blieb gleich wieder zurück. Schließlich sagte K., um seinem Unbehagen ein Ende zu machen: »Nun habe ich gesehen, wie es hier aussieht, ich will jetzt weggehen.« »Sie haben noch nicht alles gesehen«, sagte der Gerichtsdiener vollständig unverfänglich. »Ich will nicht alles sehen«, sagte K., der sich übrigens wirklich müde fühlte, »ich will gehen, wie kommt man zum Ausgang?« »Sie haben sich doch nicht schon verirrt?«, fragte der Gerichtsdiener erstaunt, »Sie gehen hier bis zur Ecke und dann rechts den Gang hinunter geradeaus zur Tür.« »Kommen Sie mit«, sagte K., »zeigen Sie mir den Weg, ich werde ihn verfehlen, es sind hier so viele Wege.« »Es ist der einzige Weg«, sagte der Gerichtsdiener nun schon vorwurfsvoll, »ich kann nicht wieder mit Ihnen zurückgehen, ich muss doch meine Meldung vorbringen und habe schon viel Zeit durch Sie versäumt.« »Kommen Sie mit!«, wiederholte K. jetzt schärfer, als habe er endlich den Gerichtsdiener auf einer Unwahrheit ertappt. »Schreien Sie doch nicht so«, flüsterte der Gerichtsdiener, »es sind ja hier überall Büros. Wenn Sie nicht allein zurückgehen wollen, so gehen Sie noch ein Stückchen mit mir oder warten Sie hier, bis ich meine Meldung erledigt habe, dann will ich ja gern mit Ihnen wieder zurückgehen.« »Nein, nein«, sagte K., »ich werde nicht warten, und Sie müssen jetzt mit mir gehen.« K. hatte sich noch gar nicht in dem Raum umgesehen, in dem er sich befand, erst als jetzt eine der vielen Holztüren, die ringsherum standen, sich öffnete, blickte er hin. Ein Mädchen, das wohl durch K.s lautes Sprechen herbeigerufen war, trat ein und fragte: »Was wünscht der Herr?« Hinter ihr in der Ferne sah man im Halbdunkel noch einen Mann sich nähern. K. blickte den Gerichtsdiener an. Dieser hatte doch gesagt, dass sich niemand um K. kümmern werde, und nun kamen schon zwei, es brauchte nur wenig und die Beamtenschaft wurde auf ihn aufmerksam, würde eine Erklärung seiner Anwesenheit haben wollen. Die einzig verständliche und annehmbare war die, dass er Angeklagter war und das Datum des nächsten Verhörs erfahren wollte, gerade diese Erklärung aber wollte er nicht geben, besonders da sie auch nicht wahrheitsgemäß war, denn er war nur aus Neugierde gekommen oder, was als Erklärung noch unmöglicher war, aus dem Verlangen, festzustellen, dass das Innere dieses Gerichtswesens ebenso widerlich war wie sein Äußeres. Und es schien ja, dass er mit dieser Annahme recht hatte, er wollte nicht weiter eindringen, er war beengt genug von dem, was er bisher gesehen hatte, er war gerade jetzt nicht in der Verfassung, einem höheren Beamten gegenüberzutreten, wie er hinter jeder Tür auftauchen konnte, er wollte weggehen, und zwar mit dem Gerichtsdiener oder allein, wenn es sein musste.

Aber sein stummes Dastehen musste auffallend sein, und wirklich sahen ihn das Mädchen und der Gerichtsdiener derartig an, als ob in der nächsten Minute irgendeine große Verwandlung mit ihm geschehen müsse, die sie zu beobachten nicht versäumen wollten. Und in der Türöffnung stand der Mann, den K. früher in der Ferne bemerkt hatte, er hielt sich am Deckbalken der niedrigen Tür fest und schaukelte ein wenig auf den Fußspitzen, wie ein ungeduldiger Zuschauer. Das Mädchen aber erkannte doch zuerst, dass das Benehmen K.s in einem leichten Unwohlsein seinen Grund hatte, sie brachte einen Sessel und fragte: »Wollen Sie sich nicht setzen?« K. setzte sich sofort und stützte, um noch besseren Halt zu bekommen, die Ellbogen auf die Lehnen. »Sie haben ein wenig Schwindel, nicht?«, fragte sie ihn. Er hatte nun ihr Gesicht nahe vor sich, es hatte den strengen Ausdruck, wie ihn manche Frauen gerade in ihrer schönsten Jugend haben. »Machen Sie sich darüber keine Gedanken«, sagte sie, »das ist hier nichts Außergewöhnliches, fast jeder bekommt einen solchen Anfall, wenn er zum ersten Mal herkommt. Sie sind zum ersten Mal hier? Nun ja, das ist also nichts Außergewöhnliches. Die Sonne brennt hier auf das Dachgerüst, und das heiße Holz macht die Luft so dumpf und schwer. Der Ort ist deshalb für Büroräumlichkeiten nicht sehr geeignet, so große Vorteile er allerdings sonst bietet. Aber was die Luft betrifft, so ist sie an Tagen großen Parteienverkehrs, und das ist fast jeder Tag, kaum mehr atembar. Wenn Sie dann noch bedenken, dass hier auch vielfach Wäsche zum Trocknen ausgehängt wird – man kann es den Mietern nicht gänzlich untersagen –, so werden Sie sich nicht mehr wundern, dass Ihnen ein wenig übel wurde. Aber man gewöhnt sich schließlich an die Luft sehr gut. Wenn Sie zum zweiten oder dritten Mal herkommen, werden Sie das Drückende hier kaum mehr spüren. Fühlen Sie sich schon besser?« K. antwortete nicht, es war ihm zu peinlich, durch diese plötzliche Schwäche den Leuten hier ausgeliefert zu sein, überdies war ihm, da er jetzt die Ursachen seiner Übelkeit erfahren hatte, nicht besser, sondern noch ein wenig schlechter. Das Mädchen merkte es gleich, nahm, um K. eine Erfrischung zu bereiten, eine Hakenstange, die an der Wand lehnte, und stieß damit eine kleine Luke auf, die gerade über K. angebracht war und ins Freie führte. Aber es fiel so viel Ruß herein, dass das Mädchen die Luke gleich wieder zuziehen und mit ihrem Taschentuch die Hände K.s vom Ruß reinigen musste, denn K. war zu müde, um das selbst zu besorgen. Er wäre gern hier ruhig sitzen geblieben, bis er sich zum Weggehen genügend gekräftigt hatte, das musste aber umso früher geschehen, je weniger man sich um ihn kümmern würde. Nun sagte aber überdies das Mädchen: »Hier können Sie nicht bleiben, hier stören wir den Verkehr«, – K. fragte mit den Blicken, welchen Verkehr er denn hier störe – »ich werde Sie, wenn Sie wollen, ins Krankenzimmer führen. Helfen Sie mir, bitte«, sagte sie zu dem Mann in der Tür, der auch gleich näherkam. Aber K. wollte nicht ins Krankenzimmer, gerade das wollte er ja vermeiden, weitergeführt zu werden, je weiter er kam, desto ärger musste es werden. »Ich kann schon gehen«, sagte er deshalb und stand, durch das bequeme Sitzen verwöhnt, zitternd auf. Dann aber konnte er sich nicht aufrecht halten. »Es geht doch nicht«, sagte er kopfschüttelnd und setzte sich seufzend wieder nieder. Er erinnerte sich an den Gerichtsdiener, der ihn trotz allem leicht hinausführen könnte, aber der schien schon längst weg zu sein, K. sah zwischen dem Mädchen und dem Mann, die vor ihm standen, hindurch, konnte aber den Gerichtsdiener nicht finden.

»Ich glaube«, sagte der Mann, der übrigens elegant gekleidet war und besonders durch eine graue Weste auffiel, die in zwei langen, scharfgeschnittenen Spitzen endigte, »das Unwohlsein des Herrn geht auf die Atmosphäre hier zurück, es wird daher am besten und auch ihm am liebsten sein, wenn wir ihn nicht erst ins Krankenzimmer, sondern überhaupt aus den Kanzleien hinausführen.« »Das ist es«, rief K. und fuhr vor lauter Freude fast noch in die Rede des Mannes hinein, »mir wird gewiss sofort besser werden, ich bin auch gar nicht so schwach, nur ein wenig Unterstützung unter den Achseln brauche ich, ich werde Ihnen nicht viel Mühe machen, es ist ja auch kein langer Weg, führen Sie mich nur zur Tür, ich setze mich dann noch ein wenig auf die Stufen und werde gleich erholt sein, ich leide nämlich gar nicht unter solchen Anfällen, es kommt mir selbst überraschend. Ich bin doch auch Beamter und an Büroluft gewöhnt, aber hier scheint es doch zu arg, Sie sagen es selbst. Wollen Sie also die Freundlichkeit haben, mich ein wenig zu führen, ich habe nämlich Schwindel, und es wird mir schlecht, wenn ich allein aufstehe.« Und er hob die Schultern, um es den beiden zu erleichtern, ihm unter die Arme zu greifen.

Aber der Mann folgte der Aufforderung nicht, sondern hielt die Hände ruhig in den Hosentaschen und lachte laut. »Sehen Sie«, sagte er zu dem Mädchen, »ich habe also doch das Richtige getroffen. Dem Herrn ist nur hier nicht wohl, nicht im Allgemeinen.« Das Mädchen lächelte auch, schlug aber dem Mann leicht mit den Fingerspitzen auf den Arm, als hätte er sich mit K. einen zu starken Spaß erlaubt. »Aber was denken Sie denn«, sagte der Mann noch immer lachend, »ich will ja den Herrn wirklich hinausführen.« »Dann ist es gut«, sagte das Mädchen, indem sie ihren zierlichen Kopf für einen Augenblick neigte. »Messen Sie dem Lachen nicht zu viel Bedeutung zu«, sagte das Mädchen zu K., der, wieder traurig geworden, vor sich hinstarrte und keine Erklärung zu brauchen schien, »dieser Herr – ich darf Sie doch vorstellen?« (der Herr gab mit einer Handbewegung die Erlaubnis) –, »dieser Herr also ist der Auskunftgeber. Er gibt den wartenden Parteien alle Auskunft, die sie brauchen, und da unser Gerichtswesen in der Bevölkerung nicht sehr bekannt ist, werden viele Auskünfte verlangt. Er weiß auf alle Fragen eine Antwort, Sie können ihn, wenn Sie einmal Lust dazu haben, daraufhin erproben. Das ist aber nicht sein einziger Vorzug, sein zweiter Vorzug ist die elegante Kleidung. Wir, das heißt die Beamtenschaft, meinten einmal, man müsse den Auskunftgeber, der immerfort, und zwar als erster, mit Parteien verhandelt, des würdigen ersten Eindrucks halber auch elegant anziehen. Wir anderen sind, wie Sie gleich an mir sehen können, leider sehr schlecht und altmodisch angezogen; es hat auch nicht viel Sinn, für die Kleidung etwas zu verwenden, da wir fast unaufhörlich in den Kanzleien sind, wir schlafen ja auch hier. Aber, wie gesagt, für den Auskunftgeber hielten wir einmal schöne Kleidung für nötig. Da sie aber von unserer Verwaltung, die in dieser Hinsicht etwas sonderbar ist, nicht erhältlich war, machten wir eine Sammlung – auch Parteien steuerten bei – und wir kauften ihm dieses schöne Kleid und noch andere. Alles wäre jetzt vorbereitet, einen guten Eindruck zu machen, aber durch sein Lachen verdirbt er es wieder und erschreckt die Leute.« »So ist es«, sagte der Herr spöttisch, »aber ich verstehe nicht, Fräulein, warum Sie dem Herrn alle unsere Intimitäten erzählen, oder besser aufdrängen, denn er will sie ja gar nicht erfahren. Sehen Sie nur, wie er, offenbar mit seinen eigenen Angelegenheiten beschäftigt, dasitzt.« K. hatte nicht einmal Lust zu widersprechen, die Absicht des Mädchens mochte eine gute sein, sie war vielleicht darauf gerichtet, ihn zu zerstreuen oder ihm die Möglichkeit zu geben, sich zu sammeln, aber das Mittel war verfehlt. »Ich musste ihm Ihr Lachen erklären«, sagte das Mädchen. »Es war ja beleidigend.« »Ich glaube, er würde noch ärgere Beleidigungen verzeihen, wenn ich ihn schließlich hinausführe.« K. sagte nichts, sah nicht einmal auf, er duldete es, dass die zwei über ihn wie über eine Sache verhandelten, es war ihm sogar am liebsten. Aber plötzlich fühlte er die Hand des Auskunftgebers an einem Arm und die Hand des Mädchens am anderen. »Also auf, Sie schwacher

Mann«, sagte der Auskunftgeber. »Ich danke Ihnen beiden vielmals«, sagte K., freudig überrascht, erhob sich langsam und führte selbst die fremden Hände an die Stellen, an denen er die Stütze am meisten brauchte. »Es sieht so aus«, sagte das Mädchen leise in K.s Ohr, während sie sich dem Gang näherten, »als ob mir besonders viel daran gelegen wäre, den Auskunftgeber in ein gutes Licht zu stellen, aber man mag es glauben, ich will doch die Wahrheit sagen. Er hat kein hartes Herz. Er ist nicht verpflichtet, kranke Parteien hinauszuführen, und tut es doch, wie Sie sehen. Vielleicht ist niemand von uns hartherzig, wir wollten vielleicht alle gern helfen, aber als Gerichtsbeamte bekommen wir leicht den Anschein, als ob wir hartherzig wären und niemandem helfen wollten. Ich leide geradezu darunter.« »Wollen Sie sich nicht hier ein wenig setzen?«, fragte der Auskunftgeber, sie waren schon im Gang und gerade vor dem Angeklagten, den K. früher angesprochen hatte. K. schämte sich fast vor ihm, früher war er so aufrecht vor ihm gestanden, jetzt mussten ihn zwei stützen, seinen Hut balancierte der Auskunftgeber auf den gespreizten Fingern, die Frisur war zerstört, die Haare hingen ihm in die schweißbedeckte Stirn. Aber der Angeklagte schien nichts davon zu bemerken, demütig stand er vor dem Auskunftgeber, der über ihn hinwegsah, und suchte nur seine Anwesenheit zu entschuldigen. »Ich weiß«, sagte er, »dass die Erledigung meiner Anträge heute noch nicht gegeben werden kann. Ich bin aber doch gekommen, ich dachte, ich könnte doch hier warten, es ist Sonntag, ich habe ja Zeit und hier störe ich nicht.« »Sie müssen das nicht so sehr entschuldigen«, sagte der Auskunftgeber, »Ihre Sorgsamkeit ist ja ganz lobenswert, Sie nehmen hier zwar unnötigerweise den Platz weg, aber ich will Sie trotzdem, solange es mir nicht lästig wird, durchaus nicht hindern, den Gang Ihrer Angelegenheit genau zu verfolgen. Wenn man Leute gesehen hat, die ihre Pflicht schändlich vernachlässigten, lernt man es, mit Leuten, wie Sie sind, Geduld zu haben. Setzen Sie sich.« »Wie er mit den Parteien zu reden versteht«, flüsterte das Mädchen. K. nickte, fuhr aber gleich auf, als ihn der Auskunftgeber wieder fragte: »Wollen Sie sich nicht hier niedersetzen?« »Nein«, sagte K., »ich will mich nicht ausruhen.« Er hatte das mit möglichster Bestimmtheit gesagt, in Wirklichkeit hätte es ihm sehr wohlgetan, sich niederzusetzen. Er war wie seekrank. Er glaubte auf einem Schiff zu sein, das sich in schwerem Seegang befand. Es war ihm, als stürze das Wasser gegen die Holzwände, als komme aus der Tiefe des Ganges ein Brausen her, wie von überschlagendem Wasser, als schaukle der Gang in der Quere und als würden die wartenden Parteien zu beiden Seiten gesenkt und gehoben. Desto unbegreiflicher war die Ruhe des Mädchens und des Mannes, die ihn führten. Er war ihnen ausgeliefert, ließen sie ihn los, so musste er hinfallen wie ein Brett. Aus ihren kleinen Augen gingen scharfe Blicke hin und her, ihre gleichmäßigen Schritte fühlte K., ohne sie mitzumachen, denn er wurde fast von Schritt zu Schritt getragen. Endlich merkte er, dass sie zu ihm sprachen, aber er verstand sie nicht, er hörte nur den Lärm, der alles erfüllte und durch den hindurch ein unveränderlicher hoher Ton, wie von einer Sirene, zu klingen schien. »Lauter«, flüsterte er mit gesenktem Kopf und schämte sich, denn er wusste, dass sie laut genug, wenn auch für ihn unverständlich, gesprochen hatten. Da kam endlich, als wäre die Wand vor ihm durchrissen, ein frischer Luftzug ihm entgegen, und er hörte neben sich sagen: »Zuerst will er weg, dann aber kann man ihm hundertmal sagen, dass hier der Ausgang ist, und er rührt sich nicht.« K. merkte, dass er vor der Ausgangstür stand, die das Mädchen geöffnet hatte. Ihm war, als wären alle seine Kräfte mit einem Mal zurückgekehrt, um einen Vorgeschmack der Freiheit zu gewinnen, trat er gleich auf eine Treppenstufe und verabschiedete sich von dort aus von seinen Begleitern, die sich zu ihm hinabbeugten. »Vielen Dank«, wiederholte er, drückte beiden wiederholt die Hände und ließ erst ab, als er zu sehen glaubte, dass sie, an die Kanzleiluft gewöhnt, die verhältnismäßig frische Luft, die von der Treppe kam, schlecht ertrugen. Sie konnten kaum antworten, und das Mädchen wäre vielleicht abgestürzt, wenn nicht K. äußerst schnell die Tür geschlossen hätte. K. stand dann noch einen Augenblick still, strich sich mit Hilfe eines Taschenspiegels das Haar zurecht, hob seinen Hut auf, der auf dem nächsten Treppenabsatz lag – der Auskunftgeber hatte ihn wohl hingeworfen –, und lief dann die Treppe hinunter, so frisch und in so langen Sprüngen, dass er vor diesem Umschwung fast Angst bekam. Solche Überraschungen hatte ihm sein sonst ganz gefestigter Gesundheitszustand noch nie bereitet. Wollte etwa sein Körper revolutionieren und ihm einen neuen Prozess bereiten, da er den alten so mühelos ertrug? Er lehnte den Gedanken nicht ganz ab, bei nächster Gelegenheit zu einem Arzt zu gehen, jedenfalls aber wollte er – darin konnte er sich selbst beraten – alle künftigen Sonntagvormittage besser als diesen verwenden.

Viertes Kapitel
Die Freundin des Fräulein Bürstner

In der nächsten Zeit war es K. unmöglich, mit Fräulein Bürstner auch nur einige wenige Worte zu sprechen. Er versuchte auf die verschiedenste Weise, an sie heranzukommen, sie aber wusste es immer zu verhindern. Er kam gleich nach dem Büro nach Hause, blieb in seinem Zimmer, ohne das Licht anzudrehen, auf dem Kanapee sitzen und beschäftigte sich mit nichts anderem, als das Vorzimmer zu beobachten. Ging etwa das Dienstmädchen vorbei und schloss die Tür des scheinbar leeren Zimmers, so stand er nach einem Weilchen auf und öffnete sie wieder. Des Morgens stand er um eine Stunde früher auf als sonst, um vielleicht Fräulein Bürstner allein treffen zu können, wenn sie ins Büro ging. Aber keiner dieser Versuche gelang. Dann schrieb er ihr einen Brief sowohl ins Büro als auch in die Wohnung, suchte darin nochmals sein Verhalten zu rechtfertigen, bot sich zu jeder Genugtuung an, versprach, niemals die Grenzen zu überschreiten, die sie ihm setzen würde, und bat nur, ihm die Möglichkeit zu geben, einmal mit ihr zu sprechen, besonders da er auch bei Frau Grubach nichts veranlassen könne, solange er sich nicht vorher mit ihr beraten habe, schließlich teilte er ihr mit, dass er den nächsten Sonntag während des ganzen Tages in seinem Zimmer auf ein Zeichen von ihr warten werde, das ihm die Erfüllung seiner Bitte in Aussicht stellen oder das ihm wenigstens erklären solle, warum sie die Bitte nicht erfüllen könne, obwohl er doch versprochen habe, sich in allem ihr zu fügen. Die Briefe kamen nicht zurück, aber es erfolgte auch keine Antwort. Dagegen gab es Sonntag ein Zeichen, dessen Deutlichkeit genügend war. Gleich früh bemerkte K. durch das Schlüsselloch eine besondere Bewegung im Vorzimmer, die sich bald aufklärte. Eine Lehrerin des Französischen, sie war übrigens eine Deutsche und hieß Montag, ein schwaches, blasses, ein wenig hinkendes Mädchen, das bisher ein eigenes Zimmer bewohnt hatte, übersiedelte in das Zimmer des Fräulein Bürstner. Stundenlang sah man sie durch das Vorzimmer schlurfen. Immer war noch ein Wäschestück oder ein Deckchen oder ein Buch vergessen, das besonders geholt und in die neue Wohnung hinübergetragen werden musste.

Als Frau Grubach K. das Frühstück brachte – sie überließ, seitdem sie K. so erzürnt hatte, auch nicht die geringste Bedienung dem Dienstmädchen –, konnte sich K. nicht zurückhalten, sie zum ersten Mal seit fünf Tagen anzusprechen. »Warum ist denn heute ein solcher Lärm im Vorzimmer?«, fragte er, während er den Kaffee eingoss, »könnte das nicht eingestellt werden? Muss denn gerade am Sonntag aufgeräumt werden?« Obwohl K. nicht zu Frau Grubach aufsah, bemerkte er doch, dass sie, wie erleichtert, aufatmete. Selbst diese strengen Fragen K.s fasste sie als Verzeihung oder als Beginn der Verzeihung auf. »Es wird nicht aufgeräumt, Herr K.«, sagte sie, »Fräulein Montag übersiedelt nur zu Fräulein Bürstner und schafft ihre Sachen hinüber.« Sie sagte nichts weiter, sondern wartete, wie K. es aufnehmen und ob er ihr gestatten würde, weiterzureden. K. stellte sie aber auf die Probe, rührte nachdenklich den Kaffee mit dem Löffel und schwieg. Dann sah er zu ihr auf und sagte: »Haben Sie schon Ihren früheren Verdacht wegen Fräulein Bürstner aufgegeben?« »Herr K.«, rief Frau Grubach, die nur auf diese Frage gewartet hatte, und hielt K. ihre gefalteten Hände hin. »Sie haben eine gelegentliche Bemerkung letzthin so schwergenommen. Ich habe ja nicht im Entferntesten daran gedacht, Sie oder irgendjemand zu kränken. Sie kennen mich doch schon lange genug, Herr K., um davon überzeugt sein zu können. Sie wissen gar nicht, wie ich die letzten Tage gelitten habe! Ich sollte meine Mieter verleumden! Und Sie, Herr K., glaubten es! Und sagten, ich solle Ihnen kündigen! Ihnen kündigen!« Der letzte Ausruf erstickte schon unter Tränen, sie hob die Schürze zum Gesicht und schluchzte laut.

»Weinen Sie doch nicht, Frau Grubach«, sagte K. und sah zum Fenster hinaus, er dachte nur an Fräulein Bürstner und daran, dass sie ein fremdes Mädchen in ihr Zimmer aufgenommen hatte. »Weinen Sie doch nicht«, sagte er nochmals, als er sich ins Zimmer zurückwandte und Frau Grubach noch immer weinte. »Es war ja damals auch von mir nicht so schlimm gemeint. Wir haben eben einander gegenseitig missverstanden. Das kann auch alten Freunden einmal geschehen.« Frau Grubach rückte die Schürze unter die Augen, um zu sehen, ob K. wirklich versöhnt sei. »Nun ja, es ist so«, sagte K. und wagte nun, da, nach dem Verhalten der Frau Grubach zu schließen, der Hauptmann nichts verraten hatte, noch hinzuzufügen: »Glauben Sie denn wirklich, dass ich mich wegen eines fremden Mädchens mit Ihnen verfeinden könnte?« »Das ist es ja eben, Herr K.«, sagte Frau Grubach, es war ihr Unglück, dass sie, sobald sie sich nur irgendwie freier fühlte, gleich etwas Ungeschicktes sagte. »Ich fragte mich immerfort: Warum nimmt sich Herr K. so sehr des Fräulein Bürstner an? Warum zankt er ihretwegen mit mir, obwohl er weiß, dass mir jedes böse Wort von ihm den Schlaf nimmt? Ich habe ja über das Fräulein nichts anderes gesagt, als was ich mit eigenen Augen gesehen habe.« K. sagte dazu nichts, er hätte sie mit dem ersten Wort aus dem Zimmer jagen müssen, und das wollte er nicht. Er begnügte sich damit, den Kaffee zu trinken und Frau Grubach ihre Überflüssigkeit fühlen zu lassen. Draußen hörte man wieder den schleppenden Schritt des Fräulein Montag, welche das ganze Vorzimmer durchquerte. »Hören Sie es?«, fragte K. und zeigte mit der Hand nach der Tür. »Ja«, sagte Frau Grubach und seufzte, »ich wollte ihr helfen und auch vom Dienstmädchen helfen lassen, aber sie ist eigensinnig, sie will alles selbst übersiedeln. Ich wundere mich über Fräulein Bürstner. Mir ist es oft lästig, dass ich Fräulein Montag in Miete habe, Fräulein Bürstner aber nimmt sie sogar zu sich ins Zimmer.« »Das muss Sie gar nicht kümmern«, sagte K. und zerdrückte die Zuckerreste in der Tasse. »Haben Sie denn dadurch einen Schaden?« »Nein«, sagte Frau Grubach, »an und für sich ist es mir ganz willkommen, ich bekomme dadurch ein Zimmer frei und kann dort meinen Neffen, den Hauptmann, unterbringen. Ich fürchtete schon längst, dass er Sie in den letzten Tagen, während derer ich ihn nebenan im Wohnzimmer wohnen lassen musste, gestört haben könnte. Er nimmt nicht viel Rücksicht.« »Was für Einfälle!«, sagte K. und stand auf, »davon ist ja keine Rede. Sie scheinen mich wohl für überempfindlich zu halten, weil ich diese Wanderungen des Fräulein Montag – jetzt geht sie wieder zurück – nicht vertragen kann.« Frau Grubach kam sich recht machtlos vor. »Soll ich, Herr K., sagen, dass sie den restlichen Teil der Übersiedlung aufschieben soll? Wenn Sie wollen, tue ich es sofort.« »Aber sie soll doch zu Fräulein Bürstner übersiedeln!«, sagte K. »Ja«, sagte Frau Grubach, sie verstand nicht ganz, was K. meinte. »Nun also«, sagte K., »dann muss sie doch ihre Sachen hinübertragen.« Frau Grubach nickte nur. Diese stumme Hilflosigkeit, die äußerlich nicht anders aussah als Trotz, reizte K. noch mehr. Er fing an, im Zimmer vom Fenster zur Tür auf und ab zu gehen und nahm dadurch Frau Grubach die Möglichkeit, sich zu entfernen, was sie sonst wahrscheinlich getan hätte.

Gerade war K. einmal wieder bis zur Tür gekommen, als es klopfte. Es war das Dienstmädchen, welches meldete, dass Fräulein Montag gern mit Herrn K. ein paar Worte sprechen möchte und dass sie ihn deshalb bitte, ins Esszimmer zu kommen, wo sie ihn erwarte. K. hörte das Dienstmädchen nachdenklich an, dann wandte er sich mit einem fast höhnischen Blick nach der erschrockenen Frau Grubach um. Dieser Blick schien zu sagen, dass K. diese Einladung des Fräulein Montag schon längst vorausgesehen habe und dass sie auch sehr gut mit der Quälerei zusammenpasse, die er diesen Sonntagvormittag von den Mietern der Frau Grubach erfahren musste. Er schickte das Dienstmädchen zurück mit der Antwort, dass er sofort komme, ging dann zum Kleiderkasten, um den Rock zu wechseln, und hatte als Antwort für Frau Grubach, welche leise über die lästige Person jammerte, nur die Bitte, sie möge das Frühstücksgeschirr schon forttragen. »Sie haben ja fast nichts angerührt«, sagte Frau Grubach. »Ach, tragen Sie es doch weg!«, rief K., es war ihm, als sei irgendwie allem Fräulein Montag beigemischt und mache es widerwärtig.

Als er durch das Vorzimmer ging, sah er nach der geschlossenen Tür von Fräulein Bürstners Zimmer. Aber er war nicht dorthin eingeladen, sondern in das Esszimmer, dessen Tür er aufriss, ohne zu klopfen.

Es war ein sehr langes, aber schmales, einfenstriges Zimmer. Es war dort nur so viel Platz vorhanden, dass man in den Ecken an der Türseite zwei Schränke schief hatte aufstellen können, während der übrige Raum vollständig von dem langen Speisetisch eingenommen war, der in der Nähe der Tür begann und bis knapp zum großen Fenster reichte, welches dadurch fast unzugänglich geworden war. Der Tisch war bereits gedeckt, und zwar für viele Personen, da am Sonntag fast alle Mieter hier zu Mittag aßen.

Als K. eintrat, kam Fräulein Montag vom Fenster her an der einen Seite des Tisches entlang K. entgegen. Sie grüßten einander stumm. Dann sagte Fräulein Montag, wie immer den Kopf ungewöhnlich aufgerichtet: »Ich weiß nicht, ob Sie mich kennen.« K. sah sie mit zusammengezogenen Augen an. »Gewiss«, sagte er, »Sie wohnen doch schon längere Zeit bei Frau Grubach.« »Sie kümmern sich aber, wie ich glaube, nicht viel um die Pension«, sagte Fräulein Montag. »Nein«, sagte K. »Wollen Sie sich nicht setzen?«, sagte Fräulein Montag. Sie zogen beide schweigend zwei Sessel am äußersten Ende des Tisches hervor und setzten sich einander gegenüber. Aber Fräulein Montag stand gleich wieder auf, denn sie hatte ihr Handtäschchen auf dem Fensterbrett liegen gelassen und ging es holen; sie schleifte durch das ganze Zimmer. Als sie, das Handtäschchen leicht schwenkend, wieder zurückkam, sagte sie: »Ich möchte nur im Auftrag meiner Freundin ein paar Worte mit Ihnen sprechen. Sie wollte selbst kommen, aber sie fühlt sich heute ein wenig unwohl. Sie möchten sie entschuldigen und mich statt ihrer anhören. Sie hätte Ihnen auch nichts anderes sagen können, als ich Ihnen sagen werde. Im Gegenteil, ich glaube, ich kann Ihnen sogar mehr sagen, da ich doch verhältnismäßig unbeteiligt bin. Glauben Sie nicht auch?«

»Was wäre denn zu sagen?«, antwortete K., der dessen müde war, die Augen des Fräulein Montag fortwährend auf seine Lippe gerichtet zu sehen. Sie maßte sich dadurch eine Herrschaft schon darüber an, was er erst sagen wollte. »Fräulein Bürstner will mir offenbar die persönliche Aussprache, um die ich sie gebeten habe, nicht bewilligen.« »Das ist es«, sagte Fräulein Montag, »oder vielmehr, so ist es gar nicht, Sie drücken es sonderbar scharf aus. Im Allgemeinen werden doch Aussprachen weder bewilligt noch geschieht das Gegenteil. Aber es kann geschehen, dass man Aussprachen für unnötig hält, und so ist es eben hier. Jetzt, nach Ihrer Bemerkung, kann ich ja offen reden. Sie haben meine Freundin schriftlich oder mündlich um eine Unterredung gebeten. Nun weiß aber meine Freundin, so muss ich wenigstens annehmen, was diese Unterredung betreffen soll, und ist deshalb aus Gründen, die ich nicht kenne, überzeugt, dass es niemandem Nutzen bringen würde, wenn die Unterredung wirklich zustande käme. Im Übrigen erzählte sie mir erst gestern und nur ganz flüchtig davon, sie sagte hierbei, dass auch Ihnen jedenfalls nicht viel an der Unterredung liegen könne, denn Sie wären nur durch einen Zufall auf einen derartigen Gedanken gekommen und würden selbst auch ohne besondere Erklärung, wenn nicht schon jetzt, so doch sehr bald die Sinnlosigkeit des Ganzen erkennen. Ich antwortete darauf, dass das richtig sein mag, dass ich es aber zur vollständigen Klarstellung doch für vorteilhaft hielte, Ihnen eine ausdrückliche Antwort zukommen zu lassen. Ich bot mich an, diese Aufgabe zu übernehmen, nach einigem Zögern gab meine Freundin mir nach. Ich hoffe, nun aber auch in Ihrem Sinne gehandelt zu haben; denn selbst die kleinste Unsicherheit in der geringfügigsten Sache ist doch immer quälend, und wenn man sie, wie in diesem Falle, leicht beseitigen kann, so soll es doch besser sofort geschehen.«

»Ich danke Ihnen«, sagte K. sofort, stand langsam auf, sah Fräulein Montag an, dann über den Tisch hin, dann aus dem Fenster – das gegenüberliegende Haus stand in der Sonne – und ging zur Tür. Fräulein Montag folgte ihm ein paar Schritte, als vertraue sie ihm nicht ganz. Vor der Tür mussten aber beide zurückweichen, denn sie öffnete sich, und der Hauptmann Lanz trat ein. K. sah ihn zum ersten Mal aus der Nähe. Es war ein großer, etwa vierzigjähriger Mann mit braun gebranntem, fleischigem Gesicht. Er machte eine leichte Verbeugung, die auch K. galt, ging dann zu Fräulein Montag und küsste ihr ehrerbietig die Hand. Er war sehr gewandt in seinen Bewegungen. Seine Höflichkeit gegen Fräulein Montag stach auffallend von der Behandlung ab, die sie von K. erfahren hatte. Trotzdem schien Fräulein Montag K. nicht böse zu sein, denn sie wollte ihn sogar, wie K. zu bemerken glaubte, dem Hauptmann vorstellen. Aber K. wollte nicht vorgestellt werden, er wäre nicht imstande gewesen, weder dem Hauptmann noch Fräulein Montag gegenüber irgendwie freundlich zu sein, der Handkuss hatte sie für ihn zu einer Gruppe verbunden, die ihn unter dem Anschein äußerster Harmlosigkeit und Uneigennützigkeit von Fräulein Bürstner abhalten wollte. K. glaubte jedoch, nicht nur das zu erkennen, er erkannte auch, dass Fräulein Montag ein gutes, allerdings zweischneidiges Mittel gewählt hatte. Sie übertrieb die Bedeutung der Beziehung zwischen Fräulein Bürstner und K., sie übertrieb vor allem die Bedeutung der erbetenen Aussprache und versuchte, es gleichzeitig so zu wenden, als ob es K. sei, der alles übertreibe. Sie sollte sich täuschen, K. wollte nichts übertreiben, er wusste, dass Fräulein Bürstner ein kleines Schreibmaschinenfräulein war, das ihm nicht lange Widerstand leisten sollte. Hierbei zog er absichtlich gar nicht in Berechnung, was er von Frau Grubach über Fräulein Bürstner erfahren hatte. Das alles überlegte er, während er kaum grüßend das Zimmer verließ. Er wollte gleich in sein Zimmer gehen, aber ein kleines Lachen des Fräulein Montag, das er hinter sich aus dem Esszimmer hörte, brachte ihn auf den Gedanken, dass er vielleicht beiden, dem Hauptmann wie Fräulein Montag, eine Überraschung bereiten könnte. Er sah sich um und horchte, ob aus irgendeinem der umliegenden Zimmer eine Störung zu erwarten wäre, es war überall still, nur die Unterhaltung aus dem Esszimmer war zu hören und aus dem Gang, der zur Küche führte, die Stimme der Frau Grubach. Die Gelegenheit schien günstig, K. ging zur Tür von Fräulein Bürstners Zimmer und klopfte leise. Da sich nichts rührte, klopfte er nochmals, aber es erfolgte noch immer keine Antwort. Schlief sie? Oder war sie wirklich unwohl? Oder verleugnete sie sich nur deshalb, weil sie ahnte, dass es nur K. sein konnte, der so leise klopfte? K. nahm an, dass sie sich verleugne, und klopfte stärker, öffnete schließlich, da das Klopfen keinen Erfolg hatte, vorsichtig und nicht ohne das Gefühl, etwas Unrechtes und überdies Nutzloses zu tun, die Tür. Im Zimmer war niemand. Es erinnerte übrigens kaum mehr an das Zimmer, wie es K. gekannt hatte. An der Wand waren nun zwei Betten hintereinander aufgestellt, drei Sessel in der Nähe der Tür waren mit Kleidern und Wäsche überhäuft, ein Schrank stand offen. Fräulein Bürstner war wahrscheinlich fortgegangen, während Fräulein Montag im Esszimmer auf K. eingeredet hatte. K. war dadurch nicht sehr bestürzt, er hatte kaum mehr erwartet, Fräulein Bürstner so leicht zu treffen, er hatte diesen Versuch fast nur aus Trotz gegen Fräulein Montag gemacht. Umso peinlicher war es ihm aber, als er, während er die Tür wieder schloss, in der offenen Tür des Esszimmers Fräulein Montag und den Hauptmann sich unterhalten sah. Sie standen dort vielleicht schon, seitdem K. die Tür geöffnet hatte, sie vermieden jeden Anschein, als ob sie K. etwa beobachteten, sie unterhielten sich leise und verfolgten K.s Bewegungen mit den Blicken nur so, wie man während eines Gesprächs zerstreut umherblickt. Aber auf K. lagen diese Blicke doch schwer, er beeilte sich, an der Wand entlang in sein Zimmer zu kommen.

Fünftes Kapitel
Der Prügler

Als K. an einem der nächsten Abende den Korridor passierte, der sein Büro von der Haupttreppe trennte – er ging diesmal fast als der Letzte nach Hause, nur in der Expedition arbeiteten noch zwei Diener im kleinen Lichtfeld einer Glühlampe –, hörte er hinter einer Tür, hinter der er immer nur eine Rumpelkammer vermutet hatte, ohne sie jemals selbst gesehen zu haben, Seufzer ausstoßen. Er blieb erstaunt stehen und horchte noch einmal auf, um festzustellen, ob er sich nicht irrte – es wurde ein Weilchen still, dann waren es aber doch wieder Seufzer. – Zuerst wollte er einen der Diener holen, man konnte vielleicht einen Zeugen brauchen, dann aber fasste ihn eine derart unbezähmbare Neugierde, dass er die Tür förmlich aufriss. Es war, wie er richtig vermutet hatte, eine Rumpelkammer. Unbrauchbare, alte Drucksorten, umgeworfene leere irdene Tintenflaschen lagen hinter der Schwelle. In der Kammer selbst aber standen drei Männer, gebückt in dem niedrigen Raum. Eine auf einem Regal festgemachte Kerze gab ihnen Licht. »Was treibt ihr hier?«, fragte K., sich vor Aufregung überstürzend, aber nicht laut. Der eine Mann, der die anderen offenbar beherrschte und zuerst den Blick auf sich lenkte, stak in einer Art dunkler Lederkleidung, die den Hals bis tief zur Brust und die ganzen Arme nackt ließ. Er antwortete nicht. Aber die zwei anderen riefen: »Herr! Wir sollen geprügelt werden, weil du dich beim Untersuchungsrichter über uns beklagt hast.« Und nun erst erkannte K., dass es wirklich die Wächter Franz und Willem waren, und dass der Dritte eine Rute in der Hand hielt, um sie zu prügeln. »Nun«, sagte K. und starrte sie an, »ich habe mich nicht beklagt, ich habe nur gesagt, wie es sich in meiner Wohnung zugetragen hat. Und einwandfrei habt ihr euch ja nicht benommen.« »Herr«, sagte Willem, während Franz sich hinter ihm vor dem Dritten offenbar zu sichern suchte, »wenn Ihr wüsstet, wie schlecht wir bezahlt sind, Ihr würdet besser über uns urteilen. Ich habe eine Familie zu ernähren, und Franz hier wollte heiraten, man sucht sich zu bereichern, wie es geht, durch bloße Arbeit gelingt es nicht, selbst durch die angestrengteste. Euere feine Wäsche hat mich verlockt, es ist natürlich den Wächtern verboten, so zu handeln, es war unrecht, aber Tradition ist es, dass die Wäsche den Wächtern gehört, es ist immer so gewesen, glaubt es mir; es ist ja auch verständlich, was bedeuten denn noch solche Dinge für den, welcher so unglücklich ist, verhaftet zu werden? Bringt er es dann allerdings öffentlich zur Sprache, dann muss die Strafe erfolgen.« »Was ihr jetzt sagt, wusste ich nicht, ich habe auch keineswegs eure Bestrafung verlangt, mir ging es um ein Prinzip.« »Franz«, wandte sich Willem zum anderen Wächter, »sagte ich dir nicht, dass der Herr unsere Bestrafung nicht verlangt hat? Jetzt hörst du, dass er nicht einmal gewusst hat, dass wir bestraft werden müssen.« »Lass dich nicht durch solche Reden rühren«, sagte der Dritte zu K., »die Strafe ist ebenso gerecht als unvermeidlich.« »Höre nicht auf ihn«, sagte Willem und unterbrach sich nur, um die Hand, über die er einen Rutenhieb bekommen hatte, schnell an den Mund zu führen, »wir werden nur gestraft, weil du uns angezeigt hast. Sonst wäre uns nichts geschehen, selbst wenn man erfahren hätte, was wir getan haben. Kann man das Gerechtigkeit nennen? Wir zwei, insbesondere aber ich, hatten uns als Wächter durch lange Zeit sehr bewährt – du selbst musst eingestehen, dass wir, vom Gesichtspunkt der Behörde gesehen, gut gewacht haben – wir hatten Aussicht vorwärtszukommen und wären gewiss bald auch Prügler geworden wie dieser, der eben das Glück hatte, von niemandem angezeigt worden zu sein, denn eine solche Anzeige kommt wirklich nur sehr selten vor. Und jetzt, Herr, ist alles verloren, unsere Laufbahn beendet, wir werden noch viel untergeordnetere Arbeiten leisten müssen, als es der Wachdienst ist, und überdies bekommen wir jetzt diese schrecklich schmerzhaften Prügel.« »Kann denn die Rute solche Schmerzen machen?«, fragte K. und prüfte die Rute, die der Prügler vor ihm schwang. »Wir werden uns ja ganz nackt ausziehen müssen«, sagte Willem. »Ach so«, sagte K. und sah den Prügler genau an, er war braun gebrannt wie ein Matrose und hatte ein wildes, frisches Gesicht. »Gibt es keine Möglichkeit, den beiden die Prügel zu ersparen?«, fragte er ihn. »Nein«, sagte der Prügler und schüttelte lächelnd den Kopf. »Zieht euch aus!«, befahl er den Wächtern. Und zu K. sagte er: »Du musst ihnen nicht alles glauben, sie sind durch die Angst vor den Prügeln schon ein wenig schwachsinnig geworden. Was dieser hier zum Beispiel« – er zeigte auf Willem – »über seine mögliche Laufbahn erzählt hat, ist geradezu lächerlich. Sieh an, wie fett er ist – die ersten Rutenstreiche werden überhaupt im Fett verloren gehen. – Weißt du, wodurch er so fett geworden ist? Er hat die Gewohnheit, allen Verhafteten das Frühstück aufzuessen. Hat er nicht auch dein Frühstück aufgegessen? Nun, ich sagte es ja. Aber ein Mann mit einem solchen Bauch kann nie und nimmermehr

Prügler werden, das ist ganz ausgeschlossen.« »Es gibt auch solche Prügler«, behauptete Willem, der gerade seinen Hosengürtel löste. »Nein«, sagte der Prügler und strich ihm mit der Rute derartig über den Hals, dass er zusammenzuckte, »du sollst nicht zuhören, sondern dich ausziehen.« »Ich würde dich gut belohnen, wenn du sie laufen lässt«, sagte K. und zog, ohne den Prügler nochmals anzusehen – solche Geschäfte werden beiderseits mit niedergeschlagenen Augen am besten abgewickelt – seine Brieftasche hervor. »Du willst wohl dann auch mich anzeigen«, sagte der Prügler, »und auch noch mir Prügel verschaffen. Nein, nein!« »Sei doch vernünftig«, sagte K., »wenn ich gewollt hätte, dass diese beiden bestraft werden, würde ich sie doch jetzt nicht loskaufen wollen. Ich könnte einfach die Tür hier zuschlagen, nichts weiter sehen und hören wollen und nach Hause gehen. Nun tue ich das aber nicht, vielmehr liegt mir ernstlich daran, sie zu befreien; hätte ich geahnt, dass sie bestraft werden sollen oder auch nur bestraft werden können, hätte ich ihre Namen nie genannt. Ich halte sie nämlich gar nicht für schuldig, schuldig ist die Organisation, schuldig sind die hohen Beamten.« »So ist es!«, riefen die Wächter und bekamen sofort einen Hieb über ihren schon entkleideten Rücken. »Hättest du hier unter deiner Rute einen hohen Richter«, sagte K. und drückte, während er sprach, die Rute, die sich schon wieder erheben wollte, nieder, »ich würde dich wahrhaftig nicht hindern, loszuschlagen, im Gegenteil, ich würde dir noch Geld geben, damit du dich für die gute Sache kräftigst.« »Was du sagst, klingt ja glaubwürdig«, sagte der Prügler, »aber ich lasse mich nicht bestechen. Ich bin zum Prügeln angestellt, also prügle ich.« Der Wächter Franz, der vielleicht in Erwartung eines guten Ausgangs des Eingreifens von K. bisher ziemlich zurückhaltend gewesen war, trat jetzt, nur noch mit den Hosen bekleidet, zur Tür, hing sich niederkniend an K.s Arm und flüsterte: »Wenn du für uns beide Schonung nicht durchsetzen kannst, so versuche wenigstens, mich zu befreien. Willem ist älter als ich, in jeder Hinsicht weniger empfindlich, auch hat er schon einmal vor ein paar Jahren eine leichte Prügelstrafe bekommen, ich aber bin noch nicht entehrt und bin doch zu meiner Handlungsweise nur durch Willem gebracht worden, der im Guten und Schlechten mein Lehrer ist. Unten vor der Bank wartet meine arme Braut auf den Ausgang, ich schäme mich ja so erbärmlich.« Er trocknete mit K.s Rock sein von Tränen ganz überlaufenes Gesicht. »Ich warte nicht mehr«, sagte der Prügler, fasste die Rute mit beiden Händen und hieb auf Franz ein, während Willem in einem Winkel kauerte und heimlich zusah, ohne eine Kopfwendung zu wagen. Da erhob sich der Schrei, den Franz ausstieß, ungeteilt und unveränderlich, er schien nicht von einem Menschen, sondern von einem gemarterten Instrument zu stammen, der ganze Korridor tönte von ihm, das ganze Haus musste es hören. »Schrei nicht«, rief K., er konnte sich nicht zurückhalten, und während er gespannt in die Richtung sah, aus der die Diener kommen mussten, stieß er an Franz, nicht stark, aber doch stark genug, dass der Besinnungslose niederfiel und im Krampf mit den Händen den Boden absuchte; den Schlägen entging er aber nicht, die Rute fand ihn auch auf der Erde; während er sich unter ihr wälzte, schwang sich ihre Spitze regelmäßig auf und ab. Und schon erschien in der Ferne ein Diener und ein paar Schritte hinter ihm ein zweiter. K. hatte schnell die Tür zugeworfen, war zu einem der Hoffenster getreten und öffnete es. Das Schreien hatte vollständig aufgehört. Um die Diener nicht herankommen zu lassen, rief er: »Ich bin es!« »Guten Abend, Herr Prokurist!«, rief es zurück. »Ist etwas geschehen?« »Nein, nein«, antwortete K., »es schreit nur ein Hund auf dem Hof.« Als die Diener sich doch nicht rührten, fügte er hinzu: »Sie können bei Ihrer Arbeit bleiben.« Um sich in kein Gespräch mit den Dienern einlassen zu müssen, beugte er sich aus dem Fenster. Als er nach einem Weilchen wieder in den Korridor sah, waren sie schon weg. K. aber blieb nun beim Fenster, in die Rumpelkammer wagte er nicht zu gehen und nach Hause gehen wollte er auch nicht. Es war ein kleiner viereckiger Hof, in den er hinuntersah, ringsherum waren Büroräume untergebracht, alle Fenster waren jetzt schon dunkel, nur die obersten fingen einen Widerschein des Mondes auf. K. suchte angestrengt mit den Blicken in das Dunkel eines Hofwinkels einzudringen, in dem einige Handkarren ineinander gefahren waren. Es quälte ihn, dass es ihm nicht gelungen war, das Prügeln zu verhindern, aber es war nicht seine Schuld, dass es nicht gelungen war, hätte Franz nicht geschrien – gewiss, es musste sehr weh getan haben, aber in einem entscheidenden Augenblick muss man sich beherrschen – hätte er nicht geschrien, so hätte K., wenigstens sehr wahrscheinlich, noch ein Mittel gefunden, den Prügler zu überreden. Wenn die ganze unterste Beamtenschaft Gesindel war, warum hätte gerade der Prügler, der das unmenschlichste Amt hatte, eine Ausnahme machen sollen, K. hatte auch gut beobachtet, wie ihm beim Anblick der Banknote die Augen geleuchtet hatten, er hatte mit dem Prügeln offenbar nur deshalb Ernst gemacht, um die Bestechungssumme noch ein wenig zu erhöhen. Und K. hätte nicht gespart, es lag ihm wirklich daran, die Wächter zu befreien; wenn er nun schon angefangen hatte, die Verderbnis dieses Gerichtswesens zu bekämpfen, so war es selbstverständlich, dass er auch von dieser Seite eingriff. Aber in dem Augenblick, wo Franz zu schreien angefangen hatte, war natürlich alles zu Ende. K. konnte nicht zulassen, dass die Diener und vielleicht noch alle möglichen Leute kämen und ihn in Unterhandlungen mit der Gesellschaft in der Rumpelkammer überraschten. Diese Aufopferung konnte wirklich niemand von K. verlangen. Wenn er das zu tun beabsichtigt hätte, so wäre es ja fast einfacher gewesen, K. hätte sich selbst ausgezogen und dem Prügler als Ersatz für die Wächter angeboten. Übrigens hätte der Prügler diese Vertretung gewiss nicht angenommen, da er dadurch, ohne einen Vorteil zu gewinnen, dennoch seine Pflicht schwer verletzt hätte, und wahrscheinlich doppelt verletzt hätte, denn K. musste wohl, solange er im Verfahren stand, für alle Angestellten des Gerichts unverletzlich sein. Allerdings konnten hier auch besondere Bestimmungen gelten. Jedenfalls hatte K. nichts anderes tun können, als die Tür zuschlagen, obwohl dadurch auch jetzt noch für K. durchaus nicht jede Gefahr beseitigt blieb. Dass er noch zuletzt Franz einen Stoß gegeben hatte, war bedauerlich und nur durch seine Aufregung zu entschuldigen.

In der Ferne hörte er die Schritte der Diener; um ihnen nicht auffällig zu werden, schloss er das Fenster und ging in der Richtung zur Haupttreppe. Bei der Tür zur Rumpelkammer blieb er ein wenig stehen und horchte. Es war ganz still. Der Mann konnte die Wächter totgeprügelt haben, sie waren ja ganz in seine Macht gegeben. K. hatte schon die Hand nach der Klinke ausgestreckt, zog sie dann aber wieder zurück. Helfen konnte er niemandem mehr, und die Diener mussten gleich kommen; er gelobte sich aber, die Sache noch zur Sprache zu bringen und die wirklich Schuldigen, die hohen Beamten, von denen sich ihm noch keiner zu zeigen gewagt hatte, soweit es in seinen Kräften war, gebührend zu bestrafen. Als er die Freitreppe der Bank hinunterging, beobachtete er sorgfältig alle Passanten, aber selbst in der weiteren Umgebung war kein Mädchen zu sehen, das auf jemanden gewartet hätte. Die Bemerkung Franzens, dass seine Braut auf ihn warte, erwies sich als eine allerdings verzeihliche Lüge, die nur den Zweck gehabt hatte, größeres Mitleid zu erwecken.

Auch noch am nächsten Tage kamen K. die Wächter nicht aus dem Sinn; er war bei der Arbeit zerstreut und musste, um sie zu bewältigen, noch ein wenig länger im Büro bleiben als am Tag vorher. Als er auf dem Nachhauseweg wieder an der Rumpelkammer vorbeikam, öffnete er sie wie aus Gewohnheit. Vor dem, was er statt des erwarteten Dunkels erblickte, wusste er sich nicht zu fassen. Alles war unverändert, so wie er es am Abend vorher beim Öffnen der Tür gefunden hatte. Die Drucksorten und Tintenflaschen gleich hinter der Schwelle, der Prügler mit der Rute, die noch vollständig ausgezogenen Wächter, die Kerze auf dem Regal, und die Wächter begannen zu klagen und riefen: »Herr!« Sofort warf K. die Tür zu und schlug noch mit den Fäusten gegen sie, als sei sie dann fester verschlossen. Fast weinend lief er zu den Dienern, die ruhig an den Kopiermaschinen arbeiteten und erstaunt in ihrer Arbeit innehielten. »Räumt doch endlich die Rumpelkammer aus!«, rief er. »Wir versinken ja im Schmutz!« Die Diener waren bereit, es am nächsten Tag zu tun, K. nickte, jetzt spät am Abend konnte er sie nicht mehr zu der Arbeit zwingen, wie er es eigentlich beabsichtigt hatte. Er setzte sich ein wenig, um die Diener ein Weilchen lang in der Nähe zu behalten, warf einige Kopien durcheinander, wodurch er den Anschein zu erwecken glaubte, dass er sie überprüfe, und ging dann, da er einsah, dass die Diener nicht wagen würden, gleichzeitig mit ihm wegzugehen, müde und gedankenlos nach Hause.

Sechstes Kapitel
Der Onkel – Leni

Eines Nachmittags – K. war gerade vor dem Postabschluss sehr beschäftigt – drängte sich zwischen zwei Dienern, die Schriftstücke hineintrugen, K.s Onkel Karl, ein kleiner Grundbesitzer vom Lande, ins Zimmer. K. erschrak bei dem Anblick weniger, als er schon vor längerer Zeit bei der Vorstellung vom Kommen des Onkels erschrocken war. Der Onkel musste kommen, das stand bei K. schon etwa einen Monat lang fest. Schon damals hatte er ihn zu sehen geglaubt, wie er, ein wenig gebückt, den eingedrückten Panamahut in der Linken, die Rechte schon von Weitem ihm entgegenstreckte und sie mit rücksichtsloser Eile über den Schreibtisch hinreichte, alles umstoßend, was ihm im Wege war. Der Onkel befand sich immer in Eile, denn er war von dem unglücklichen Gedanken verfolgt, bei seinem immer nur eintägigen Aufenthalt in der Hauptstadt müsse er alles erledigen können, was er sich vorgenommen hatte, und dürfe überdies auch kein gelegentlich sich darbietendes Gespräch oder Geschäft oder Vergnügen sich entgehen lassen. Dabei musste ihm K., der ihm als seinem gewesenen Vormund besonders verpflichtet war, in allem Möglichen behilflich sein und ihn außerdem bei sich übernachten lassen. »Das Gespenst vom Lande« pflegte er ihn zu nennen.

Gleich nach der Begrüßung – sich in den Fauteuil zu setzen, wozu ihn K. einlud, hatte er keine Zeit – bat er K. um ein kurzes Gespräch unter vier Augen. »Es ist notwendig«, sagte er, mühselig schluckend, »zu meiner Beruhigung ist es notwendig.« K. schickte sofort die Diener aus dem Zimmer, mit der Weisung, niemand einzulassen. »Was habe ich gehört, Josef?«, rief der Onkel, als sie allein waren, setzte sich auf den Tisch und stopfte unter sich, ohne hinzusehen, verschiedene Papiere, um besser zu sitzen. K. schwieg, er wusste, was kommen würde, aber, plötzlich von der anstrengenden Arbeit entspannt, wie er war, gab er sich zunächst einer angenehmen Mattigkeit hin und sah durch das Fenster auf die gegenüberliegende Straßenseite, von der von seinem Sitz aus nur ein kleiner, dreieckiger Ausschnitt zu sehen war, ein Stück leerer Häusermauer zwischen zwei Geschäftsauslagen. »Du schaust aus dem Fenster!«, rief der Onkel mit erhobenen Armen. »Um Himmels willen, Josef, antworte mir doch! Ist es wahr, kann es denn wahr sein?« »Lieber Onkel«, sagte K. und riss sich von seiner Zerstreutheit los, »ich weiß ja gar nicht, was du von mir willst.« »Josef«, sagte der Onkel warnend, »die Wahrheit hast du immer gesagt, soviel ich weiß. Soll ich deine letzten Worte als schlimmes Zeichen auffassen?« »Ich ahne ja, was du willst«, sagte K. folgsam, »du hast wahrscheinlich von meinem Prozess gehört.« »So ist es«, antwortete der Onkel, langsam nickend, »ich habe von deinem Prozess gehört.« »Von wem denn?«, fragte K. »Erna hat es mir geschrieben«, sagte der Onkel, »sie hat ja keinen Verkehr mit dir, du kümmerst dich leider nicht viel um sie, trotzdem hat sie es erfahren. Heute habe ich den Brief bekommen und bin natürlich sofort hergefahren. Aus keinem anderen Grund, aber es scheint ein genügender Grund zu sein. Ich kann dir die Briefstelle, die dich betrifft, vorlesen.« Er zog den Brief aus der Brieftasche. »Hier ist es. Sie schreibt: ›Josef habe ich schon lange nicht gesehen, vorige Woche war ich einmal in der Bank, aber Josef war so beschäftigt, dass ich nicht vorgelassen wurde; ich habe fast eine Stunde gewartet, musste dann aber nach Hause, weil ich Klavierstunde hatte. Ich hätte gern mit ihm gesprochen, vielleicht wird sich nächstens eine Gelegenheit finden. Zu meinem Namenstag hat er mir eine große Schachtel Schokolade geschickt, es war sehr lieb und aufmerksam. Ich hatte vergessen, es Euch damals zu schreiben, erst jetzt, da Ihr mich fragt, erinnere ich mich daran. Schokolade, müsst Ihr wissen, verschwindet nämlich in der Pension sofort, kaum ist man zum Bewusstsein dessen gekommen, dass man mit Schokolade beschenkt worden ist, ist sie auch schon weg. Aber was Josef betrifft, wollte ich Euch noch etwas sagen. Wie erwähnt, wurde ich in der Bank nicht zu ihm vorgelassen, weil er gerade mit einem Herrn verhandelte. Nachdem ich eine Zeit lang ruhig gewartet hatte, fragte ich einen Diener, ob die Verhandlung noch lange dauern werde. Er sagte, das dürfte wohl sein, denn es handle sich wahrscheinlich um den Prozess, der gegen den Herrn Prokuristen geführt werde. Ich fragte, was denn das für ein Prozess sei, ob er sich nicht irre, er aber sagte, er irre sich nicht, es sei ein Prozess, und zwar ein schwerer Prozess, mehr aber wisse er nicht. Er selbst möchte dem Herrn Prokuristen gerne helfen, denn dieser sei ein guter und gerechter Herr, aber er wisse nicht, wie er es anfangen sollte, und er möchte nur wünschen, dass sich einflussreiche Herren seiner annehmen würden. Dies werde auch sicher geschehen, und es werde schließlich ein gutes Ende nehmen, vorläufig aber stehe es, wie er aus der Laune des Herrn Prokuristen entnehmen könne, gar nicht gut. Ich legte diesen Reden natürlich nicht viel Bedeutung bei, suchte auch den einfältigen Diener zu beruhigen, verbot ihm, anderen gegenüber davon zu sprechen, und halte das Ganze für ein Geschwätz. Trotzdem wäre es vielleicht gut, wenn Du, liebster Vater, bei Deinem nächsten Besuch der Sache nachgehen wolltest, es wird Dir leicht sein, Genaueres zu erfahren und, wenn es wirklich nötig sein sollte, durch Deine großen, einflussreichen Bekanntschaften einzugreifen. Sollte es aber nicht nötig sein, was ja das Wahrscheinlichste ist, so wird es wenigstens Deiner Tochter bald Gelegenheit geben, Dich zu umarmen, was sie freuen würde.‹ – Ein gutes Kind«, sagte der Onkel, als er die Vorlesung beendet hatte, und wischte einige Tränen aus den Augen fort. K. nickte, er hatte infolge der verschiedenen Störungen der letzten Zeit vollständig Erna vergessen, sogar ihren Geburtstag hatte er vergessen, und die Geschichte von der Schokolade war offenbar nur zu dem Zweck erfunden, um ihn vor Onkel und Tante in Schutz zu nehmen. Es war sehr rührend, und mit den Theaterkarten, die er ihr von jetzt ab regelmäßig schicken wollte, gewiss nicht genügend belohnt, aber zu Besuchen in der Pension und zu Unterhaltungen mit einer kleinen achtzehnjährigen Gymnasiastin fühlte er sich jetzt nicht geeignet. »Und was sagst du jetzt?«, fragte der Onkel, der durch den Brief alle Eile und Aufregung vergessen hatte und ihn noch einmal zu lesen schien. »Ja, Onkel«, sagte K., »es ist wahr.« »Wahr?«, rief der Onkel. »Was ist wahr? Wie kann es denn wahr sein? Was für ein Prozess? Doch nicht ein Strafprozess?« »Ein Strafprozess«, antwortete K. »Und du sitzt ruhig hier und hast einen Strafprozess auf dem Halse?«, rief der Onkel, der immer lauter wurde. »Je ruhiger ich bin, desto besser ist es für den Ausgang«, sagte K. müde, »fürchte nichts.« »Das kann mich nicht beruhigen!«, rief der Onkel, »Josef, lieber Josef, denke an dich, an deine Verwandten, an unsern guten Namen! Du warst bisher unsere Ehre, du darfst nicht unsere Schande werden. Deine Haltung«, er sah K. mit schief geneigtem Kopfe an, »gefällt mir nicht, so verhält sich kein unschuldig Angeklagter, der noch bei Kräften ist. Sag mir nur schnell, worum es sich handelt, damit ich dir helfen kann. Es handelt sich natürlich um die Bank?« »Nein«, sagte K. und stand auf, »du sprichst aber zu laut, lieber Onkel, der Diener steht wahrscheinlich an der Tür und horcht. Das ist mir unangenehm. Wir wollen lieber weggehen. Ich werde dir dann alle Fragen, so gut es geht, beantworten. Ich weiß sehr gut, dass ich der Familie Rechenschaft schuldig bin.« »Richtig!«, schrie der Onkel. »Sehr richtig, beeile dich nur, Josef, beeile dich!« »Ich muss nur noch einige Aufträge geben«, sagte K. und berief telefonisch seinen Vertreter zu sich, der in wenigen Augenblicken eintrat. Der Onkel, in seiner Aufregung, zeigte ihm mit der Hand, dass K. ihn habe rufen lassen, woran auch sonst kein Zweifel gewesen wäre. K., der vor dem Schreibtisch stand, erklärte dem jungen Mann, der kühl, aber aufmerksam zuhörte, mit leiser Stimme unter Zuhilfenahme verschiedener Schriftstücke, was in seiner Abwesenheit heute noch erledigt werden müsse. Der Onkel störte, indem er zuerst mit großen Augen und nervösem Lippenbeißen dabeistand, ohne allerdings zuzuhören, aber der Anschein dessen war schon störend genug. Dann aber ging er im Zimmer auf und ab und blieb hie und da vor dem Fenster oder vor einem Bild stehen, wobei er immer in verschiedene Ausrufe ausbrach, wie: »Mir ist es vollständig unbegreiflich!« oder »Jetzt sagt mir nur, was soll denn daraus werden!« Der junge Mann tat, als bemerke er nichts davon, hörte ruhig K.s Aufträge bis zu Ende an, notierte sich auch einiges und ging, nachdem er sich vor K. wie auch vor dem Onkel verneigt hatte, der ihm aber gerade den Rücken zukehrte, aus dem Fenster sah und mit ausgestreckten Händen die Vorhänge zusammenknüllte. Die Tür hatte sich noch kaum geschlossen, als der Onkel ausrief: »Endlich ist der Hampelmann weggegangen, jetzt können doch auch wir gehen. Endlich!« Es gab leider kein Mittel, den Onkel zu bewegen, in der Vorhalle, wo einige Beamte und Diener herumstanden und die gerade auch der Direktor-Stellvertreter kreuzte, die Fragen wegen des Prozesses zu unterlassen. »Also, Josef«, begann der Onkel, während er die Verbeugungen der Umstehenden durch leichtes Salutieren beantwortete, »jetzt sag mir offen, was es für ein Prozess ist.« K. machte einige nichtssagende Bemerkungen, lachte auch ein wenig, und erst auf der Treppe erklärte er dem Onkel, dass er vor den Leuten nicht habe offen reden wollen. »Richtig«, sagte der Onkel, »aber jetzt rede.« Mit geneigtem Kopf, eine Zigarre in kurzen, eiligen Zügen rauchend, hörte er zu. »Vor allem, Onkel«, sagte K., »handelt es sich gar nicht um einen Prozess vor dem gewöhnlichen Gericht.« »Das ist schlimm«, sagte der Onkel. »Wie?«, sagte K. und sah den Onkel an. »Dass das schlimm ist, meine ich«, wiederholte der Onkel. Sie standen auf der Freitreppe, die zur Straße führte; da der Portier zu horchen schien, zog K. den Onkel hinunter; der lebhafte Straßenverkehr nahm sie auf. Der Onkel, der sich in K. eingehängt hatte, fragte nicht mehr so dringend nach dem Prozess, sie gingen sogar eine Zeit lang schweigend weiter. »Wie ist es aber geschehen?«, fragte endlich der Onkel, so plötzlich stehen bleibend, dass die hinter ihm gehenden Leute erschreckt auswichen. »Solche Dinge kommen doch nicht plötzlich, sie bereiten sich seit Langem vor, es müssen Anzeichen dessen gewesen sein, warum hast du mir nicht geschrieben? Du weißt, dass ich für dich alles tue, ich bin ja gewissermaßen noch dein Vormund und war bis heute stolz darauf. Ich werde dir natürlich auch jetzt noch helfen, nur ist es jetzt, wenn der Prozess schon im Gange ist, sehr schwer. Am besten wäre es jedenfalls, wenn du dir jetzt einen kleinen Urlaub nimmst und zu uns aufs Land kommst. Du bist auch ein wenig abgemagert, jetzt merke ich es. Auf dem Land wirst du dich kräftigen, das wird gut sein, es stehen dir ja gewiss Anstrengungen bevor. Außerdem aber wirst du dadurch dem Gericht gewissermaßen entzogen sein. Hier haben sie alle möglichen Machtmittel, die sie notwendigerweise automatisch auch dir gegenüber anwenden; auf das Land müssten sie aber erst Organe delegieren oder nur brieflich, telegrafisch, telefonisch auf dich einzuwirken suchen. Das schwächt natürlich die Wirkung ab, befreit dich zwar nicht, aber lässt dich aufatmen.« »Sie könnten mir ja verbieten wegzufahren«, sagte K., den die Rede des Onkels ein wenig in ihren Gedankengang gezogen hatte. »Ich glaube nicht, dass sie das tun werden«, sagte der Onkel nachdenklich, »so groß ist der Verlust an Macht nicht, den sie durch deine Abreise erleiden.« »Ich dachte«, sagte K. und fasste den Onkel unterm Arm, um ihn am Stehenbleiben hindern zu können, »dass du dem Ganzen noch weniger Bedeutung beimessen würdest als ich, und jetzt nimmst du es selbst so schwer.« »Josef«, rief der Onkel und wollte sich ihm entwinden, um stehen bleiben zu können, aber K. ließ ihn nicht, »du bist verwandelt, du hattest doch immer ein so richtiges Auffassungsvermögen, und gerade jetzt verlässt es dich? Willst du denn den Prozess verlieren? Weißt du, was das bedeutet? Das bedeutet, dass du einfach gestrichen wirst. Und dass die ganze Verwandtschaft mitgerissen oder wenigstens bis auf den Boden gedemütigt wird. Josef, nimm dich doch zusammen. Deine Gleichgültigkeit bringt mich um den Verstand. Wenn man dich ansieht, möchte man fast dem Sprichwort glauben: ›Einen solchen Prozess haben, heißt ihn schon verloren haben.‹«

»Lieber Onkel«, sagte K., »die Aufregung ist so unnütz, sie ist es auf deiner Seite und wäre es auch auf meiner. Mit Aufregung gewinnt man die Prozesse nicht, lass auch meine praktischen Erfahrungen ein wenig gelten, so wie ich deine, selbst wenn sie mich überraschen, immer und auch jetzt sehr achte. Da du sagst, dass auch die Familie durch den Prozess in Mitleidenschaft gezogen würde – was ich für meinen Teil durchaus nicht begreifen kann, das ist aber Nebensache –, so will ich dir gerne in allem folgen. Nur den Landaufenthalt halte ich selbst in deinem Sinn nicht für vorteilhaft, denn das würde Flucht und Schuldbewusstsein bedeuten. Überdies bin ich hier zwar mehr verfolgt, kann aber auch selbst die Sache mehr betreiben.« »Richtig«, sagte der Onkel in einem Ton, als kämen sie jetzt endlich einander näher, »ich machte den Vorschlag nur, weil ich, wenn du hier bliebst, die Sache von deiner Gleichgültigkeit gefährdet sah und es für besser hielt, wenn ich statt deiner für dich arbeitete. Willst du es aber mit aller Kraft selbst betreiben, so ist es natürlich weit besser.« »Darin wären wir also einig«, sagte K. »Und hast du jetzt einen Vorschlag dafür, was ich zunächst machen soll?« »Ich muss mir natürlich die Sache noch überlegen«, sagte der Onkel, »du musst bedenken, dass ich jetzt schon zwanzig Jahre fast ununterbrochen auf dem Lande bin, dabei lässt der Spürsinn in diesen Richtungen nach. Verschiedene wichtige Verbindungen mit Persönlichkeiten, die sich hier vielleicht besser auskennen, haben sich von selbst gelockert. Ich bin auf dem Land ein wenig verlassen, das weißt du ja. Selbst merkt man es eigentlich erst bei solchen Gelegenheiten. Zum Teil kam mir deine Sache auch unerwartet, wenn ich auch merkwürdigerweise nach Ernas Brief schon etwas Derartiges ahnte und es heute bei deinem Anblick fast mit Bestimmtheit wusste. Aber das ist gleichgültig, das Wichtigste ist jetzt, keine Zeit zu verlieren.« Schon während seiner Rede hatte er, auf den Fußspitzen stehend, einem Automobil gewinkt und zog jetzt, während er gleichzeitig dem Wagenlenker eine Adresse zurief, K. hinter sich in den Wagen. »Wir fahren jetzt zum Advokaten Huld«, sagte er, »er war mein Schulkollege. Du kennst den Namen gewiss auch? Nicht? Das ist aber merkwürdig. Er hat doch als Verteidiger und Armenadvokat einen bedeutenden Ruf. Ich aber habe besonders zu ihm als Menschen großes Vertrauen.« »Mir ist alles recht, was du unternimmst«, sagte K., obwohl ihm die eilige und dringliche Art, mit der der Onkel die Angelegenheit behandelte, Unbehagen verursachte. Es war nicht sehr erfreulich, als Angeklagter zu einem Armenadvokaten zu fahren. »Ich wusste nicht«, sagte er, »dass man in einer solchen Sache auch einen Advokaten zuziehen könne.« »Aber natürlich«, sagte der Onkel, »das ist ja selbstverständlich. Warum denn nicht? Und nun erzähle mir, damit ich über die Sache genau unterrichtet bin, alles, was bisher geschehen ist.« K. begann sofort zu erzählen, ohne irgendetwas zu verschweigen, seine vollständige Offenheit war der einzige Protest, den er sich gegen des Onkels Ansicht, der Prozess sei eine große Schande, erlauben konnte. Fräulein Bürstners Namen erwähnte er nur einmal und flüchtig, aber das beeinträchtigte nicht die Offenheit, denn Fräulein Bürstner stand mit dem Prozess in keiner Verbindung. Während er erzählte, sah er aus dem Fenster und beobachtete, wie sie sich gerade jener Vorstadt näherten, in der die Gerichtskanzleien waren, er machte den Onkel darauf aufmerksam, der aber das Zusammentreffen nicht besonders auffallend fand. Der Wagen hielt vor einem dunklen Haus. Der Onkel läutete gleich im Parterre bei der ersten Tür; während sie warteten, fletschte er lächelnd seine großen Zähne und flüsterte: »Acht Uhr, eine ungewöhnliche Zeit für Parteienbesuche. Huld nimmt es mir aber nicht übel.« Im Guckfenster der Tür erschienen zwei große, schwarze Augen, sahen ein Weilchen die zwei Gäste an und verschwanden; die Tür öffnete sich aber nicht. Der Onkel und K. bestätigten einander gegenseitig die Tatsache, die zwei Augen gesehen zu haben. »Ein neues Stubenmädchen, das sich vor Fremden fürchtet«, sagte der Onkel und klopfte nochmals. Wieder erschienen die Augen, man konnte sie jetzt fast für traurig halten, vielleicht war das aber auch nur eine Täuschung, hervorgerufen durch die offene Gasflamme, die nahe über den Köpfen stark zischend brannte, aber wenig Licht gab. »Öffnen Sie«, rief der Onkel und hieb mit der Faust gegen die Tür, »es sind Freunde des Herrn Advokaten!« »Der Herr Advokat ist krank«, flüsterte es hinter ihnen. In einer Tür am andern Ende des kleinen Ganges stand ein Herr im Schlafrock und machte mit äußerst leiser Stimme diese Mitteilung. Der Onkel, der schon wegen des langen Wartens wütend war, wandte sich mit einem Ruck um, rief: »Krank? Sie sagen, er ist krank?«, und ging fast drohend, als sei der Herr die Krankheit, auf ihn zu. »Man hat schon geöffnet«, sagte der Herr, zeigte auf die Tür des Advokaten, raffte seinen Schlafrock zusammen und verschwand. Die Tür war wirklich geöffnet worden, ein junges Mädchen – K. erkannte die dunklen, ein wenig hervorgewälzten Augen wieder – stand in langer, weißer Schürze im Vorzimmer und hielt eine Kerze in der Hand. »Nächstens öffnen Sie früher!«, sagte der Onkel statt einer Begrüßung, während das Mädchen einen kleinen Knicks machte. »Komm, Josef«, sagte er dann zu K., der sich langsam an dem Mädchen vorüberschob. »Der Herr Advokat ist krank«, sagte das Mädchen, da der Onkel, ohne sich aufzuhalten, auf eine Tür zueilte. K. staunte das Mädchen noch an, während es sich schon umgedreht hatte, um die Wohnungstür wieder zu versperren, es hatte ein puppenförmig gerundetes Gesicht, nicht nur die bleichen Wangen und das Kinn verliefen rund, auch die Schläfen und die Stirnränder. »Josef!«, rief der Onkel wieder, und das Mädchen fragte er: »Es ist das Herzleiden?« »Ich glaube wohl«, sagte das Mädchen, es hatte Zeit gefunden, mit der Kerze voranzugehen und die Zimmertür zu öffnen. In einem Winkel des Zimmers, wohin das Kerzenlicht noch nicht drang, erhob sich im Bett ein Gesicht mit langem Bart. »Leni, wer kommt denn?«, fragte der Advokat, der, durch die Kerze geblendet, die Gäste nicht erkannte. »Albert, dein alter Freund ist es«, sagte der Onkel. »Ach, Albert«, sagte der Advokat und ließ sich auf die Kissen zurückfallen, als bedürfe es diesem Besuch gegenüber keiner Verstellung. »Steht es wirklich so schlecht?«, fragte der Onkel und setzte sich auf den Bettrand. »Ich glaube es nicht. Es ist ein Anfall deines Herzleidens und wird vorübergehen wie die früheren.« »Möglich«, sagte der Advokat leise, »es ist aber ärger, als es jemals gewesen ist. Ich atme schwer, schlafe gar nicht und verliere täglich an Kraft.« »So«, sagte der Onkel und drückte den Panamahut mit seiner großen Hand fest aufs Knie. »Das sind schlechte Nachrichten. Hast du übrigens die richtige Pflege? Es ist auch so traurig hier, so dunkel. Es ist schon lange her, seit ich zum letzten Mal hier war, damals schien es mir freundlicher. Auch dein kleines Fräulein hier scheint nicht sehr lustig, oder sie verstellt sich.« Das Mädchen stand noch immer mit der Kerze nahe bei der Tür; soweit ihr unbestimmter Blick erkennen ließ, sah sie eher K. an als den Onkel, selbst als dieser jetzt von ihr sprach. K. lehnte an einem Sessel, den er in die Nähe des Mädchens geschoben hatte. »Wenn man so krank ist wie ich«, sagte der Advokat, »muss man Ruhe haben. Mir ist es nicht traurig.« Nach einer kleinen Pause fügte er hinzu: »Und Leni pflegt mich gut, sie ist brav.« Den Onkel konnte das aber nicht überzeugen, er war sichtlich gegen die Pflegerin voreingenommen, und wenn er auch dem Kranken nichts entgegnete, so verfolgte er doch die Pflegerin mit strengen Blicken, als sie jetzt zum Bett hinging, die Kerze auf das Nachttischchen stellte, sich über den Kranken beugte und beim Ordnen der Kissen mit ihm flüsterte. Er vergaß fast die Rücksicht auf den Kranken, stand auf, ging hinter der Pflegerin hin und her, und K. hätte es nicht gewundert, wenn er sie hinten an den Röcken erfasst und vom Bett fortgezogen hätte. K. selbst sah allem ruhig zu, die Krankheit des Advokaten war ihm sogar nicht ganz unwillkommen, dem Eifer, den der Onkel für seine Sache entwickelt hatte, hatte er sich nicht entgegenstellen können, die Ablenkung, die dieser Eifer jetzt ohne sein Zutun erfuhr, nahm er gerne hin. Da sagte der Onkel, vielleicht nur in der Absicht, die Pflegerin zu beleidigen: »Fräulein, bitte, lassen Sie uns ein Weilchen allein, ich habe mit meinem Freund eine persönliche Angelegenheit zu besprechen.« Die Pflegerin, die noch weit über den Kranken gebeugt war und gerade das Leintuch an der Wand glättete, wendete nur den Kopf und sagte sehr ruhig, was einen auffallenden Unterschied zu den vor Wut stockenden und dann wieder überfließenden Reden des Onkels bildete: »Sie sehen, der Herr ist so krank, er kann keine Angelegenheiten besprechen.« Sie hatte die Worte des Onkels wahrscheinlich nur aus Bequemlichkeit wiederholt, immerhin konnte es selbst von einem Unbeteiligten als spöttisch aufgefasst werden, der Onkel aber fuhr natürlich wie ein Gestochener auf. »Du Verdammte«, sagte er im ersten Gurgeln der Aufregung noch ziemlich unverständlich, K. erschrak, obwohl er etwas Ähnliches erwartet hatte, und lief auf den Onkel zu, mit der bestimmten Absicht, ihm mit beiden Händen den Mund zu schließen. Glücklicherweise erhob sich aber hinter dem Mädchen der Kranke, der Onkel machte ein finsteres Gesicht, als schlucke er etwas Abscheuliches hinunter, und sagte dann ruhiger: »Wir haben natürlich auch noch den Verstand nicht verloren; wäre das, was ich verlange, nicht möglich, würde ich es nicht verlangen. Bitte, gehen Sie jetzt!« Die Pflegerin stand aufgerichtet am Bett, dem Onkel voll zugewendet, mit der einen Hand streichelte sie, wie K. zu bemerken glaubte, die Hand des Advokaten. »Du kannst vor Leni alles sagen«, sagte der Kranke, zweifellos im Ton einer dringenden Bitte. »Es betrifft mich nicht«, sagte der Onkel, »es ist nicht mein Geheimnis.« Und er drehte sich um, als gedenke er in keine Verhandlungen mehr einzugehen, gebe aber noch eine kleine Bedenkzeit. »Wen betrifft es denn?«, fragte der Advokat mit erlöschender Stimme und legte sich wieder zurück. »Meinen Neffen«, sagte der Onkel, »ich habe ihn auch mitgebracht.« Und er stellte vor: »Prokurist Josef K.« »Oh«, sagte der Kranke viel lebhafter und streckte K. die Hand entgegen, »verzeihen Sie, ich habe Sie gar nicht bemerkt. Geh, Leni«, sagte er dann zu der Pflegerin, die sich auch gar nicht mehr wehrte, und reichte ihr die Hand, als gelte es einen Abschied für lange Zeit. »Du bist also«, sagte er endlich zum Onkel, der, auch versöhnt, näher getreten war, »nicht gekommen, mir einen Krankenbesuch zu machen, sondern du kommst in Geschäften.« Es war, als hätte die Vorstellung eines Krankenbesuches den Advokaten bisher gelähmt, so gekräftigt sah er jetzt aus, blieb ständig auf einem Ellbogen aufgestützt, was ziemlich anstrengend sein musste, und zog immer wieder an einem Bartstrahn in der Mitte seines Bartes. »Du siehst schon viel gesünder aus«, sagte der Onkel, »seit diese Hexe draußen ist.« Er unterbrach sich, flüsterte: »Ich wette, dass sie horcht!«, und er sprang zur Tür. Aber hinter der Tür war niemand, der Onkel kam zurück, nicht enttäuscht, denn ihr Nichthorchen erschien ihm als eine noch größere Bosheit, wohl aber verbittert. »Du verkennst sie«, sagte der Advokat, ohne die Pflegerin weiter in Schutz zu nehmen; vielleicht wollte er damit ausdrücken, dass sie nicht schutzbedürftig sei. Aber in viel teilnehmenderem Tone fuhr er fort: »Was die Angelegenheit deines Herrn Neffen betrifft, so würde ich mich allerdings glücklich schätzen, wenn meine Kraft für diese äußerst schwierige Aufgabe ausreichen könnte; ich fürchte sehr, dass sie nicht ausreichen wird, jedenfalls will ich nichts unversucht lassen; wenn ich nicht ausreiche, könnte man ja noch jemanden anderen beiziehen. Um aufrichtig zu sein, interessiert mich die Sache zu sehr, als dass ich es über mich bringen könnte, auf jede Beteiligung zu verzichten. Hält es mein Herz nicht aus, so wird es doch wenigstens hier eine würdige Gelegenheit finden, gänzlich zu versagen.« K. glaubte, kein Wort dieser ganzen Rede zu verstehen, er sah den Onkel an, um dort eine Erklärung zu finden, aber dieser saß, mit der Kerze in der Hand, auf dem Nachttischchen, von dem bereits eine Arzneiflasche auf den Teppich gerollt war, nickte zu allem, was der Advokat sagte, war mit allem einverstanden und sah hie und da auf K. mit der Aufforderung zu gleichem Einverständnis hin. Hatte vielleicht der Onkel schon früher dem Advokaten von dem Prozess erzählt? Aber das war unmöglich, alles, was vorhergegangen war, sprach dagegen. »Ich verstehe nicht –«, sagte er deshalb. »Ja, habe vielleicht ich Sie missverstanden?«, fragte der Advokat ebenso erstaunt und verlegen wie K. »Ich war vielleicht voreilig. Worüber wollten Sie denn mit mir sprechen? Ich dachte, es handle sich um Ihren Prozess?« »Natürlich«, sagte der Onkel und fragte dann K.: »Was willst du denn?« »Ja, aber woher wissen Sie denn etwas über mich und meinen Prozess?«, fragte K. »Ach so«, sagte der Advokat lächelnd, »ich bin doch Advokat, ich verkehre in Gerichtskreisen, man spricht über verschiedene Prozesse, und auffallendere, besonders wenn es den Neffen eines Freundes betrifft, behält man im Gedächtnis. Das ist doch nichts Merkwürdiges.« »Was willst du denn?«, fragte der Onkel K. nochmals. »Du bist so unruhig.« »Sie verkehren in diesen Gerichtskreisen?«, fragte K. »Ja«, sagte der Advokat. »Du fragst wie ein Kind«, sagte der Onkel. »Mit wem sollte ich denn verkehren, wenn nicht mit Leuten meines Faches?«, fügte der Advokat hinzu. Es klang so unwiderleglich, dass K. gar nicht antwortete. »Sie arbeiten doch bei dem Gericht im Justizpalast, und nicht bei dem auf dem Dachboden«, hatte er sagen wollen, konnte sich aber nicht überwinden, es wirklich zu sagen. »Sie müssen doch bedenken«, fuhr der Advokat fort, in einem Tone, als erkläre er etwas Selbstverständliches überflüssigerweise und nebenbei, »Sie müssen doch bedenken, dass ich aus einem solchen Verkehr auch große Vorteile für meine Klientel ziehe, und zwar in vielfacher Hinsicht, man darf nicht einmal immer davon reden. Natürlich bin ich jetzt infolge meiner Krankheit ein wenig behindert, aber ich bekomme trotzdem Besuch von guten Freunden vom Gericht und erfahre doch einiges. Erfahre vielleicht mehr als manche, die in bester Gesundheit den ganzen Tag bei Gericht verbringen. So habe ich zum Beispiel gerade jetzt einen lieben Besuch.« Und er zeigte in eine dunkle Zimmerecke. »Wo denn?«, fragte K. in der ersten Überraschung fast grob. Er sah unsicher herum; das Licht der kleinen Kerze drang bis zur gegenüberliegenden Wand bei Weitem nicht. Und wirklich begann sich dort in der Ecke etwas zu rühren. Im Licht der Kerze, die der Onkel jetzt hochhielt, sah man dort, bei einem kleinen Tischchen, einen älteren Herrn sitzen. Er hatte wohl gar nicht geatmet, dass er so lange unbemerkt geblieben war. Jetzt stand er umständlich auf, offenbar unzufrieden damit, dass man auf ihn aufmerksam gemacht hatte. Es war, als wolle er mit den Händen, die er wie kurze Flügel bewegte, alle Vorstellungen und Begrüßungen abwehren, als wolle er auf keinen Fall die anderen durch seine Anwesenheit stören und als bitte er dringend wieder um die Versetzung ins Dunkel und um das Vergessen seiner Anwesenheit. Das konnte man ihm nun aber nicht mehr zugestehen. »Ihr habt uns nämlich überrascht«, sagte der Advokat zur Erklärung und winkte dabei dem Herrn aufmunternd zu, näherzukommen, was dieser langsam, zögernd herumblickend und doch mit einer gewissen Würde tat, »der Herr Kanzleidirektor – ach so, Verzeihung, ich habe nicht vorgestellt – hier mein Freund Albert K., hier sein Neffe, Prokurist Josef K., und hier der Herr Kanzleidirektor – der Herr Kanzleidirektor also war so freundlich, mich zu besuchen. Den Wert eines solchen Besuches kann eigentlich nur der Eingeweihte würdigen, welcher weiß, wie der Herr Kanzleidirektor mit Arbeit überhäuft ist. Nun, er kam aber trotzdem, wir unterhielten uns friedlich, soweit meine Schwäche es erlaubte, wir hatten zwar Leni nicht verboten, Besuche einzulassen, denn es waren keine zu erwarten, aber unsere Meinung war doch, dass wir allein bleiben sollten, dann aber kamen deine Fausthiebe, Albert, der Herr Kanzleidirektor rückte mit Sessel und Tisch in den Winkel, nun aber zeigt sich, dass wir möglicherweise, das heißt, wenn der Wunsch danach besteht, eine gemeinsame Angelegenheit zu besprechen haben und sehr gut wieder zusammenrücken können. – Herr Kanzleidirektor«, sagte er mit Kopfneigen und unterwürfigem Lächeln und zeigte auf einen Lehnstuhl in der Nähe des Bettes. »Ich kann leider nur noch ein paar Minuten bleiben«, sagte der Kanzleidirektor freundlich, setzte sich breit in den Lehnstuhl und sah auf die Uhr, »die Geschäfte rufen mich. Jedenfalls will ich nicht die Gelegenheit vorübergehen lassen, einen Freund meines Freundes kennenzulernen.« Er neigte den Kopf leicht gegen den Onkel, der von der neuen Bekanntschaft sehr befriedigt schien, aber infolge seiner Natur Gefühle der Ergebenheit nicht ausdrücken konnte und die Worte des Kanzleidirektors mit verlegenem, aber lautem Lachen begleitete. Ein hässlicher Anblick! K. konnte ruhig alles beobachten, denn um ihn kümmerte sich niemand, der Kanzleidirektor nahm, wie es seine Gewohnheit schien, da er nun schon einmal hervorgezogen war, die Herrschaft über das Gespräch an sich, der Advokat, dessen erste Schwäche vielleicht nur dazu hatte dienen sollen, den neuen Besuch zu vertreiben, hörte aufmerksam, die Hand am Ohre, zu, der Onkel als Kerzenträger – er balancierte die Kerze auf seinem Schenkel, der Advokat sah öfter besorgt hin – war bald frei von Verlegenheit und nur noch entzückt, sowohl von der Art der Rede des Kanzleidirektors als auch von den sanften, wellenförmigen Handbewegungen, mit denen er sie begleitete. K., der am Bettpfosten lehnte, wurde vom Kanzleidirektor vielleicht sogar mit Absicht vollständig vernachlässigt und diente den alten Herren nur als Zuhörer. Übrigens wusste er kaum, wovon die Rede war, und dachte bald an die Pflegerin und an die schlechte Behandlung, die sie vom Onkel erfahren hatte, bald daran, ob er den Kanzleidirektor nicht schon einmal gesehen hatte, vielleicht sogar in der Versammlung bei seiner ersten Untersuchung. Wenn er sich auch vielleicht täuschte, so hätte sich doch der Kanzleidirektor den Versammlungsteilnehmern in der ersten Reihe, den alten Herren mit den schütteren Bärten, vorzüglich eingefügt.

Da ließ ein Lärm aus dem Vorzimmer, wie von zerbrechendem Porzellan, alle aufhorchen. »Ich will nachsehen, was geschehen ist«, sagte K. und ging langsam hinaus, als gebe er den anderen noch Gelegenheit, ihn zurückzuhalten. Kaum war er ins Vorzimmer getreten und wollte sich im Dunkel zurechtfinden, als sich auf die Hand, mit der er die Tür noch festhielt, eine kleine Hand legte, viel kleiner als K.s Hand, und die Tür leise schloss. Es war die Pflegerin, die hier gewartet hatte. »Es ist nichts geschehen«, flüsterte sie, »ich habe nur einen Teller gegen die Mauer geworfen, um Sie herauszuholen.« In seiner Befangenheit sagte K: »Ich habe auch an Sie gedacht.« »Desto besser«, sagte die Pflegerin, »kommen Sie.« Nach ein paar Schritten kamen sie zu einer Tür aus mattem Glas, welche die Pflegerin vor K. öffnete. »Treten Sie doch ein«, sagte sie. Es war jedenfalls das Arbeitszimmer des Advokaten; soweit man im Mondlicht sehen konnte, das jetzt nur einen kleinen, viereckigen Teil des Fußbodens an jedem der drei großen Fenster erhellte, war es mit schweren, alten Möbelstücken ausgestattet. »Hierher«, sagte die Pflegerin und zeigte auf eine dunkle Truhe mit holzgeschnitzter Lehne. Noch als er sich gesetzt hatte, sah sich K. im Zimmer um, es war ein hohes, großes Zimmer, die Kundschaft des Armenadvokaten musste sich hier verloren vorkommen. K. glaubte, die kleinen Schritte zu sehen, mit denen die Besucher zu dem gewaltigen Schreibtisch vorrückten. Dann aber vergaß er dies und hatte nur noch Augen für die Pflegerin, die ganz nahe neben ihm saß und ihn fast an die Seitenlehne drückte. »Ich dachte«, sagte sie, »Sie würden von selbst zu mir herauskommen, ohne dass ich Sie erst rufen müsste. Es war doch merkwürdig. Zuerst sahen Sie mich gleich beim Eintritt ununterbrochen an und dann ließen Sie mich warten. Nennen Sie mich übrigens Leni«, fügte sie noch rasch und unvermittelt zu, als solle kein Augenblick dieser Aussprache versäumt werden. »Gern«, sagte K. »Was aber die Merkwürdigkeit betrifft, Leni, so ist sie leicht zu erklären. Erstens musste ich doch das Geschwätz der alten Herren anhören und konnte nicht grundlos weglaufen, zweitens aber bin ich nicht frech, sondern eher schüchtern, und auch Sie, Leni, sahen wahrhaftig nicht so aus, als ob Sie in einem Sprung zu gewinnen wären.« »Das ist es nicht«, sagte Leni, legte den Arm über die Lehne und sah K. an, »aber ich gefiel Ihnen nicht und gefalle Ihnen auch wahrscheinlich jetzt nicht.« »Gefallen wäre ja nicht viel«, sagte K. ausweichend. »Oh!«, sagte sie lächelnd und gewann durch K.s Bemerkung und diesen kleinen Ausruf eine gewisse Überlegenheit. Deshalb schwieg K. ein Weilchen. Da er sich an das Dunkel im Zimmer schon gewöhnt hatte, konnte er verschiedene Einzelheiten der Einrichtung unterscheiden. Besonders fiel ihm ein großes Bild auf, das rechts von der Tür hing, er beugte sich vor, um es besser zu sehen. Es stellte einen Mann im Richtertalar dar; er saß auf einem hohen Thronsessel, dessen Vergoldung vielfach aus dem Bilde hervorstach. Das Ungewöhnliche war, dass dieser Richter nicht in Ruhe und Würde dort saß, sondern den linken Arm fest an Rücken- und Seitenlehne drückte, den rechten Arm aber völlig frei hatte und nur mit der Hand die Seitenlehne umfasste, als wolle er im nächsten Augenblick mit einer heftigen und vielleicht empörten Wendung aufspringen, um etwas Entscheidendes zu sagen oder gar das Urteil zu verkünden. Der Angeklagte war wohl zu Füßen der Treppe zu denken, deren oberste, mit einem gelben Teppich bedeckte Stufen noch auf dem Bilde zu sehen waren. »Vielleicht ist das mein Richter«, sagte K. und zeigte mit einem Finger auf das Bild. »Ich kenne ihn«, sagte Leni und sah auch zum Bilde auf, »er kommt öfters hierher. Das Bild stammt aus seiner Jugend, er kann aber niemals dem Bilde auch nur ähnlich gewesen sein, denn er ist fast winzig klein. Trotzdem hat er sich auf dem Bild so in die Länge ziehen lassen, denn er ist unsinnig eitel, wie alle hier. Aber auch ich bin eitel und sehr unzufrieden damit, dass ich Ihnen gar nicht gefalle.« Auf die letzte Bemerkung antwortete K. nur damit, dass er Leni umfasste und an sich zog, sie lehnte still den Kopf an seine Schulter. Zu dem Übrigen aber sagte er: »Was für einen Rang hat er?« »Er ist Untersuchungsrichter«, sagte sie, ergriff K.s Hand, mit der er sie umfasst hielt, und spielte mit seinen Fingern. »Wieder nur Untersuchungsrichter«, sagte K. enttäuscht, »die hohen Beamten verstecken sich. Aber er sitzt doch auf einem Thronsessel.« »Das ist alles Erfindung«, sagte Leni, das Gesicht über K.s Hand gebeugt, »in Wirklichkeit sitzt er auf einem Küchensessel, auf dem eine alte Pferdedecke zusammengelegt ist. Aber müssen Sie denn immerfort an Ihren Prozess denken?«, fügte sie langsam hinzu. »Nein, durchaus nicht«, sagte K., »ich denke wahrscheinlich sogar zu wenig an ihn.« »Das ist nicht der Fehler, den Sie machen«, sagte Leni, »Sie sind zu unnachgiebig, so habe ich es gehört.« »Wer hat das gesagt?«, fragte K., er fühlte ihren Körper an seiner Brust und sah auf ihr reiches, dunkles, fest gedrehtes Haar hinab. »Ich würde zu viel verraten, wenn ich das sagte«, antwortete Leni. »Fragen Sie, bitte, nicht nach Namen, stellen Sie aber Ihren Fehler ab, seien Sie nicht mehr so unnachgiebig, gegen dieses Gericht kann man sich ja nicht wehren, man muss das Geständnis machen. Machen Sie doch bei nächster Gelegenheit das Geständnis. Erst dann ist die Möglichkeit zu entschlüpfen gegeben, erst dann. Jedoch selbst das ist ohne fremde Hilfe nicht möglich, wegen dieser Hilfe aber müssen Sie sich nicht ängstigen, die will ich Ihnen selbst leisten.« »Sie verstehen viel von diesem Gericht und von den Betrügereien, die hier nötig sind«, sagte K. und hob sie, da sie sich allzu stark an ihn drängte, auf seinen Schoß. »So ist es gut«, sagte sie und richtete sich auf seinem Schoß ein, indem sie den Rock glättete und die Bluse zurechtzog. Dann hing sie sich mit beiden Händen an seinen Hals, lehnte sich zurück und sah ihn lange an. »Und wenn ich das Geständnis nicht mache, dann können Sie mir nicht helfen?«, fragte K. versuchsweise. »Ich werbe Helferinnen«, dachte er fast verwundert, »zuerst Fräulein Bürstner, dann die Frau des Gerichtsdieners und endlich diese kleine Pflegerin, die ein unbegreifliches Bedürfnis nach mir zu haben scheint. Wie sie auf meinem Schoß sitzt, als sei es ihr einzig richtiger Platz!« »Nein«, antwortete Leni und schüttelte langsam den Kopf, »dann kann ich Ihnen nicht helfen. Aber Sie wollen ja meine Hilfe gar nicht, es liegt Ihnen nichts daran, Sie sind eigensinnig und lassen sich nicht überzeugen.« »Haben Sie eine Geliebte?«, fragte sie nach einem Weilchen. »Nein«, sagte K. »O doch«, sagte sie. »Ja, wirklich«, sagte K., »denken Sie nur, ich habe sie verleugnet und trage doch sogar ihre Fotografie bei mir.« Auf ihre Bitten zeigte er ihr eine Fotografie Elsas, zusammengekrümmt auf seinem Schoß studierte sie das Bild. Es war eine Momentfotografie, Elsa war nach einem Wirbeltanz aufgenommen, wie sie ihn in dem Weinlokal gern tanzte, ihr Rock flog noch im Faltenwurf der Drehung um sie her, die Hände hatte sie auf die festen Hüften gelegt und sah mit straffem Hals lachend zur Seite; wem ihr Lachen galt, konnte man aus dem Bild nicht erkennen. »Sie ist stark geschnürt«, sagte Leni und zeigte auf die Stelle, wo dies ihrer Meinung nach zu sehen war. »Sie gefällt mir nicht, sie ist unbeholfen und roh. Vielleicht ist sie aber Ihnen gegenüber sanft und freundlich, darauf könnte man nach dem Bilde schließen. So große, starke Mädchen wissen oft nichts anderes, als sanft und freundlich zu sein. Würde sie sich aber für Sie opfern können?« »Nein«, sagte K., »sie ist weder sanft und freundlich, noch würde sie sich für mich opfern können. Auch habe ich bisher weder das eine noch das andere von ihr verlangt. Ja, ich habe noch nicht einmal das Bild so genau angesehen wie Sie.« »Es liegt Ihnen also gar nicht viel an ihr«, sagte Leni, »sie ist also gar nicht Ihre Geliebte.« »Doch«, sagte K. »Ich nehme mein Wort nicht zurück.« »Mag sie also jetzt Ihre Geliebte sein«, sagte Leni, »Sie würden sie aber nicht sehr vermissen, wenn Sie sie verlören oder für jemand anderen, zum Beispiel für mich, eintauschten.« »Gewiss«, sagte K. lächelnd, »das wäre denkbar, aber sie hat einen großen Vorteil Ihnen gegenüber, sie weiß nichts von meinem Prozess, und selbst wenn sie etwas davon wüsste, würde sie nicht daran denken. Sie würde mich nicht zur Nachgiebigkeit zu überreden suchen.« »Das ist kein Vorteil«, sagte Leni. »Wenn sie keine sonstigen Vorteile hat, verliere ich nicht den Mut. Hat sie irgendeinen körperlichen Fehler?« »Einen körperlichen Fehler?«, fragte K. »Ja«, sagte Leni, »ich habe nämlich einen solchen kleinen Fehler, sehen Sie.« Sie spannte den Mittel- und Ringfinger ihrer rechten Hand auseinander, zwischen denen das Verbindungshäutchen fast bis zum obersten Gelenk der kurzen Finger reichte. K. merkte im Dunkel nicht gleich, was sie ihm zeigen wollte, sie führte deshalb seine Hand hin, damit er es abtaste. »Was für ein Naturspiel«, sagte K. und fügte, als er die ganze Hand überblickt hatte, hinzu: »Was für eine hübsche Kralle!« Mit einer Art Stolz sah Leni zu, wie K. staunend immer wieder ihre zwei Finger auseinanderzog und zusammenlegte, bis er sie schließlich flüchtig küsste und losließ. »Oh!«, rief sie aber sofort, »Sie haben mich geküsst!« Eilig, mit offenem Mund erkletterte sie mit den Knien seinen Schoß. K. sah fast bestürzt zu ihr auf, jetzt, da sie ihm so nahe war, ging ein bitterer, aufreizender Geruch wie von Pfeffer von ihr aus, sie nahm seinen Kopf an sich, beugte sich über ihn hinweg und biss und küsste seinen Hals, biss selbst in seine Haare. »Sie haben mich eingetauscht!«, rief sie von Zeit zu Zeit, »sehen Sie, nun haben Sie mich eingetauscht!« Da glitt ihr Knie aus, mit einem kleinen Schrei fiel sie fast auf den Teppich, K. umfasste sie, um sie noch zu halten, und wurde zu ihr hinabgezogen. »Jetzt gehörst du mir«, sagte sie.

»Hier hast du den Hausschlüssel, komm, wann du willst«, waren ihre letzten Worte, und ein zielloser Kuss traf ihn noch im Weggehen auf den Rücken. Als er aus dem Haustor trat, fiel ein leichter Regen, er wollte in die Mitte der Straße gehen, um vielleicht Leni noch beim Fenster erblicken zu können, da stürzte aus einem Automobil, das vor dem Hause wartete und das K. in seiner Zerstreutheit gar nicht bemerkt hatte, der Onkel, fasste ihn bei den Armen und stieß ihn gegen das Haustor, als wolle er ihn dort festnageln. »Junge«, rief er, »wie konntest du nur das tun! Du hast deiner Sache, die auf gutem Wege war, schrecklich geschadet. Verkriechst dich mit einem kleinen, schmutzigen Ding, das überdies offensichtlich die Geliebte des Advokaten ist, und bleibst stundenlang weg. Suchst nicht einmal einen Vorwand, verheimlichst nichts, nein, bist ganz offen, läufst zu ihr und bleibst bei ihr. Und unterdessen sitzen wir beisammen, der Onkel, der sich für dich abmüht, der Advokat, der für dich gewonnen werden soll, der Kanzleidirektor vor allem, dieser große Herr, der deine Sache in ihrem jetzigen Stadium geradezu beherrscht. Wir wollen beraten, wie dir zu helfen wäre, ich muss den Advokaten vorsichtig behandeln, dieser wieder den Kanzleidirektor, und du hättest doch allen Grund, mich wenigstens zu unterstützen. Stattdessen bleibst du fort. Schließlich lässt es sich nicht verheimlichen, nun, es sind höfliche, gewandte Männer, sie sprechen nicht davon, sie schonen mich, schließlich können aber auch sie sich nicht mehr überwinden, und da sie von der Sache nicht reden können, verstummen sie. Wir sind minutenlang schweigend dagesessen und haben gehorcht, ob du nicht doch endlich kämest. Alles vergebens. Endlich steht der Kanzleidirektor, der viel länger geblieben ist, als er ursprünglich wollte, auf, verabschiedet sich, bedauert mich sichtlich, ohne mir helfen zu können, wartet in unbegreiflicher Liebenswürdigkeit noch eine Zeit lang in der Tür, dann geht er. Ich war natürlich glücklich, dass er weg war, mir war schon die Luft zum Atmen ausgegangen. Auf den kranken Advokaten hat alles noch stärker eingewirkt, er konnte, der gute Mann, gar nicht sprechen, als ich mich von ihm verabschiedete. Du hast wahrscheinlich zu seinem vollständigen Zusammenbrechen beigetragen und beschleunigst so den Tod eines Mannes, auf den du angewiesen bist. Und mich, deinen Onkel, lässt du hier im Regen – fühle nur, ich bin ganz durchnässt – stundenlang warten und mich in Sorgen abquälen.«

Siebentes Kapitel
Advokat – Fabrikant – Maler

An einem Wintervormittag – draußen fiel Schnee im trüben Licht – saß K., trotz der frühen Stunde schon äußerst müde, in seinem Büro. Um sich wenigstens vor den unteren Beamten zu schützen, hatte er dem Diener den Auftrag gegeben, niemanden von ihnen einzulassen, da er mit einer größeren Arbeit beschäftigt sei. Aber statt zu arbeiten, drehte er sich in seinem Sessel, verschob langsam einige Gegenstände auf dem Tisch, ließ dann aber, ohne es zu wissen, den ganzen Arm ausgestreckt auf der Tischplatte liegen und blieb mit gesenktem Kopf unbeweglich sitzen.
Der Gedanke an den Prozess verließ ihn nicht mehr. Öfters schon hatte er überlegt, ob es nicht gut wäre, eine Verteidigungsschrift auszuarbeiten und bei Gericht einzureichen. Er wollte darin eine kurze Lebensbeschreibung vorlegen und bei jedem irgendwie wichtigeren Ereignis erklären, aus welchen Gründen er so gehandelt hatte, ob diese Handlungsweise nach seinem gegenwärtigen Urteil zu verwerfen oder zu billigen war und welche Gründe er für dieses oder jenes anführen konnte. Die Vorteile einer solchen Verteidigungsschrift gegenüber der bloßen Verteidigung durch den übrigens auch sonst nicht einwandfreien Advokaten waren zweifellos. K. wusste ja gar nicht, was der Advokat unternahm; viel war es jedenfalls nicht, schon einen Monat lang hatte er ihn nicht mehr zu sich berufen, und auch bei keiner der früheren Besprechungen hatte K. den Eindruck gehabt, dass dieser Mann viel für ihn erreichen könne. Vor allem hatte er ihn fast gar nicht ausgefragt. Und hier war doch so viel zu fragen. Fragen war die Hauptsache. K. hatte das Gefühl, als ob er selbst alle hier nötigen Fragen stellen könnte. Der Advokat dagegen, statt zu fragen, erzählte selbst oder saß ihm stumm gegenüber, beugte sich, wahrscheinlich wegen seines schwachen Gehörs, ein wenig über den Schreibtisch vor, zog an einem Bartstrahn innerhalb seines Bartes und blickte auf den Teppich nieder, vielleicht gerade auf die Stelle, wo K. mit Leni gelegen war. Hier und da gab er K. einige leere Ermahnungen, wie man sie Kindern gibt. Ebenso nutzlose wie langweilige Reden, die K. in der Schlussabrechnung mit keinem Heller zu bezahlen gedachte. Nachdem der Advokat ihn genügend gedemütigt zu haben glaubte, fing er gewöhnlich an, ihn wieder ein wenig aufzumuntern. Er habe schon, erzählte er dann,

viele ähnliche Prozesse ganz oder teilweise gewonnen. Prozesse, die, wenn auch in Wirklichkeit vielleicht nicht so schwierig wie dieser, äußerlich noch hoffnungsloser waren. Ein Verzeichnis dieser Prozesse habe er hier in der Schublade – hierbei klopfte er an irgendeine Lade des Tisches – die Schriften könne er leider nicht zeigen, da es sich um Amtsgeheimnisse handle. Trotzdem komme jetzt natürlich die große Erfahrung, die er durch alle diese Prozesse erworben habe, K. zugute. Er habe natürlich sofort zu arbeiten begonnen, und die erste Eingabe sei schon fast fertiggestellt. Sie sei sehr wichtig, weil der erste Eindruck, den die Verteidigung mache, oft die ganze Richtung des Verfahrens bestimme. Leider, darauf müsse er K. allerdings aufmerksam machen, geschehe es manchmal, dass die ersten Eingaben bei Gericht gar nicht gelesen würden. Man lege sie einfach zu den Akten und weise darauf hin, dass vorläufig die Einvernahme und Beobachtung des Angeklagten wichtiger sei als alles Geschriebene. Man fügt, wenn der Petent dringlich wird, hinzu, dass man vor der Entscheidung, sobald alles Material gesammelt ist, im Zusammenhang natürlich, alle Akten, also auch diese erste Eingabe, überprüfen wird. Leider sei aber auch dies meistens nicht richtig, die erste Eingabe werde gewöhnlich verlegt oder gehe gänzlich verloren, und selbst wenn sie bis zum Ende erhalten bleibt, werde sie, wie der Advokat allerdings nur gerüchtweise erfahren hat, kaum gelesen. Das alles sei bedauerlich, aber nicht ganz ohne Berechtigung. K. möge doch nicht außer Acht lassen, dass das Verfahren nicht öffentlich sei, es kann, wenn das Gericht es für nötig hält, öffentlich werden, das Gesetz aber schreibt Öffentlichkeit nicht vor. Infolgedessen sind auch die Schriften des Gerichts, vor allem die Anklageschrift, dem Angeklagten und seiner Verteidigung unzugänglich, man weiß daher im Allgemeinen nicht oder wenigstens nicht genau, wogegen sich die erste Eingabe zu richten hat, sie kann daher eigentlich nur zufälligerweise etwas enthalten, was für die Sache von Bedeutung ist. Wirklich zutreffende und beweisführende Eingaben kann man erst später ausarbeiten, wenn im Laufe der Einvernahmen des Angeklagten die einzelnen Anklagepunkte und ihre Begründung deutlicher hervortreten oder erraten werden können. Unter diesen Verhältnissen ist natürlich die Verteidigung in einer sehr ungünstigen und schwierigen Lage. Aber auch das ist beabsichtigt. Die Verteidigung ist nämlich durch das Gesetz nicht eigentlich gestattet, sondern nur geduldet, und selbst darüber, ob aus der betreffenden Gesetzesstelle wenigstens Duldung herausgelesen werden soll, besteht Streit. Es gibt daher strenggenommen gar keine vom Gericht anerkannten Advokaten, alle, die vor diesem Gericht als Advokaten auftreten, sind im Grunde nur Winkeladvokaten. Das wirkt natürlich auf den ganzen Stand sehr entwürdigend ein, und wenn K. nächstens einmal in die Gerichtskanzleien gehen werde, könne er sich ja, um auch das einmal gesehen zu haben, das Advokatenzimmer ansehen. Er werde vor der Gesellschaft, die dort beisammen sei, vermutlich erschrecken. Schon die ihnen zugewiesene enge, niedrige Kammer zeige die Verachtung, die das Gericht für diese Leute hat. Licht bekommt die Kammer nur durch eine kleine Luke, die so hochgelegen ist, dass man, wenn man hinausschauen will, wo einem übrigens der Rauch eines knapp davor gelegenen Kamins in die Nase fährt und das Gesicht schwärzt, erst einen Kollegen suchen muss, der einen auf den Rücken nimmt. Im Fußboden dieser Kammer – um nur noch ein Beispiel für diese Zustände anzuführen – ist nun schon seit mehr als einem Jahr ein Loch, nicht so groß, dass ein Mensch durchfallen könnte, aber groß genug, dass man mit einem Bein ganz einsinkt. Das Advokatenzimmer liegt auf dem zweiten Dachboden; sinkt also einer ein, so hängt das Bein in den ersten Dachboden hinunter, und zwar gerade in den Gang, wo die Parteien warten. Es ist nicht zu viel gesagt, wenn man in Advokatenkreisen solche Verhältnisse schändlich nennt. Beschwerden an die Verwaltung haben nicht den geringsten Erfolg, wohl aber ist es den Advokaten auf das Strengste verboten, irgendetwas in dem Zimmer auf eigene Kosten ändern zu lassen. Aber auch diese Behandlung der Advokaten hat ihre Begründung. Man will die Verteidigung möglichst ausschalten, alles soll auf den Angeklagten selbst gestellt sein. Kein schlechter Standpunkt im Grunde, nichts wäre aber verfehlter, als daraus zu folgern, dass bei diesem Gericht die Advokaten für den Angeklagten unnötig sind. Im Gegenteil, bei keinem anderen Gericht sind sie so notwendig wie bei diesem. Das Verfahren ist nämlich im Allgemeinen nicht nur vor der Öffentlichkeit geheim, sondern auch vor dem Angeklagten. Natürlich nur soweit dies möglich ist, es ist aber in sehr weitem Ausmaß möglich. Auch der Angeklagte hat nämlich keinen Einblick in die Gerichtsschriften, und aus den Verhören auf die ihnen zugrunde liegenden Schriften zu schließen, ist sehr schwierig, insbesondere aber für den Angeklagten, der doch befangen ist und alle möglichen Sorgen hat, die ihn zerstreuen. Hier greift nun die Verteidigung ein. Bei den Verhören dürfen im Allgemeinen Verteidiger nicht anwesend sein, sie müssen daher nach den Verhören, und zwar möglichst noch an der Tür des Untersuchungszimmers, den Angeklagten über das Verhör ausforschen und diesen oft schon sehr vermischten Berichten das für die Verteidigung Taugliche entnehmen. Aber das Wichtigste ist dies nicht, denn viel kann man auf diese Weise nicht erfahren, wenn natürlich auch hier wie überall ein tüchtiger Mann mehr erfährt als andere. Das Wichtigste bleiben trotzdem die persönlichen Beziehungen des Advokaten, in ihnen liegt der Hauptwert der Verteidigung. Nun habe ja wohl K. schon seinen eigenen Erlebnissen entnommen, dass die allerunterste Organisation des Gerichtes nicht ganz vollkommen ist, pflichtvergessene und bestechliche Angestellte aufweist, wodurch gewissermaßen die strenge Abschließung des Gerichtes Lücken bekommt. Hier nun drängt sich die Mehrzahl der Advokaten ein, hier wird bestochen und ausgehorcht, ja, es kamen, wenigstens in früherer Zeit, sogar Fälle von Aktendiebstählen vor. Es ist nicht zu leugnen, dass auf diese Weise für den Augenblick einige sogar überraschend günstige Resultate für den Angeklagten sich erzielen lassen, damit stolzieren auch diese kleinen Advokaten herum und locken neue Kundschaft an, aber für den weiteren Fortgang des Prozesses bedeutet es entweder nichts oder nichts Gutes. Wirklichen Wert aber haben nur ehrliche persönliche Beziehungen, und zwar mit höheren Beamten, womit natürlich nur höhere Beamte der unteren Grade gemeint sind. Nur dadurch kann der Fortgang des Prozesses, wenn auch zunächst nur unmerklich, später aber immer deutlicher beeinflusst werden. Das können natürlich nur wenige Advokaten, und hier sei die Wahl K.s sehr günstig gewesen. Nur noch vielleicht ein oder zwei Advokaten könnten sich mit ähnlichen Beziehungen ausweisen wie Dr. Huld. Diese kümmern sich allerdings um die Gesellschaft im Advokatenzimmer nicht und haben auch nichts mit ihr zu tun. Umso enger sei aber die Verbindung mit den Gerichtsbeamten. Es sei nicht einmal immer nötig, dass Dr. Huld zu Gericht gehe, in den Vorzimmern der Untersuchungsrichter auf ihr zufälliges Erscheinen warte und je nach ihrer Laune einen meist nur scheinbaren Erfolg erziele oder auch nicht einmal diesen. Nein, K. habe es ja selbst gesehen, die Beamten, und darunter recht hohe, kommen selbst, geben bereitwillig Auskunft, offene oder wenigstens leicht deutbare, besprechen den nächsten Fortgang der Prozesse, ja, sie lassen sich sogar in einzelnen Fällen überzeugen und nehmen die fremde Ansicht gern an. Allerdings dürfe man ihnen gerade in dieser letzteren Hinsicht nicht allzu sehr vertrauen, so bestimmt sie ihre neue, für die Verteidigung günstige Absicht auch aussprechen, gehen sie doch vielleicht geradewegs in ihre Kanzlei und geben für den nächsten Tag einen Gerichtsbeschluss, der gerade das Entgegengesetzte enthält und vielleicht für den Angeklagten noch viel strenger ist als ihre erste Absicht, von der sie gänzlich abgekommen zu sein behaupteten. Dagegen könne man sich natürlich nicht wehren, denn das, was sie zwischen vier Augen gesagt haben, ist eben auch nur zwischen vier Augen gesagt und lasse keine öffentliche Folgerung zu, selbst wenn die Verteidigung nicht auch sonst bestrebt sein müsste, sich die Gunst der Herren zu erhalten. Andererseits sei es allerdings auch richtig, dass die Herren nicht etwa nur aus Menschenliebe oder aus freundschaftlichen Gefühlen sich mit der Verteidigung, natürlich nur mit einer sachverständigen Verteidigung, in Verbindung setzen, sie sind vielmehr in gewisser Hinsicht auch auf sie angewiesen. Hier mache sich eben der Nachteil einer Gerichtsorganisation geltend, die selbst in ihren Anfängen das geheime Gericht festsetzt. Den Beamten fehlt der Zusammenhang mit der Bevölkerung, für die gewöhnlichen, mittleren Prozesse sind sie gut ausgerüstet, ein solcher Prozess rollt fast von selbst auf seiner Bahn ab und braucht nur hier und da einen Anstoß, gegenüber den ganz einfachen Fällen aber, wie auch gegenüber den besonders schwierigen, sind sie oft ratlos, sie haben, weil sie fortwährend, Tag und Nacht, in ihr Gesetz eingezwängt sind, nicht den richtigen Sinn für menschliche Beziehungen, und das entbehren sie in solchen Fällen schwer. Dann kommen sie zum Advokaten um Rat, und hinter ihnen trägt ein Diener die Akten, die sonst so geheim sind. An diesem Fenster hätte man manche Herren, von denen man es am wenigsten erwarten würde, antreffen können, wie sie geradezu trostlos auf die Gasse hinaussahen, während der Advokat an seinem Tisch die Akten studierte, um ihnen einen guten Rat geben zu können. Übrigens könne man gerade bei solchen Gelegenheiten sehen, wie ungemein ernst die Herren ihren Beruf nehmen und wie sie über Hindernisse, die sie ihrer Natur nach nicht bewältigen können, in große Verzweiflung geraten. Ihre Stellung sei auch sonst nicht leicht, man dürfe ihnen nicht Unrecht tun und ihre Stellung nicht für leicht ansehen. Die Rangordnung und Steigerung des Gerichtes sei unendlich und selbst für den Eingeweihten nicht absehbar. Das Verfahren vor den Gerichtshöfen sei aber im Allgemeinen auch für die unteren Beamten geheim, sie können daher die Angelegenheiten, die sie bearbeiten, in ihrem ferneren Weitergang kaum jemals vollständig verfolgen, die Gerichtssache erscheint also in ihrem Gesichtskreis, ohne dass sie oft wissen, woher sie kommt, und sie geht weiter, ohne dass sie erfahren, wohin. Die Belehrung also, die man aus dem Studium der einzelnen Prozessstadien, der schließlichen Entscheidung und ihrer Gründe schöpfen kann, entgeht diesen Beamten. Sie dürfen sich nur mit jenem Teil des Prozesses befassen, der vom Gesetz für sie abgegrenzt ist, und wissen von dem Weiteren, also von den Ergebnissen ihrer eigenen Arbeit, meist weniger als die Verteidigung, die doch in der Regel fast bis zum Schluss des Prozesses mit dem Angeklagten in Verbindung bleibt. Auch in dieser Richtung also können sie von der Verteidigung manches Wertvolle erfahren. Wundere sich K. noch, wenn er alles dieses im Auge behalte, über die Gereiztheit der Beamten, die sich manchmal den Parteien gegenüber in – jeder mache diese Erfahrung – beleidigender Weise äußert. Alle Beamten seien gereizt, selbst wenn sie ruhig scheinen. Natürlich haben die kleinen Advokaten besonders viel darunter zu leiden. Man erzählt zum Beispiel folgende Geschichte, die sehr den Anschein der Wahrheit hat. Ein alter Beamter, ein guter, stiller Herr, hatte eine schwierige Gerichtssache, welche besonders durch die Eingaben des Advokaten verwickelt worden war, einen Tag und eine Nacht ununterbrochen studiert – diese Beamten sind tatsächlich fleißig, wie niemand sonst. – Gegen Morgen nun, nach vierundzwanzigstündiger, wahrscheinlich nicht sehr ergiebiger Arbeit, ging er zur Eingangstür, stellte sich dort in Hinterhalt und warf jeden Advokaten, der eintreten wollte, die Treppe hinunter. Die Advokaten sammelten sich unten auf dem Treppenabsatz und berieten, was sie tun sollten; einerseits haben sie keinen eigentlichen Anspruch darauf, eingelassen zu werden, können daher rechtlich gegen den Beamten kaum etwas unternehmen und müssen sich, wie schon erwähnt, auch hüten, die Beamtenschaft gegen sich aufzubringen. Andererseits aber ist jeder nicht bei Gericht verbrachte Tag für sie verloren, und es lag ihnen also viel daran einzudringen. Schließlich einigten sie sich darauf, dass sie den alten Herrn ermüden wollten. Immer wieder wurde ein Advokat ausgeschickt, der die Treppe hinauflief und sich dann unter möglichstem, allerdings passivem Widerstand hinunterwerfen ließ, wo er dann von den Kollegen aufgefangen wurde. Das dauerte etwa eine Stunde, dann wurde der alte Herr, er war ja auch von der Nachtarbeit schon erschöpft, wirklich müde und ging in seine Kanzlei zurück. Die unten wollten es erst gar nicht glauben und schickten zuerst einen aus, der hinter der Tür nachsehen sollte, ob dort wirklich leer war. Dann erst zogen sie ein und wagten wahrscheinlich nicht einmal zu murren. Denn den Advokaten – und selbst der Kleinste kann doch die Verhältnisse wenigstens zum Teil übersehen – liegt es vollständig ferne, bei Gericht irgendwelche Verbesserungen einführen oder durchsetzen zu wollen, während – und dies ist sehr bezeichnend – fast jeder Angeklagte, selbst ganz einfältige Leute, gleich beim allerersten Eintritt in den Prozess an Verbesserungsvorschläge zu denken anfangen und damit oft Zeit und Kraft verschwenden, die anders viel besser verwendet werden könnten. Das einzig Richtige sei es, sich mit den vorhandenen Verhältnissen abzufinden. Selbst wenn es möglich wäre, Einzelheiten zu verbessern – es ist aber ein unsinniger Aberglaube –, hätte man bestenfalls für künftige Fälle etwas erreicht, sich selbst aber unermesslich dadurch geschadet, dass man die besondere Aufmerksamkeit der immer rachsüchtigen Beamtenschaft erregt hat. Nur keine Aufmerksamkeit erregen! Sich ruhig verhalten, selbst wenn es einem noch so sehr gegen den Sinn geht! Einzusehen versuchen, dass dieser große Gerichtsorganismus gewissermaßen ewig in der Schwebe bleibt und dass man zwar, wenn man auf seinem Platz selbstständig etwas ändert, den Boden unter den Füßen sich wegnimmt und selbst abstürzen kann, während der große Organismus sich selbst für die kleine Störung leicht an einer anderen Stelle – alles ist doch in Verbindung – Ersatz schafft und unverändert bleibt, wenn er nicht etwa, was sogar wahrscheinlich ist, noch geschlossener, noch aufmerksamer, noch strenger, noch böser wird. Man überlasse doch die Arbeit dem Advokaten, statt sie zu stören. Vorwürfe nützen ja nicht viel, besonders wenn man ihre Ursachen in ihrer ganzen Bedeutung nicht begreiflich machen kann, aber gesagt müsse es doch werden, wie viel K. seiner Sache durch das Verhalten gegenüber dem Kanzleidirektor geschadet habe. Dieser einflussreiche Mann sei aus der Liste jener, bei denen man für K. etwas unternehmen könne, schon fast zu streichen. Selbst flüchtige Erwähnungen des Prozesses überhöre er mit deutlicher Absicht. In manchem seien ja die Beamten wie Kinder. Oft können sie durch Harmlosigkeiten, unter die allerdings K.s Verhalten leider nicht gehöre, derartig verletzt werden, dass sie selbst mit guten Freunden zu reden aufhören, sich von ihnen abwenden, wenn sie ihnen begegnen, und ihnen in allem Möglichen entgegenarbeiten. Dann aber einmal, überraschenderweise ohne besonderen Grund, lassen sie sich durch einen kleinen Scherz, den man nur deshalb wagt, weil alles aussichtslos scheint, zum Lachen bringen und sind versöhnt. Es sei eben gleichzeitig schwer und leicht, sich mit ihnen zu verhalten, Grundsätze dafür gibt es kaum. Manchmal sei es zum Verwundern, dass ein einziges Durchschnittsleben dafür hinreiche, um so viel zu erfassen, dass man hier mit einigem Erfolg arbeiten könne. Es kommen allerdings trübe Stunden, wie sie ja jeder hat, wo man glaubt, nicht das Geringste erzielt zu haben, wo es einem scheint, als hätten nur die von Anfang an für einen guten Ausgang bestimmten Prozesse ein gutes Ende genommen, wie es auch ohne Mithilfe geschehen wäre, während alle anderen verloren gegangen sind, trotz allem Nebenherlaufen, aller Mühe, allen kleinen, scheinbaren Erfolgen, über die man solche Freude hatte. Dann scheint einem allerdings nichts mehr sicher, und man würde auf bestimmte Fragen hin nicht einmal zu leugnen wagen, dass man ihrem Wesen nach gut verlaufende Prozesse gerade durch die Mithilfe auf Abwege gebracht hat. Auch das ist ja eine Art Selbstvertrauen, aber es ist das Einzige, das dann übrig bleibt. Solchen Anfällen – es sind natürlich nur Anfälle, nichts weiter – sind Advokaten besonders dann ausgesetzt, wenn ihnen ein Prozess, den sie weit genug und zufriedenstellend geführt haben, plötzlich aus der Hand genommen wird. Das ist wohl das Ärgste, das einem Advokaten geschehen kann. Nicht etwa durch den Angeklagten wird ihnen der Prozess entzogen; das geschieht wohl niemals, ein Angeklagter, der einmal einen bestimmten Advokaten genommen hat, muss bei ihm bleiben, geschehe was immer. Wie könnte er sich überhaupt, wenn er einmal Hilfe in Anspruch genommen hat, allein noch erhalten? Das geschieht also nicht, wohl aber geschieht es manchmal, dass der Prozess eine Richtung nimmt, wo der Advokat nicht mehr mitkommen darf. Der Prozess und der Angeklagte und alles wird dem Advokaten einfach entzogen, dann können auch die besten Beziehungen zu den Beamten nicht mehr helfen, denn sie selbst wissen nichts. Der Prozess ist eben in ein Stadium getreten, wo keine Hilfe mehr geleistet werden darf, wo ihn unzugängliche Gerichtshöfe bearbeiten, wo auch der Angeklagte für den Advokaten nicht mehr erreichbar ist. Man kommt dann eines Tages nach Hause und findet auf seinem Tisch alle die vielen Eingaben, die man mit allem Fleiß und mit den schönsten Hoffnungen in dieser Sache gemacht hat, sie sind zurückgestellt worden, da sie in das neue Prozessstadium nicht übertragen werden dürfen, es sind wertlose Fetzen. Dabei muss der Prozess noch nicht verloren sein, durchaus nicht, wenigstens liegt kein entscheidender Grund für diese Annahme vor, man weiß bloß nichts mehr von dem Prozess und wird auch nichts mehr von ihm erfahren. Nun sind ja solche Fälle glücklicherweise Ausnahmen, und selbst wenn K.s Prozess ein solcher Fall sein sollte, sei er doch vorläufig noch weit von solchem Stadium entfernt. Hier sei aber noch reichliche Gelegenheit für Advokatenarbeit gegeben, und dass sie ausgenutzt werde, dessen dürfe K. sicher sein. Die Eingabe sei, wie erwähnt, noch nicht überreicht, das eile aber auch nicht, viel wichtiger seien die einleitenden Besprechungen mit maßgebenden Beamten, und die hätten schon stattgefunden. Mit verschiedenem Erfolg, wie offen zugestanden werden soll. Es sei viel besser, vorläufig Einzelheiten nicht zu verraten, durch die K. nur ungünstig beeinflusst und allzu hoffnungsfreudig oder allzu ängstlich gemacht werden könnte, nur so viel sei gesagt, dass sich einzelne sehr günstig ausgesprochen und sich auch sehr bereitwillig gezeigt haben, während andere sich weniger günstig geäußert, aber doch ihre Mithilfe keineswegs verweigert haben. Das Ergebnis sei also im Ganzen sehr erfreulich, nur dürfe man daraus keine besonderen Schlüsse ziehen, da alle Vorverhandlungen ähnlich beginnen und durchaus erst die weitere Entwicklung den Wert dieser Vorverhandlungen zeigt. Jedenfalls sei noch nichts verloren, und wenn es noch gelingen sollte, den Kanzleidirektor trotz allem zu gewinnen – es sei schon Verschiedenes zu diesem Zwecke eingeleitet –, dann sei das Ganze – wie die Chirurgen sagen – eine reine Wunde, und man könne getrost das Folgende erwarten.

In solchen und ähnlichen Reden war der Advokat unerschöpflich. Sie wiederholten sich bei jedem Besuch. Immer gab es Fortschritte, niemals aber konnte die Art dieser Fortschritte mitgeteilt werden. Immerfort wurde an der ersten Eingabe gearbeitet, aber sie wurde nicht fertig, was sich meistens beim nächsten Besuch als großer Vorteil herausstellte, da die letzte Zeit, was man nicht hätte voraussehen können, für die Übergabe sehr ungünstig gewesen wäre. Bemerkte K. manchmal, ganz ermattet von den Reden, dass es doch, selbst unter Berücksichtigung aller Schwierigkeiten, sehr langsam vorwärtsgehe, wurde ihm entgegnet, es gehe gar nicht langsam vorwärts, wohl aber wäre man schon viel weiter, wenn K. sich rechtzeitig an den Advokaten gewendet hätte. Das hatte er aber leider versäumt, und dieses Versäumnis werde auch noch weitere Nachteile bringen, nicht nur zeitliche.

Die einzige wohltätige Unterbrechung dieser Besuche war Leni, die es immer so einzurichten wusste, dass sie dem Advokaten in Anwesenheit K.s den Tee brachte. Dann stand sie hinter K., sah scheinbar zu, wie der Advokat, mit einer Art Gier tief zur Tasse hinabgebeugt, den Tee eingoss und trank, und ließ im Geheimen ihre Hand von K. erfassen. Es herrschte völliges Schweigen. Der Advokat trank. K. drückte Lenis Hand, und Leni wagte es manchmal, K.s Haare sanft zu streicheln. »Du bist noch hier?«, fragte der Advokat, nachdem er fertig war. »Ich wollte das Geschirr wegnehmen«, sagte Leni, es gab noch einen letzten Händedruck, der Advokat wischte sich den Mund und begann mit neuer Kraft auf K. einzureden. War es Trost oder Verzweiflung, was der Advokat erreichen wollte? K. wusste es nicht, wohl aber hielt er es für feststehend, dass seine Verteidigung nicht in guten Händen war. Es mochte ja alles richtig sein, was der Advokat erzählte, wenn es auch durchsichtig war, dass er sich möglichst in den Vordergrund stellen wollte und wahrscheinlich noch niemals einen so großen Prozess geführt hatte, wie es K.s Prozess seiner Meinung nach war. Verdächtig aber blieben die unaufhörlich hervorgehobenen persönlichen Beziehungen zu den Beamten. Mussten sie denn ausschließlich zu K.s Nutzen ausgebeutet werden? Der Advokat vergaß nie zu bemerken, dass es sich nur um niedrige Beamte handelte, also um Beamte in sehr abhängiger Stellung, für deren Fortkommen gewisse Wendungen der Prozesse wahrscheinlich von Bedeutung sein konnten. Benützten sie vielleicht den Advokaten dazu, um solche für den Angeklagten natürlich immer ungünstige Wendungen zu erzielen? Vielleicht taten sie das nicht in jedem Prozess, gewiss, das war nicht wahrscheinlich, es gab dann wohl wieder Prozesse, in deren Verlauf sie dem Advokaten für seine Dienste Vorteile einräumten, denn es musste ihnen ja auch daran gelegen sein, seinen Ruf ungeschädigt zu erhalten. Verhielt es sich aber wirklich so, in welcher Weise würden sie bei K.s Prozess eingreifen, der, wie der Advokat erklärte, ein sehr schwieriger, also wichtiger Prozess war und gleich anfangs bei Gericht große Aufmerksamkeit erregt hatte? Es konnte nicht sehr zweifelhaft sein, was sie tun würden. Anzeichen dessen konnte man ja schon darin sehen, dass die erste Eingabe noch immer nicht überreicht war, obwohl der Prozess schon Monate dauerte, und dass sich alles, den Angaben des Advokaten nach, in den Anfängen befand, was natürlich sehr geeignet war, den Angeklagten einzuschläfern und hilflos zu erhalten, um ihn dann plötzlich mit der Entscheidung zu überfallen oder wenigstens mit der Bekanntmachung, dass die zu seinen Ungunsten abgeschlossene Untersuchung an die höheren Behörden weitergegeben werde.

Es war unbedingt nötig, dass K. selbst eingriff. Gerade in Zuständen großer Müdigkeit, wie an diesem Wintervormittag, wo ihm alles willenlos durch den Kopf zog, war diese Überzeugung unabweisbar. Die Verachtung, die er früher für den Prozess gehabt hatte, galt nicht mehr. Wäre er allein in der Welt gewesen, hätte er den Prozess leicht missachten können, wenn es allerdings auch sicher war, dass dann der Prozess überhaupt nicht entstanden wäre. Jetzt aber hatte ihn der Onkel schon zum Advokaten gezogen, Familienrücksichten sprachen mit; seine Stellung war nicht mehr vollständig unabhängig von dem Verlauf des Prozesses, er selbst hatte unvorsichtigerweise mit einer gewissen unerklärlichen Genugtuung vor Bekannten den Prozess erwähnt, andere hatten auf unbekannte Weise davon erfahren, das Verhältnis zu Fräulein Bürstner schien entsprechend dem Prozess zu schwanken – kurz, er hatte kaum mehr die Wahl, den Prozess anzunehmen oder abzulehnen, er stand mitten darin und musste sich wehren. War er müde, dann war es schlimm.

Zu übertriebener Sorge war allerdings vorläufig kein Grund. Er hatte es verstanden, sich in der Bank in verhältnismäßig kurzer Zeit zu seiner hohen Stellung emporzuarbeiten und sich, von allen anerkannt, in dieser Stellung zu erhalten, er musste jetzt nur diese Fähigkeiten, die ihm das ermöglicht hatten, ein wenig dem Prozess zuwenden, und es war kein Zweifel, dass es gut ausgehen müsste. Vor allem war es, wenn etwas erreicht werden sollte, notwendig, jeden Gedanken an eine mögliche Schuld von vornherein abzulehnen. Es gab keine Schuld. Der Prozess war nichts anderes als ein großes Geschäft, wie er es schon oft mit Vorteil für die Bank abgeschlossen hatte, ein Geschäft, innerhalb dessen, wie das die Regel war, verschiedene Gefahren lauerten, die eben abgewehrt werden mussten. Zu diesem Zwecke durfte man allerdings nicht mit Gedanken an irgendeine Schuld spielen, sondern den Gedanken an den eigenen Vorteil möglichst festhalten. Von diesem Gesichtspunkt aus war es auch unvermeidlich, dem Advokaten die Vertretung sehr bald, am besten noch an diesem Abend, zu entziehen. Es war zwar nach seinen Erzählungen etwas Unerhörtes und wahrscheinlich sehr Beleidigendes, aber K. konnte nicht dulden, dass seinen Anstrengungen in dem Prozess Hindernisse begegneten, die vielleicht von seinem eigenen Advokaten veranlasst waren. War aber einmal der Advokat abgeschüttelt, dann musste die Eingabe sofort überreicht und womöglich jeden Tag darauf gedrängt werden, dass man sie berücksichtige. Zu diesem Zwecke würde es natürlich nicht genügen, dass K. wie die anderen im Gang saß und den Hut unter die Bank stellte. Er selbst oder die Frauen oder andere Boten mussten Tag für Tag die Beamten überlaufen und sie zwingen, statt durch das Gitter auf den Gang zu schauen, sich zu ihrem Tisch zu setzen und K.s Eingabe zu studieren. Von diesen Anstrengungen dürfte man nicht ablassen, alles müsste organisiert und überwacht werden, das Gericht sollte einmal auf einen Angeklagten stoßen, der sein Recht zu wahren verstand.

Wenn sich aber auch K. dies alles durchzuführen getraute, die Schwierigkeit der Abfassung der Eingabe war überwältigend. Früher, etwa noch vor einer Woche, hatte er nur mit einem Gefühl der Scham daran denken können, dass er einmal genötigt sein könnte, eine solche Eingabe selbst zu machen; dass dies auch schwierig sein konnte, daran hatte er gar nicht gedacht. Er erinnerte sich, wie er einmal an einem Vormittag, als er gerade mit Arbeit überhäuft war, plötzlich alles zur Seite geschoben und den Schreibblock vorgenommen hatte, um versuchsweise den Gedankengang einer derartigen Eingabe zu entwerfen und ihn vielleicht dem schwerfälligen Advokaten zur Verfügung zu stellen, und wie gerade in diesem Augenblick die Tür des Direktionszimmers sich öffnete und der Direktor-Stellvertreter mit großem Gelächter eintrat. Es war für K. damals sehr peinlich gewesen, obwohl der Direktor-Stellvertreter natürlich nicht über die Eingabe gelacht hatte, von der er nichts wusste, sondern über einen Börsenwitz, den er eben gehört hatte, einen Witz, der zum Verständnis eine Zeichnung erforderte, die nun der Direktor-Stellvertreter, über K.s Tisch gebeugt, mit K.s Bleistift, den er ihm aus der Hand nahm, auf dem Schreibblock ausführte, der für die Eingabe bestimmt gewesen war.

Heute wusste K. nichts mehr von Scham, die Eingabe musste gemacht werden. Wenn er im Büro keine Zeit für sie fand, was sehr wahrscheinlich war, dann musste er sie zu Hause in den Nächten machen. Würden auch die Nächte nicht genügen, dann musste er einen Urlaub nehmen. Nur nicht auf halbem Wege stehen bleiben, das war nicht nur in Geschäften, sondern immer und überall das Unsinnigste. Die Eingabe bedeutete freilich eine fast endlose Arbeit. Man musste keinen sehr ängstlichen Charakter haben und konnte doch leicht zu dem Glauben kommen, dass es unmöglich war, die Eingabe jemals fertigzustellen. Nicht aus Faulheit oder Hinterlist, die den Advokaten allein an der Fertigstellung hindern konnten, sondern weil in Unkenntnis der vorhandenen Anklage und gar ihrer möglichen Erweiterungen das ganze Leben in den kleinsten Handlungen und Ereignissen in die Erinnerung zurückgebracht, dargestellt und von allen Seiten überprüft werden musste. Und wie traurig war eine solche Arbeit überdies. Sie war vielleicht geeignet, einmal nach der Pensionierung den kindisch gewordenen Geist zu beschäftigen und ihm zu helfen, die langen Tage hinzubringen. Aber jetzt, wo K. alle Gedanken zu seiner Arbeit brauchte, wo jede Stunde, da er noch im Aufstieg war und schon für den Direktor-Stellvertreter eine Drohung bedeutete, mit größter Schnelligkeit verging und wo er die kurzen Abende und Nächte als junger Mensch genießen wollte, jetzt sollte er mit der Verfassung dieser Eingabe beginnen. Wieder ging sein Denken in Klagen aus. Fast unwillkürlich, nur um dem ein Ende zu machen, tastete er mit dem Finger nach dem Knopf der elektrischen Glocke, die ins Vorzimmer führte. Während er ihn niederdrückte, blickte er zur Uhr auf. Es war elf Uhr, zwei Stunden, eine lange, kostbare Zeit, hatte er verträumt und war natürlich noch matter als vorher. Immerhin war die Zeit nicht verloren, er hatte Entschlüsse gefasst, die wertvoll sein konnten. Die Diener brachten außer verschiedener Post zwei Visitenkarten von Herren, die schon längere Zeit auf K. warteten. Es waren gerade sehr wichtige Kundschaften der Bank, die man eigentlich auf keinen Fall hätte warten lassen sollen. Warum kamen sie zu so ungelegener Zeit, und warum, so schienen wieder die Herren hinter der geschlossenen Tür zu fragen, verwendete der fleißige K. für Privatangelegenheiten die beste Geschäftszeit? Müde von dem Vorhergegangenen und müde das Folgende erwartend stand K. auf, um den ersten zu empfangen.

Es war ein kleiner, munterer Herr, ein Fabrikant, den K. gut kannte. Er bedauerte, K. in wichtiger Arbeit gestört zu haben, und K. bedauerte seinerseits, dass er den Fabrikanten so lange hatte warten lassen. Schon dieses Bedauern aber sprach er in derartig mechanischer Weise und mit fast falscher Betonung aus, dass der Fabrikant, wenn er nicht ganz von der Geschäftssache eingenommen gewesen wäre, es hätte bemerken müssen. Stattdessen zog er eilig Rechnungen und Tabellen aus allen Taschen, breitete sie vor K. aus, erklärte verschiedene Posten, verbesserte einen kleinen Rechenfehler, der ihm sogar bei diesem flüchtigen Überblick aufgefallen war, erinnerte K. an ein ähnliches Geschäft, das er mit ihm vor etwa einem Jahr abgeschlossen hatte, erwähnte nebenbei, dass sich diesmal eine andere Bank unter größten Opfern um das Geschäft bewerbe, und verstummte schließlich, um nun K.s Meinung zu erfahren. K. hatte auch tatsächlich im Anfang die Rede des Fabrikanten gut verfolgt, der Gedanke an das wichtige Geschäft hatte dann auch ihn ergriffen, nur leider nicht für die Dauer, er war bald vom Zuhören abgekommen, hatte dann noch ein Weilchen zu den lauteren Ausrufen des Fabrikanten mit dem Kopf genickt, hatte aber schließlich auch das unterlassen und sich darauf eingeschränkt, den kahlen, auf die Papiere hinabgebeugten Kopf anzusehen und sich zu fragen, wann der Fabrikant endlich erkennen werde, dass seine ganze Rede nutzlos sei. Als er nun verstummte, glaubte K. zuerst wirklich, es geschehe dies deshalb, um ihm Gelegenheit zu dem Eingeständnis zu geben, dass er nicht fähig sei, zuzuhören. Nur mit

Bedauern merkte er aber an dem gespannten Blick des offenbar auf alle Entgegnungen gefassten Fabrikanten, dass die geschäftliche Besprechung fortgesetzt werden müsse. Er neigte also den Kopf wie vor einem Befehl und begann mit dem Bleistift langsam über den Papieren hin- und herzufahren, hier und da hielt er inne und starrte eine Ziffer an. Der Fabrikant vermutete Einwände, vielleicht waren die Ziffern wirklich nicht feststehend, vielleicht waren sie nicht das Entscheidende, jedenfalls bedeckte der Fabrikant die Papiere mit der Hand und begann von Neuem, ganz nahe an K. heranrückend, eine allgemeine Darstellung des Geschäftes. »Es ist schwierig«, sagte K., rümpfte die Lippen und sank, da die Papiere, das einzig Fassbare, verdeckt waren, haltlos gegen die Seitenlehne. Er blickte sogar nur schwach auf, als sich die Tür des Direktionszimmers öffnete und dort, nicht ganz deutlich, etwa wie hinter einem Gazeschleier, der Direktor-Stellvertreter erschien. K. dachte nicht weiter darüber nach, sondern verfolgte nur die unmittelbare Wirkung, die für ihn sehr erfreulich war. Denn sofort hüpfte der Fabrikant vom Sessel auf und eilte dem Direktor-Stellvertreter entgegen, K. aber hätte ihn noch zehnmal flinker machen wollen, denn er fürchtete, der Direktor-Stellvertreter könnte wieder verschwinden. Es war unnütze Furcht, die Herren trafen einander, reichten einander die Hände und gingen gemeinsam auf K.s Schreibtisch zu. Der Fabrikant beklagte sich, dass er beim Prokuristen so wenig Neigung für das Geschäft gefunden habe, und zeigte auf K., der sich unter dem Blick des Direktor-Stellvertreters wieder über die Papiere beugte. Als dann die beiden sich an den Schreibtisch lehnten und der Fabrikant sich daran machte, nun den Direktor-Stellvertreter für sich zu erobern, war es K., als werde über seinem Kopf von zwei Männern, deren Größe er sich übertrieben vorstellte, über ihn selbst verhandelt. Langsam suchte er mit vorsichtig aufwärts gedrehten Augen zu erfahren, was sich oben ereignete, nahm vom Schreibtisch, ohne hinzusehen, eines der Papiere, legte es auf die flache Hand und hob es allmählich, während er selbst aufstand, zu den Herren hinauf. Er dachte hierbei an nichts Bestimmtes, sondern handelte nur in dem Gefühl, dass er sich so verhalten müsste, wenn er einmal die große Eingabe fertiggestellt hätte, die ihn gänzlich entlasten sollte. Der Direktor-Stellvertreter, der sich an dem Gespräch mit aller Aufmerksamkeit beteiligte, sah nur flüchtig auf das Papier, überlas gar nicht, was dort stand, denn was dem Prokuristen wichtig war, war ihm unwichtig, nahm es aus K.s Hand, sagte: »Danke, ich weiß schon alles«, und legte es ruhig wieder auf den Tisch zurück. K. sah ihn verbittert von der Seite an. Der Direktor-Stellvertreter aber merkte es gar nicht oder wurde, wenn er es merkte, dadurch nur aufgemuntert, lachte öfters laut auf, brachte einmal durch eine schlagfertige Entgegnung den Fabrikanten in deutliche Verlegenheit, aus der er ihn aber sofort riss, indem er sich selbst einen Einwand machte, und lud ihn schließlich ein, in sein Büro hinüberzukommen, wo sie die Angelegenheit zu Ende führen könnten. »Es ist eine sehr wichtige Sache«, sagte er zu dem Fabrikanten, »ich sehe das vollständig ein. Und dem Herrn Prokuristen« – selbst bei dieser Bemerkung redete er eigentlich nur zum Fabrikanten – »wird es gewiss lieb sein, wenn wir es ihm abnehmen. Die Sache verlangt ruhige Überlegung. Er aber scheint heute sehr überlastet zu sein, auch warten ja einige Leute im Vorzimmer schon stundenlang auf ihn.« K. hatte gerade noch genügend Fassung, sich vom Direktor-Stellvertreter wegzudrehen und sein freundliches, aber starres Lächeln nur dem Fabrikanten zuzuwenden, sonst griff er gar nicht ein, stützte sich, ein wenig vorgebeugt, mit beiden Händen auf den Schreibtisch wie ein Kommis hinter dem Pult und sah zu, wie die zwei Herren unter weiteren Reden die Papiere vom Tisch nahmen und im Direktionszimmer verschwanden. In der Tür drehte sich noch der Fabrikant um, sagte, er verabschiede sich noch nicht, sondern werde natürlich dem Herrn Prokuristen über den Erfolg der Besprechung berichten, auch habe er ihm noch eine andere kleine Mitteilung zu machen.

Endlich war K. allein. Er dachte gar nicht daran, irgendeine andere Partei vorzulassen, und nur undeutlich kam ihm zu Bewusstsein, wie angenehm es sei, dass die Leute draußen in dem Glauben waren, er verhandle noch mit dem Fabrikanten und es könne aus diesem Grunde niemand, nicht einmal der Diener, bei ihm eintreten. Er ging zum Fenster, setzte sich auf die Brüstung, hielt sich mit einer Hand an der Klinke fest und sah auf den Platz hinaus. Der Schnee fiel noch immer, es hatte sich noch gar nicht aufgehellt.

Lange saß er so, ohne zu wissen, was ihm eigentlich Sorgen machte, nur von Zeit zu Zeit blickte er ein wenig erschreckt über die Schulter hinweg zur Vorzimmertür, wo er irrtümlicherweise ein Geräusch zu hören geglaubt hatte. Da aber niemand kam, wurde er ruhiger, ging zum Waschtisch, wusch sich mit kaltem Wasser und kehrte mit freierem Kopf zu seinem Fensterplatz zurück. Der Entschluss, seine Verteidigung selbst in die Hand zu nehmen, stellte sich ihm schwerwiegender dar, als er ursprünglich angenommen hatte. Solange er die Verteidigung auf den Advokaten überwälzt hatte, war er doch noch vom Prozess im Grunde wenig betroffen gewesen, er hatte ihn von der Ferne beobachtet und hatte unmittelbar von ihm kaum erreicht werden können, er hatte nachsehen können, wann er wollte, wie seine Sache stand, aber er hatte auch den Kopf wieder zurückziehen können, wann er wollte. Jetzt hingegen, wenn er seine Verteidigung selbst führen würde, musste er sich – wenigstens für den Augenblick – ganz und gar dem Gericht aussetzen, der Erfolg dessen sollte ja für später seine vollständige und endgültige Befreiung sein, aber um diese zu erreichen, musste er sich vorläufig jedenfalls in viel größere Gefahr begeben als bisher. Hätte er daran zweifeln wollen, so hätte ihn das heutige Beisammensein mit dem Direktor-Stellvertreter und dem Fabrikanten hinreichend vom Gegenteil überzeugen können. Wie war er doch dagesessen, schon vom bloßen Entschluss, sich selbst zu verteidigen, gänzlich benommen? Wie sollte es aber später werden? Was für Tage standen ihm bevor! Würde er den Weg finden, der durch alles hindurch zum guten Ende führte? Bedeutete nicht eine sorgfältige Verteidigung – und alles andere war sinnlos –, bedeutete nicht eine sorgfältige Verteidigung gleichzeitig die Notwendigkeit, sich von allem anderen möglichst abzuschließen? Würde er das glücklich überstehen? Und wie sollte ihm die Durchführung dessen in der Bank gelingen? Es handelte sich ja nicht nur um die Eingabe, für die ein Urlaub vielleicht genügt hätte, obwohl die Bitte um einen Urlaub gerade jetzt ein großes Wagnis gewesen wäre, es handelte sich doch um einen ganzen Prozess, dessen Dauer unabsehbar war. Was für ein Hindernis war plötzlich in K.s Laufbahn geworfen worden!

Und jetzt sollte er für die Bank arbeiten? Er sah auf den Schreibtisch hin. – Jetzt sollte er Parteien vorlassen und mit ihnen verhandeln? Während sein Prozess weiterrollte, während oben auf dem Dachboden die Gerichtsbeamten über den Schriften dieses Prozesses saßen, sollte er die Geschäfte der Bank besorgen? Sah es nicht aus wie eine Folter, die, vom Gericht anerkannt, mit dem Prozess zusammenhing und ihn begleitete? Und würde man etwa in der Bank bei der Beurteilung seiner Arbeit seine besondere Lage berücksichtigen? Niemand und niemals. Ganz unbekannt war ja sein Prozess nicht, wenn es auch noch nicht ganz klar war, wer davon wusste und wie viel. Bis zum Direktor-Stellvertreter aber war das Gerücht hoffentlich noch nicht gedrungen, sonst hätte man schon deutlich sehen müssen, wie er es ohne jede Kollegialität und Menschlichkeit gegen K. ausnützen würde. Und der Direktor? Gewiss, er war K. gut gesinnt, und er hätte wahrscheinlich, sobald er vom Prozess erfahren hätte, soweit es an ihm lag, manche Erleichterungen für K. schaffen wollen, aber er wäre damit gewiss nicht durchgedrungen, denn er unterlag jetzt, da das Gegengewicht, das K. bisher gebildet hatte, schwächer zu werden anfing, immer mehr dem Einfluss des Direktor-Stellvertreters, der außerdem auch den leidenden Zustand des Direktors zur Stärkung der eigenen Macht ausnutzte. Was hatte also K. zu erhoffen? Vielleicht schwächte er durch solche Überlegungen seine Widerstandskraft, aber es war doch auch notwendig, sich selbst nicht zu täuschen und alles so klar zu sehen, als es augenblicklich möglich war.

Ohne besonderen Grund, nur um vorläufig noch nicht zum Schreibtisch zurückkehren zu müssen, öffnete er das Fenster. Es ließ sich nur schwer öffnen, er musste mit beiden Händen die Klinke drehen. Dann zog durch das Fenster in dessen ganzer Breite und Höhe der mit Rauch vermischte Nebel in das Zimmer und füllte es mit einem leichten Brandgeruch. Auch einige Schneeflocken wurden hereingeweht. »Ein hässlicher Herbst«, sagte hinter K. der Fabrikant, der vom Direktor-Stellvertreter kommend unbemerkt ins Zimmer getreten war. K. nickte und sah unruhig auf die Aktentasche des Fabrikanten, aus der dieser nun wohl die Papiere herausziehen würde, um K. das Ergebnis der Verhandlungen mit dem Direktor-Stellvertreter mitzuteilen. Der Fabrikant aber folgte K.s Blick, klopfte auf seine Tasche und sagte, ohne sie zu öffnen: »Sie wollen hören, wie es ausgefallen ist. Ich trage schon fast den Geschäftsabschluss in der Tasche. Ein reizender Mensch, Ihr Direktor-Stellvertreter, aber durchaus nicht ungefährlich.« Er lachte, schüttelte K.s Hand und wollte auch ihn zum Lachen bringen. Aber K. schien es nun wieder verdächtig, dass ihm der Fabrikant die Papiere nicht zeigen wollte, und er fand an der Bemerkung des Fabrikanten nichts zum Lachen. »Herr Prokurist«, sagte der Fabrikant, »Sie leiden wohl unter dem Wetter? Sie sehen heute so bedrückt aus.« »Ja«, sagte K. und griff mit der Hand an die Schläfe, »Kopfschmerzen, Familiensorgen.« »Sehr richtig«, sagte der Fabrikant, der ein eiliger Mensch war und niemanden ruhig anhören konnte, »jeder hat sein Kreuz zu tragen.« Unwillkürlich hatte K. einen Schritt gegen die Tür gemacht, als wolle er den Fabrikanten hinausbegleiten, dieser aber sagte: »Ich hätte, Herr Prokurist, noch eine kleine Mitteilung für Sie. Ich fürchte sehr, dass ich Sie gerade heute damit vielleicht belästige, aber ich war schon zweimal in der letzten Zeit bei Ihnen und habe es jedes Mal vergessen. Schiebe ich es aber noch weiterhin auf, verliert es wahrscheinlich vollständig seinen Zweck. Das wäre aber schade, denn im Grunde ist meine Mitteilung vielleicht doch nicht wertlos.« Ehe K. Zeit hatte zu antworten, trat der Fabrikant nahe an ihn heran, klopfte mit dem Fingerknöchel leicht an seine Brust und sagte leise: »Sie haben einen Prozess, nicht wahr?« K. trat zurück und rief sofort: »Das hat Ihnen der Direktor-Stellvertreter gesagt!« »Ach nein«, sagte der Fabrikant, »woher sollte denn der Direktor-Stellvertreter es wissen?« »Und Sie?«, fragte K. schon viel gefasster. »Ich erfahre hie und da etwas von dem Gericht«, sagte der Fabrikant, »das betrifft eben die Mitteilung, die ich Ihnen machen wollte.« »So viele Leute sind mit dem Gericht in Verbindung!«, sagte K. mit gesenktem Kopf und führte den Fabrikanten zum Schreibtisch. Sie setzten sich wieder wie früher und der Fabrikant sagte: »Es ist leider nicht sehr viel, was ich Ihnen mitteilen kann. Aber in solchen Dingen soll man nicht das Geringste vernachlässigen. Außerdem drängt es mich aber, Ihnen irgendwie zu helfen, und sei meine Hilfe noch so bescheiden. Wir waren doch bisher gute Geschäftsfreunde, nicht? Nun also.« K. wollte sich wegen seines Verhaltens bei der heutigen Besprechung entschuldigen, aber der Fabrikant duldete keine Unterbrechung, schob die Aktentasche hoch unter die Achsel, um zu zeigen, dass er Eile habe, und fuhr fort: »Von Ihrem Prozess weiß ich durch einen gewissen Titorelli. Es ist ein Maler, Titorelli ist nur sein Künstlername, seinen wirklichen Namen kenne ich gar nicht einmal. Er kommt schon seit Jahren von Zeit zu Zeit in mein Büro und bringt kleine Bilder mit, für die ich ihm – er ist fast ein Bettler – immer eine Art Almosen gebe. Es sind übrigens hübsche Bilder, Heidelandschaften und dergleichen. Diese Verkäufe – wir hatten uns schon beide daran gewöhnt – gingen ganz glatt vor sich. Einmal aber wiederholten sich diese Besuche doch zu oft, ich machte ihm Vorwürfe, wir kamen ins Gespräch, es interessierte mich, wie er sich allein durch Malen erhalten könne, und ich erfuhr nun zu meinem Staunen, dass seine Haupteinnahmequelle das Porträtmalen sei. Er arbeite für das Gericht, sagte er. ›Für welches Gericht?‹, fragte ich. Und nun erzählte er mir von dem Gericht. Sie werden sich wohl am besten vorstellen können, wie erstaunt ich über diese Erzählungen war. Seitdem höre ich bei jedem seiner Besuche irgendwelche Neuigkeiten vom Gericht und bekomme so allmählich einen gewissen Einblick in die Sache. Allerdings ist Titorelli geschwätzig, und ich muss ihn oft abwehren, nicht nur, weil er gewiss auch lügt, sondern vor allem, weil ein Geschäftsmann wie ich, der unter den eigenen Geschäftssorgen fast zusammenbricht, sich nicht noch viel um fremde Dinge kümmern kann. Aber das nur nebenbei. Vielleicht – so dachte ich jetzt – kann Ihnen Titorelli ein wenig behilflich sein, er kennt viele Richter, und wenn er selbst auch keinen großen Einfluss haben sollte, so kann er Ihnen doch Ratschläge geben, wie man verschiedenen einflussreichen Leuten beikommen kann. Und wenn auch diese Ratschläge an und für sich nicht entscheidend sein sollten, so werden sie doch, meiner Meinung nach, in Ihrem Besitz von großer Bedeutung sein. Sie sind ja fast ein Advokat. Ich pflege immer zu sagen: Prokurist K. ist fast ein Advokat. Oh, ich habe keine Sorgen wegen Ihres Prozesses. Wollen Sie nun aber zu Titorelli gehen? Auf meine Empfehlung hin wird er gewiss alles tun, was ihm möglich ist. Ich denke wirklich, Sie sollten hingehen. Es muss natürlich nicht heute sein, einmal, gelegentlich. Allerdings sind Sie – das will ich noch sagen – dadurch, dass ich Ihnen diesen Rat gebe, nicht im Geringsten verpflichtet, auch wirklich zu Titorelli hinzugehen. Nein, wenn Sie Titorelli entbehren zu können glauben, ist es gewiss besser, ihn ganz beiseitezulassen. Vielleicht haben Sie schon einen ganz genauen Plan, und Titorelli könnte ihn stören. Nein, dann gehen Sie natürlich auf keinen Fall hin! Es kostet gewiss auch Überwindung, sich von einem solchen Burschen Ratschläge geben zu lassen. Nun, wie Sie wollen. Hier ist das Empfehlungsschreiben und hier die Adresse.«

Enttäuscht nahm K. den Brief und steckte ihn in die Tasche. Selbst im günstigsten Falle war der Vorteil, den ihm die Empfehlung bringen konnte, unverhältnismäßig kleiner als der Schaden, der darin lag, dass der Fabrikant von seinem Prozess wusste und dass der Maler die Nachricht weiterverbreitete. Er konnte sich kaum dazu zwingen, dem Fabrikanten, der schon auf dem Weg zur Tür war, mit ein paar Worten zu danken. »Ich werde hingehen«, sagte er, als er sich bei der Tür vom Fabrikanten verabschiedete, »oder ihm, da ich jetzt sehr beschäftigt bin, schreiben, er möge einmal zu mir ins Büro kommen.« »Ich wusste ja«, sagte der Fabrikant, »dass Sie den besten Ausweg finden würden. Allerdings dachte ich, dass Sie es lieber vermeiden wollen, Leute wie diesen Titorelli in die Bank einzuladen, um mit ihm hier über den Prozess zu sprechen. Es ist auch nicht immer vorteilhaft, Briefe an solche Leute aus der Hand zu geben. Aber Sie haben gewiss alles durchgedacht und wissen, was Sie tun dürfen.« K. nickte und begleitete den Fabrikanten noch durch das Vorzimmer. Aber trotz äußerlicher Ruhe war er über sich sehr erschrocken; dass er Titorelli schreiben würde, hatte er eigentlich nur gesagt, um dem Fabrikanten irgendwie zu zeigen, dass er die Empfehlung zu schätzen wisse und die Möglichkeiten, mit Titorelli zusammenzukommen, sofort überlege, aber wenn er Titorellis Beistand für wertvoll angesehen hätte, hätte er auch nicht gezögert, ihm wirklich zu schreiben. Die Gefahren aber, die das zur Folge haben könnte, hatte er erst durch die Bemerkung des Fabrikanten erkannt. Konnte er sich auf seinen eigenen Verstand tatsächlich schon so wenig verlassen? Wenn es möglich war, dass er einen fragwürdigen Menschen durch einen deutlichen Brief in die Bank einlud, um von ihm, nur durch eine Tür vom Direktor-Stellvertreter getrennt, Ratschläge wegen seines Prozesses zu erbitten, war es dann nicht möglich und sogar sehr wahrscheinlich, dass er auch andere Gefahren übersah oder in sie hineinrannte? Nicht immer stand jemand neben ihm, um ihn zu warnen. Und gerade jetzt, wo er mit gesammelten Kräften auftreten sollte, mussten derartige, ihm bisher fremde Zweifel an seiner eigenen Wachsamkeit auftreten! Sollten die Schwierigkeiten, die er bei Ausführung seiner Büroarbeit fühlte, nun auch im Prozess beginnen? Jetzt allerdings begriff er es gar nicht mehr, wie es möglich gewesen war, dass er an Titorelli hatte schreiben und ihn in die Bank einladen wollen.

Er schüttelte noch den Kopf darüber, als der Diener an seine Seite trat und ihn auf drei Herren aufmerksam machte, die hier im Vorzimmer auf einer Bank saßen. Sie warteten schon lange darauf, zu K. vorgelassen zu werden. Jetzt, da der Diener mit K. sprach, waren sie aufgestanden, und jeder wollte eine günstige Gelegenheit ausnutzen, um sich vor den anderen an K. heranzumachen. Da man vonseiten der Bank so rücksichtslos war, sie hier im Wartezimmer ihre Zeit verlieren zu lassen, wollten auch sie keine Rücksicht mehr üben. »Herr Prokurist«, sagte schon der eine. Aber K. hatte sich vom Diener den Winterrock bringen lassen und sagte, während er ihn mit Hilfe des Dieners anzog, allen dreien: »Verzeihen Sie, meine Herren, ich habe augenblicklich leider keine Zeit, Sie zu empfangen. Ich bitte Sie sehr um Verzeihung, aber ich habe einen dringenden Geschäftsgang zu erledigen und muss sofort weggehen. Sie haben ja selbst gesehen, wie lange ich jetzt aufgehalten wurde. Wären Sie so freundlich, morgen oder wann immer wiederzukommen? Oder wollen wir die Sachen vielleicht telefonisch besprechen? Oder wollen Sie mir vielleicht jetzt kurz sagen, worum es sich handelt, und ich gebe Ihnen dann eine ausführliche schriftliche Antwort. Am besten wäre es allerdings, Sie kämen nächstens.« Diese Vorschläge K.s brachten die Herren, die nun vollständig nutzlos gewartet haben sollten, in solches Staunen, dass sie einander stumm ansahen. »Wir sind also einig?«, fragte K., der sich nach dem Diener umgewendet hatte, der ihm nun auch den Hut brachte. Durch die offene Tür von K.s Zimmer sah man, wie sich draußen der Schneefall sehr verstärkt hatte. K. schlug daher den Mantelkragen in die Höhe und knöpfte ihn hoch unter dem Halse zu.

Da trat gerade aus dem Nebenzimmer der Direktor-Stellvertreter, sah lächelnd K. im Winterrock mit den Herren verhandeln und fragte: »Sie gehen jetzt weg, Herr Prokurist?« »Ja«, sagte K. und richtete sich auf, »ich habe einen Geschäftsgang zu machen.« Aber der Direktor-Stellvertreter hatte sich schon den Herren zugewendet. »Und die Herren?«, fragte er. »Ich glaube, sie warten schon lange.« »Wir haben uns schon geeinigt«, sagte K. Aber nun ließen sich die Herren nicht mehr halten, umringten K. und erklärten, dass sie nicht stundenlang gewartet hätten, wenn ihre Angelegenheiten nicht wichtig wären und nicht jetzt, und zwar ausführlich und unter vier Augen, besprochen werden müssten. Der Direktor-Stellvertreter hörte ihnen ein Weilchen zu, betrachtete auch K., der den Hut in der Hand hielt und ihn stellenweise von Staub reinigte, und sagte dann: »Meine Herren, es gibt ja einen sehr einfachen Ausweg. Wenn Sie mit mir vorliebnehmen wollen, übernehme ich sehr gerne die Verhandlungen statt des Herrn Prokuristen. Ihre Angelegenheiten müssen natürlich sofort besprochen werden. Wir sind Geschäftsleute wie Sie und wissen die Zeit von Geschäftsleuten richtig zu bewerten. Wollen Sie hier eintreten?« Und er öffnete die Tür, die zu dem Vorzimmer seines Büros führte.

Wie sich doch der Direktor-Stellvertreter alles anzueignen verstand, was K. jetzt notgedrungen aufgeben musste! Gab aber K. nicht mehr auf, als unbedingt nötig war? Während er mit unbestimmten und, wie er sich eingestehen musste, sehr geringen Hoffnungen zu einem unbekannten Maler lief, erlitt hier sein Ansehen eine unheilbare Schädigung. Es wäre wahrscheinlich viel besser gewesen, den Winterrock wieder auszuziehen und wenigstens die zwei Herren, die ja nebenan doch noch warten mussten, für sich zurückzugewinnen. K. hätte es vielleicht auch versucht, wenn er nicht jetzt in seinem Zimmer den Direktor-Stellvertreter erblickt hätte, wie er im Bücherständer, als wäre es sein eigener, etwas suchte. Als K. sich erregt der Tür näherte, rief er: »Ach, Sie sind noch nicht weggegangen!« Er wandte ihm sein Gesicht zu, dessen viele straffe Falten nicht Alter, sondern Kraft zu beweisen schienen, und fing sofort wieder zu suchen an. »Ich suche eine Vertragsabschrift«, sagte er, »die sich, wie der Vertreter der Firma behauptet, bei Ihnen befinden soll. Wollen Sie mir nicht suchen helfen?« K. machte einen Schritt, aber der Direktor-Stellvertreter sagte: »Danke, ich habe es schon gefunden«, und kehrte mit einem großen Paket Schriften, das nicht nur die Vertragsabschrift, sondern gewiss noch vieles andere enthielt, wieder in sein Zimmer zurück.

»Jetzt bin ich ihm nicht gewachsen«, sagte sich K., »wenn aber meine persönlichen Schwierigkeiten einmal beseitigt sein werden, dann soll er wahrhaftig der Erste sein, der es zu fühlen bekommt, und zwar möglichst bitter.« Durch diesen Gedanken ein wenig beruhigt, gab K. dem Diener, der schon lange die Tür zum Korridor für ihn offenhielt, den Auftrag, dem Direktor gelegentlich die Meldung zu machen, dass er sich auf einem Geschäftsgang befinde, und verließ, fast glücklich darüber, sich eine Zeit lang vollständiger seiner Sache widmen zu können, die Bank.

Er fuhr sofort zum Maler, der in einer Vorstadt wohnte, die jener, in welcher sich die Gerichtskanzleien befanden, vollständig entgegengesetzt war. Es war eine noch ärmere Gegend, die Häuser noch dunkler, die Gassen voll Schmutz, der auf dem zerflossenen Schnee langsam umhertrieb. Im Hause, in dem der Maler wohnte, war nur ein Flügel des großen Tores geöffnet, in den anderen aber war unten in der Mauer eine Lücke gebrochen, aus der gerade, als sich K. näherte, eine widerliche, gelbe, rauchende Flüssigkeit herausschoss, vor der sich einige Ratten in den nahen Kanal flüchteten. Unten an der Treppe lag ein kleines Kind bäuchlings auf der Erde und weinte, aber man hörte es kaum infolge des alles übertönenden Lärms, der aus einer Klempnerwerkstätte auf der anderen Seite des Torganges kam. Die Tür der Werkstätte war offen, drei Gehilfen standen im Halbkreis um irgendein Werkstück, auf das sie mit den Hämmern schlugen. Eine große Platte Weißblech, die an der Wand hing, warf ein bleiches Licht, das zwischen zwei Gehilfen eindrang und die Gesichter und Arbeitsschürzen erhellte. K. hatte für alles nur einen flüchtigen Blick, er wollte möglichst rasch hier fertig werden, nur den Maler mit ein paar Worten ausforschen und sofort wieder in die Bank zurückgehen. Wenn er hier nur den kleinsten Erfolg hatte, sollte das auf seine heutige Arbeit in der Bank noch eine gute Wirkung ausüben. Im dritten Stockwerk musste er seinen Schritt mäßigen, er war ganz außer Atem, die Treppen, ebenso wie die Stockwerke, waren übermäßig hoch, und der Maler sollte ganz oben in einer Dachkammer wohnen. Auch war die Luft sehr drückend, es gab keinen Treppenhof, die enge Treppe war auf beiden Seiten von Mauern eingeschlossen, in denen nur hier und da fast ganz oben kleine Fenster angebracht waren. Gerade als K. ein wenig stehen blieb, liefen ein paar kleine Mädchen aus einer Wohnung heraus und eilten lachend die Treppe weiter hinauf. K. folgte ihnen langsam, holte eines der Mädchen ein, das gestolpert und hinter den andern zurückgeblieben war, und fragte es, während sie nebeneinander weiterstiegen: »Wohnt hier ein Maler Titorelli?« Das Mädchen, ein kaum dreizehnjähriges, etwas buckliges Mädchen, stieß ihn darauf mit dem Ellbogen an und sah von der Seite zu ihm auf. Weder ihre Jugend noch ihr Körperfehler hatte verhindern können, dass sie schon ganz verdorben war. Sie lächelte nicht einmal, sondern sah K. ernst mit scharfem, aufforderndem Blicke an. K. tat, als hätte er ihr Benehmen nicht bemerkt, und fragte: »Kennst du den Maler Titorelli?« Sie nickte und fragte ihrerseits: »Was wollen Sie von ihm?« K. schien es vorteilhaft, sich noch schnell ein wenig über Titorelli zu unterrichten: »Ich will mich von ihm malen lassen«, sagte er. »Malen lassen?«, fragte sie, öffnete übermäßig den Mund, schlug leicht mit der Hand gegen K., als hätte er etwas außerordentlich Überraschendes oder Ungeschicktes gesagt, hob mit beiden Händen ihr ohnedies sehr kurzes Röckchen und lief, so schnell sie konnte, hinter den andern Mädchen her, deren Geschrei schon undeutlich in der Höhe sich verlor. Bei der nächsten Wendung der Treppe aber traf K. schon wieder alle Mädchen. Sie waren offenbar von der Buckligen von K.s Absicht verständigt worden und erwarteten ihn. Sie standen zu beiden Seiten der Treppe, drückten sich an die Mauer, damit K. bequem zwischen ihnen durchkomme, und glätteten mit der Hand ihre Schürzen. Alle Gesichter, wie auch diese Spalierbildung, stellten eine Mischung von Kindlichkeit und Verworfenheit dar. Oben, an der Spitze der Mädchen, die sich jetzt hinter K. lachend zusammenschlossen, war die Bucklige, welche die Führung übernahm. K. hatte es ihr zu verdanken, dass er gleich den richtigen Weg fand. Er wollte nämlich geradeaus weitersteigen, sie aber zeigte ihm, dass er eine Abzweigung der Treppe wählen müsse, um zu Titorelli zu kommen. Die Treppe, die zu ihm führte, war besonders schmal, sehr lang, ohne Biegung, in ihrer ganzen Länge zu übersehen und oben unmittelbar vor Titorellis Tür abgeschlossen. Diese Tür, die durch ein kleines, schief über ihr eingesetztes Oberlichtfenster im Gegensatz zur übrigen Treppe verhältnismäßig hell beleuchtet wurde, war aus nicht übertünchten Balken zusammengesetzt, auf die der Name Titorelli mit roter Farbe in breiten Pinselstrichen gemalt war. K. war mit seinem Gefolge noch kaum in der Mitte der Treppe, als oben, offenbar veranlasst durch das Geräusch der vielen Schritte, die Tür ein wenig geöffnet wurde und ein wahrscheinlich nur mit einem Nachthemd bekleideter Mann in der Türspalte erschien.

»Oh!«, rief er, als er die Menge kommen sah, und verschwand. Die Bucklige klatschte vor Freude in die Hände, und die übrigen Mädchen drängten hinter K., um ihn schneller vorwärtszutreiben.
Sie waren aber noch nicht einmal hinaufgekommen, als oben der Maler die Tür gänzlich aufriss und mit einer tiefen Verbeugung K. einlud, einzutreten. Die Mädchen dagegen wehrte er ab, er wollte keine von ihnen einlassen, sosehr sie baten und sosehr sie versuchten, wenn schon nicht mit seiner Erlaubnis, so gegen seinen Willen einzudringen. Nur der Buckligen gelang es, unter seinem ausgestreckten Arm durchzuschlüpfen, aber der Maler jagte hinter ihr her, packte sie bei den Röcken, wirbelte sie einmal um sich herum und setzte sie dann vor die Tür bei den anderen Mädchen ab, die es, während der Maler seinen Posten verlassen hatte, doch nicht gewagt hatten, die Schwelle zu überschreiten. K. wusste nicht, wie er das Ganze beurteilen sollte, es hatte nämlich den Anschein, als ob alles in freundschaftlichem Einvernehmen geschehe. Die Mädchen bei der Tür streckten, eines hinter dem anderen, die Hälse in die Höhe, riefen dem Maler verschiedene scherzhaft gemeinte Worte zu, die K. nicht verstand, und auch der Maler lachte, während die Bucklige in seiner Hand fast flog. Dann schloss er die Tür, verbeugte sich nochmals vor K., reichte ihm die Hand und sagte, sich vorstellend: »Kunstmaler Titorelli.« K. zeigte auf die Tür, hinter der die Mädchen flüsterten, und sagte: »Sie scheinen im Hause sehr beliebt zu sein.« »Ach, die Fratzen!«, sagte der Maler und suchte vergebens sein Nachthemd am Halse zuzuknöpfen. Er war im Übrigen bloßfüßig und nur noch mit einer breiten, gelblichen Leinenhose bekleidet, die mit einem Riemen festgemacht war, dessen langes Ende frei hin und her schlug. »Diese Fratzen sind mir eine wahre Last«, fuhr er fort, während er vom Nachthemd, dessen letzter Knopf gerade abgerissen war, abließ, einen Sessel holte und K. zum Niedersetzen nötigte. »Ich habe eine von ihnen – sie ist heute nicht einmal dabei – einmal gemalt, und seitdem verfolgen mich alle. Wenn ich selbst hier bin, kommen sie nur herein, wenn ich es erlaube, bin ich aber einmal weg, dann ist immer zumindest eine da. Sie haben sich einen Schlüssel zu meiner Tür machen lassen, den sie untereinander verleihen. Man kann sich kaum vorstellen, wie lästig das ist. Ich komme zum Beispiel mit einer Dame, die ich malen soll, nach Hause, öffne die Tür mit meinem Schlüssel und finde etwa die Bucklige dort beim Tischchen, wie sie sich mit dem Pinsel die Lippen rot färbt, während ihre kleinen Geschwister, die sie zu beaufsichtigen hat, sich herumtreiben und das Zimmer in allen Ecken verunreinigen. Oder

ich komme, wie es mir erst gestern geschehen ist, spätabends nach Hause – entschuldigen Sie bitte mit Rücksicht darauf meinen Zustand und die Unordnung im Zimmer –, also ich komme spätabends nach Hause und will ins Bett steigen, da zwickt mich etwas ins Bein, ich schaue unter das Bett und ziehe wieder so ein Ding heraus. Warum sie sich so zu mir drängen, weiß ich nicht, dass ich sie nicht zu mir zu locken suche, dürften Sie eben bemerkt haben. Natürlich bin ich dadurch auch in meiner Arbeit gestört. Wäre mir dieses Atelier nicht umsonst zur Verfügung gestellt, ich wäre schon längst ausgezogen.« Gerade rief hinter der Tür ein Stimmchen, zart und ängstlich: »Titorelli, dürfen wir schon kommen?« »Nein«, antwortete der Maler. »Ich allein auch nicht?«, fragte es wieder. »Auch nicht«, sagte der Maler, ging zur Tür und sperrte sie ab.

K. hatte sich inzwischen im Zimmer umgesehen, er wäre niemals selbst auf den Gedanken gekommen, dass man dieses elende kleine Zimmer ein Atelier nennen könnte. Mehr als zwei lange Schritte konnte man der Länge und Quere nach kaum hier machen. Alles, Fußboden, Wände und Zimmerdecke, war aus Holz, zwischen den Balken sah man schmale Ritzen. K. gegenüber stand an der Wand das Bett, das mit verschiedenfarbigem Bettzeug überladen war. In der Mitte des Zimmers war auf einer Staffelei ein Bild, das mit einem Hemd verhüllt war, dessen Ärmel bis zum Boden baumelten. Hinter K. war das Fenster, durch das man im Nebel nicht weiter sehen konnte als über das mit Schnee bedeckte Dach des Nachbarhauses.

Das Umdrehen des Schlüssels im Schloss erinnerte K. daran, dass er bald hatte weggehen wollen. Er zog daher den Brief des Fabrikanten aus der Tasche, reichte ihn dem Maler und sagte: »Ich habe durch diesen Herrn, Ihren Bekannten, von Ihnen erfahren und bin auf seinen Rat hin gekommen.« Der Maler las den Brief flüchtig durch und warf ihn aufs Bett. Hätte der Fabrikant nicht auf das Bestimmteste von Titorelli als von seinem Bekannten gesprochen, als von einem armen Menschen, der auf seine Almosen angewiesen war, so hätte man jetzt wirklich glauben können, Titorelli kenne den Fabrikanten nicht oder wisse sich an ihn wenigstens nicht zu erinnern. Überdies fragte nun der Maler: »Wollen Sie Bilder kaufen oder sich selbst malen lassen?« K. sah den Maler erstaunt an. Was stand denn eigentlich in dem Brief? K. hatte es als selbstverständlich angenommen, dass der Fabrikant in dem Brief den Maler davon unterrichtet hatte, dass K. nichts anderes wollte, als sich hier wegen seines Prozesses zu erkundigen. Er war doch gar zu eilig und unüberlegt hierhergelaufen! Aber er musste jetzt dem Maler irgendwie antworten und sagte mit einem Blick auf die Staffelei: »Sie arbeiten gerade an einem Bild?« »Ja«, sagte der Maler und warf das Hemd, das über der Staffelei hing, dem Brief nach auf das Bett. »Es ist ein Porträt. Eine gute Arbeit, aber noch nicht ganz fertig.« Der Zufall war K. günstig, die Möglichkeit, vom Gericht zu reden, wurde ihm förmlich dargeboten, denn es war offenbar das Porträt eines Richters. Es war übrigens dem Bild im Arbeitszimmer des Advokaten auffallend ähnlich. Es handelte sich hier zwar um einen ganz anderen Richter, einen dicken Mann mit schwarzem, buschigem Vollbart, der seitlich weit die Wangen hinaufreichte, auch war jenes Bild ein Ölbild, dieses aber mit Pastellfarben schwach und undeutlich angesetzt. Aber alles Übrige war ähnlich, denn auch hier wollte sich gerade der Richter von seinem Thronsessel, dessen Seitenlehnen er festhielt, drohend erheben. »Das ist ja ein Richter«, hatte K. gleich sagen wollen, hielt sich dann aber vorläufig noch zurück und näherte sich dem Bild, als wolle er es in den Einzelheiten studieren. Eine große Figur, die in der Mitte der Rückenlehne des Thronsessels stand, konnte er sich nicht erklären und fragte den Maler nach ihr. Sie müsse noch ein wenig ausgearbeitet werden, antwortete der Maler, holte von einem Tischchen einen Pastellstift und strichelte mit ihm ein wenig an den Rändern der Figur, ohne sie aber dadurch für K. deutlicher zu machen. »Es ist die Gerechtigkeit«, sagte der Maler schließlich. »Jetzt erkenne ich sie schon«, sagte K., »hier ist die Binde um die Augen und hier die Waage. Aber sind nicht an den Fersen Flügel und befindet sie sich nicht im Lauf?« »Ja«, sagte der Maler, »ich musste es über Auftrag so malen, es ist eigentlich die Gerechtigkeit und die Siegesgöttin in einem.« »Das ist keine gute Verbindung«, sagte K. lächelnd, »die Gerechtigkeit muss ruhen, sonst schwankt die Waage, und es ist kein gerechtes Urteil möglich.« »Ich füge mich darin meinem Auftraggeber«, sagte der Maler. »Ja gewiss«, sagte K., der mit seiner Bemerkung niemanden hatte kränken wollen. »Sie haben die Figur so gemalt, wie sie auf dem Thronsessel wirklich steht.« »Nein«, sagte der Maler, »ich habe weder die Figur noch den Thronsessel gesehen, das alles ist Erfindung, aber es wurde mir angegeben, was ich zu malen habe.« »Wie?«, fragte K., er tat absichtlich, als verstehe er den Maler nicht völlig, »es ist doch ein Richter, der auf dem Richterstuhl sitzt?« »Ja«, sagte der Maler, »aber er ist kein hoher Richter und ist niemals auf einem solchen Thronsessel gesessen.« »Und lässt sich doch in so feierlicher Haltung malen? Er sitzt ja da wie ein Gerichtspräsident.« »Ja, eitel sind die Herren«, sagte der

Maler. »Aber sie haben die höhere Erlaubnis, sich so malen zu lassen. Jedem ist genau vorgeschrieben, wie er sich malen lassen darf. Nur kann man leider gerade nach diesem Bilde die Einzelheiten der Tracht und des Sitzes nicht beurteilen, die Pastellfarben sind für solche Darstellungen nicht geeignet.« »Ja«, sagte K., »es ist sonderbar, dass es in Pastellfarben gemalt ist.« »Der Richter wünschte es so«, sagte der Maler, »es ist für eine Dame bestimmt.« Der Anblick des Bildes schien ihm Lust zur Arbeit gemacht zu haben, er krempelte die Hemdärmel aufwärts, nahm einige Stifte in die Hand, und K. sah zu, wie unter den zitternden Spitzen der Stifte anschließend an den Kopf des Richters ein rötlicher Schatten sich bildete, der strahlenförmig gegen den Rand des Bildes verging. Allmählich umgab dieses Spiel des Schattens den Kopf wie ein Schmuck oder eine hohe Auszeichnung. Um die Figur der Gerechtigkeit aber blieb es bis auf eine unmerkliche Tönung hell, in dieser Helligkeit schien die Figur besonders vorzudringen, sie erinnerte kaum mehr an die Göttin der Gerechtigkeit, aber auch nicht an die des Sieges, sie sah jetzt vielmehr vollkommen wie die Göttin der Jagd aus. Die Arbeit des Malers zog K. mehr an, als er wollte; schließlich aber machte er sich doch Vorwürfe, dass er so lange schon hier war und im Grunde noch nichts für seine eigene Sache unternommen hatte. »Wie heißt dieser Richter?«, fragte er plötzlich. »Das darf ich nicht sagen«, antwortete der Maler, er war tief zum Bild hinabgebeugt und vernachlässigte deutlich seinen Gast, den er doch zuerst so rücksichtsvoll empfangen hatte. K. hielt das für eine Laune und ärgerte sich darüber, weil er dadurch Zeit verlor. »Sie sind wohl ein Vertrauensmann des Gerichtes?«, fragte er. Sofort legte der Maler die Stifte beiseite, richtete sich auf, rieb die Hände aneinander und sah K. lächelnd an. »Nur immer gleich mit der Wahrheit heraus«, sagte er, »Sie wollen etwas über das Gericht erfahren, wie es ja auch in Ihrem Empfehlungsschreiben steht, und haben zunächst über meine Bilder gesprochen, um mich zu gewinnen. Aber ich nehme das nicht übel, Sie konnten ja nicht wissen, dass das bei mir unangebracht ist. Oh, bitte!«, sagte er scharf abwehrend, als K. etwas einwenden wollte. Und fuhr dann fort: »Im Übrigen haben Sie mit Ihrer Bemerkung vollständig recht, ich bin ein Vertrauensmann des Gerichtes.« Er machte eine Pause, als wolle er K. Zeit lassen, sich mit dieser Tatsache abzufinden. Man hörte jetzt wieder hinter der Tür die Mädchen. Sie drängten sich wahrscheinlich um das Schlüsselloch, vielleicht konnte man auch durch die Ritzen ins Zimmer hineinsehen. K. unterließ es, sich irgendwie zu entschuldigen, denn er wollte den Maler nicht ablenken, wohl aber wollte er nicht, dass der Maler sich allzu sehr überhebe und sich auf diese Weise gewissermaßen unerreichbar mache, er fragte deshalb: »Ist das eine öffentlich anerkannte Stellung?« »Nein«, sagte der Maler kurz, als sei ihm dadurch die weitere Rede verschlagen. K. wollte ihn aber nicht verstummen lassen und sagte: »Nun, oft sind derartige nicht anerkannte Stellungen einflussreicher als die anerkannten.« »Das ist eben bei mir der Fall«, sagte der Maler und nickte mit zusammengezogener Stirn. »Ich sprach gestern mit dem Fabrikanten über Ihren Fall, er fragte mich, ob ich Ihnen nicht helfen wollte, ich antwortete: ›Der Mann kann ja einmal zu mir kommen‹, und nun freue ich mich, Sie so bald hier zu sehen. Die Sache scheint Ihnen ja sehr nahezugehen, worüber ich mich natürlich gar nicht wundere. Wollen Sie vielleicht zunächst Ihren Rock ablegen?« Obwohl K. beabsichtigte, nur ganz kurze Zeit hierzubleiben, war ihm diese Aufforderung des Malers doch sehr willkommen. Die Luft im Zimmer war ihm allmählich drückend geworden, öfters hatte er schon verwundert auf einen kleinen, zweifellos nicht geheizten Eisenofen in der Ecke hingesehen, die Schwüle im Zimmer war unerklärlich. Während er den Winterrock ablegte und auch noch den Rock aufknöpfte, sagte der Maler, sich entschuldigend: »Ich muss Wärme haben. Es ist hier doch sehr behaglich, nicht? Das Zimmer ist in dieser Hinsicht sehr gut gelegen.« K. sagte nichts dazu, aber es war eigentlich nicht die Wärme, die ihm Unbehagen machte, es war vielmehr die dumpfe, das Atmen fast behindernde Luft, das Zimmer war wohl schon lange nicht gelüftet. Diese Unannehmlichkeit wurde für K. dadurch verstärkt, dass ihn der Maler bat, sich auf das Bett zu setzen, während er selbst sich auf den einzigen Stuhl des Zimmers vor der Staffelei niedersetzte. Außerdem schien es der Maler misszuverstehen, warum K. nur am Bettrand blieb, er bat vielmehr, K. möchte es sich bequem machen und ging, da K. zögerte, selbst hin und drängte ihn tief in die Betten und Polster hinein. Dann kehrte er wieder zu seinem Sessel zurück und stellte endlich die erste sachliche Frage, die K. alles andere vergessen ließ. »Sie sind unschuldig?«, fragte er. »Ja«, sagte K. Die Beantwortung dieser Frage machte ihm geradezu Freude, besonders da sie gegenüber einem Privatmann, also ohne jede Verantwortung erfolgte. Noch niemand hatte ihn so offen gefragt. Um diese Freude auszukosten, fügte er noch hinzu: »Ich bin vollständig unschuldig.« »So«, sagte der Maler, senkte den Kopf und schien nachzudenken. Plötzlich hob er wieder den Kopf und sagte: »Wenn Sie unschuldig sind, dann ist ja die Sache sehr einfach.« K.s Blick trübte sich, dieser angebliche Vertrauensmann des Gerichtes redete wie ein unwissendes Kind. »Meine Unschuld vereinfacht die Sache nicht«, sagte K. Er musste trotz allem lächeln und schüttelte langsam den Kopf. »Es kommt auf viele Feinheiten an, in denen sich das Gericht verliert. Zum Schluss aber zieht es von irgendwoher, wo ursprünglich gar nichts gewesen ist, eine große Schuld hervor.« »Ja, ja, gewiss«, sagte der Maler, als störe K. unnötigerweise seinen Gedankengang. »Sie sind aber doch unschuldig?« »Nun ja«, sagte K. »Das ist die Hauptsache«, sagte der Maler. Er war durch Gegengründe nicht zu beeinflussen, nur war es trotz seiner Entschiedenheit nicht klar, ob er aus Überzeugung oder nur aus Gleichgültigkeit so redete. K. wollte das zunächst feststellen und sagte deshalb: »Sie kennen ja gewiss das Gericht viel besser als ich, ich weiß nicht viel mehr, als was ich darüber, allerdings von ganz verschiedenen Leuten, gehört habe. Darin stimmten aber alle überein, dass leichtsinnige Anklagen nicht erhoben werden und dass das Gericht, wenn es einmal anklagt, fest von der Schuld des Angeklagten überzeugt ist und von dieser Überzeugung nur schwer abgebracht werden kann.« »Schwer?«, fragte der Maler und warf eine Hand in die Höhe. »Niemals ist das Gericht davon abzubringen. Wenn ich hier alle Richter nebeneinander auf eine Leinwand male und Sie werden sich vor dieser Leinwand verteidigen, so werden Sie mehr Erfolg haben als vor dem wirklichen Gericht.« »Ja«, sagte K. für sich und vergaß, dass er den Maler nur hatte ausforschen wollen.

Wieder begann ein Mädchen hinter der Tür zu fragen: »Titorelli, wird er denn nicht schon bald weggehen?« »Schweigt!«, rief der Maler zur Tür hin, »seht ihr denn nicht, dass ich mit dem Herrn eine Besprechung habe?« Aber das Mädchen gab sich damit nicht zufrieden, sondern fragte: »Du wirst ihn malen?« Und als der Maler nicht antwortete, sagte sie noch: »Bitte, mal ihn nicht, einen so hässlichen Menschen.« Ein Durcheinander unverständlicher zustimmender Zurufe folgte. Der Maler machte einen Sprung zur Tür, öffnete sie bis zu einem Spalt – man sah die bittend vorgestreckten, gefalteten Hände der Mädchen – und sagte: »Wenn ihr nicht still seid, werfe ich euch alle die Treppe hinunter. Setzt euch hier auf die Stufen und verhaltet euch ruhig.« Wahrscheinlich folgten sie nicht gleich, sodass er kommandieren musste: »Nieder auf die Stufen!« Erst dann wurde es still.

»Verzeihen Sie«, sagte der Maler, als er zu K. wieder zurückkehrte. K. hatte sich kaum zur Tür hingewendet, er hatte es vollständig dem Maler überlassen, ob und wie er ihn in Schutz nehmen wollte. Er machte auch jetzt kaum eine Bewegung, als sich der Maler zu ihm niederbeugte und ihm, um draußen nicht gehört zu werden, ins Ohr flüsterte: »Auch diese Mädchen gehören zum Gericht.« »Wie?«, fragte K., wich mit dem Kopf zur Seite und sah den Maler an. Dieser aber setzte sich wieder auf seinen Sessel und sagte halb im Scherz, halb zur Erklärung: »Es gehört ja alles zum Gericht.« »Das habe ich noch nicht bemerkt«, sagte K. kurz, die allgemeine Bemerkung des Malers nahm dem Hinweis auf die Mädchen alles Beunruhigende. Trotzdem sah K. ein Weilchen lang zur Tür hin, hinter der die Mädchen jetzt still auf den Stufen saßen. Nur eines hatte einen Strohhalm durch eine Ritze zwischen den Balken gesteckt und führte ihn langsam auf und ab.

»Sie scheinen noch keinen Überblick über das Gericht zu haben«, sagte der Maler, er hatte die Beine weit auseinandergestreckt und klatschte mit den Fußspitzen auf den Boden. »Da Sie aber unschuldig sind, werden Sie ihn auch nicht benötigen. Ich allein hole Sie heraus.« »Wie wollen Sie das tun?«, fragte K. »Da Sie doch vor Kurzem selbst gesagt haben, dass das Gericht für Beweisgründe vollständig unzugänglich ist.« »Unzugänglich nur für Beweisgründe, die man vor dem Gericht vorbringt«, sagte der Maler und hob den Zeigefinger, als habe K. eine feine Unterscheidung nicht bemerkt. »Anders verhält es sich aber damit, was man in dieser Hinsicht hinter dem öffentlichen Gericht versucht, also in den Beratungszimmern, in den Korridoren oder zum Beispiel auch hier, im Atelier.« Was der Maler jetzt sagte, schien K. nicht mehr so unglaubwürdig, es zeigte vielmehr eine große Übereinstimmung mit dem, was K. auch von anderen Leuten gehört hatte. Ja, es war sogar sehr hoffnungsvoll. Waren die Richter durch persönliche Beziehungen wirklich so leicht zu lenken, wie es der Advokat dargestellt hatte, dann waren die Beziehungen des Malers zu den eitlen Richtern besonders wichtig und jedenfalls keineswegs zu unterschätzen. Dann fügte sich der Maler sehr gut in den Kreis von Helfern, die K. allmählich um sich versammelte. Man hatte einmal in der Bank sein Organisationstalent gerühmt, hier, wo er ganz allein auf sich gestellt war, zeigte sich eine gute Gelegenheit, es auf das Äußerste zu erproben. Der Maler beobachtete die Wirkung, die seine Erklärung auf K. gemacht hatte, und sagte dann mit einer gewissen Ängstlichkeit: »Fällt es Ihnen nicht auf, dass ich fast wie ein Jurist spreche? Es ist der ununterbrochene Verkehr mit den Herren vom Gericht, der mich so beeinflusst. Ich habe natürlich viel Gewinn davon, aber der künstlerische Schwung geht zum großen Teil verloren.« »Wie sind Sie denn zum ersten

Mal mit den Richtern in Verbindung gekommen?«, fragte K., er wollte zuerst das Vertrauen des Malers gewinnen, bevor er ihn geradezu in seine Dienste nahm. »Das war sehr einfach«, sagte der Maler, »ich habe diese Verbindung geerbt. Schon mein Vater war Gerichtsmaler. Es ist das eine Stellung, die sich immer vererbt. Man kann dafür neue Leute nicht brauchen. Es sind nämlich für das Malen der verschiedenen Beamtengrade so verschiedene, vielfache und vor allem geheime Regeln aufgestellt, dass sie überhaupt nicht außerhalb bestimmter Familien bekannt werden. Dort in der Schublade zum Beispiel habe ich die Aufzeichnungen meines Vaters, die ich niemandem zeige. Aber nur wer sie kennt, ist zum Malen von Richtern befähigt. Jedoch, selbst wenn ich sie verlöre, blieben mir noch so viele Regeln, die ich allein in meinem Kopfe trage, dass mir niemand meine Stellung streitig machen könnte. Es will doch jeder Richter so gemalt werden, wie die alten, großen Richter gemalt worden sind, und das kann nur ich.« »Das ist beneidenswert«, sagte K., der an seine Stellung in der Bank dachte. »Ihre Stellung ist also unerschütterlich?« »Ja, unerschütterlich«, sagte der Maler und hob stolz die Achseln. »Deshalb kann ich es auch wagen, hier und da einem armen Manne, der einen Prozess hat, zu helfen.« »Und wie tun Sie das?«, fragte K., als sei es nicht er, den der Maler soeben einen armen Mann genannt hatte. Der Maler aber ließ sich nicht ablenken, sondern sagte: »In Ihrem Fall zum Beispiel werde ich, da Sie vollständig unschuldig sind, Folgendes unternehmen.« Die wiederholte Erwähnung seiner Unschuld wurde K. schon lästig. Ihm schien es manchmal, als mache der Maler durch solche Bemerkungen einen günstigen Ausgang des Prozesses zur Voraussetzung seiner Hilfe, die dadurch natürlich in sich selbst zusammenfiel. Trotz diesen Zweifeln bezwang sich aber K. und unterbrach den Maler nicht. Verzichten wollte er auf die Hilfe des Malers nicht, dazu war er entschlossen, auch schien ihm diese Hilfe durchaus nicht fragwürdiger als die des Advokaten zu sein. K. zog sie jener sogar bei Weitem vor, weil sie harmloser und offener dargeboten wurde.

Der Maler hatte seinen Sessel näher zum Bett gezogen und fuhr mit gedämpfter Stimme fort: »Ich habe vergessen, Sie zunächst zu fragen, welche Art der Befreiung Sie wünschen. Es gibt drei Möglichkeiten, nämlich die wirkliche Freisprechung, die scheinbare Freisprechung und die Verschleppung. Die wirkliche Freisprechung ist natürlich das Beste, nur habe ich nicht den geringsten Einfluss auf diese Art der Lösung. Es gibt meiner Meinung nach überhaupt keine einzelne Person, die auf die wirk-

liche Freisprechung Einfluss hätte. Hier entscheidet wahrscheinlich nur die Unschuld des Angeklagten. Da Sie unschuldig sind, wäre es wirklich möglich, dass Sie sich allein auf Ihre Unschuld verlassen. Dann brauchen Sie aber weder mich noch irgendeine andere Hilfe.«
Diese geordnete Darstellung verblüffte K. anfangs, dann aber sagte er ebenso leise wie der Maler: »Ich glaube, Sie widersprechen sich.« »Wie denn?«, fragte der Maler geduldig und lehnte sich lächelnd zurück. Dieses Lächeln erweckte in K. das Gefühl, als ob er jetzt daran gehe, nicht in den Worten des Malers, sondern in dem Gerichtsverfahren selbst Widersprüche zu entdecken. Trotzdem wich er aber nicht zurück und sagte: »Sie haben früher die Bemerkung gemacht, dass das Gericht für Beweisgründe unzugänglich ist, später haben Sie dies auf das öffentliche Gericht eingeschränkt, und jetzt sagen Sie sogar, dass der Unschuldige vor dem Gericht keine Hilfe braucht. Darin liegt schon ein Widerspruch. Außerdem aber haben Sie früher gesagt, dass man die Richter persönlich beeinflussen kann, stellen aber jetzt in Abrede, dass die wirkliche Freisprechung, wie Sie sie nennen, jemals durch persönliche Beeinflussung zu erreichen ist. Darin liegt der zweite Widerspruch.« »Diese Widersprüche sind leicht aufzuklären«, sagte der Maler. »Es ist hier von zwei verschiedenen Dingen die Rede, von dem, was im Gesetz steht, und von dem, was ich persönlich erfahren habe, das dürfen Sie nicht verwechseln. Im Gesetz, ich habe es allerdings nicht gelesen, steht natürlich einerseits, dass der Unschuldige freigesprochen wird, andererseits steht dort aber nicht, dass die Richter beeinflusst werden können. Nun habe aber ich gerade das Gegenteil dessen erfahren. Ich weiß von keiner wirklichen Freisprechung, wohl aber von vielen Beeinflussungen. Es ist natürlich möglich, dass in allen mir bekannten Fällen keine Unschuld vorhanden war. Aber ist das nicht unwahrscheinlich? In so vielen Fällen keine einzige Unschuld? Schon als Kind hörte ich dem Vater genau zu, wenn er zu Hause von Prozessen erzählte, auch die Richter, die in sein Atelier kamen, erzählten vom Gericht, man spricht in unseren Kreisen überhaupt von nichts anderem; kaum bekam ich die Möglichkeit, selbst zu Gericht zu gehen, nützte ich sie immer aus, unzählbare Prozesse habe ich in wichtigen Stadien angehört und, soweit sie sichtbar sind, verfolgt, und – ich muss es zugeben – nicht einen einzigen wirklichen Freispruch erlebt.« »Keinen einzigen Freispruch also«, sagte K., als rede er zu sich selbst und zu seinen Hoffnungen. »Das bestätigt aber die Meinung, die ich von dem Gericht schon habe. Es ist also auch von dieser Seite zwecklos. Ein einzi-

ger Henker könnte das ganze Gericht ersetzen.« »Sie dürfen nicht verallgemeinern«, sagte der Maler unzufrieden, »ich habe ja nur von meinen Erfahrungen gesprochen.« »Das genügt doch«, sagte K., »oder haben Sie von Freisprüchen aus früherer Zeit gehört?« »Solche Freisprüche«, antwortete der Maler, »soll es allerdings gegeben haben. Nur ist es sehr schwer, das festzustellen. Die abschließenden Entscheidungen des Gerichts werden nicht veröffentlicht, sie sind nicht einmal den Richtern zugänglich, infolgedessen haben sich über alte Gerichtsfälle nur Legenden erhalten. Diese enthalten allerdings sogar in der Mehrzahl wirkliche Freisprechungen, man kann sie glauben, nachweisbar sind sie aber nicht. Trotzdem muss man sie nicht ganz vernachlässigen, eine gewisse Wahrheit enthalten sie wohl gewiss, auch sind sie sehr schön, ich selbst habe einige Bilder gemalt, die solche Legenden zum Inhalt haben.« »Bloße Legenden ändern meine Meinung nicht«, sagte K., »man kann sich wohl auch vor Gericht auf diese Legenden nicht berufen?« Der Maler lachte. »Nein, das kann man nicht«, sagte er. »Dann ist es nutzlos, darüber zu reden«, sagte K., er wollte vorläufig alle Meinungen des Malers hinnehmen, selbst wenn er sie für unwahrscheinlich hielt und sie anderen Berichten widersprachen. Er hatte jetzt nicht die Zeit, alles, was der Maler sagte, auf die Wahrheit hin zu überprüfen oder gar zu widerlegen, es war schon das Äußerste erreicht, wenn er den Maler dazu bewog, ihm in irgendeiner, sei es auch in einer nicht entscheidenden Weise zu helfen. Darum sagte er: »Sehen wir also von der wirklichen Freisprechung ab, Sie erwähnten aber noch zwei andere Möglichkeiten.« »Die scheinbare Freisprechung und die Verschleppung. Um die allein kann es sich handeln«, sagte der Maler. »Wollen Sie aber nicht, ehe wir davon reden, den Rock ausziehen? Es ist Ihnen wohl heiß.« »Ja«, sagte K., der bisher auf nichts als auf die Erklärungen des Malers geachtet hatte, dem aber jetzt, da er an die Hitze erinnert worden war, starker Schweiß auf der Stirn ausbrach. »Es ist fast unerträglich.« Der Maler nickte, als verstehe er K.s Unbehagen sehr gut. »Könnte man nicht das Fenster öffnen?«, fragte K. »Nein«, sagte der Maler. »Es ist bloß eine fest eingesetzte Glasscheibe, man kann es nicht öffnen.« Jetzt erkannte K., dass er die ganze Zeit über darauf gehofft hatte, plötzlich werde der Maler oder er zum Fenster gehen und es aufreißen. Er war darauf vorbereitet, selbst den Nebel mit offenem Mund einzuatmen. Das Gefühl, hier von der Luft vollständig abgesperrt zu sein, verursachte ihm Schwindel. Er schlug leicht mit der Hand auf das Federbett neben sich und sagte mit schwacher Stimme: »Das ist ja unbequem und ungesund.« »O nein«, sagte der Maler zur Verteidigung seines Fensters, »dadurch, dass es nicht aufgemacht werden kann, wird, obwohl es nur eine einfache Scheibe ist, die Wärme hier besser festgehalten als durch ein Doppelfenster. Will ich aber lüften, was nicht sehr notwendig ist, da durch die Balkenritzen überall Luft eindringt, kann ich eine meiner Türen oder sogar beide öffnen.« K., durch diese Erklärung ein wenig getröstet, blickte herum, um die zweite Tür zu finden. Der Maler bemerkte das und sagte: »Sie ist hinter Ihnen, ich musste sie durch das Bett verstellen.« Jetzt erst sah K. die kleine Tür in der Wand. »Es ist eben hier alles viel zu klein für ein Atelier«, sagte der Maler, als wolle er einem Tadel K.s zuvorkommen. »Ich musste mich einrichten, so gut es ging. Das Bett vor der Tür steht natürlich an einem sehr schlechten Platz. Der Richter zum Beispiel, den ich jetzt male, kommt immer durch die Tür beim Bett, und ich habe ihm auch einen Schlüssel von dieser Tür gegeben, damit er, auch wenn ich nicht zu Hause bin, hier im Atelier auf mich warten kann. Nun kommt er aber gewöhnlich früh am Morgen, während ich noch schlafe. Es reißt mich natürlich immer aus dem tiefsten Schlaf, wenn sich neben dem Bett die Tür öffnet. Sie würden jede Ehrfurcht vor den Richtern verlieren, wenn Sie die Flüche hörten, mit denen ich ihn empfange, wenn er früh über mein Bett steigt. Ich könnte ihm allerdings den Schlüssel wegnehmen, aber es würde dadurch nur ärger werden. Man kann hier alle Türen mit der geringsten Anstrengung aus den Angeln brechen.« Während dieser ganzen Rede überlegte K., ob er den Rock ausziehen sollte, er sah aber schließlich ein, dass er, wenn er es nicht tat, unfähig war, hier noch länger zu bleiben, er zog daher den Rock aus, legte ihn aber über die Knie, um ihn, falls die Besprechung zu Ende wäre, wieder anziehen zu können. Kaum hatte er den Rock ausgezogen, rief eines der Mädchen: »Er hat schon den Rock ausgezogen!«, und man hörte, wie sich alle zu den Ritzen drängten, um das Schauspiel selbst zu sehen. »Die Mädchen glauben nämlich«, sagte der Maler, »dass ich Sie malen werde und dass Sie sich deshalb ausziehen.« »So«, sagte K., nur wenig belustigt, denn er fühlte sich nicht viel besser als früher, obwohl er jetzt in Hemdärmeln dasaß. Fast mürrisch fragte er: »Wie nannten Sie die zwei anderen Möglichkeiten?« Er hatte die Ausdrücke schon wieder vergessen. »Die scheinbare Freisprechung und die Verschleppung«, sagte der Maler. »Es liegt an Ihnen, was Sie davon wählen. Beides ist durch meine Hilfe erreichbar, natürlich nicht ohne Mühe, der Unterschied in dieser Hinsicht ist der, dass die scheinbare Freisprechung eine gesammelte zeitweilige, die Verschleppung eine viel geringere, aber dauernde Anstrengung verlangt. Zunächst also die scheinbare Freisprechung. Wenn Sie diese wünschen sollten, schreibe ich auf einem Bogen Papier eine Bestätigung Ihrer Unschuld auf. Der Text für eine solche Bestätigung ist mir von meinem Vater überliefert und ganz unangreifbar. Mit dieser Bestätigung mache ich nun einen Rundgang bei den mir bekannten Richtern. Ich fange also etwa damit an, dass ich dem Richter, den ich jetzt male, heute Abend, wenn er zur Sitzung kommt, die Bestätigung vorlege. Ich lege ihm die Bestätigung vor, erkläre ihm, dass Sie unschuldig sind, und verbürge mich für Ihre Unschuld. Das ist aber keine bloß äußerliche, sondern eine wirkliche, bindende Bürgschaft.« In den Blicken des Malers lag es wie ein Vorwurf, dass K. ihm die Last einer solchen Bürgschaft auferlegen wolle. »Das wäre ja sehr freundlich«, sagte K. »Und der Richter würde Ihnen glauben und mich trotzdem nicht wirklich freisprechen?« »Wie ich schon sagte«, antwortete der Maler. »Übrigens ist es durchaus nicht sicher, dass jeder mir glauben würde, mancher Richter wird zum Beispiel verlangen, dass ich Sie selbst zu ihm hinführe. Dann müssten Sie also einmal mitkommen. Allerdings ist in einem solchen Falle die Sache schon halb gewonnen, besonders da ich Sie natürlich vorher genau darüber unterrichten würde, wie Sie sich bei dem betreffenden Richter zu verhalten haben. Schlimmer ist es bei den Richtern, die mich – auch das wird vorkommen – von vornherein abweisen. Auf diese müssen wir, wenn ich es auch an mehrfachen Versuchen gewiss nicht fehlen lassen werde, verzichten, wir dürfen das aber auch, denn einzelne Richter können hier nicht den Ausschlag geben. Wenn ich nun auf dieser Bestätigung eine genügende Anzahl von Unterschriften der Richter habe, gehe ich mit dieser Bestätigung zu dem Richter, der Ihren Prozess gerade führt. Möglicherweise habe ich auch seine Unterschrift, dann entwickelt sich alles noch ein wenig rascher als sonst. Im Allgemeinen gibt es aber dann überhaupt nicht mehr viel Hindernisse, es ist dann für den Angeklagten die Zeit der höchsten Zuversicht. Es ist merkwürdig, aber wahr, die Leute sind in dieser Zeit zuversichtlicher als nach dem Freispruch. Es bedarf jetzt keiner besonderen Mühe mehr. Der Richter besitzt in der Bestätigung die Bürgschaft einer Anzahl von Richtern, kann Sie unbesorgt freisprechen und wird es, allerdings nach Durchführung verschiedener Formalitäten, mir und anderen Bekannten zu Gefallen zweifellos tun. Sie aber treten aus dem Gericht und sind frei.« »Dann bin ich also frei«, sagte K. zögernd. »Ja«, sagte der Maler, »aber nur scheinbar frei oder, besser ausgedrückt, zeitweilig frei. Die untersten

Richter nämlich, zu denen meine Bekannten gehören, haben nicht das Recht, endgültig freizusprechen, dieses Recht hat nur das oberste, für Sie, für mich und für uns alle ganz unerreichbare Gericht. Wie es dort aussieht, wissen wir nicht und wollen wir, nebenbei gesagt, auch nicht wissen. Das große Recht, von der Anklage zu befreien, haben also unsere Richter nicht, wohl aber haben sie das Recht, von der Anklage loszulösen. Das heißt, wenn Sie auf diese Weise freigesprochen werden, sind Sie für den Augenblick der Anklage entzogen, aber sie schwebt auch weiterhin über Ihnen und kann, sobald nur der höhere Befehl kommt, sofort in Wirkung treten. Da ich mit dem Gericht in so guter Verbindung stehe, kann ich Ihnen auch sagen, wie sich in den Vorschriften für die Gerichtskanzleien der Unterschied zwischen der wirklichen und der scheinbaren Freisprechung rein äußerlich zeigt. Bei einer wirklichen Freisprechung sollen die Prozessakten vollständig abgelegt werden, sie verschwinden gänzlich aus dem Verfahren, nicht nur die Anklage, auch der Prozess und sogar der Freispruch sind vernichtet, alles ist vernichtet. Anders beim scheinbaren Freispruch. Mit dem Akt ist keine weitere Veränderung vor sich gegangen, als dass er um die Bestätigung der Unschuld, um den Freispruch und um die Begründung des Freispruchs bereichert worden ist. Im Übrigen aber bleibt er im Verfahren, er wird, wie es der ununterbrochene Verkehr der Gerichtskanzleien erfordert, zu den höheren Gerichten weitergeleitet, kommt zu den niedrigeren zurück und pendelt so mit größeren und kleineren Schwingungen, mit größeren und kleineren Stockungen auf und ab. Diese Wege sind unberechenbar. Von außen gesehen kann es manchmal den Anschein bekommen, dass alles längst vergessen, der Akt verloren und der Freispruch ein vollkommener ist. Ein Eingeweihter wird das nicht glauben. Es geht kein Akt verloren, es gibt bei Gericht kein Vergessen. Eines Tages – niemand erwartet es – nimmt irgendein Richter den Akt aufmerksamer in die Hand, erkennt, dass in diesem Fall die Anklage noch lebendig ist, und ordnet die sofortige Verhaftung an. Ich habe hier angenommen, dass zwischen dem scheinbaren Freispruch und der neuen Verhaftung eine lange Zeit vergeht, das ist möglich, und ich weiß von solchen Fällen, es ist aber ebenso gut möglich, dass der Freigesprochene vom Gericht nach Hause kommt und dort schon Beauftragte warten, um ihn wieder zu verhaften. Dann ist natürlich das freie Leben zu Ende.« »Und der Prozess beginnt von Neuem?«, fragte K. fast ungläubig. »Allerdings«, sagte der Maler, »der Prozess beginnt von Neuem, es besteht aber wieder die Möglichkeit, ebenso wie früher, einen scheinbaren Freispruch zu erwirken. Man muss wieder alle Kräfte zusammennehmen und darf sich nicht ergeben.« Das Letztere sagte der Maler vielleicht unter dem Eindruck, den K., der ein wenig zusammengesunken war, auf ihn machte. »Ist aber«, fragte K., als wolle er jetzt irgendwelchen Enthüllungen des Malers zuvorkommen, »die Erwirkung eines zweiten Freispruchs nicht schwieriger als die des ersten?« »Man kann«, antwortete der Maler, »in dieser Hinsicht nichts Bestimmtes sagen. Sie meinen wohl, dass die Richter durch die zweite Verhaftung in ihrem Urteil zuungunsten des Angeklagten beeinflusst werden? Das ist nicht der Fall. Die Richter haben ja schon beim Freispruch diese Verhaftung vorgesehen. Dieser Umstand wirkt also kaum ein. Wohl aber kann aus zahllosen sonstigen Gründen die Stimmung der Richter sowie ihre rechtliche Beurteilung des Falles eine andere geworden sein, und die Bemühungen um den zweiten Freispruch müssen daher den veränderten Umständen angepasst werden und im Allgemeinen ebenso kräftig sein wie die vor dem ersten Freispruch.« »Aber dieser zweite Freispruch ist doch wieder nicht endgültig«, sagte K. und drehte abweisend den Kopf. »Natürlich nicht«, sagte der Maler, »dem zweiten Freispruch folgt die dritte Verhaftung, dem dritten Freispruch die vierte Verhaftung, und so fort. Das liegt schon im Begriff des scheinbaren Freispruchs.« K. schwieg. »Der scheinbare Freispruch scheint Ihnen offenbar nicht vorteilhaft zu sein«, sagte der Maler, »vielleicht entspricht Ihnen die Verschleppung besser. Soll ich Ihnen das Wesen der Verschleppung erklären?« K. nickte. Der Maler hatte sich breit in seinen Sessel zurückgelehnt, das Nachthemd war weit offen, er hatte eine Hand daruntergeschoben, mit der er über die Brust und die Seiten strich. »Die Verschleppung«, sagte der Maler und sah einen Augenblick vor sich hin, als suche er eine vollständig zutreffende Erklärung, »die Verschleppung besteht darin, dass der Prozess dauernd im niedrigsten Prozessstadium erhalten wird. Um dies zu erreichen, ist es nötig, dass der Angeklagte und der Helfer, insbesondere aber der Helfer in ununterbrochener persönlicher Fühlung mit dem Gericht bleibt. Ich wiederhole, es ist hierfür kein solcher Kraftaufwand nötig wie bei der Erreichung eines scheinbaren Freispruchs, wohl aber ist eine viel größere Aufmerksamkeit nötig. Man darf den Prozess nicht aus den Augen verlieren, man muss zu dem betreffenden Richter in regelmäßigen Zwischenräumen und außerdem bei besonderen Gelegenheiten gehen und ihn auf jede Weise sich freundlich zu erhalten suchen; ist man mit dem Richter nicht persönlich bekannt, so muss man durch bekannte

Richter ihn beeinflussen lassen, ohne dass man etwa deshalb die unmittelbaren Besprechungen aufgeben dürfte. Versäumt man in dieser Hinsicht nichts, so kann man mit genügender Bestimmtheit annehmen, dass der Prozess über sein erstes Stadium nicht hinauskommt. Der Prozess hört zwar nicht auf, aber der Angeklagte ist vor einer Verurteilung fast ebenso gesichert, wie wenn er frei wäre. Gegenüber dem scheinbaren Freispruch hat die Verschleppung den Vorteil, dass die Zukunft des Angeklagten weniger unbestimmt ist, er bleibt vor dem Schrecken der plötzlichen Verhaftungen bewahrt und muss nicht fürchten, etwa gerade zu Zeiten, wo seine sonstigen Umstände dafür am wenigsten günstig sind, die Anstrengungen und Aufregungen auf sich nehmen zu müssen, welche mit der Erreichung des scheinbaren Freispruchs verbunden sind. Allerdings hat auch die Verschleppung für den Angeklagten gewisse Nachteile, die man nicht unterschätzen darf. Ich denke hierbei nicht daran, dass hier der Angeklagte niemals frei ist, das ist er ja auch bei der scheinbaren Freisprechung im eigentlichen Sinne nicht. Es ist ein anderer Nachteil. Der Prozess kann nicht stillstehen, ohne dass wenigstens scheinbare Gründe dafür vorliegen. Es muss deshalb im Prozess nach außen hin etwas geschehen. Es müssen also von Zeit zu Zeit verschiedene Anordnungen getroffen werden, der Angeklagte muss verhört werden, Untersuchungen müssen stattfinden und so weiter. Der Prozess muss eben immerfort in dem kleinen Kreis, auf den er künstlich eingeschränkt worden ist, gedreht werden. Das bringt natürlich gewisse Unannehmlichkeiten für den Angeklagten mit sich, die sie sich aber wiederum nicht zu schlimm vorstellen dürfen. Es ist ja alles nur äußerlich, die Verhöre beispielsweise sind also nur ganz kurz, wenn man einmal keine Zeit oder keine Lust hat hinzugehen, darf man sich entschuldigen, man kann sogar bei gewissen Richtern die Anordnungen für eine lange Zeit im Voraus gemeinsam festsetzen, es handelt sich im Wesen nur darum, dass man, da man Angeklagter ist, von Zeit zu Zeit bei seinem Richter sich meldet.« Schon während der letzten Worte hatte K. den Rock über den Arm gelegt und war aufgestanden. »Er steht schon auf!«, rief es sofort draußen vor der Tür. »Sie wollen schon fortgehen?«, fragte der Maler, der auch aufgestanden war. »Es ist gewiss die Luft, die Sie von hier vertreibt. Es ist mir sehr peinlich. Ich hätte Ihnen auch noch manches zu sagen. Ich musste mich ganz kurzfassen. Ich hoffe aber, verständlich gewesen zu sein.« »O ja«, sagte K., dem von der Anstrengung, mit der er sich zum Zuhören gezwungen hatte, der Kopf schmerzte. Trotz dieser Bestätigung sagte der

Maler, alles noch einmal zusammenfassend, als wolle er K. auf den Heimweg einen Trost mitgeben: »Beide Methoden haben das Gemeinsame, dass sie eine Verurteilung des Angeklagten verhindern.« »Sie verhindern aber auch die wirkliche Freisprechung«, sagte K. leise, als schäme er sich, das erkannt zu haben. »Sie haben den Kern der Sache erfasst«, sagte der Maler schnell. K. legte die Hand auf seinen Winterrock, konnte sich aber nicht einmal entschließen, den Rock anzuziehen. Am liebsten hätte er alles zusammengepackt und wäre damit an die frische Luft gelaufen. Auch die Mädchen konnten ihn nicht dazu bewegen, sich anzuziehen, obwohl sie, verfrüht, einander schon zuriefen, dass er sich anziehe. Dem Maler lag daran, K.s Stimmung irgendwie zu deuten, er sagte deshalb: »Sie haben sich wohl hinsichtlich meiner Vorschläge noch nicht entschieden. Ich billige das. Ich hätte Ihnen sogar davon abgeraten, sich sofort zu entscheiden. Die Vorteile und Nachteile sind haarfein. Man muss alles genau abschätzen. Allerdings darf man auch nicht zu viel Zeit verlieren.« »Ich werde bald wiederkommen«, sagte K., der in einem plötzlichen Entschluss den Rock anzog, den Mantel über die Schulter warf und zur Tür eilte, hinter der jetzt die Mädchen zu schreien anfingen. K. glaubte, die schreienden Mädchen durch die Tür zu sehen. »Sie müssen aber Wort halten«, sagte der Maler, der ihm nicht gefolgt war, »sonst komme ich in die Bank, um selbst nachzufragen.« »Sperren Sie doch die Tür auf«, sagte K. und riss an der Klinke, die die Mädchen, wie er an dem Gegendruck merkte, draußen festhielten. »Wollen Sie von den Mädchen belästigt werden?«, fragte der Maler. »Benützen Sie doch lieber diesen Ausgang«, und er zeigte auf die Tür hinter dem Bett. K. war damit einverstanden und sprang zum Bett zurück. Aber statt die Tür dort zu öffnen, kroch der Maler unter das Bett und fragte von unten: »Nur noch einen Augenblick; wollen Sie nicht noch ein Bild sehen, das ich Ihnen verkaufen könnte?« K. wollte nicht unhöflich sein, der Maler hatte sich wirklich seiner angenommen und versprochen, ihm weiterhin zu helfen, auch war infolge der Vergesslichkeit K.s über die Entlohnung für die Hilfe noch gar nicht gesprochen worden, deshalb konnte ihn K. jetzt nicht abweisen und ließ sich das Bild zeigen, wenn er auch vor Ungeduld zitterte, aus dem Atelier wegzukommen. Der Maler zog unter dem Bett einen Haufen ungerahmter Bilder hervor, die so mit Staub bedeckt waren, dass dieser, als ihn der Maler vom obersten Bild wegzublasen suchte, längere Zeit atemraubend K. vor den Augen wirbelte. »Eine Heidelandschaft«, sagte der Maler und reichte K. das Bild. Es stellte zwei schwache Bäume dar, die weit voneinander entfernt im dunklen Gras standen. Im Hintergrund war ein vielfarbiger Sonnenuntergang. »Schön«, sagte K., »ich kaufe es.« K. hatte unbedacht sich so kurz geäußert, er war daher froh, als der Maler, statt dies übel zu nehmen, ein zweites Bild vom Boden aufhob. »Hier ist ein Gegenstück zu diesem Bild«, sagte der Maler. Es mochte als Gegenstück beabsichtigt sein, es war aber nicht der geringste Unterschied gegenüber dem ersten Bild zu merken, hier waren die Bäume, hier das Gras und dort der Sonnenuntergang. Aber K. lag wenig daran. »Es sind schöne Landschaften«, sagte er, »ich kaufe beide und werde sie in meinem Büro aufhängen.« »Das Motiv scheint Ihnen zu gefallen«, sagte der Maler und holte ein drittes Bild herauf, »es trifft sich gut, dass ich noch ein ähnliches Bild hier habe.« Es war aber nicht ähnlich, es war vielmehr die völlig gleiche Heidelandschaft. Der Maler nützte diese Gelegenheit, alte Bilder zu verkaufen, gut aus. »Ich nehme auch dieses noch«, sagte K. »Wie viel kosten die drei Bilder?« »Darüber werden wir nächstens sprechen«, sagte der Maler. »Sie haben jetzt Eile, und wir bleiben doch in Verbindung. Im Übrigen freut es mich, dass Ihnen die Bilder gefallen, ich werde Ihnen alle Bilder mitgeben, die ich hier unten habe. Es sind lauter Heidelandschaften, ich habe schon viele Heidelandschaften gemalt. Manche Leute weisen solche Bilder ab, weil sie zu düster sind, andere aber, und Sie gehören zu ihnen, lieben gerade das Düstere.« Aber K. hatte jetzt keinen Sinn für die beruflichen Erfahrungen des Bettelmalers. »Packen Sie alle Bilder ein!«, rief er, dem Maler in die Rede fallend, »morgen kommt mein Diener und wird sie holen.« »Es ist nicht nötig«, sagte der Maler. »Ich hoffe, ich werde Ihnen einen Träger verschaffen können, der gleich mit Ihnen gehen wird.« Und er beugte sich endlich über das Bett und sperrte die Tür auf. »Steigen Sie ohne Scheu auf das Bett«, sagte der Maler, »das tut jeder, der hier hereinkommt.« K. hätte auch ohne diese Aufforderung keine Rücksicht genommen, er hatte sogar schon einen Fuß mitten auf das Federbett gesetzt, da sah er durch die offene Tür hinaus und zog den Fuß wieder zurück. »Was ist das?«, fragte er den Maler. »Worüber staunen Sie?«, fragte dieser, seinerseits staunend. »Es sind die Gerichtskanzleien. Wussten Sie nicht, dass hier Gerichtskanzleien sind? Gerichtskanzleien sind doch fast auf jedem Dachboden, warum sollten sie gerade hier fehlen? Auch mein Atelier gehört eigentlich zu den Gerichtskanzleien, das Gericht hat es mir aber zur Verfügung gestellt.« K. erschrak nicht so sehr darüber, dass er auch hier Gerichtskanzleien gefunden hatte, er erschrak hauptsächlich über sich, über seine Unwissenheit in Gerichtssachen. Als eine Grundregel für das Verhalten eines Angeklagten erschien es ihm, immer vorbereitet zu sein, sich niemals überraschen zu lassen, nicht ahnungslos nach rechts zu schauen, wenn links der Richter neben ihm stand – und gerade gegen diese Grundregel verstieß er immer wieder. Vor ihm dehnte sich ein langer Gang, aus dem eine Luft wehte, mit der verglichen die Luft im Atelier erfrischend war. Bänke waren zu beiden Seiten des Ganges aufgestellt, genauso wie im Wartezimmer der Kanzlei, die für K. zuständig war. Es schienen genaue Vorschriften für die Einrichtung von Kanzleien zu bestehen. Augenblicklich war der Parteienverkehr hier nicht sehr groß. Ein Mann saß dort halb liegend, das Gesicht hatte er auf der Bank in seine Arme vergraben und schien zu schlafen; ein anderer stand im Halbdunkel am Ende des Ganges. K. stieg nun über das Bett, der Maler folgte ihm mit den Bildern. Sie trafen bald einen Gerichtsdiener – K. erkannte jetzt schon alle Gerichtsdiener an dem Goldknopf, den diese an ihrem Zivilanzug unter den gewöhnlichen Knöpfen hatten – und der Maler gab ihm den Auftrag, K. mit den Bildern zu begleiten. K. wankte mehr, als er ging, das Taschentuch hielt er an den Mund gedrückt. Sie waren schon nahe am Ausgang, da stürmten ihnen die Mädchen entgegen, die also K. auch nicht erspart geblieben waren. Sie hatten offenbar gesehen, dass die zweite Tür des Ateliers geöffnet worden war und hatten den Umweg gemacht, um von dieser Seite einzudringen. »Ich kann Sie nicht mehr begleiten!«, rief der Maler lachend unter dem Andrang der Mädchen. »Auf Wiedersehen! Und überlegen Sie nicht zu lange!« K. sah sich nicht einmal nach ihm um. Auf der Gasse nahm er den ersten Wagen, der ihm in den Weg kam. Es lag ihm daran, den Diener loszuwerden, dessen Goldknopf ihm unaufhörlich in die Augen stach, wenn er auch sonst wahrscheinlich niemandem auffiel. In seiner Dienstfertigkeit wollte sich der Diener noch auf den Kutschbock setzen. K. jagte ihn aber hinunter. Mittag war schon längst vorüber, als K. vor der Bank ankam. Er hätte gern die Bilder im Wagen gelassen, fürchtete aber, bei irgendeiner Gelegenheit genötigt zu werden, sich dem Maler gegenüber mit ihnen auszuweisen. Er ließ sie daher in sein Büro schaffen und versperrte sie in die unterste Lade seines Tisches, um sie wenigstens für die allernächsten Tage vor den Blicken des Direktor-Stellvertreters in Sicherheit zu bringen.

Achtes Kapitel
Kaufmann Block – Kündigung des Advokaten

Endlich hatte sich K. doch entschlossen, dem Advokaten seine Vertretung zu entziehen. Zweifel daran, ob es richtig war, so zu handeln, waren zwar nicht auszurotten, aber die Überzeugung von der Notwendigkeit dessen überwog. Die Entschließung hatte K. an dem Tage, an dem er zum Advokaten gehen wollte, viel Arbeitskraft entzogen, er arbeitete besonders langsam, er musste sehr lange im Büro bleiben, und es war schon zehn Uhr vorüber, als er endlich vor der Tür des Advokaten stand. Noch ehe er läutete, überlegte er, ob es nicht besser wäre, dem Advokaten telefonisch oder brieflich zu kündigen, die persönliche Unterredung würde gewiss sehr peinlich werden. Trotzdem wollte K. schließlich auf sie nicht verzichten, bei jeder anderen Art der Kündigung würde diese stillschweigend oder mit ein paar förmlichen Worten angenommen werden, und K. würde, wenn nicht etwa Leni einiges erforschen könnte, niemals erfahren, wie der Advokat die Kündigung aufgenommen hatte und was für Folgen für K. diese Kündigung nach der nicht unwichtigen Meinung des Advokaten haben könnte. Saß aber der Advokat K. gegenüber und wurde er von der Kündigung überrascht, so würde K., selbst wenn der Advokat sich nicht viel entlocken ließ, aus seinem Gesicht und seinem Benehmen alles, was er wollte, leicht entnehmen können. Es war sogar nicht ausgeschlossen, dass er überzeugt wurde, dass es doch gut wäre, dem Advokaten die Verteidigung zu überlassen, und dass er dann seine Kündigung zurückzog.

Das erste Läuten an der Tür des Advokaten war, wie gewöhnlich, zwecklos. »Leni könnte flinker sein«, dachte K. Aber es war schon ein Vorteil, wenn sich nicht die andere Partei einmischte, wie sie es gewöhnlich tat, sei es, dass der Mann im Schlafrock oder sonst jemand zu belästigen anfing. Während K. zum zweiten Mal den Knopf drückte, sah er nach der anderen Tür zurück, diesmal aber blieb auch sie geschlossen. Endlich erschienen an dem Guckfenster der Tür des Advokaten zwei Augen, es waren aber nicht Lenis Augen. Jemand schloss die Tür auf, stemmte sich aber vorläufig noch gegen sie, rief in die Wohnung zurück: »Er ist es!«, und öffnete erst dann vollständig. K. hatte gegen die Tür gedrängt, denn schon hörte er, wie hinter ihm in der Tür der anderen Wohnung der Schlüssel hastig im Schloss gedreht wurde. Als sich daher die Tür vor ihm endlich öffnete, stürmte er geradezu ins Vorzimmer und sah noch, wie durch den Gang, der zwischen den Zimmern hindurchführte, Leni, welcher der Warnungsruf des Türöffners gegolten hatte, im Hemd davonlief. Er blickte ihr ein Weilchen nach und sah sich dann nach dem Türöffner um. Es war ein kleiner, dürrer Mann mit Vollbart, er hielt eine Kerze in der Hand. »Sie sind hier angestellt?«, fragte K. »Nein«, antwortete der Mann, »ich bin hier fremd, der Advokat ist nur mein Vertreter, ich bin hier wegen einer Rechtsangelegenheit.« »Ohne Rock?«, fragte K. und zeigte mit einer Handbewegung auf die mangelhafte Bekleidung des Mannes. »Ach, verzeihen Sie!«, sagte der Mann und beleuchtete sich selbst mit der Kerze, als sähe er selbst zum ersten Mal seinen Zustand. »Leni ist Ihre Geliebte?«, fragte K. kurz. Er hatte die Beine ein wenig gespreizt, die Hände, in denen er den Hut hielt, hinten verschlungen. Schon durch den Besitz eines starken Überrocks fühlte er sich dem mageren Kleinen sehr überlegen. »O Gott«, sagte der und hob die eine Hand in erschrockener Abwehr vor das Gesicht, »nein, nein, was denken Sie denn?« »Sie sehen glaubwürdig aus«, sagte K. lächelnd, »trotzdem kommen Sie.« Er winkte ihm mit dem Hut und ließ ihn vor sich gehen. »Wie heißen Sie denn?«, fragte K. auf dem Weg. »Block, Kaufmann Block«, sagte der Kleine und drehte sich bei dieser Vorstellung nach K. um, stehen bleiben ließ ihn aber K. nicht. »Ist das Ihr wirklicher Name?«, fragte K. »Gewiss«, war die Antwort, »warum haben Sie denn Zweifel?« »Ich dachte, Sie könnten Grund haben, Ihren Namen zu verschweigen«, sagte K. Er fühlte sich so frei, wie man es sonst nur ist, wenn man in der Fremde mit niedrigen Leuten spricht, alles, was einen selbst betrifft, bei sich behält, nur gleichmütig von den Interessen der anderen redet, sie dadurch vor sich selbst erhöht, aber auch nach Belieben fallen lassen kann. Bei der Tür des Arbeitszimmers des Advokaten blieb K. stehen, öffnete sie und rief dem Kaufmann, der folgsam weitergegangen war, zu: »Nicht so eilig! Leuchten Sie hier!« K. dachte, Leni könnte sich hier versteckt haben, er ließ den Kaufmann alle Winkel absuchen, aber das Zimmer war leer. Vor dem Bild des Richters hielt K. den Kaufmann hinten an den Hosenträgern zurück. »Kennen Sie den?«, fragte er und zeigte mit dem Zeigefinger in die Höhe. Der Kaufmann hob die Kerze, sah blinzelnd hinauf und sagte: »Es ist ein Richter.« »Ein hoher Richter?«, fragte K. und stellte sich seitlich vor den Kaufmann, um den Eindruck, den das Bild auf ihn machte, zu beobachten. Der Kaufmann sah bewundernd aufwärts. »Es ist ein hoher Richter«, sagte er. »Sie haben keinen großen Einblick«, sagte K. »Unter den niedrigen Untersuchungsrichtern ist er der niedrigste.« »Nun erinnere ich mich«, sagte der Kaufmann und senkte die Kerze, »ich habe es auch schon gehört.« »Aber natürlich«, rief K., »ich vergaß ja, natürlich müssen Sie es schon gehört haben.« »Aber warum denn, warum denn?«, fragte der Kaufmann, während er sich, von K. mit den Händen angetrieben, zur Tür fortbewegte. Draußen auf dem Gang sagte K.: »Sie wissen doch, wo sich Leni versteckt hat?« »Versteckt?«, sagte der Kaufmann, »nein, sie dürfte aber in der Küche sein und dem Advokaten eine Suppe kochen.« »Warum haben Sie das nicht gleich gesagt?«, fragte K. »Ich wollte Sie ja hinführen, Sie haben mich aber wieder zurückgerufen«, antwortete der Kaufmann, wie verwirrt durch die widersprechenden Befehle. »Sie glauben wohl sehr schlau zu sein«, sagte K., »führen Sie mich also!« In der Küche war K. noch nie gewesen, sie war überraschend groß und reich ausgestattet. Allein der Herd war dreimal so groß wie gewöhnliche Herde, von dem Übrigen sah man keine Einzelheiten, denn die Küche wurde jetzt nur von einer kleinen Lampe beleuchtet, die beim Eingang hing. Am Herd stand Leni in weißer Schürze, wie immer, und leerte Eier in einen Topf aus, der auf einem Spiritusfeuer stand. »Guten Abend, Josef«, sagte sie mit einem Seitenblick. »Guten Abend«, sagte K. und zeigte mit einer Hand auf einen abseits stehenden Sessel, auf den sich der Kaufmann setzen sollte, was dieser auch tat. K. aber ging ganz nahe hinter Leni, beugte sich über ihre Schulter und fragte: »Wer ist der Mann?« Leni umfasste K. mit einer Hand, die andere quirlte die Suppe, zog ihn nach vorn zu sich und sagte: »Es ist ein bedauernswerter Mensch, ein armer Kaufmann, ein gewisser Block. Sieh ihn nur an.« Sie blickten beide zurück. Der Kaufmann saß auf dem Sessel, auf den ihn K. gewiesen hatte, er hatte die Kerze, deren Licht jetzt unnötig war, ausgepustet und drückte mit den Fingern den Docht, um den Rauch zu verhindern. »Du warst im Hemd«, sagte K. und wendete ihren Kopf mit der Hand wieder dem Herd zu. Sie schwieg. »Er ist dein Geliebter?«, fragte K. Sie wollte nach dem Suppentopf greifen, aber K. nahm ihre beiden Hände und sagte: »Nun antworte!« Sie sagte: »Komm ins Arbeitszimmer, ich werde dir alles erklären.« »Nein«, sagte K., »ich will, dass du es hier erklärst.« Sie hing sich an ihn und wollte ihn küssen. K. wehrte sie aber ab und sagte: »Ich will nicht, dass du mich jetzt küsst.« »Josef«, sagte Leni und sah K. bittend und doch offen in die Augen, »du wirst doch nicht auf Herrn Block eifersüchtig sein. – Rudi«, sagte sie dann, sich an den Kaufmann wendend, »so hilf mir doch, du siehst, ich werde verdächtigt, lass die Kerze.« Man hätte denken können, er hätte nicht achtgegeben, aber er war vollständig eingeweiht. »Ich wüsste auch nicht, warum Sie eifersüchtig sein sollten«, sagte er wenig schlagfertig. »Ich weiß es eigentlich auch nicht«, sagte K. und sah den Kaufmann lächelnd an. Leni lachte laut, benützte die Unaufmerksamkeit K.s, um sich in seinen Arm einzuhängen, und flüsterte: »Lass ihn jetzt, du siehst ja, was für ein Mensch er ist. Ich habe mich seiner ein wenig angenommen, weil er eine große Kundschaft des Advokaten ist, aus keinem anderen Grund. Und du? Willst du noch heute mit dem Advokaten sprechen? Er ist heute sehr krank, aber wenn du willst, melde ich dich doch an. Über Nacht bleibst du aber bei mir, ganz gewiss. Du warst auch schon so lange nicht bei uns, selbst der Advokat hat nach dir gefragt. Vernachlässige den Prozess nicht! Auch ich habe dir Verschiedenes mitzuteilen, was ich erfahren habe. Nun aber zieh fürs Erste deinen Mantel aus!« Sie half ihm, sich auszuziehen, nahm ihm den Hut ab, lief mit den Sachen ins Vorzimmer, sie anzuhängen, lief dann wieder zurück und sah nach der Suppe. »Soll ich zuerst dich anmelden oder ihm zuerst die Suppe bringen?« »Melde mich zuerst an«, sagte K. Er war ärgerlich, er hatte ursprünglich beabsichtigt, mit Leni seine Angelegenheit, insbesondere die fragliche Kündigung genau zu besprechen, die Anwesenheit des Kaufmanns hatte ihm aber die Lust dazu genommen. Jetzt aber hielt er seine Sache doch für zu wichtig, als dass dieser kleine Kaufmann vielleicht entscheidend eingreifen sollte, und so rief er Leni, die schon auf dem Gang war, wieder zurück. »Bring ihm doch zuerst die Suppe«, sagte er, »er soll sich für die Unterredung mit mir stärken, er wird es nötig haben.« »Sie sind auch ein Klient des Advokaten«, sagte, wie zur Feststellung, der Kaufmann leise aus seiner Ecke. Es wurde aber nicht gut aufgenommen. »Was kümmert Sie denn das?«, sagte K., und Leni sagte: »Wirst du still sein.« »Dann bringe ich ihm also zuerst die Suppe«, sagte Leni zu K. und goss die Suppe auf einen Teller. »Es ist dann nur zu befürchten, dass er bald einschläft, nach dem Essen schläft er bald ein.« »Das, was ich ihm sagen werde, wird ihn wacherhalten«, sagte K., er wollte immerfort durchblicken lassen, dass er etwas Wichtiges mit dem Advokaten zu verhandeln beabsichtige, er wollte von Leni gefragt werden, was es sei, und dann erst sie um Rat fragen. Aber sie erfüllte pünktlich bloß die ausgesprochenen Befehle. Als sie mit der Tasse an ihm vorüberging, stieß sie absichtlich sanft an ihn und flüsterte: »Wenn er die Suppe

gegessen hat, melde ich dich gleich an, damit ich dich möglichst bald wiederbekomme.« »Geh nur«, sagte K., »geh nur.« »Sei doch freundlicher«, sagte sie und drehte sich in der Tür mit der Tasse nochmals ganz um.
K. sah ihr nach; nun war es endgültig beschlossen, dass der Advokat entlassen würde, es war wohl auch besser, dass er vorher mit Leni nicht mehr darüber sprechen konnte; sie hatte kaum den genügenden Überblick über das Ganze, hätte gewiss abgeraten, hätte möglicherweise K. auch wirklich von der Kündigung diesmal abgehalten, er wäre weiterhin in Zweifel und Unruhe geblieben, und schließlich hätte er nach einiger Zeit seinen Entschluss doch ausgeführt, denn dieser Entschluss war allzu zwingend. Je früher er aber ausgeführt wurde, desto mehr Schaden wurde abgehalten. Vielleicht wusste übrigens der Kaufmann etwas darüber zu sagen.
K. wandte sich um, kaum bemerkte das der Kaufmann, als er sofort aufstehen wollte. »Bleiben Sie sitzen«, sagte K. und zog einen Sessel neben ihn. »Sind Sie schon ein alter Klient des Advokaten?«, fragte K. »Ja«, sagte der Kaufmann, »ein sehr alter Klient.« »Wie viel Jahre vertritt er Sie denn schon?«, fragte K. »Ich weiß nicht, wie Sie es meinen«, sagte der Kaufmann, »in geschäftlichen Rechtsangelegenheiten – ich habe ein Getreidegeschäft – vertritt mich der Advokat schon, seit ich das Geschäft übernommen habe, also etwa seit zwanzig Jahren, in meinem eigenen Prozess, auf den Sie wahrscheinlich anspielen, vertritt er mich auch seit Beginn, es ist schon länger als fünf Jahre. Ja, weit über fünf Jahre«, fügte er dann hinzu und zog eine alte Brieftasche hervor, »hier habe ich alles aufgeschrieben; wenn Sie wollen, sage ich Ihnen die genauen Daten. Es ist schwer, alles zu behalten. Mein Prozess dauert wahrscheinlich schon viel länger, er begann kurz nach dem Tod meiner Frau, und das ist schon länger als fünfeinhalb Jahre.« K. rückte näher zu ihm. »Der Advokat übernimmt also auch gewöhnliche Rechtssachen?«, fragte er. Diese Verbindung der Gerichte und Rechtswissenschaften schien K. ungemein beruhigend. »Gewiss«, sagte der Kaufmann und flüsterte dann K. zu: »Man sagt sogar, dass er in diesen Rechtssachen tüchtiger ist als in den anderen.« Aber dann schien er das Gesagte zu bereuen, er legte K. eine Hand auf die Schulter und sagte: »Ich bitte Sie sehr, verraten Sie mich nicht.« K. klopfte ihm zur Beruhigung auf den Schenkel und sagte: »Nein, ich bin kein Verräter.« »Er ist nämlich rachsüchtig«, sagte der Kaufmann. »Gegen einen so treuen Klienten wird er gewiss nichts tun«, sagte K. »O doch«, sagte der Kaufmann, »wenn er aufgeregt ist, kennt er keine Unterschiede, übrigens bin ich ihm nicht eigentlich treu.« »Wieso denn

nicht?«, fragte K. »Soll ich es Ihnen anvertrauen?«, fragte der Kaufmann zweifelnd. »Ich denke, Sie dürfen es«, sagte K. »Nun«, sagte der Kaufmann, »ich werde es Ihnen zum Teil anvertrauen, Sie müssen mir aber auch ein Geheimnis sagen, damit wir uns gegenüber dem Advokaten gegenseitig festhalten.« »Sie sind sehr vorsichtig«, sagte K., »aber ich werde Ihnen ein Geheimnis sagen, das Sie vollständig beruhigen wird. Worin besteht also Ihre Untreue gegenüber dem Advokaten?« »Ich habe«, sagte der Kaufmann zögernd und in einem Ton, als gestehe er etwas Unehrenhaftes ein, »ich habe außer ihm noch andere Advokaten.« »Das ist doch nichts so Schlimmes«, sagte K., ein wenig enttäuscht. »Hier ja«, sagte der Kaufmann, der noch seit seinem Geständnis schwer atmete, infolge K.s Bemerkung aber mehr Vertrauen fasste. »Es ist nicht erlaubt. Und am allerwenigsten ist es erlaubt, neben einem sogenannten Advokaten auch noch Winkeladvokaten zu nehmen. Und gerade das habe ich getan, ich habe außer ihm noch fünf Winkeladvokaten.« »Fünf!«, rief K., erst die Zahl setzte ihn in Erstaunen, »fünf Advokaten außer diesem?« Der Kaufmann nickte: »Ich verhandle gerade noch mit einem sechsten.« »Aber wozu brauchen Sie denn so viele Advokaten?«, fragte K. »Ich brauche alle«, sagte der Kaufmann. »Wollen Sie mir das nicht erklären?«, fragte K. »Gern«, sagte der Kaufmann. »Vor allem will ich doch meinen Prozess nicht verlieren, das ist doch selbstverständlich. Infolgedessen darf ich nichts, was mir nützen könnte, außer Acht lassen; selbst wenn die Hoffnung auf Nutzen in einem bestimmten Falle nur ganz gering ist, darf ich sie auch nicht verwerfen. Ich habe deshalb alles, was ich besitze, auf den Prozess verwendet. So habe ich zum Beispiel alles Geld meinem Geschäft entzogen, früher füllten die Büroräume meines Geschäfts fast ein Stockwerk, heute genügt eine kleine Kammer im Hinterhaus, wo ich mit einem Lehrjungen arbeite. Diesen Rückgang hat natürlich nicht nur die Entziehung des Geldes verschuldet, sondern mehr noch die Entziehung meiner Arbeitskraft. Wenn man für seinen Prozess etwas tun will, kann man sich mit anderem nur wenig befassen.« »Sie arbeiten also auch selbst bei Gericht?«, fragte K. »Gerade darüber möchte ich gern etwas erfahren.« »Darüber kann ich nur wenig berichten«, sagte der Kaufmann, »anfangs habe ich es wohl auch versucht, aber ich habe bald wieder davon abgelassen. Es ist zu erschöpfend und bringt nicht viel Erfolg. Selbst dort zu arbeiten und zu unterhandeln, hat sich wenigstens für mich als ganz unmöglich erwiesen. Es ist ja dort schon das bloße Sitzen und Warten eine große Anstrengung. Sie kennen ja selbst die schwere Luft in den Kanzleien.«

»Wieso wissen Sie denn, dass ich dort war?«, fragte K. »Ich war gerade im Wartezimmer, als Sie durchgingen.« »Was für ein Zufall das ist!«, rief K., ganz hingenommen und die frühere Lächerlichkeit des Kaufmanns ganz vergessend. »Sie haben mich also gesehen! Sie waren im Wartezimmer, als ich durchging. Ja, ich bin dort einmal durchgegangen.« »Es ist kein so großer Zufall«, sagte der Kaufmann, »ich bin dort fast jeden Tag.« »Ich werde nun wahrscheinlich auch öfters hingehen müssen«, sagte K., »nur werde ich wohl kaum mehr so ehrenvoll aufgenommen werden wie damals. Alle standen auf. Man dachte wohl, ich sei ein Richter.« »Nein«, sagte der Kaufmann, »wir grüßten damals den Gerichtsdiener. Dass Sie ein Angeklagter sind, das wussten wir. Solche Nachrichten verbreiten sich sehr rasch.« »Das wussten Sie also schon«, sagte K., »dann erschien Ihnen aber mein Benehmen vielleicht hochmütig. Sprach man sich nicht darüber aus?« »Nein«, sagte der Kaufmann, »im Gegenteil. Aber das sind Dummheiten.« »Was für Dummheiten denn?«, fragte K. »Warum fragen Sie danach?«, sagte der Kaufmann ärgerlich. »Sie scheinen die Leute dort noch nicht zu kennen und werden es vielleicht unrichtig auffassen. Sie müssen bedenken, dass in diesem Verfahren immer wieder viele Dinge zur Sprache kommen, für die der Verstand nicht mehr ausreicht, man ist einfach zu müde und abgelenkt für vieles, und zum Ersatz verlegt man sich auf den Aberglauben. Ich rede von den anderen, bin aber selbst gar nicht besser. Ein solcher Aberglaube ist es zum Beispiel, dass viele aus dem Gesicht des Angeklagten, insbesondere aus der Zeichnung der Lippen, den Ausgang des Prozesses erkennen wollen. Diese Leute also haben behauptet, Sie würden, nach Ihren Lippen zu schließen, gewiss und bald verurteilt werden. Ich wiederhole, es ist ein lächerlicher Aberglaube und in den meisten Fällen durch die Tatsachen auch vollständig widerlegt, aber wenn man in jener Gesellschaft lebt, ist es schwer, sich solchen Meinungen zu entziehen. Denken Sie nur, wie stark dieser Aberglaube wirken kann. Sie haben doch einen dort angesprochen, nicht? Er konnte Ihnen aber kaum antworten. Es gibt natürlich viele Gründe, um dort verwirrt zu sein, aber einer davon war auch der Anblick Ihrer Lippen. Er hat später erzählt, er hätte auf Ihren Lippen auch das Zeichen seiner eigenen Verurteilung zu sehen geglaubt.« »Meine Lippen?«, fragte K., zog einen Taschenspiegel hervor und sah sich an. »Ich kann an meinen Lippen nichts Besonderes erkennen. Und Sie?« »Ich auch nicht«, sagte der Kaufmann, »ganz und gar nicht.« »Wie abergläubisch diese Leute sind!«, rief K. aus. »Sagte ich es nicht?«, fragte der Kaufmann. »Verkehren sie denn so viel untereinander und tauschen sie ihre Meinungen aus?«, sagte K. »Ich habe mich bisher ganz abseits gehalten.« »Im Allgemeinen verkehren sie nicht miteinander«, sagte der Kaufmann, »das wäre nicht möglich, es sind ja so viele. Es gibt auch wenig gemeinsame Interessen. Wenn manchmal in einer Gruppe der Glaube an ein gemeinsames Interesse auftaucht, so erweist er sich bald als ein Irrtum. Gemeinsam lässt sich gegen das Gericht nichts durchsetzen. Jeder Fall wird für sich untersucht, es ist ja das sorgfältigste Gericht. Gemeinsam kann man also nichts durchsetzen, nur ein einzelner erreicht manchmal etwas im Geheimen; erst wenn es erreicht ist, erfahren es die anderen; keiner weiß, wie es geschehen ist. Es gibt also keine Gemeinsamkeit, man kommt zwar hie und da in den Wartezimmern zusammen, aber dort wird wenig besprochen. Die abergläubischen Meinungen bestehen schon seit alters her und vermehren sich förmlich von selbst.« »Ich sah die Herren dort im Wartezimmer«, sagte K., »ihr Warten kam mir so nutzlos vor.« »Das Warten ist nicht nutzlos«, sagte der Kaufmann, »nutzlos ist nur das selbstständige Eingreifen. Ich sagte schon, dass ich jetzt außer diesem noch fünf Advokaten habe. Man sollte doch glauben – ich selbst glaubte es zuerst –, jetzt könnte ich ihnen die Sache vollständig überlassen. Das wäre aber ganz falsch. Ich kann sie ihnen weniger überlassen, als wenn ich nur einen hätte. Sie verstehen das wohl nicht?« »Nein«, sagte K. und legte, um den Kaufmann an seinem allzu schnellen Reden zu hindern, die Hand beruhigend auf seine Hand, »ich möchte Sie nur bitten, ein wenig langsamer zu reden, es sind doch lauter für mich sehr wichtige Dinge, und ich kann Ihnen nicht recht folgen.« »Gut, dass Sie mich daran erinnern«, sagte der Kaufmann, »Sie sind ja ein Neuer, ein Junger. Ihr Prozess ist ein halbes Jahr alt, nicht wahr? Ja, ich habe davon gehört. Ein so junger Prozess! Ich aber habe diese Dinge schon unzählige Male durchgedacht, sie sind mir das Selbstverständlichste auf der Welt.« »Sie sind wohl froh, dass Ihr Prozess schon so weit fortgeschritten ist?«, fragte K., er wollte nicht geradezu fragen, wie die Angelegenheiten des Kaufmanns stünden. Er bekam aber auch keine deutliche Antwort. »Ja, ich habe meinen Prozess fünf Jahre lang fortgewälzt«, sagte der Kaufmann und senkte den Kopf, »es ist keine kleine Leistung.« Dann schwieg er ein Weilchen. K. horchte, ob Leni nicht schon komme. Einerseits wollte er nicht, dass sie komme, denn er hatte noch vieles zu fragen und wollte auch nicht von Leni in diesem vertraulichen Gespräch mit dem Kaufmann angetroffen werden, andererseits aber ärgerte er sich darüber, dass sie trotz seiner Anwesenheit so lange beim

Advokaten blieb, viel länger, als zum Reichen der Suppe nötig war. »Ich erinnere mich noch an die Zeit genau«, begann der Kaufmann wieder, und K. war gleich voll Aufmerksamkeit, »als mein Prozess etwa so alt war wie jetzt Ihr Prozess. Ich hatte damals nur diesen Advokaten, war aber nicht sehr mit ihm zufrieden.« »Hier erfahre ich ja alles«, dachte K. und nickte lebhaft mit dem Kopf, als könne er dadurch den Kaufmann aufmuntern, alles Wissenswerte zu sagen. »Mein Prozess«, fuhr der Kaufmann fort, »kam nicht vorwärts, es fanden zwar Untersuchungen statt, ich kam auch zu jeder, sammelte Material, erlegte alle meine Geschäftsbücher bei Gericht, was, wie ich später erfuhr, nicht einmal nötig war, ich lief immer wieder zum Advokaten, er brachte auch verschiedene Eingaben ein –.« »Verschiedene Eingaben?«, fragte K. »Ja, gewiss«, sagte der Kaufmann. »Das ist mir sehr wichtig«, sagte K., »in meinem Fall arbeitet er noch immer an der ersten Eingabe. Er hat noch nichts getan. Ich sehe jetzt, er vernachlässigt mich schändlich.« »Dass die Eingabe noch nicht fertig ist, kann verschiedene berechtigte Gründe haben«, sagte der Kaufmann. »Übrigens hatte es sich bei meinen Eingaben später gezeigt, dass sie ganz wertlos waren. Ich habe sogar eine durch das Entgegenkommen eines Gerichtsbeamten selbst gelesen. Sie war zwar gelehrt, aber eigentlich inhaltlos. Vor allem sehr viel Latein, das ich nicht verstehe, dann seitenlange allgemeine Anrufungen des Gerichtes, dann Schmeicheleien für einzelne bestimmte Beamte, die zwar nicht genannt waren, die aber ein Eingeweihter jedenfalls erraten musste, dann Selbstlob des Advokaten, wobei er sich auf geradezu hündische Weise vor dem Gericht demütigte, und endlich Untersuchungen von Rechtsfällen aus alter Zeit, die dem meinigen ähnlich sein sollten. Diese Untersuchungen waren allerdings, soweit ich ihnen folgen konnte, sehr sorgfältig gemacht. Ich will auch mit diesem allen kein Urteil über die Arbeit des Advokaten abgeben, auch war die Eingabe, die ich gelesen habe, nur eine unter mehreren, jedenfalls aber, und davon will ich jetzt sprechen, konnte ich damals in meinem Prozess keinen Fortschritt sehen.« »Was für einen Fortschritt wollten Sie denn sehen?«, fragte K. »Sie fragen ganz vernünftig«, sagte der Kaufmann lächelnd, »man kann in diesem Verfahren nur selten Fortschritte sehen. Aber damals wusste ich das nicht. Ich bin Kaufmann und war es damals noch viel mehr als heute, ich wollte greifbare Fortschritte haben, das Ganze sollte sich zum Ende neigen oder wenigstens den regelrechten Aufstieg nehmen. Stattdessen gab es nur Einvernehmungen, die meist den gleichen Inhalt hatten; die Antworten hatte ich schon bereit wie eine

Litanei; mehrmals in der Woche kamen Gerichtsboten in mein Geschäft, in meine Wohnung oder wo sie mich sonst antreffen konnten; das war natürlich störend (heute ist es wenigstens in dieser Hinsicht viel besser, der telefonische Anruf stört viel weniger), auch unter meinen Geschäftsfreunden, insbesondere aber unter meinen Verwandten, fingen Gerüchte von meinem Prozess sich zu verbreiten an, Schädigungen gab es also von allen Seiten, aber nicht das geringste Anzeichen sprach dafür, dass auch nur die erste Gerichtsverhandlung in der nächsten Zeit stattfinden würde. Ich ging also zum Advokaten und beklagte mich. Er gab mir zwar lange Erklärungen, lehnte es aber entschieden ab, etwas in meinem Sinne zu tun, niemand habe Einfluss auf die Festsetzung der Verhandlung, in einer Eingabe darauf zu dringen – wie ich es verlangte –, sei einfach unerhört und würde mich und ihn verderben. Ich dachte: Was dieser Advokat nicht will oder kann, wird ein anderer wollen und können. Ich sah mich also nach anderen Advokaten um. Ich will es gleich vorwegnehmen: Keiner hat die Festsetzung der Hauptverhandlung verlangt oder durchgesetzt, es ist, allerdings mit einem Vorbehalt, von dem ich noch sprechen werde, wirklich unmöglich, hinsichtlich dieses Punktes hat mich also dieser Advokat nicht getäuscht; im Übrigen aber hatte ich es nicht zu bedauern, mich noch an andere Advokaten gewendet zu haben. Sie dürften wohl von Dr. Huld auch schon manches über die Winkeladvokaten gehört haben, er hat sie Ihnen wahrscheinlich als sehr verächtlich dargestellt, und das sind sie wirklich. Allerdings unterläuft ihm immer, wenn er von ihnen spricht und sich und seine Kollegen zu ihnen in Vergleich setzt, ein kleiner Fehler, auf den ich Sie ganz nebenbei auch aufmerksam machen will. Er nennt dann immer die Advokaten seines Kreises zur Unterscheidung die ›großen Advokaten‹. Das ist falsch, es kann sich natürlich jeder ›groß‹ nennen, wenn es ihm beliebt, in diesem Fall aber entscheidet doch nur der Gerichtsgebrauch. Nach diesem gibt es nämlich außer den Winkeladvokaten noch kleine und große Advokaten. Dieser Advokat und seine Kollegen sind jedoch nur die kleinen Advokaten, die großen Advokaten aber, von denen ich nur gehört und die ich nie gesehen habe, stehen im Rang unvergleichlich höher über den kleinen Advokaten als diese über den verachteten Winkeladvokaten.« »Die großen Advokaten?«, fragte K. »Wer sind denn die? Wie kommt man zu ihnen?« »Sie haben also noch nie von ihnen gehört«, sagte der Kaufmann. »Es gibt kaum einen Angeklagten, der nicht, nachdem er von ihnen erfahren hat, eine Zeit lang von ihnen träumen würde. Lassen Sie sich lieber nicht dazu verführen. Wer die großen Advokaten sind, weiß ich nicht, und zu ihnen kommen kann man wohl gar nicht. Ich kenne keinen Fall, von dem sich mit Bestimmtheit sagen ließe, dass sie eingegriffen hätten. Manchen verteidigen sie, aber durch eigenen Willen kann man das nicht erreichen, sie verteidigen nur den, den sie verteidigen wollen. Die Sache, derer sie sich annehmen, mag aber wohl über das niedrige Gericht schon hinausgekommen sein. Im Übrigen ist es besser, nicht an sie zu denken, denn sonst kommen einem die Besprechungen mit den anderen Advokaten, deren Ratschläge und deren Hilfeleistungen so widerlich und nutzlos vor, ich habe es selbst erfahren, dass man am liebsten alles wegwerfen, sich zu Hause ins Bett legen und von nichts mehr hören wollte. Das wäre aber natürlich wieder das Dümmste, auch hätte man im Bett nicht lange Ruhe.« »Sie dachten damals also nicht an die großen Advokaten?«, fragte K. »Nicht lange«, sagte der Kaufmann und lächelte wieder, »vollständig vergessen kann man sie leider nicht, besonders die Nacht ist solchen Gedanken günstig. Aber damals wollte ich ja sofortige Erfolge, ich ging daher zu den Winkeladvokaten.«

»Wie ihr hier beieinander sitzt!«, rief Leni, die mit der Tasse zurückgekommen war und in der Tür stehen blieb. Sie saßen wirklich eng beisammen, bei der kleinsten Wendung mussten sie mit den Köpfen aneinanderstoßen, der Kaufmann, der, abgesehen von seiner Kleinheit, auch noch den Rücken gekrümmt hielt, hatte K. gezwungen, sich auch tief zu bücken, wenn er alles hören wollte. »Noch ein Weilchen!«, rief K. Leni abwehrend zu und zuckte ungeduldig mit der Hand, die er noch immer auf des Kaufmanns Hand liegen hatte. »Er wollte, dass ich ihm von meinem Prozess erzähle«, sagte der Kaufmann zu Leni. »Erzähle nur, erzähle«, sagte diese. Sie sprach mit dem Kaufmann liebevoll, aber doch auch herablassend, K. gefiel das nicht; wie er jetzt erkannt hatte, hatte der Mann doch einen gewissen Wert, zumindest hatte er Erfahrungen, die er gut mitzuteilen verstand. Leni beurteilte ihn wahrscheinlich unrichtig. Er sah ärgerlich zu, als Leni jetzt dem Kaufmann die Kerze, die er die ganze Zeit über festgehalten hatte, abnahm, ihm die Hand mit ihrer Schürze abwischte und dann neben ihm niederkniete, um etwas Wachs wegzukratzen, das von der Kerze auf seine Hose getropft war. »Sie wollten mir von den Winkeladvokaten erzählen«, sagte K. und schob, ohne eine weitere Bemerkung, Lenis Hand weg. »Was willst du denn?«, fragte Leni, schlug leicht nach K. und setzte ihre Arbeit fort. »Ja, von den Winkeladvokaten«, sagte der Kaufmann und fuhr sich über die Stirn, als denke er nach.

K. wollte ihm nachhelfen und sagte: »Sie wollten sofortige Erfolge haben und gingen deshalb zu den Winkeladvokaten.« »Ganz richtig«, sagte der Kaufmann, setzte aber nicht fort. »Er will vielleicht vor Leni nicht davon sprechen«, dachte K., bezwang seine Ungeduld, das Weitere gleich jetzt zu hören, und drang nun nicht mehr weiter in ihn.

»Hast du mich angemeldet?«, fragte er Leni. »Natürlich«, sagte diese, »er wartet auf dich. Lass jetzt Block, mit Block kannst du auch später reden, er bleibt doch hier.« K. zögerte noch. »Sie bleiben hier?«, fragte er den Kaufmann, er wollte dessen eigene Antwort, er wollte nicht, dass Leni vom Kaufmann wie von einem Abwesenden sprach, er war heute gegen Leni voll geheimen Ärgers. Und wieder antwortete nur Leni: »Er schläft hier öfters.« »Schläft hier?«, rief K., er hatte gedacht, der Kaufmann werde hier nur auf ihn warten, während er die Unterredung mit dem Advokaten rasch erledigen würde, dann aber würden sie gemeinsam fortgehen und alles gründlich und ungestört besprechen. »Ja«, sagte Leni, »nicht jeder wird wie du, Josef, zu beliebiger Stunde beim Advokaten vorgelassen. Du scheinst dich ja gar nicht darüber zu wundern, dass dich der Advokat trotz seiner Krankheit noch um elf Uhr nachts empfängt. Du nimmst das, was deine Freunde für dich tun, doch als gar zu selbstverständlich an. Nun, deine Freunde, oder zumindest ich, tun es gerne. Ich will keinen anderen Dank und brauche auch keinen anderen, als dass du mich lieb hast.« »Dich lieb haben?«, dachte K. im ersten Augenblick, erst dann ging es ihm durch den Kopf: »Nun ja, ich habe sie lieb.« Trotzdem sagte er, alles andere vernachlässigend: »Er empfängt mich, weil ich sein Klient bin. Wenn auch dafür noch fremde Hilfe nötig wäre, müsste man bei jedem Schritt immer gleichzeitig betteln und danken.« »Wie schlimm er heute ist, nicht?«, fragte Leni den Kaufmann. »Jetzt bin ich der Abwesende«, dachte K. und wurde fast sogar auf den Kaufmann böse, als dieser, die Unhöflichkeit Lenis übernehmend, sagte: »Der Advokat empfängt ihn auch noch aus anderen Gründen. Sein Fall ist nämlich interessanter als der meine. Außerdem aber ist sein Prozess in den Anfängen, also wahrscheinlich noch nicht sehr verfahren, da beschäftigt sich der Advokat noch gern mit ihm. Später wird das anders werden.« »Ja, ja«, sagte Leni und sah den Kaufmann lachend an, »wie er schwatzt! Ihm darfst du nämlich«, hierbei wandte sie sich an K., »gar nichts glauben. So lieb er ist, so geschwätzig ist er. Vielleicht mag ihn der Advokat auch deshalb nicht leiden. Jedenfalls empfängt er ihn nur, wenn er in Laune ist. Ich habe mir schon viel Mühe gegeben, das zu ändern, aber es ist unmöglich. Denke nur, manchmal melde ich Block an, er empfängt ihn aber erst am dritten Tag nachher. Ist Block aber zu der Zeit, wenn er vorgerufen wird, nicht zur Stelle, so ist alles verloren und er muss von Neuem angemeldet werden. Deshalb habe ich Block erlaubt, hier zu schlafen, es ist ja schon vorgekommen, dass er in der Nacht um ihn geläutet hat. Jetzt ist also Block auch in der Nacht bereit. Allerdings geschieht es jetzt wieder, dass der Advokat, wenn es sich zeigt, dass Block da ist, seinen Auftrag, ihn vorzulassen, manchmal widerruft.« K. sah fragend zum Kaufmann hin. Dieser nickte und sagte, so offen, wie er früher mit K. gesprochen hatte, vielleicht war er zerstreut vor Beschämung: »Ja, man wird später sehr abhängig von seinem Advokaten.« »Er klagt ja nur zum Schein«, sagte Leni. »Er schläft ja hier sehr gern, wie er mir schon oft gestanden hat.« Sie ging zu einer kleinen Tür und stieß sie auf. »Willst du sein Schlafzimmer sehen?«, fragte sie. K. ging hin und sah von der Schwelle aus in den niedrigen fensterlosen Raum, der von einem schmalen Bett vollständig ausgefüllt war. In dieses Bett musste man über den Bettpfosten steigen. Am Kopfende des Bettes war eine Vertiefung in der Mauer, dort standen, peinlich geordnet, eine Kerze, Tintenfass und Feder sowie ein Bündel Papiere, wahrscheinlich Prozessschriften. »Sie schlafen im Dienstmädchenzimmer?«, fragte K. und wendete sich zum Kaufmann zurück. »Leni hat es mir eingeräumt«, antwortete der Kaufmann, »es ist sehr vorteilhaft.« K. sah ihn lange an; der erste Eindruck, den er von dem Kaufmann erhalten hatte, war vielleicht doch der richtige gewesen; Erfahrungen hatte er, denn sein Prozess dauerte schon lange, aber er hatte diese Erfahrungen teuer bezahlt. Plötzlich ertrug K. den Anblick des Kaufmanns nicht mehr. »Bring ihn doch ins Bett!«, rief er Leni zu, die ihn gar nicht zu verstehen schien. Er selbst aber wollte zum Advokaten gehen und durch die Kündigung sich nicht nur vom Advokaten, sondern auch von Leni und dem Kaufmann befreien. Aber noch ehe er zur Tür gekommen war, sprach ihn der Kaufmann mit leiser Stimme an: »Herr Prokurist«, K. wandte sich mit bösem Gesicht um. »Sie haben Ihr Versprechen vergessen«, sagte der Kaufmann und streckte sich von seinem Sitz aus bittend K. entgegen. »Sie wollten mir noch ein Geheimnis sagen.« »Wahrhaftig«, sagte K. und streifte auch Leni, die ihn aufmerksam ansah, mit einem Blick, »also hören Sie: Es ist allerdings fast kein Geheimnis mehr. Ich gehe jetzt zum Advokaten, um ihn zu entlassen.« »Er entlässt ihn!«, rief der Kaufmann, sprang vom Sessel und lief mit erhobenen Armen in der Küche umher. Immer wieder rief er: »Er entlässt den Advokaten!« Leni wollte gleich auf

K. losfahren, aber der Kaufmann kam ihr in den Weg, wofür sie ihm mit den Fäusten einen Hieb gab. Noch mit den zu Fäusten geballten Händen lief sie dann hinter K., der aber einen großen Vorsprung hatte. Er war schon in das Zimmer des Advokaten eingetreten, als ihn Leni einholte. Die Tür hatte er hinter sich fast geschlossen, aber Leni, die mit dem Fuß den Türflügel offenhielt, fasste ihn beim Arm und wollte ihn zurückziehen. Aber er drückte ihr Handgelenk so stark, dass sie unter einem Seufzer ihn loslassen musste. Ins Zimmer einzutreten, wagte sie nicht gleich, K. aber versperrte die Tür mit dem Schlüssel.

»Ich warte schon sehr lange auf Sie«, sagte der Advokat vom Bett aus, legte ein Schriftstück, das er beim Licht einer Kerze gelesen hatte, auf das Nachttischchen und setzte sich eine Brille auf, mit der er K. scharf ansah. Statt sich zu entschuldigen, sagte K.: »Ich gehe bald wieder weg.« Der Advokat hatte K.s Bemerkung, weil sie keine Entschuldigung war, unbeachtet gelassen und sagte: »Ich werde Sie nächstens zu dieser späten Stunde nicht mehr vorlassen.« »Das kommt meinem Anliegen entgegen«, sagte K. Der Advokat sah ihn fragend an. »Setzen Sie sich«, sagte er. »Weil Sie es wünschen«, sagte K., zog einen Sessel zum Nachttischchen und setzte sich. »Es schien mir, dass Sie die Tür abgesperrt haben«, sagte der Advokat. »Ja«, sagte K., »es war Lenis wegen.« Er hatte nicht die Absicht, irgendjemanden zu schonen. Aber der Advokat fragte: »War sie wieder zudringlich?« »Zudringlich?«, fragte K. »Ja«, sagte der Advokat, er lachte dabei, bekam einen Hustenanfall und begann, nachdem dieser vergangen war, wieder zu lachen. »Sie haben doch wohl ihre Zudringlichkeit schon bemerkt?«, fragte er und klopfte K. auf die Hand, die dieser zerstreut auf das Nachttischchen gestützt hatte und die er jetzt rasch zurückzog. »Sie legen dem nicht viel Bedeutung bei«, sagte der Advokat, als K. schwieg, »desto besser. Sonst hätte ich mich vielleicht bei Ihnen entschuldigen müssen. Es ist eine Sonderbarkeit Lenis, die ich ihr übrigens längst verziehen habe und von der ich auch nicht reden würde, wenn Sie nicht eben jetzt die Tür abgesperrt hätten. Diese Sonderbarkeit, Ihnen allerdings müsste ich sie wohl am wenigsten erklären, aber Sie sehen mich so bestürzt an und deshalb tue ich es, diese Sonderbarkeit besteht darin, dass Leni die meisten Angeklagten schön findet. Sie hängt sich an alle, liebt alle, scheint allerdings auch von allen geliebt zu werden; um mich zu unterhalten, erzählt sie mir dann, wenn ich es erlaube, manchmal davon. Ich bin über das Ganze nicht so erstaunt, wie Sie es zu sein scheinen. Wenn man den richtigen Blick dafür hat, findet man die Angeklagten wirklich oft schön. Das allerdings ist eine merkwürdige, gewissermaßen naturwissenschaftliche Erscheinung. Es tritt natürlich als Folge der Anklage nicht etwa eine deutliche, genau zu bestimmende Veränderung des Aussehens ein. Es ist doch nicht wie bei anderen Gerichtssachen, die meisten bleiben in ihrer gewöhnlichen Lebensweise und werden, wenn sie einen guten Advokaten haben, der für sie sorgt, durch den Prozess nicht behindert. Trotzdem sind diejenigen, welche darin Erfahrung haben, imstande, aus der größten Menge die Angeklagten, Mann für Mann, zu erkennen. Woran?, werden Sie fragen. Meine Antwort wird Sie nicht befriedigen. Die Angeklagten sind eben die Schönsten. Es kann nicht die Schuld sein, die sie schön macht, denn – so muss wenigstens ich als Advokat sprechen – es sind doch nicht alle schuldig, es kann auch nicht die richtige Strafe sein, die sie jetzt schon schön macht, denn es werden doch nicht alle bestraft, es kann also nur an dem gegen sie erhobenen Verfahren liegen, das ihnen irgendwie anhaftet. Allerdings gibt es unter den Schönen auch besonders schöne. Schön sind aber alle, selbst Block, dieser elende Wurm.« K. war, als der Advokat geendet hatte, vollständig gefasst, er hatte sogar zu den letzten Worten auffallend genickt und sich so selbst die Bestätigung seiner alten Ansicht gegeben, nach welcher der Advokat ihn immer und so auch diesmal durch allgemeine Mitteilungen, die nicht zur Sache gehörten, zu zerstreuen und von der Hauptfrage, was er an tatsächlicher Arbeit für K.s Sache getan hatte, abzulenken suchte. Der Advokat merkte wohl, dass ihm K. diesmal mehr Widerstand leistete als sonst, denn er verstummte jetzt, um K. die Möglichkeit zu geben, selbst zu sprechen, und fragte dann, da K. stumm blieb: »Sind Sie heute mit einer bestimmten Absicht zu mir gekommen?« »Ja«, sagte K. und blendete mit der Hand ein wenig die Kerze ab, um den Advokaten besser zu sehen, »ich wollte Ihnen sagen, dass ich Ihnen mit dem heutigen Tage meine Vertretung entziehe.« »Verstehe ich Sie recht?«, fragte der Advokat, erhob sich halb im Bett und stützte sich mit einer Hand auf die Kissen. »Ich nehme es an«, sagte K., der straff aufgerichtet, wie auf der Lauer, dasaß. »Nun, wir können ja auch diesen Plan besprechen«, sagte der Advokat nach einem Weilchen. »Es ist kein Plan mehr«, sagte K. »Mag sein«, sagte der Advokat, »wir wollen aber trotzdem nichts übereilen.« Er gebrauchte das Wort »wir«, als habe er nicht die Absicht, K. freizulassen, und als wolle er, wenn er schon nicht sein Vertreter sein dürfte, wenigstens sein Berater bleiben. »Es ist nicht übereilt«, sagte K., stand langsam auf und trat hinter seinen Sessel, »es ist gut überlegt und vielleicht sogar zu lange. Der Entschluss ist endgültig.« »Dann erlauben Sie mir nur noch einige Worte«, sagte der Advokat, hob das Federbett weg und setzte sich auf den Bettrand. Seine nackten, weißhaarigen Beine zitterten vor Kälte. Er bat K., ihm vom Kanapee eine Decke zu reichen. K. holte die Decke und sagte: »Sie setzen sich ganz unnötig einer Verkühlung aus.« »Der Anlass ist wichtig genug«, sagte der Advokat, während er mit dem Federbett den Oberkörper umhüllte und dann die Beine in die Decke einwickelte. »Ihr Onkel ist mein Freund, und auch Sie sind mir im Laufe der Zeit lieb geworden. Ich gestehe das offen ein. Ich brauche mich dessen nicht zu schämen.« Diese rührseligen Reden des alten Mannes waren K. sehr unwillkommen, denn sie zwangen ihn zu einer ausführlicheren Erklärung, die er gern vermieden hätte, und sie beirrten ihn außerdem, wie er sich offen eingestand, wenn sie allerdings auch seinen Entschluss niemals rückgängig machen konnten. »Ich danke Ihnen für Ihre freundliche Gesinnung«, sagte er, »ich erkenne auch an, dass Sie sich meiner Sache so sehr angenommen haben, wie es Ihnen möglich ist und wie es Ihnen für mich vorteilhaft scheint. Ich jedoch habe in der letzten Zeit die Überzeugung gewonnen, dass das nicht genügend ist. Ich werde natürlich niemals versuchen, Sie, einen so viel älteren und erfahreneren Mann, von meiner Ansicht überzeugen zu wollen; wenn ich es manchmal unwillkürlich versucht habe, so verzeihen Sie mir, die Sache aber ist, wie Sie sich selbst ausdrückten, wichtig genug, und es ist meiner Überzeugung nach notwendig, viel kräftiger in den Prozess einzugreifen, als es bisher geschehen ist.« »Ich verstehe Sie«, sagte der Advokat, »Sie sind ungeduldig.« »Ich bin nicht ungeduldig«, sagte K. ein wenig gereizt und achtete nicht mehr so viel auf seine Worte. »Sie dürften bei meinem ersten Besuch, als ich mit meinem Onkel zu Ihnen kam, bemerkt haben, dass mir an dem Prozess nicht viel lag, wenn man mich nicht gewissermaßen gewaltsam an ihn erinnerte, vergaß ich ihn vollständig. Aber mein Onkel bestand darauf, dass ich Ihnen meine Vertretung übergebe, ich tat es, um ihm gefällig zu sein. Und nun hätte man doch erwarten sollen, dass mir der Prozess noch leichter fallen würde als bis dahin, denn man übergibt doch dem Advokaten die Vertretung, um die Last des Prozesses ein wenig von sich abzuwälzen. Es geschah aber das Gegenteil. Niemals früher hatte ich so große Sorgen wegen des Prozesses wie seit der Zeit, seitdem Sie mich vertreten. Als ich allein war, unternahm ich nichts in meiner Sache, aber ich fühlte es kaum, jetzt dagegen hatte ich einen Vertreter, alles war dafür eingerichtet, dass etwas geschehe, unaufhörlich und immer gespannter erwartete ich Ihr

Eingreifen, aber es blieb aus. Ich bekam von Ihnen allerdings verschiedene Mitteilungen über das Gericht, die ich vielleicht von niemandem sonst hätte bekommen können. Aber das kann mir nicht genügen, wenn mir jetzt der Prozess, förmlich im Geheimen, immer näher an den Leib rückt.« K. hatte den Sessel von sich gestoßen und stand, die Hände in den Rocktaschen, aufrecht da. »Von einem gewissen Zeitpunkt der Praxis an«, sagte der Advokat leise und ruhig, »ereignet sich nichts wesentlich Neues mehr. Wie viele Parteien sind in ähnlichen Stadien der Prozesse ähnlich wie Sie vor mir gestanden und haben ähnlich gesprochen!« »Dann haben«, sagte K., »alle diese ähnlichen Parteien ebenso recht gehabt wie ich. Das widerlegt mich gar nicht.« »Ich wollte Sie damit nicht widerlegen«, sagte der Advokat, »ich wollte aber noch hinzufügen, dass ich bei Ihnen mehr Urteilskraft erwartet hätte als bei den anderen, besonders da ich Ihnen mehr Einblick in das Gerichtswesen und in meine Tätigkeit gegeben habe, als ich es sonst Parteien gegenüber tue. Und nun muss ich sehen, dass Sie trotz allem nicht genügend Vertrauen zu mir haben. Sie machen es mir nicht leicht.« Wie sich der Advokat vor K. demütigte! Ohne jede Rücksicht auf die Standesehre, die gewiss gerade in diesem Punkte am empfindlichsten ist. Und warum tat er das? Er war doch dem Anschein nach ein vielbeschäftigter Advokat und überdies ein reicher Mann, es konnte ihm an und für sich weder an dem Verdienstentgang noch an dem Verlust eines Klienten viel liegen. Außerdem war er kränklich und hätte selbst darauf bedacht sein sollen, dass ihm Arbeit abgenommen werde. Und trotzdem hielt er K. so fest! Warum? War es persönliche Anteilnahme für den Onkel oder sah er K.s Prozess wirklich für so außerordentlich an und hoffte, sich darin auszuzeichnen, entweder für K. oder – diese Möglichkeit war eben niemals auszuschließen – für die Freunde beim Gericht? An ihm selbst war nichts zu erkennen, so rücksichtslos prüfend ihn auch K. ansah. Man hätte fast annehmen können, er warte mit absichtlich verschlossener Miene die Wirkung seiner Worte ab. Aber er deutete offenbar das Schweigen K.s für sich allzu günstig, wenn er jetzt fortfuhr: »Sie werden bemerkt haben, dass ich zwar eine große Kanzlei habe, aber keine Hilfskräfte beschäftige. Das war früher anders, es gab eine Zeit, wo einige junge Juristen für mich arbeiteten, heute arbeite ich allein. Es hängt dies zum Teil mit der Änderung meiner Praxis zusammen, indem ich mich immer mehr auf Rechtssachen von der Art der Ihrigen beschränke, zum Teil mit der immer tieferen Erkenntnis, die ich von diesen Rechtssachen erhielt. Ich fand, dass ich diese

Arbeit niemandem überlassen dürfe, wenn ich mich nicht an meinen Klienten und an der Aufgabe, die ich übernommen hatte, versündigen wollte. Der Entschluss aber, alle Arbeit selbst zu leisten, hatte die natürlichen Folgen: Ich musste fast alle Ansuchen um Vertretungen abweisen und konnte nur denen nachgeben, die mir besonders nahegingen – nun, es gibt ja genug Kreaturen, und sogar ganz in der Nähe, die sich auf jeden Brocken stürzen, den ich wegwerfe. Und außerdem wurde ich vor Überanstrengung krank. Aber trotzdem bereue ich meinen Entschluss nicht, es ist möglich, dass ich mehr Vertretungen hätte abweisen sollen, als ich getan habe, dass ich aber den übernommenen Prozessen mich ganz hingegeben habe, hat sich als unbedingt notwendig herausgestellt und durch die Erfolge belohnt. Ich habe einmal in einer Schrift den Unterschied sehr schön ausgedrückt gefunden, der zwischen der Vertretung in gewöhnlichen Rechtssachen und der Vertretung in diesen Rechtssachen besteht. Es hieß dort: Der Advokat führt seinen Klienten an einem Zwirnsfaden bis zum Urteil, der andere aber hebt seinen Klienten gleich auf die Schultern und trägt ihn, ohne ihn abzusetzen, zum Urteil und noch darüber hinaus. So ist es. Aber es war nicht ganz richtig, wenn ich sagte, dass ich diese große Arbeit niemals bereue. Wenn sie, wie in Ihrem Fall, so vollständig verkannt wird, dann, nun dann bereue ich fast.« K. wurde durch diese Reden mehr ungeduldig als überzeugt. Er glaubte irgendwie aus dem Tonfall des Advokaten herauszuhören, was ihn erwartete, wenn er nachgäbe, wieder würden Vertröstungen beginnen, die Hinweise auf die fortschreitende Eingabe, auf die gebesserte Stimmung der Gerichtsbeamten, aber auch auf die großen Schwierigkeiten, die sich der Arbeit entgegenstellten, – kurz, all das bis zum Überdruss Bekannte würde hervorgeholt werden, um K. wieder mit unbestimmten Hoffnungen zu täuschen und mit unbestimmten Drohungen zu quälen. Das musste endgültig verhindert werden, er sagte deshalb: »Was wollen Sie in meiner Sache unternehmen, wenn Sie die Vertretung behalten?« Der Advokat fügte sich sogar dieser beleidigenden Frage und antwortete: »In dem, was ich für Sie bereits unternommen habe, weiter fortfahren.« »Ich wusste es ja«, sagte K., »nun ist aber jedes weitere Wort überflüssig.« »Ich werde noch einen Versuch machen«, sagte der Advokat, als geschehe das, was K. erregte, nicht K., sondern ihm. »Ich habe nämlich die Vermutung, dass Sie nicht nur zu der falschen Beurteilung meines Rechtsbeistandes, sondern auch zu Ihrem sonstigen Verhalten dadurch verleitet werden, dass man Sie, obwohl Sie Angeklagter sind, zu gut behandelt oder, richtiger ausgedrückt, nachlässig, scheinbar nachlässig behandelt. Auch dieses letztere hat seinen Grund; es ist oft besser, in Ketten als frei zu sein. Aber ich möchte Ihnen doch zeigen, wie andere Angeklagte behandelt werden, vielleicht gelingt es Ihnen, daraus eine Lehre zu nehmen. Ich werde jetzt nämlich Block vorrufen, sperren Sie die Tür auf und setzen Sie sich hier neben den Nachttisch!« »Gerne«, sagte K. und tat, was der Advokat verlangt hatte; zu lernen war er immer bereit. Um sich aber für jeden Fall zu sichern, fragte er noch: »Sie haben aber zur Kenntnis genommen, dass ich Ihnen meine Vertretung entziehe?« »Ja«, sagte der Advokat, »Sie können es aber heute noch rückgängig machen.« Er legte sich wieder ins Bett zurück, zog das Federbett bis zum Kinn und drehte sich der Wand zu. Dann läutete er.

Fast gleichzeitig mit dem Glockenzeichen erschien Leni, sie suchte durch rasche Blicke zu erfahren, was geschehen war; dass K. ruhig beim Bett des Advokaten saß, schien ihr beruhigend. Sie nickte K., der sie starr ansah, lächelnd zu. »Hole Block«, sagte der Advokat. Statt ihn aber zu holen, trat sie nur vor die Tür, rief: »Block! Zum Advokaten!«, und schlüpfte dann, wahrscheinlich weil der Advokat zur Wand abgekehrt blieb und sich um nichts kümmerte, hinter K.s Sessel. Sie störte ihn von nun ab, indem sie sich über die Sessellehne vorbeugte oder mit den Händen, allerdings sehr zart und vorsichtig, durch sein Haar fuhr und über seine Wangen strich. Schließlich suchte K. sie daran zu hindern, indem er sie bei einer Hand erfasste, die sie ihm nach einigem Widerstreben überließ.

Block war auf den Anruf hin gleich gekommen, blieb aber vor der Tür stehen und schien zu überlegen, ob er eintreten sollte. Er zog die Augenbrauen hoch und neigte den Kopf, als horche er, ob sich der Befehl, zum Advokaten zu kommen, wiederholen würde. K. hätte ihn zum Eintreten aufmuntern können, aber er hatte sich vorgenommen, nicht nur mit dem Advokaten, sondern mit allem, was hier in der Wohnung war, endgültig zu brechen und verhielt sich deshalb regungslos. Auch Leni schwieg. Block merkte, dass ihn wenigstens niemand verjagte, und trat auf den Fußspitzen ein, das Gesicht gespannt, die Hände auf dem Rücken verkrampft. Die Tür hatte er für einen möglichen Rückzug offen gelassen. K. blickte er gar nicht an, sondern immer nur das hohe Federbett, unter dem der Advokat, da er sich ganz nahe an die Wand geschoben hatte, nicht einmal zu sehen war. Da hörte man aber seine Stimme: »Block hier?«, fragte er. Diese Frage gab Block, der schon eine große Strecke weitergerückt war, förmlich einen Stoß in die Brust und dann einen in den Rücken, er taumelte, blieb tief gebückt stehen und sagte: »Zu dienen.« »Was willst du?«, fragte der Advokat, »du kommst ungelegen.« »Wurde ich nicht gerufen?«, fragte Block mehr sich selbst als den Advokaten, hielt die Hände zum Schutze vor und war bereit wegzulaufen. »Du wurdest gerufen«, sagte der Advokat, »trotzdem kommst du ungelegen.« Und nach einer Pause fügte er hinzu: »Du kommst immer ungelegen.« Seitdem der Advokat sprach, sah Block nicht mehr auf das Bett hin, er starrte vielmehr irgendwo in eine Ecke und lauschte nur, als sei der Anblick des Sprechers zu blendend, als dass er ihn ertragen könnte. Es war aber auch das Zuhören schwer, denn der Advokat sprach gegen die Wand, und zwar leise und schnell. »Wollt Ihr, dass ich weggehe?«, fragte Block. »Nun bist du einmal da«, sagte der Advokat. »Bleib!« Man hätte glauben können, der Advokat habe nicht Blocks Wunsch erfüllt, sondern ihm, etwa mit Prügeln, gedroht, denn jetzt fing Block wirklich zu zittern an. »Ich war gestern«, sagte der Advokat, »beim Dritten Richter, meinem Freund, und habe allmählich das Gespräch auf dich gelenkt. Willst du wissen, was er sagte?« »O bitte«, sagte Block. Da der Advokat nicht gleich antwortete, wiederholte Block nochmals die Bitte und neigte sich, als wolle er niederknien. Da fuhr ihn aber K. an: »Was tust du?«, rief er. Da ihn Leni an dem Ausruf hatte hindern wollen, fasste er auch ihre zweite Hand. Es war nicht der Druck der Liebe, mit dem er sie festhielt, sie seufzte auch öfters und suchte ihm die Hände zu entwinden. Für K.s Ausruf aber wurde Block gestraft, denn der Advokat fragte ihn: »Wer ist denn dein Advokat?« »Ihr seid es«, sagte Block. »Und außer mir?«, fragte der Advokat. »Niemand außer Euch«, sagte Block. »Dann folge auch niemandem sonst«, sagte der Advokat. Block erkannte das vollständig an, er maß K. mit bösen Blicken und schüttelte heftig gegen ihn den Kopf. Hätte man dieses Benehmen in Worte übersetzt, so wären es grobe Beschimpfungen gewesen. Mit diesem Menschen hatte K. freundschaftlich über seine eigene Sache reden wollen! »Ich werde dich nicht mehr stören«, sagte K., in den Sessel zurückgelehnt. »Knie nieder oder krieche auf allen vieren, tu, was du willst. Ich werde mich darum nicht kümmern.« Aber Block hatte doch Ehrgefühl, wenigstens gegenüber K., denn er ging, mit den Fäusten fuchtelnd, auf ihn zu, und rief so laut, als er es nur in der Nähe des Advokaten wagte: »Sie dürfen nicht so mit mir reden, das ist nicht erlaubt. Warum beleidigen Sie mich? Und überdies noch hier, vor dem Herrn Advokaten, wo wir beide, Sie und ich, nur aus Barmherzigkeit geduldet sind? Sie sind kein besserer Mensch als ich, denn Sie sind auch angeklagt und haben auch einen Prozess. Wenn Sie aber trotzdem noch ein Herr sind, dann bin ich ein ebensolcher Herr, wenn nicht gar ein noch größerer. Und ich will auch als ein solcher angesprochen werden, gerade von Ihnen. Wenn Sie sich aber dadurch für bevorzugt halten, dass Sie hier sitzen und ruhig zuhören dürfen, während ich, wie Sie sich ausdrücken, auf allen vieren krieche, dann erinnere ich Sie an den alten Rechtsspruch: Für den Verdächtigen ist Bewegung besser als Ruhe, denn der, welcher ruht, kann immer, ohne es zu wissen, auf einer Waagschale sein und mit seinen Sünden gewogen werden.« K. sagte nichts, er staunte nur mit unbeweglichen Augen diesen verwirrten Menschen an. Was für Veränderungen waren mit ihm nur schon in der letzten Stunde vor sich gegangen! War es der Prozess, der ihn so hin und her warf und ihn nicht erkennen ließ, wo Freund und wo Feind war? Sah er denn nicht, dass der Advokat ihn absichtlich demütigte und diesmal nichts anderes bezweckte, als sich vor K. mit seiner Macht zu brüsten und sich dadurch vielleicht auch K. zu unterwerfen? Wenn Block aber nicht fähig war, das zu erkennen, oder wenn er den Advokaten so sehr fürchtete, dass ihm jene Erkenntnis nichts helfen konnte, wie kam es, dass er doch wieder so schlau oder so kühn war, den Advokaten zu betrügen und ihm zu verschweigen, dass er außer ihm noch andere Advokaten für sich arbeiten ließ? Und wie wagte er es, K. anzugreifen, da dieser doch gleich sein Geheimnis verraten konnte? Aber er wagte noch mehr, er ging zum Bett des Advokaten und begann, sich nun auch dort über K. zu beschweren: »Herr Advokat«, sagte er, »habt Ihr gehört, wie dieser Mann mit mir gesprochen hat? Man kann noch die Stunden seines Prozesses zählen, und schon will er mir, einem Mann, der fünf Jahre im Prozess steht, gute Lehren geben. Er beschimpft mich sogar. Weiß nichts und beschimpft mich, der ich, soweit meine schwachen Kräfte reichen, genau studiert habe, was Anstand, Pflicht und Gerichtsgebrauch verlangt.« »Kümmere dich um niemanden«, sagte der Advokat, »und tue, was dir richtig scheint.« »Gewiss«, sagte Block, als spreche er sich selbst Mut zu, und kniete unter einem kurzen Seitenblick nun knapp beim Bett nieder. »Ich knie schon, mein Advokat«, sagte er. Der Advokat schwieg aber. Block streichelte mit einer Hand vorsichtig das Federbett. In der Stille, die jetzt herrschte, sagte Leni, indem sie sich von K.s Händen befreite: »Du machst mir Schmerzen. Lass mich. Ich gehe zu Block.« Sie ging hin und setzte sich auf den Bettrand. Block war über ihr Kommen sehr erfreut, er bat sie gleich durch lebhafte, aber stumme Zeichen, sich beim Advokaten für ihn einzusetzen. Er benötigte offenbar die Mitteilungen des Advokaten sehr dringend, aber vielleicht nur zu dem Zweck, um sie durch seine übrigen Advokaten ausnutzen zu lassen. Leni wusste wahrscheinlich genau, wie man dem Advokaten beikommen könne, sie zeigte auf die Hand des Advokaten und spitzte die Lippen wie zum Kuss. Gleich führte Block den Handkuss aus und wiederholte ihn, auf eine Aufforderung Lenis hin, noch zweimal. Aber der Advokat schwieg noch immer. Da beugte sich Leni über den Advokaten hin, der schöne Wuchs ihres Körpers wurde sichtbar, als sie sich so streckte, und strich, tief zu seinem Gesicht geneigt, über sein langes, weißes Haar. Das zwang ihm nun doch eine Antwort ab. »Ich zögere, es ihm mitzuteilen«, sagte der Advokat, und man sah, wie er den Kopf ein wenig schüttelte, vielleicht, um des Druckes von Lenis Hand mehr teilhaftig zu werden. Block horchte mit gesenktem Kopf, als übertrete er durch dieses Horchen ein Gebot. »Warum zögerst du denn?«, fragte Leni. K. hatte das Gefühl, als höre er ein einstudiertes Gespräch, das sich schon oft wiederholt hatte, das sich noch oft wiederholen würde und das nur für Block seine Neuheit nicht verlieren konnte. »Wie hat er sich heute verhalten?«, fragte der Advokat, statt zu antworten. Ehe sich Leni darüber äußerte, sah sie zu Block hinunter und beobachtete ein Weilchen, wie er die Hände ihr entgegenhob und bittend aneinander rieb. Schließlich nickte sie ernst, wandte sich zum Advokaten und sagte: »Er war ruhig und fleißig.« Ein alter Kaufmann, ein Mann mit langem Bart, flehte ein junges Mädchen um ein günstiges Zeugnis an. Mochte er dabei auch Hintergedanken haben, nichts konnte ihn in den Augen eines Mitmenschen rechtfertigen. K. begriff nicht, wie der Advokat daran hatte denken können, durch diese Vorführung ihn zu gewinnen. Hätte er ihn nicht schon früher verjagt, er hätte es durch diese Szene erreicht. Er entwürdigte fast den Zuseher. So bewirkte also die Methode des Advokaten, welcher K. glücklicherweise nicht lange genug ausgesetzt gewesen war, dass der Klient schließlich die ganze Welt vergaß und nur auf diesem Irrweg zum Ende des Prozesses sich fortzuschleppen hoffte. Das war kein Klient mehr, das war der Hund des Advokaten. Hätte ihm dieser befohlen, unter das Bett wie in eine Hundehütte zu kriechen und von dort aus zu bellen, er hätte es mit Lust getan. Als sei K. beauftragt, alles, was hier gesprochen wurde, genau in sich aufzunehmen, an einem höheren Ort die Anzeige davon zu erstatten und einen Bericht abzulegen, hörte er prüfend und überlegen zu. »Was hat er während des ganzen Tages getan?«, fragte der Advokat. »Ich habe ihn«, sagte Leni, »damit er mich bei der Arbeit nicht störe, in dem Dienstmädchenzimmer eingesperrt, wo er sich ja gewöhnlich aufhält. Durch die Lücke konnte ich von Zeit zu Zeit nachsehen, was er machte. Er kniete immer auf dem Bett, hatte die Schriften, die du ihm geliehen hast, auf dem Fensterbrett aufgeschlagen und las in ihnen. Das hat einen guten Eindruck auf mich gemacht; das Fenster führt nämlich nur in einen Luftschacht und gibt fast kein Licht. Dass Block trotzdem las, zeigte mir, wie folgsam er ist.« »Es freut mich, das zu hören«, sagte der Advokat. »Hat er aber auch mit Verständnis gelesen?« Block bewegte während dieses Gesprächs unaufhörlich die Lippen, offenbar formulierte er die Antworten, die er von Leni erhoffte. »Darauf kann ich natürlich«, sagte Leni, »nicht mit Bestimmtheit antworten. Jedenfalls habe ich gesehen, dass er gründlich las. Er hat den ganzen Tag über die gleiche Seite gelesen und beim Lesen den Finger die Zeilen entlanggeführt. Immer, wenn ich zu ihm hineinsah, hat er geseufzt, als mache ihm das Lesen viel Mühe. Die Schriften, die du ihm geliehen hast, sind wahrscheinlich schwer verständlich.« »Ja«, sagte der Advokat, »das sind sie allerdings. Ich glaube auch nicht, dass er etwas von ihnen versteht. Sie sollen ihm nur eine Ahnung davon geben, wie schwer der Kampf ist, den ich zu seiner Verteidigung führe. Und für wen führe ich diesen schweren Kampf? Für – es ist fast lächerlich, es auszusprechen – für Block. Auch was das bedeutet, soll er begreifen lernen. Hat er ununterbrochen studiert?« »Fast ununterbrochen«, antwortete Leni, »nur einmal hat er mich um Wasser zum Trinken gebeten. Da habe ich ihm ein Glas durch die Luke gereicht. Um acht Uhr habe ich ihn dann herausgelassen und ihm etwas zu essen gegeben.« Block streifte K. mit einem Seitenblick, als werde hier Rühmendes von ihm erzählt und müsse auch auf K. Eindruck machen. Er schien jetzt gute Hoffnungen zu haben, bewegte sich freier und rückte auf den Knien hin und her. Desto deutlicher war es, wie er unter den folgenden Worten des Advokaten erstarrte. »Du lobst ihn«, sagte der Advokat. »Aber gerade das macht es mir schwer, zu reden. Der Richter hatte sich nämlich nicht günstig ausgesprochen, weder über Block selbst noch über seinen Prozess.« »Nicht günstig?«, fragte Leni. »Wie ist das möglich?« Block sah sie mit einem so gespannten Blick an, als traue er ihr die Fähigkeit zu, jetzt noch die längst ausgesprochenen Worte des Richters zu seinen Gunsten zu wenden. »Nicht günstig«, sagte der Advokat. »Er war sogar unangenehm berührt, als ich von Block zu sprechen anfing. ›Reden Sie nicht von Block‹, sagte er. ›Er ist mein Klient‹, sagte ich. ›Sie lassen sich missbrauchen‹, sagte er. ›Ich halte seine Sache nicht für verloren‹, sagte ich. ›Sie lassen sich missbrauchen‹, wiederholte er. ›Ich glaube es nicht‹, sagte ich. ›Block ist im Prozess fleißig und immer hinter seiner Sache her. Er wohnt fast bei mir, um immer auf dem Laufenden zu sein. Solchen Eifer findet man nicht immer. Gewiss, er ist persönlich nicht angenehm, hat hässliche Umgangsformen und ist schmutzig, aber in prozessualer Hinsicht ist er untadelhaft.‹ Ich sagte untadelhaft, ich übertrieb absichtlich. Darauf sagte er: ›Block ist bloß schlau. Er hat viel Erfahrung angesammelt und versteht es, den Prozess zu verschleppen. Aber seine Unwissenheit ist noch viel größer als seine Schlauheit. Was würde er wohl dazu sagen, wenn er erführe, dass sein Prozess noch gar nicht begonnen hat, wenn man ihm sagte, dass noch nicht einmal das Glockenzeichen zum Beginn des Prozesses gegeben ist.‹ Ruhig, Block«, sagte der Advokat, denn Block begann sich gerade auf unsicheren Knien zu erheben und wollte offenbar um Aufklärung bitten. Es war jetzt das erste Mal, dass sich der Advokat mit ausführlicheren Worten geradezu an Block wendete. Mit müden Augen sah er halb ziellos, halb zu Block hinunter, der unter diesem Blick wieder langsam in die Knie zurücksank. »Diese Äußerung des Richters hat für dich gar keine Bedeutung«, sagte der Advokat. »Erschrick doch nicht bei jedem Wort. Wenn sich das wiederholt, werde ich dir gar nichts mehr verraten. Man kann keinen Satz beginnen, ohne dass du einen anschaust, als ob jetzt dein Endurteil käme. Schäme dich hier vor meinem Klienten! Auch erschütterst du das Vertrauen, das er in mich setzt. Was willst du denn? Noch lebst du, noch stehst du unter meinem Schutz. Sinnlose Angst! Du hast irgendwo gelesen, dass das Endurteil in manchen Fällen unversehens komme, aus beliebigem Munde, zu beliebiger Zeit. Mit vielen Vorbehalten ist das allerdings wahr, ebenso wahr aber ist es, dass mich deine Angst anwidert und dass ich darin einen Mangel des notwendigen Vertrauens sehe. Was habe ich denn gesagt? Ich habe die Äußerung eines Richters wiedergegeben. Du weißt, die verschiedenen Ansichten häufen sich um das Verfahren bis zur Undurchdringlichkeit. Dieser Richter zum Beispiel nimmt den Anfang des Verfahrens zu einem anderen Zeitpunkt an als ich. Ein Meinungsunterschied, nichts weiter. In einem gewissen Stadium des Prozesses wird nach altem Brauch ein Glockenzeichen gegeben. Nach der Ansicht dieses Richters beginnt damit der Prozess. Ich kann dir jetzt nicht alles sagen, was dagegenspricht, du würdest es auch nicht verstehen, es genüge dir, dass viel dagegenspricht.« Verlegen fuhr Block unten mit den Fingern durch das Fell des Bettvorlegers, die Angst wegen des Ausspruchs des Richters ließ ihn zeitweise die eigene Untertänigkeit gegenüber dem Advokaten vergessen, er dachte dann nur an sich und drehte die Worte des Richters nach allen Seiten. »Block«, sagte Leni in warnendem Ton und zog ihn am Rockkragen ein wenig in die Höhe. »Lass jetzt das Fell und höre dem Advokaten zu.«

Dieses Kapitel blieb unvollendet

Neuntes Kapitel
Im Dom

K. bekam den Auftrag, einem italienischen Geschäftsfreund der Bank, der für sie sehr wichtig war und sich zum ersten Mal in dieser Stadt aufhielt, einige Kunstdenkmäler zu zeigen. Es war ein Auftrag, den er zu anderer Zeit gewiss für ehrend gehalten hätte, den er aber jetzt, da er nur mit großer Anstrengung sein Ansehen in der Bank noch wahren konnte, widerwillig übernahm. Jede Stunde, die er dem Büro entzogen wurde, machte ihm Kummer; er konnte zwar die Bürozeit bei Weitem nicht mehr so ausnutzen wie früher, er brachte manche Stunden nur unter dem notdürftigsten Anschein wirklicher Arbeit hin, aber desto größer waren seine Sorgen, wenn er nicht im Büro war. Er glaubte dann zu sehen, wie der Direktor-Stellvertreter, der ja immer auf der Lauer gewesen war, von Zeit zu Zeit in sein Büro kam, sich an seinen Schreibtisch setzte, seine Schriftstücke durchsuchte, Parteien, mit denen K. seit Jahren fast befreundet gewesen war, empfing und ihm abspenstig machte, ja vielleicht sogar Fehler aufdeckte, von denen sich K. während der Arbeit jetzt immer aus tausend Richtungen bedroht sah und die er nicht mehr vermeiden konnte. Wurde er daher einmal, sei es in noch so auszeichnender Weise, zu einem Geschäftsweg oder gar zu einer kleinen Reise beauftragt – solche Aufträge hatten sich in der letzten Zeit ganz zufällig gehäuft –, dann lag immerhin die Vermutung nahe, dass man ihn für ein Weilchen aus dem Büro entfernen und seine Arbeit überprüfen wolle oder wenigstens, dass man im Büro ihn für leicht entbehrlich halte. Die meisten dieser Aufträge hätte er ohne Schwierigkeit ablehnen können, aber er wagte es nicht, denn, wenn seine Befürchtung auch nur im Geringsten begründet war, bedeutete die Ablehnung des Auftrags Geständnis seiner Angst. Aus diesem Grunde nahm er solche Aufträge scheinbar gleichmütig hin und verschwieg sogar, als er eine anstrengende zweitägige Geschäftsreise machen sollte, eine ernstliche Verkühlung, um sich nur nicht der Gefahr auszusetzen, mit Berufung auf das gerade herrschende regnerische Herbstwetter von der Reise abgehalten zu werden. Als er von dieser Reise mit wütenden Kopfschmerzen zurückkehrte, erfuhr er, dass er dazu bestimmt sei, am nächsten Tag den italienischen Geschäftsfreund zu begleiten. Die Verlockung, sich wenigstens dieses eine Mal zu weigern, war sehr groß, vor allem war das, was man ihm hier zugedacht hatte, keine unmittelbar mit dem Geschäft zusammenhängende Arbeit, aber die Erfüllung dieser gesellschaftlichen Pflicht gegenüber dem Geschäftsfreund war an sich zweifellos wichtig genug, nur nicht für K., der wohl wusste, dass er sich nur durch Arbeitserfolge erhalten könne und dass es, wenn ihm das nicht gelänge, vollständig wertlos war, wenn er diesen Italiener unerwarteterweise sogar bezaubern sollte; er wollte nicht einmal für einen Tag aus dem Bereich der Arbeit geschoben werden, denn die Furcht, nicht mehr zurückgelassen zu werden, war zu groß, eine Furcht, die er sehr genau als übertrieben erkannte, die ihn aber doch beengte. In diesem Fall allerdings war es fast unmöglich, einen annehmbaren Einwand zu erfinden, K.s Kenntnis des Italienischen war zwar nicht sehr groß, aber immerhin genügend; das Entscheidende aber war, dass K. aus früherer Zeit einige kunsthistorische Kenntnisse besaß, was in äußerst übertriebener Weise dadurch in der Bank bekannt geworden war, dass K. eine Zeit lang, übrigens auch nur aus geschäftlichen Gründen, Mitglied des Vereins zur Erhaltung der städtischen Kunstdenkmäler gewesen war. Nun war aber der Italiener, wie man gerüchteweise erfahren hatte, ein Kunstliebhaber, und die Wahl K.s zu seinem Begleiter war daher selbstverständlich.

Es war ein sehr regnerischer, stürmischer Morgen, als K. voll Ärger über den Tag, der ihm bevorstand, schon um sieben Uhr ins Büro kam, um wenigstens einige Arbeit noch fertigzubringen, ehe der Besuch ihn allem entziehen würde. Er war sehr müde, denn er hatte die halbe Nacht mit dem Studium einer italienischen Grammatik verbracht, um sich ein wenig vorzubereiten; das Fenster, an dem er in der letzten Zeit viel zu oft zu sitzen pflegte, lockte ihn mehr als der Schreibtisch, aber er widerstand und setzte sich zur Arbeit. Leider trat gerade der Diener ein und meldete, der Herr Direktor habe ihn geschickt, um nachzusehen, ob der Herr Prokurist schon hier sei; sei er hier, dann möge er so freundlich sein und ins Empfangszimmer hinüberkommen, der Herr aus Italien sei schon da. »Ich komme schon«, sagte K., steckte ein kleines Wörterbuch in die Tasche, nahm ein Album der städtischen Sehenswürdigkeiten, das er für den Fremden vorbereitet hatte, unter den Arm und ging durch das Büro des Direktor-Stellvertreters in das Direktionszimmer. Er war glücklich darüber, so früh ins Büro gekommen zu sein und sofort zur Verfügung stehen zu können, was wohl niemand ernstlich erwartet hatte. Das Büro des Direktor-Stellvertreters war natürlich noch leer wie in tiefer Nacht, wahrscheinlich hatte der Diener auch ihn ins Empfangszimmer berufen sollen, es war aber erfolglos gewesen. Als K. ins Empfangszimmer eintrat, erhoben sich die zwei Herren aus den tiefen Fauteuils. Der Direktor lächelte freundlich, offenbar war er sehr erfreut über K.s Kommen, er besorgte sofort die Vorstellung, der Italiener schüttelte K. kräftig die Hand und nannte lächelnd irgendjemanden einen Frühaufsteher. K. verstand nicht genau, wen er meinte, es war überdies ein sonderbares Wort, dessen Sinn K. erst nach einem Weilchen erriet. Er antwortete mit einigen glatten Sätzen, die der Italiener wieder lachend hinnahm, wobei er mehrmals mit nervöser Hand über seinen graublauen, buschigen Schnurrbart fuhr. Dieser Bart war offenbar parfümiert, man war fast versucht, sich zu nähern und zu riechen. Als sich alle gesetzt hatten und ein kleines, einleitendes Gespräch begann, bemerkte K. mit großem Unbehagen, dass er den Italiener nur bruchstückweise verstand. Wenn er ganz ruhig sprach, verstand er ihn fast vollständig, das waren aber nur seltene Ausnahmen, meistens quoll ihm die Rede aus dem Mund, er schüttelte den Kopf wie vor Lust darüber. Bei solchen Reden aber verwickelte er sich regelmäßig in irgendeinen Dialekt, der für K. nichts Italienisches mehr hatte, den aber der Direktor nicht nur verstand, sondern auch sprach, was K. allerdings hätte voraussehen können, denn der Italiener stammte aus Süditalien, wo auch der Direktor einige Jahre gewesen war. Jedenfalls erkannte K., dass ihm die Möglichkeit, sich mit dem Italiener zu verständigen, zum größten Teil genommen war, denn auch dessen Französisch war nur schwer verständlich, auch verdeckte der Bart die Lippenbewegungen, deren Anblick vielleicht zum Verständnis geholfen hätte. K. begann viel Unannehmlichkeiten vorauszusehen, vorläufig gab er es auf, den Italiener verstehen zu wollen – in der Gegenwart des Direktors, der ihn so leicht verstand, wäre es unnötige Anstrengung gewesen –, und er beschränkte sich darauf, ihn verdrießlich zu beobachten, wie er tief und doch leicht in dem Fauteuil ruhte, wie er öfters an seinem kurzen, scharf geschnittenen Röckchen zupfte und wie er einmal mit erhobenen Armen und lose in den Gelenken bewegten Händen irgendetwas darzustellen versuchte, das K. nicht begreifen konnte, obwohl er vorgebeugt die Hände nicht aus den Augen ließ. Schließlich machte sich bei K., der sonst unbeschäftigt nur mechanisch mit den Blicken dem Hin und Her der Reden folgte, die frühere Müdigkeit geltend, und er ertappte sich einmal zu seinem Schrecken, glücklicherweise noch rechtzeitig, dabei, dass er in der Zerstreutheit gerade hatte aufstehen, sich umdrehen und weggehen wollen. Endlich sah der Italiener auf die Uhr und sprang auf. Nachdem er sich vom

Direktor verabschiedet hatte, drängte er sich an K., und zwar so dicht, dass K. seinen Fauteuil zurückschieben musste, um sich bewegen zu können. Der Direktor, der gewiss an K.s Augen die Not erkannte, in der er sich gegenüber diesem Italienisch befand, mischte sich in das Gespräch, und zwar so klug und so zart, dass es den Anschein hatte, als füge er nur kleine Ratschläge bei, während er in Wirklichkeit alles, was der Italiener, unermüdlich ihm in die Rede fallend, vorbrachte, in aller Kürze K. verständlich machte. K. erfuhr von ihm, dass der Italiener vorläufig noch einige Geschäfte zu besorgen habe, dass er leider auch im Ganzen nur wenig Zeit haben werde, dass er auch keinesfalls beabsichtige, in Eile alle Sehenswürdigkeiten abzulaufen, dass er sich vielmehr – allerdings nur, wenn K. zustimme, bei ihm allein liege die Entscheidung – entschlossen habe, nur den Dom, diesen aber gründlich, zu besichtigen. Er freue sich ungemein, diese Besichtigung in Begleitung eines so gelehrten und liebenswürdigen Mannes – damit war K. gemeint, der mit nichts anderem beschäftigt war, als den Italiener zu überhören und die Worte des Direktors schnell aufzufassen – vornehmen zu können, und er bitte ihn, wenn ihm die Stunde gelegen sei, in zwei Stunden, etwa um zehn Uhr, sich im Dom einzufinden. Er selbst hoffe, um diese Zeit schon bestimmt dort sein zu können. K. antwortete einiges Entsprechende, der Italiener drückte zuerst dem Direktor, dann K., dann nochmals dem Direktor die Hand und ging, von beiden gefolgt, nur noch halb ihnen zugewendet, im Reden aber noch immer nicht aussetzend, zur Tür. K. blieb dann noch ein Weilchen mit dem Direktor beisammen, der heute besonders leidend aussah. Er glaubte, sich bei K. irgendwie entschuldigen zu müssen und sagte – sie standen vertraulich nahe beisammen –, zuerst hätte er beabsichtigt, selbst mit dem Italiener zu gehen, dann aber – er gab keinen näheren Grund an – habe er sich entschlossen, lieber K. zu schicken. Wenn er den Italiener nicht gleich im Anfang verstehe, so müsse er sich dadurch nicht verblüffen lassen, das Verständnis komme sehr rasch, und wenn er auch viel überhaupt nicht verstehen sollte, so sei es auch nicht so schlimm, denn für den Italiener sei es nicht gar so wichtig, verstanden zu werden. Übrigens sei K.s Italienisch überraschend gut, und er werde sich gewiss ausgezeichnet mit der Sache abfinden. Damit war K. verabschiedet. Die Zeit, die ihm noch frei blieb, verbrachte er damit, seltene Vokabeln, die er zur Führung im Dom benötigte, aus dem Wörterbuch herauszuschreiben. Es war eine äußerst lästige Arbeit, Diener brachten die Post, Beamte kamen mit verschiedenen Anfragen und blieben, da sie K. beschäftigt sahen, bei der Tür stehen, rührten sich aber nicht weg, bevor sie K. angehört hatte, der Direktor-Stellvertreter ließ es sich nicht entgehen, K. zu stören, kam öfters herein, nahm ihm das Wörterbuch aus der Hand und blätterte offenbar ganz sinnlos darin, selbst Parteien tauchten, wenn sich die Tür öffnete, im Halbdunkel des Vorzimmers auf und verbeugten sich zögernd – sie wollten auf sich aufmerksam machen, waren aber dessen nicht sicher, ob sie gesehen wurden –, das alles bewegte sich um K. als um seinen Mittelpunkt, während er selbst die Wörter, die er brauchte, zusammenstellte, dann im Wörterbuch suchte, dann herausschrieb, dann ihre Aussprache übte und schließlich auswendig zu lernen versuchte. Sein früheres gutes Gedächtnis schien ihn aber ganz verlassen zu haben, manchmal wurde er auf den Italiener, der ihm diese Anstrengung verursachte, so wütend, dass er das Wörterbuch unter Papieren vergrub, mit der festen Absicht, sich nicht mehr vorzubereiten, dann aber sah er ein, dass er doch nicht stumm mit dem Italiener vor den Kunstwerken im Dom auf und ab gehen könne, und er zog mit noch größerer Wut das Wörterbuch wieder hervor.

Gerade um halb zehn Uhr, als er weggehen wollte, erfolgte ein telefonischer Anruf, Leni wünschte ihm guten Morgen und fragte nach seinem Befinden, K. dankte eilig und bemerkte, er könne sich jetzt unmöglich in ein Gespräch einlassen, denn er müsse in den Dom. »In den Dom?«, fragte Leni. »Nun ja, in den Dom.« »Warum denn in den Dom?«, sagte Leni. K. suchte es ihr in Kürze zu erklären, aber kaum hatte er damit angefangen, sagte Leni plötzlich: »Sie hetzen dich.« Bedauern, das er nicht herausgefordert und nicht erwartet hatte, vertrug K. nicht, er verabschiedete sich mit zwei Worten, sagte aber doch, während er den Hörer an seinen Platz hängte, halb zu sich, halb zu dem fernen Mädchen, das es nicht mehr hörte: »Ja, sie hetzen mich.«

Nun war es aber schon spät, es bestand schon fast die Gefahr, dass er nicht rechtzeitig ankam. Im Automobil fuhr er hin, im letzten Augenblick hatte er sich noch an das Album erinnert, das er früh zu übergeben keine Gelegenheit gefunden hatte und das er deshalb jetzt mitnahm. Er hielt es auf seinen Knien und trommelte darauf unruhig während der ganzen Fahrt. Der Regen war schwächer geworden, aber es war feucht, kühl und dunkel, man würde im Dom wenig sehen, wohl aber würde sich dort, infolge des langen Stehens auf den kalten Fliesen, K.s Verkühlung sehr verschlimmern. Der Domplatz war ganz leer, K. erinnerte sich, dass es ihm schon als kleinem Kind aufgefallen war, dass in den Häusern dieses engen Platzes immer fast alle Fenstervorhänge herabgelassen waren. Bei dem heutigen Wetter war es allerdings verständlicher als sonst. Auch im Dom schien es leer zu sein, es fiel natürlich niemandem ein, jetzt hierherzukommen. K. durchlief beide Seitenschiffe, er traf nur ein altes Weib, das, eingehüllt in ein warmes Tuch, vor einem Marienbild kniete und es anblickte. Von Weitem sah er dann noch einen hinkenden Diener in einer Mauertür verschwinden. K. war pünktlich gekommen, gerade bei seinem Eintritt hatte es zehn geschlagen, der Italiener war aber noch nicht hier. K. ging zum Haupteingang zurück, stand dort eine Zeit lang unentschlossen und machte dann im Regen einen Rundgang um den Dom, um nachzusehen, ob der Italiener nicht vielleicht bei irgendeinem Seiteneingang warte. Er war nirgends zu finden. Sollte der Direktor etwa die Zeitangabe missverstanden haben? Wie konnte man auch diesen Menschen richtig verstehen? Wie es aber auch sein mochte, jedenfalls musste K. zumindest eine halbe Stunde auf ihn warten. Da er müde war, wollte er sich setzen, er ging wieder in den Dom, fand auf einer Stufe einen kleinen, teppichartigen Fetzen, zog ihn mit der Fußspitze vor eine nahe Bank, wickelte sich fester in seinen Mantel, schlug den Kragen in die Höhe und setzte sich. Um sich zu zerstreuen, schlug er das Album auf, blätterte darin ein wenig, musste aber bald aufhören, denn es wurde so dunkel, dass er, als er aufblickte, in dem nahen Seitenschiff kaum eine Einzelheit unterscheiden konnte.

In der Ferne funkelte auf dem Hauptaltar ein großes Dreieck von Kerzenlichtern, K. hätte nicht mit Bestimmtheit sagen können, ob er sie schon früher gesehen hatte. Vielleicht waren sie erst jetzt angezündet worden. Die Kirchendiener sind berufsmäßige Schleicher, man bemerkt sie nicht. Als sich K. zufällig umdrehte, sah er nicht weit hinter sich eine hohe, starke, an einer Säule befestigte Kerze gleichfalls brennen. So schön das war, zur Beleuchtung der Altarbilder, die meistens in der Finsternis der Seitenaltäre hingen, war das gänzlich unzureichend, es vermehrte vielmehr die Finsternis. Es war vom Italiener ebenso vernünftig als unhöflich gehandelt, dass er nicht gekommen war, es wäre nichts zu sehen gewesen, man hätte sich damit begnügen müssen, mit K.s elektrischer Taschenlampe einige Bilder zollweise abzusuchen. Um zu versuchen, was man davon erwarten könnte, ging K. zu einer nahen Seitenkapelle, stieg ein paar Stufen bis zu einer niedrigen Marmorbrüstung, und, über sie vorgebeugt, beleuchtete er mit der Lampe das Altarbild. Störend schwebte das ewige Licht davor. Das Erste, was K. sah und zum Teil erriet, war ein großer, gepanzerter Ritter, der am äußersten Rande des Bildes dargestellt war. Er stützte sich auf sein Schwert, das er in den kahlen Boden vor sich – nur einige Grashalme kamen hie und da hervor – gestoßen hatte. Er schien aufmerksam einen Vorgang zu beobachten, der sich vor ihm abspielte. Es war erstaunlich, dass er so stehen blieb und sich nicht näherte. Vielleicht war er dazu bestimmt, Wache zu stehen. K., der schon lange keine Bilder gesehen hatte, betrachtete den Ritter längere Zeit, obwohl er immerfort mit den Augen zwinkern musste, da er das grüne Licht der Lampe nicht vertrug. Als er dann das Licht über den übrigen Teil des Bildes streichen ließ, fand er eine Grablegung Christi in gewöhnlicher Auffassung, es war übrigens ein neueres Bild. Er steckte die Lampe ein und kehrte wieder zu seinem Platz zurück.

Es war nun schon wahrscheinlich unnötig, auf den Italiener zu warten, draußen war aber gewiss strömender Regen, und da es hier nicht so kalt war, wie K. erwartet hatte, beschloss er, vorläufig hierzubleiben. In seiner Nachbarschaft war die große Kanzel, auf ihrem kleinen, runden Dach waren halb liegend zwei leere, goldene Kreuze angebracht, die einander mit ihrer äußersten Spitze überquerten. Die Außenwand der Brüstung und der Übergang zur tragenden Säule war von grünem Laubwerk gebildet, in das kleine Engel griffen, bald lebhaft, bald ruhend. K. trat vor die Kanzel und untersuchte sie von allen Seiten, die Bearbeitung des Steines war überaus sorgfältig, das tiefe Dunkel zwischen dem Laubwerk und hinter ihm schien wie eingefangen und festgehalten, K. legte seine Hand in eine solche Lücke und tastete dann den Stein vorsichtig ab, von dem Dasein dieser Kanzel hatte er bisher gar nicht gewusst. Da bemerkte er zufällig hinter der nächsten Bankreihe einen Kirchendiener, der dort in einem hängenden, faltigen, schwarzen Rock stand, in der linken Hand eine Schnupftabakdose hielt und ihn betrachtete. »Was will denn der Mann?«, dachte K. »Bin ich ihm verdächtig? Will er ein Trinkgeld?« Als sich aber nun der Kirchendiener von K. bemerkt sah, zeigte er mit der Rechten, zwischen zwei Fingern hielt er noch eine Prise Tabak, in irgendeiner unbestimmten Richtung. Sein Benehmen war fast unverständlich, K. wartete noch ein Weilchen, aber der Kirchendiener hörte nicht auf, mit der Hand etwas zu zeigen und bekräftigte es noch durch Kopfnicken. »Was will er denn?«, fragte K. leise, er wagte es nicht, hier zu rufen; dann aber zog er die Geldtasche und drängte sich durch die nächste Bank, um zu dem Mann zu kommen. Doch dieser machte sofort eine abwehrende Bewegung mit der Hand, zuckte die Schultern und hinkte davon. Mit einer ähnlichen Gangart, wie es dieses eilige Hinken war, hatte K. als Kind das Reiten auf Pferden nachzuahmen versucht. »Ein kindischer Alter«, dachte K., »sein Verstand reicht nur noch zum Kirchendienst aus. Wie er stehen bleibt, wenn ich stehe, und wie er lauert, ob ich weitergehen will.« Lächelnd folgte K. dem Alten durch das ganze Seitenschiff fast bis zur Höhe des Hauptaltars, der Alte hörte nicht auf, etwas zu zeigen, aber K. drehte sich absichtlich nicht um, das Zeigen hatte keinen anderen Zweck, als ihn von der Spur des Alten abzubringen. Schließlich ließ er wirklich von ihm, er wollte ihn nicht zu sehr ängstigen, auch wollte er die Erscheinung, für den Fall, dass der Italiener doch noch kommen sollte, nicht ganz verscheuchen.

Als er in das Hauptschiff trat, um seinen Platz zu suchen, auf dem er das Album liegen gelassen hatte, bemerkte er an einer Säule, fast angrenzend an die Bänke des Altarchors, eine kleine Nebenkanzel, ganz einfach, aus kahlem, bleichem Stein. Sie war so klein, dass sie aus der Ferne wie eine noch leere Nische erschien, die für die Aufnahme einer Heiligenstatue bestimmt war. Der Prediger konnte gewiss keinen vollen Schritt von der Brüstung zurücktreten. Außerdem begann die steinerne Einwölbung der Kanzel ungewöhnlich tief und stieg, zwar ohne jeden Schmuck, aber derartig geschweift in die Höhe, dass ein mittelgroßer Mann dort nicht aufrecht stehen konnte, sondern sich dauernd über die Brüstung vorbeugen musste. Das Ganze war wie zur Qual des Predigers bestimmt, es war unverständlich, wozu man diese Kanzel benötigte, da man doch die andere, große und so kunstvoll geschmückte zur Verfügung hatte.

K. wäre auch diese kleine Kanzel gewiss nicht aufgefallen, wenn nicht oben eine Lampe befestigt gewesen wäre, wie man sie kurz vor einer Predigt bereitzustellen pflegt. Sollte jetzt etwa eine Predigt stattfinden? In der leeren Kirche? K. sah an der Treppe hinab, die an die Säule sich anschmiegend zur Kanzel führte und so schmal war, als sollte sie nicht für Menschen, sondern nur zum Schmuck der Säule dienen. Aber unten an der Kanzel, K. lächelte vor Staunen, stand wirklich der Geistliche, hielt die Hand am Geländer, bereit aufzusteigen, und sah auf K. hin. Dann nickte er ganz leicht mit dem Kopf, worauf K. sich bekreuzigte und verbeugte, was er schon früher hätte tun sollen. Der Geistliche gab sich einen kleinen Aufschwung und stieg mit kurzen, schnellen Schritten die Kanzel hinauf. Sollte wirklich eine Predigt beginnen? War vielleicht der Kirchendiener doch nicht so ganz vom Verstand verlassen und hatte K. dem Prediger zutreiben wollen, was allerdings in der leeren Kirche äußerst notwendig gewesen war? Übrigens gab es ja noch irgendwo vor einem

Marienbild ein altes Weib, das auch hätte kommen sollen. Und wenn es schon eine Predigt sein sollte, warum wurde sie nicht von der Orgel eingeleitet? Aber die blieb still und blinkte nur schwach aus der Finsternis ihrer großen Höhe.

K. dachte daran, ob er sich jetzt nicht eiligst entfernen sollte, wenn er es jetzt nicht tat, war keine Aussicht, dass er es während der Predigt tun könnte, er musste dann bleiben, solange sie dauerte, im Büro verlor er so viel Zeit, auf den Italiener zu warten war er längst nicht mehr verpflichtet, er sah auf seine Uhr, es war elf. Aber konnte denn wirklich gepredigt werden? Konnte K. allein die Gemeinde darstellen? Wie, wenn er ein Fremder gewesen wäre, der nur die Kirche besichtigen wollte? Im Grunde war er auch nichts anderes. Es war unsinnig, daran zu denken, dass gepredigt werden sollte, jetzt um elf Uhr, an einem Werktag, bei grässlichstem Wetter. Der Geistliche – ein Geistlicher war es zweifellos, ein junger Mann mit glattem, dunklem Gesicht – ging offenbar nur hinauf, um die Lampe zu löschen, die irrtümlich angezündet worden war.

Es war aber nicht so, der Geistliche prüfte vielmehr das Licht und schraubte es noch ein wenig auf, dann drehte er sich langsam der Brüstung zu, die er vorn an der kantigen Einfassung mit beiden Händen erfasste. So stand er eine Zeit lang und blickte, ohne den Kopf zu rühren, umher. K. war ein großes Stück zurückgewichen und lehnte mit den Ellbogen an der vordersten Kirchenbank. Mit unsicheren Augen sah er irgendwo, ohne den Ort genau zu bestimmen, den Kirchendiener, mit krummem Rücken, friedlich, wie nach beendeter Aufgabe, sich zusammenkauern. Was für eine Stille herrschte jetzt im Dom! Aber K. musste sie stören, er hatte nicht die Absicht hierzubleiben; wenn es die Pflicht des Geistlichen war, zu einer bestimmten Stunde, ohne Rücksicht auf die Umstände, zu predigen, so mochte er es tun, es würde auch ohne K.s Beistand gelingen, ebenso wie die Anwesenheit K.s die Wirkung gewiss nicht steigern würde. Langsam setzte sich also K. in Gang, tastete sich auf den Fußspitzen an der Bank hin, kam dann in den breiten Hauptweg und ging dort ganz ungestört, nur dass der steinerne Boden unter dem leisesten Schritt erklang und die Wölbungen schwach, aber ununterbrochen, in vielfachem, gesetzmäßigem Fortschreiten davon widerhallten. K. fühlte sich ein wenig verlassen, als er dort, vom Geistlichen vielleicht beobachtet, zwischen den leeren Bänken allein hindurchging, auch schien ihm die Größe des Doms gerade an der Grenze des für Menschen noch Erträglichen zu liegen. Als er zu seinem früheren Platz kam, haschte er förmlich, ohne weiteren Aufenthalt, nach dem dort liegen gelassenen Album und nahm es an sich. Fast hatte er schon das Gebiet der Bänke verlassen und näherte sich dem freien Raum, der zwischen ihnen und dem Ausgang lag, als er zum ersten Mal die Stimme des Geistlichen hörte. Eine mächtige, geübte Stimme. Wie durchdrang sie den zu ihrer Aufnahme bereiten Dom! Es war aber nicht die Gemeinde, die der Geistliche anrief, es war ganz eindeutig, und es gab keine Ausflüchte, er rief: »Josef K.!«

K. stockte und sah vor sich auf den Boden. Vorläufig war er noch frei, er konnte noch weitergehen und durch eine der drei kleinen, dunklen Holztüren, die nicht weit vor ihm waren, sich davonmachen. Es würde eben bedeuten, dass er nicht verstanden hatte, oder dass er zwar verstanden hatte, sich aber darum nicht kümmern wollte. Falls er sich aber umdrehte, war er festgehalten, denn dann hatte er das Geständnis gemacht, dass er gut verstanden hatte, dass er wirklich der Angerufene war und dass er auch folgen wollte. Hätte der Geistliche nochmals gerufen, wäre K. gewiss fortgegangen, aber da alles still blieb, so lange K. auch wartete, drehte er doch ein wenig den Kopf, denn er wollte sehen, was der Geistliche jetzt mache. Er stand ruhig auf der Kanzel wie früher, es war aber deutlich zu sehen, dass er K.s Kopfwendung bemerkt hatte. Es wäre ein kindliches Versteckspiel gewesen, wenn sich jetzt K. nicht vollständig umgedreht hätte. Er tat es und wurde vom Geistlichen durch ein Winken des Fingers näher gerufen. Da jetzt alles offen geschehen konnte, lief er – er tat es auch aus Neugierde und um die Angelegenheit abzukürzen – mit langen, fliegenden Schritten der Kanzel entgegen. Bei den ersten Bänken machte er halt, aber dem Geistlichen schien die Entfernung noch zu groß, er streckte die Hand aus und zeigte mit dem scharf gesenkten Zeigefinger auf eine Stelle knapp vor der Kanzel. K. folgte auch darin, er musste auf diesem Platz den Kopf schon weit zurückbeugen, um den Geistlichen noch zu sehen. »Du bist Josef K.«, sagte der Geistliche und erhob eine Hand auf der Brüstung in einer unbestimmten Bewegung. »Ja«, sagte K., er dachte daran, wie offen er früher immer seinen Namen genannt hatte, seit einiger Zeit war er ihm eine Last, auch kannten jetzt seinen Namen Leute, mit denen er zum ersten Mal zusammenkam, wie schön war es, sich zuerst vorzustellen und dann erst gekannt zu werden. »Du bist angeklagt«, sagte der Geistliche besonders leise. »Ja«, sagte K., »man hat mich davon verständigt.« »Dann bist du der, den ich suche«, sagte der Geistliche. »Ich bin der Gefängniskaplan.« »Ach so«, sagte K. »Ich habe dich hierher rufen lassen«, sagte der Geistliche, »um mit dir zu sprechen.« »Ich wusste es nicht«, sagte K. »Ich bin hierhergekommen, um einem Italiener den Dom zu zeigen.« »Lass das Nebensächliche«, sagte der Geistliche. »Was hältst du in der Hand? Ist es ein Gebetbuch?« »Nein«, antwortete K., »es ist ein Album der städtischen Sehenswürdigkeiten.« »Leg es aus der Hand«, sagte der Geistliche. K. warf es so heftig weg, dass es aufklappte und mit zerdrückten Blättern ein Stück über den Boden schleifte. »Weißt du, dass dein Prozess schlecht steht?«, fragte der Geistliche. »Es scheint mir auch so«, sagte K. »Ich habe mir alle Mühe gegeben, bisher aber ohne Erfolg. Allerdings habe ich die Eingabe noch nicht fertig.« »Wie stellst du dir das Ende vor?«, fragte der Geistliche. »Früher dachte ich, es müsse gut enden«, sagte K., »jetzt zweifle ich daran manchmal selbst. Ich weiß nicht, wie es enden wird. Weißt du es?« »Nein«, sagte der Geistliche, »aber ich fürchte, es wird schlecht enden. Man hält dich für schuldig. Dein Prozess wird vielleicht über ein niedriges Gericht gar nicht hinauskommen. Man hält wenigstens vorläufig deine Schuld für erwiesen.« »Ich bin aber nicht schuldig«, sagte K., »es ist ein Irrtum. Wie kann denn ein Mensch überhaupt schuldig sein. Wir sind hier doch alle Menschen, einer wie der andere.« »Das ist richtig«, sagte der Geistliche, »aber so pflegen die Schuldigen zu reden.« »Hast auch du ein Vorurteil gegen mich?«, fragte K. »Ich habe kein Vorurteil gegen dich«, sagte der Geistliche. »Ich danke dir«, sagte K., »alle anderen aber, die an dem Verfahren beteiligt sind, haben ein Vorurteil gegen mich. Sie flößen es auch den Unbeteiligten ein. Meine Stellung wird immer schwieriger.« »Du missverstehst die Tatsachen«, sagte der Geistliche, »das Urteil kommt nicht mit einem Mal, das Verfahren geht allmählich ins Urteil über.« »So ist es also«, sagte K. und senkte den Kopf. »Was willst du nächstens in deiner Sache tun?«, fragte der Geistliche. »Ich will noch Hilfe suchen«, sagte K. und hob den Kopf, um zu sehen, wie der Geistliche es beurteile. »Es gibt noch gewisse Möglichkeiten, die ich nicht ausgenutzt habe.« »Du suchst zu viel fremde Hilfe«, sagte der Geistliche missbilligend, »und besonders bei Frauen. Merkst du denn nicht, dass es nicht die wahre Hilfe ist?« »Manchmal und sogar oft könnte ich dir recht geben«, sagte K., »aber nicht immer. Die Frauen haben eine große Macht. Wenn ich einige Frauen, die ich kenne, dazu bewegen könnte, gemeinschaftlich für mich zu arbeiten, müsste ich durchdringen. Besonders bei diesem Gericht, das fast nur aus Frauenjägern besteht. Zeig dem Untersuchungsrichter eine Frau aus der Ferne, und er überrennt, um nur rechtzeitig hinzukommen, den Gerichtstisch und den Angeklagten.« Der Geistliche neigte den Kopf zur Brüstung, jetzt erst schien die Überdachung der Kanzel ihn niederzudrücken. Was für ein Unwetter mochte draußen sein? Das war kein trüber Tag mehr, das war schon tiefe Nacht. Keine Glasmalerei der großen Fenster war imstande, die dunkle Wand auch nur mit einem Schimmer zu unterbrechen. Und gerade jetzt begann der Kirchendiener, die Kerzen auf dem Hauptaltar, eine nach der anderen, auszulöschen. »Bist du mir böse?«, fragte K. den Geistlichen. »Du weißt vielleicht nicht, was für einem Gericht du dienst.« Er bekam keine Antwort. »Es sind doch nur meine Erfahrungen«, sagte K. Oben blieb es noch immer still. »Ich wollte dich nicht beleidigen«, sagte K. Da schrie der Geistliche zu K. hinunter: »Siehst du denn nicht zwei Schritte weit?« Es war im Zorn geschrien, aber gleichzeitig wie von einem, der jemanden fallen sieht und, weil er selbst erschrocken ist, unvorsichtig, ohne Willen schreit.

Nun schwiegen beide lange. Gewiss konnte der Geistliche in dem Dunkel, das unten herrschte, K. nicht genau erkennen, während K. den Geistlichen im Licht der kleinen Lampe deutlich sah. Warum kam der Geistliche nicht herunter? Eine Predigt hatte er ja nicht gehalten, sondern K. nur einige Mitteilungen gemacht, die ihm, wenn er sie genau beachtete, wahrscheinlich mehr schaden als nützen würden. Wohl aber schien K. die gute Absicht des Geistlichen zweifellos zu sein, es war nicht unmöglich, dass er sich mit ihm, wenn er herunterkäme, einigen würde, es war nicht unmöglich, dass er von ihm einen entscheidenden und annehmbaren Rat bekäme, der ihm zum Beispiel zeigen würde, nicht etwa wie der Prozess zu beeinflussen war, sondern wie man aus dem Prozess ausbrechen, wie man ihn umgehen, wie man außerhalb des Prozesses leben könnte. Diese Möglichkeit musste bestehen, K. hatte in der letzten Zeit öfters an sie gedacht. Wusste aber der Geistliche eine solche Möglichkeit, würde er sie vielleicht, wenn man ihn darum bat, verraten, obwohl er selbst zum Gericht gehörte und obwohl er, als K. das Gericht angegriffen hatte, sein sanftes Wesen unterdrückt und K. sogar angeschrien hatte.

»Willst du nicht herunterkommen?«, sagte K. »Es ist doch keine Predigt zu halten. Komm zu mir herunter.« »Jetzt kann ich schon kommen«, sagte der Geistliche, er bereute vielleicht sein Schreien. Während er die Lampe von ihrem Haken löste, sagte er: »Ich musste zuerst aus der Entfernung mit dir sprechen. Ich lasse mich sonst zu leicht beeinflussen und vergesse meinen Dienst.«

K. erwartete ihn unten an der Treppe. Der Geistliche streckte ihm schon von einer oberen Stufe im Hinuntergehen die Hand entgegen. »Hast du ein wenig Zeit für mich?«, fragte K. »So viel Zeit, als du brauchst«, sagte der Geistliche und reichte K. die kleine Lampe, damit er sie trage. Auch in der Nähe verlor sich eine gewisse Feierlichkeit aus seinem Wesen nicht. »Du bist sehr freundlich zu mir«, sagte K., sie gingen nebeneinander im dunklen Seitenschiff auf und ab. »Du bist eine Ausnahme unter allen, die zum Gericht gehören. Ich habe mehr Vertrauen zu dir als zu irgendjemandem von ihnen, so viele ich schon kenne. Mit dir kann ich offen reden.« »Täusche dich nicht«, sagte der Geistliche. »Worin sollte ich mich denn täuschen?«, fragte K. »In dem Gericht täuschst du dich«, sagte der Geistliche, »in den einleitenden Schriften zum Gesetz heißt es von dieser Täuschung: Vor dem Gesetz steht ein Türhüter. Zu diesem Türhüter kommt ein Mann vom Lande und bittet um Eintritt in das Gesetz. Aber der Türhüter sagt, dass er ihm jetzt den Eintritt nicht gewähren könne. Der Mann überlegt und fragt dann, ob er also später werde eintreten dürfen. ›Es ist möglich‹, sagt der Türhüter, ›jetzt aber nicht.‹ Da das Tor zum Gesetz offen steht wie immer und der Türhüter beiseitetritt, bückt sich der Mann, um durch das Tor in das Innere zu sehen. Als der Türhüter das merkt, lacht er und sagt: ›Wenn es dich so lockt, versuche es doch, trotz meinem Verbot hineinzugehen. Merke aber: Ich bin mächtig. Und ich bin nur der unterste Türhüter. Von Saal zu Saal stehen aber Türhüter, einer mächtiger als der andere. Schon den Anblick des dritten kann nicht einmal ich mehr vertragen.‹ Solche Schwierigkeiten hat der Mann vom Lande nicht erwartet, das Gesetz soll doch jedem und immer zugänglich sein, denkt er, aber als er jetzt den Türhüter in seinem Pelzmantel genauer ansieht, seine große Spitznase, den langen, dünnen, schwarzen, tartarischen Bart, entschließt er sich doch, lieber zu warten, bis er die Erlaubnis zum Eintritt bekommt. Der Türhüter gibt ihm einen Schemel und lässt ihn seitwärts von der Tür sich niedersetzen. Dort sitzt er Tage und Jahre. Er macht viele Versuche, eingelassen zu werden und ermüdet den Türhüter durch seine Bitten. Der Türhüter stellt öfters kleine Verhöre mit ihm an, fragt ihn nach seiner Heimat aus und nach vielem anderen, es sind aber teilnahmslose Fragen, wie sie große Herren stellen, und zum Schlusse sagt er ihm immer wieder, dass er ihn noch nicht einlassen könne. Der Mann, der sich für seine Reise mit vielem ausgerüstet hat, verwendet alles, und sei es noch so wertvoll, um den Türhüter zu bestechen. Dieser nimmt zwar alles an, aber sagt dabei: ›Ich nehme es nur an, damit du nicht glaubst, etwas versäumt zu haben.‹ Während der vielen Jahre beobachtet der Mann den Türhüter fast ununterbrochen. Er vergisst die anderen Türhüter, und dieser erste scheint ihm das einzige Hindernis für den Eintritt in das Gesetz. Er verflucht den unglücklichen Zufall in den ersten Jahren laut, später, als er alt wird, brummt er nur noch vor sich hin. Er wird kindisch, und da er in dem jahrelangen Studium des Türhüters auch die Flöhe in seinem Pelzkragen erkannt hat, bittet er auch die Flöhe, ihm zu helfen und den Türhüter umzustimmen. Schließlich wird sein Augenlicht schwach, und er weiß nicht, ob es um ihn wirklich dunkler wird oder ob ihn nur die Augen täuschen. Wohl aber erkennt er jetzt im Dunkel einen Glanz, der unverlöschlich aus der Türe des Gesetzes bricht. Nun lebt er nicht mehr lange. Vor seinem Tode sammeln sich in seinem Kopfe alle Erfahrungen der ganzen Zeit zu einer Frage, die er bisher an den Türhüter noch nicht gestellt hat. Er winkt ihm zu, da er seinen erstarrenden Körper nicht mehr aufrichten kann. Der Türhüter muss sich tief zu ihm hinunterneigen, denn die Größenunterschiede haben sich sehr zuungunsten des Mannes verändert. ›Was willst du denn jetzt noch wissen?‹, fragt der Türhüter. ›Du bist unersättlich.‹ ›Alle streben doch nach dem Gesetz‹, sagt der Mann, ›wie kommt es, dass in den vielen Jahren niemand außer mir Einlass verlangt hat?‹ Der Türhüter erkennt, dass der Mann schon am Ende ist, und um sein vergehendes Gehör noch zu erreichen, brüllt er ihn an: ›Hier konnte niemand sonst Einlass erhalten, denn dieser Eingang war nur für dich bestimmt. Ich gehe jetzt und schließe ihn.‹«

»Der Türhüter hat also den Mann getäuscht«, sagte K. sofort, von der Geschichte sehr stark angezogen. »Sei nicht übereilt«, sagte der Geistliche, »übernimm nicht die fremde Meinung ungeprüft. Ich habe dir die Geschichte im Wortlaut der Schrift erzählt. Von Täuschung steht darin nichts.« »Es ist aber klar«, sagte K., »und deine erste Deutung war ganz richtig. Der Türhüter hat die erlösende Mitteilung erst dann gemacht, als sie dem Manne nicht mehr helfen konnte.« »Er wurde nicht früher gefragt«, sagte der Geistliche, »bedenke auch, dass er nur Türhüter war, und als solcher hat er seine Pflicht erfüllt.« »Warum glaubst du, dass er seine Pflicht erfüllt hat?«, fragte K. »Er hat sie nicht erfüllt. Seine Pflicht war es vielleicht, alle Fremden abzuwehren, diesen Mann aber, für den der Eingang bestimmt war, hätte er einlassen müssen.« »Du hast nicht genug Achtung vor der Schrift und veränderst die Geschichte«, sagte der Geistliche. »Die Geschichte enthält über den Einlass ins Gesetz zwei wichtige Erklärungen des Türhüters, eine am Anfang, eine am Ende. Die eine Stelle lautet: Dass er ihm jetzt den Eintritt nicht gewähren könne, und die andere: Dieser Eingang war nur für dich bestimmt. Bestände zwischen diesen beiden Erklärungen ein Widerspruch, dann hättest du recht, und der Türhüter hätte den Mann getäuscht. Nun besteht aber kein Widerspruch. Im Gegenteil, die erste Erklärung deutet sogar auf die zweite hin. Man könnte fast sagen, der Türhüter ging über seine Pflicht hinaus, indem er dem Mann eine zukünftige Möglichkeit des Einlasses in Aussicht stellte. Zu jener Zeit scheint es nur seine Pflicht gewesen zu sein, den Mann abzuweisen, und tatsächlich wundern sich viele Erklärer der Schrift darüber, dass der Türhüter jene Andeutung überhaupt gemacht hat, denn er scheint die Genauigkeit zu lieben und wacht streng über sein Amt. Durch viele Jahre verlässt er seinen Posten nicht und schließt das Tor erst ganz zuletzt, er ist sich der Wichtigkeit seines Dienstes sehr bewusst, denn er sagt: ›Ich bin mächtig‹, er hat Ehrfurcht vor den Vorgesetzten, denn er sagt: ›Ich bin nur der unterste Türhüter‹, er ist nicht geschwätzig, denn während der vielen Jahre stellt er nur, wie es heißt, ›teilnahmslose Fragen‹, er ist nicht bestechlich, denn er sagt über ein Geschenk: ›Ich nehme es nur an, damit du nicht glaubst, etwas versäumt zu haben‹, er ist, wo es um Pflichterfüllung geht, weder zu rühren noch zu erbittern, denn es heißt von dem Mann, ›er ermüdet den Türhüter durch sein Bitten‹, schließlich deutet auch sein Äußeres auf einen pedantischen Charakter hin, die große Spitznase und der lange, dünne, schwarze, tartarische Bart. Kann es einen pflichttreueren Türhüter geben? Nun mischen sich aber in den Türhüter noch andere Wesenszüge ein, die für den, der Einlass verlangt, sehr günstig sind und welche es immerhin begreiflich machen, dass er in jener Andeutung einer zukünftigen Möglichkeit über seine Pflicht etwas hinausgehen konnte. Es ist nämlich nicht zu leugnen, dass er ein wenig einfältig und im Zusammenhang damit ein wenig eingebildet ist. Wenn auch seine Äußerungen über seine Macht und über die Macht der anderen Türhüter und über deren sogar für ihn unerträglichen Anblick – ich sage, wenn auch alle diese Äußerungen an sich richtig sein mögen, so zeigt doch die Art, wie er diese Äußerungen vorbringt, dass seine Auffassung durch Einfalt und Überhebung getrübt ist. Die Erklärer sagen hierzu: ›Richtiges Auffassen einer Sache und Missverstehen der gleichen Sache schließen einander nicht vollständig aus.‹ Jedenfalls aber muss man annehmen, dass jene Einfalt und Überhebung, so geringfügig sie sich vielleicht auch äußern, doch die Bewachung des Eingangs schwächen, es sind Lücken im Charakter des Türhüters. Hinzu kommt noch, dass der Türhüter seiner Naturanlage nach freundlich zu sein scheint, er ist durchaus nicht immer Amtsperson. Gleich in den ersten Augenblicken macht er den Spaß, dass er den Mann trotz dem ausdrücklich aufrechterhaltenen Verbot zum Eintritt einlädt, dann schickt er ihn nicht etwa fort, sondern gibt ihm, wie es heißt, einen Schemel und lässt ihn seitwärts von der Tür sich niedersetzen. Die Geduld, mit der er durch alle die Jahre die Bitten des Mannes erträgt, die kleinen Verhöre, die Annahme der Geschenke, die Vornehmheit, mit der er es zulässt, dass der Mann neben ihm laut den unglücklichen Zufall verflucht, der den Türhüter hier aufgestellt hat – alles dieses lässt auf Regungen des Mitleids schließen. Nicht jeder Türhüter hätte so gehandelt. Und schließlich beugt er sich noch auf einen Wink hin tief zu dem Mann hinab, um ihm Gelegenheit zur letzten Frage zu geben. Nur eine schwache Ungeduld – der Türhüter weiß ja, dass alles zu Ende ist – spricht sich in den Worten aus: ›Du bist unersättlich.‹ Manche gehen sogar in dieser Art der Erklärung noch weiter und meinen, die Worte ›Du bist unersättlich‹ drücken eine Art freundschaftlicher Bewunderung aus, die allerdings von Herablassung nicht frei ist. Jedenfalls schließt sich so die Gestalt des Türhüters anders ab, als du es glaubst.« »Du kennst die Geschichte genauer als ich und längere Zeit«, sagte K. Sie schwiegen ein Weilchen. Dann sagte K.: »Du glaubst also, der Mann wurde nicht getäuscht?« »Missverstehe mich nicht«, sagte der Geistliche, »ich zeige dir nur die Meinungen, die darüber bestehen. Du musst nicht zu viel auf Meinungen achten. Die Schrift ist unveränderlich und die Meinungen sind oft nur ein Ausdruck der Verzweiflung darüber. In diesem Falle gibt es sogar eine Meinung, nach welcher gerade der Türhüter der Getäuschte ist.« »Das ist eine weitgehende Meinung«, sagte K. »Wie wird sie begründet?« »Die Begründung«, antwortete der Geistliche, »geht von der Einfalt des Türhüters aus. Man sagt, dass er das Innere des Gesetzes nicht kennt, sondern nur den Weg, den er vor dem Eingang immer wieder abgehen muss. Die Vorstellungen, die er von dem Innern hat, werden für kindlich gehalten, und man nimmt an, dass er das, wovor er dem Manne Furcht machen will, selbst fürchtet. Ja, er fürchtet es mehr als der Mann, denn dieser will ja nichts anderes als eintreten, selbst als er von den schrecklichen Türhütern des Innern gehört hat, der Türhüter dagegen will nicht eintreten, wenigstens erfährt man nichts darüber. Andere sagen zwar, dass er bereits im Innern gewesen sein muss, denn er ist doch einmal in den Dienst des Gesetzes aufgenommen worden, und das könne nur im Innern geschehen sein. Darauf ist zu antworten, dass er wohl auch durch einen Ruf aus dem Innern zum Türhüter bestellt worden sein könnte und dass er zumindest tief im Innern nicht gewesen sein dürfte, da er doch schon den Anblick des dritten Türhüters nicht mehr ertragen kann. Außerdem aber wird auch nicht berichtet, dass er während der vielen Jahre außer der Bemerkung über die Türhüter irgendetwas von dem Innern erzählt hätte. Es könnte ihm verboten sein, aber auch vom Verbot hat er nichts erzählt. Aus alledem schließt man, dass er über das Aussehen und die Bedeutung des Innern nichts weiß und sich darüber in Täuschung befindet. Aber auch über den Mann vom Lande soll er sich in Täuschung befinden, denn er ist diesem Mann untergeordnet und weiß es nicht. Dass er den Mann als einen Untergeordneten behandelt, erkennt man aus vielem, das dir noch erinnerlich sein dürfte. Dass er ihm aber tatsächlich untergeordnet ist, soll nach dieser Meinung ebenso deutlich hervorgehen. Vor allem ist der Freie dem Gebundenen übergeordnet. Nun ist der Mann tatsächlich frei, er kann hingehen, wohin er will, nur der Eingang in das Gesetz ist ihm verboten, und überdies nur von einem Einzelnen, vom Türhüter. Wenn er sich auf den Schemel seitwärts vom Tor niedersetzt und dort sein Leben lang bleibt, so geschieht dies freiwillig, die Geschichte erzählt von keinem Zwang. Der Türhüter dagegen ist durch sein Amt an seinen Posten gebunden, er darf sich nicht auswärts entfernen, allem Anschein nach aber auch nicht in das Innere gehen, selbst wenn er es wollte. Außerdem ist er zwar im Dienst des Gesetzes, dient aber nur für diesen Eingang, also auch nur für diesen Mann, für den dieser Eingang allein bestimmt ist. Auch aus diesem Grunde ist er ihm untergeordnet. Es ist anzunehmen, dass er durch viele Jahre, durch ein ganzes Mannesalter gewissermaßen nur leeren Dienst geleistet hat, denn es wird gesagt, dass ein Mann kommt, also jemand im Mannesalter, dass also der Türhüter lange warten musste, ehe sich sein Zweck erfüllte, und zwar so lange warten musste, als es dem Mann beliebte, der doch freiwillig kam. Aber auch das Ende des Dienstes wird durch das Lebensende des Mannes bestimmt, bis zum Ende also bleibt er ihm untergeordnet. Und immer wieder wird betont, dass von alledem der Türhüter nichts zu wissen scheint. Daran wird aber nichts Auffälliges gesehen, denn nach dieser Meinung befindet sich der Türhüter noch in einer viel schwereren Täuschung, sie betrifft seinen Dienst. Zuletzt spricht er nämlich vom Eingang und sagt: ›Ich gehe jetzt und schließe ihn‹, aber am Anfang heißt es, dass das Tor zum Gesetz offen steht wie immer, steht es aber immer offen, immer, das heißt unabhängig von der Lebensdauer des Mannes, für den es bestimmt ist, dann wird es auch der Türhüter nicht schließen können. Darüber gehen die Meinungen auseinander, ob der Türhüter mit der Ankündigung, dass er das Tor schließen wird, nur eine Antwort geben oder seine Dienstpflicht betonen oder den Mann noch im letzten Augenblick in Reue und Trauer setzen will. Darin aber sind viele einig, dass er das Tor nicht wird schließen können. Sie glauben sogar, dass er, wenigstens am Ende, auch in seinem Wissen dem Manne untergeordnet ist, denn dieser sieht den Glanz, der aus dem Eingang des Gesetzes bricht, während der Türhüter als solcher wohl mit dem Rücken zum Eingang steht und auch durch keine Äußerung zeigt, dass er eine Veränderung bemerkt hätte.« »Das ist gut begründet«, sagte K., der einzelne Stellen aus der Erklärung des Geistlichen halblaut für sich wiederholt hatte. »Es ist gut begründet, und ich glaube nun auch, dass der Türhüter getäuscht ist. Dadurch bin ich aber von meiner früheren Meinung nicht abgekommen, denn beide decken sich teilweise. Es ist unentscheidend, ob der Türhüter klarsieht oder getäuscht wird. Ich sagte, der Mann wird getäuscht. Wenn der Türhüter klarsieht, könnte man daran zweifeln, wenn der Türhüter aber getäuscht ist, dann muss sich seine Täuschung notwendig auf den Mann übertragen. Der Türhüter ist dann zwar kein Betrüger, aber so einfältig, dass er sofort aus dem Dienst gejagt werden müsste. Du musst doch bedenken, dass die Täuschung, in der sich der Türhüter befindet, ihm nichts schadet, dem Mann aber tausendfach.« »Hier stößt du auf eine Gegenmeinung«, sagte der Geistliche. »Manche sagen nämlich, dass die Geschichte niemandem ein Recht gibt, über den Türhüter zu urteilen. Wie er uns auch erscheinen mag, ist er doch ein Diener des Gesetzes, also zum Gesetz gehörig, also dem menschlichen Urteil entrückt. Man darf dann auch nicht glauben, dass der Türhüter dem Manne untergeordnet ist. Durch seinen Dienst auch nur an den Eingang des Gesetzes gebunden zu sein, ist unvergleichlich mehr, als frei in der Welt zu leben. Der Mann kommt erst zum Gesetz, der Türhüter ist schon dort. Er ist vom Gesetz zum Dienst bestellt, an seiner Würdigkeit zu zweifeln, hieße am Gesetz zweifeln.« »Mit dieser Meinung stimme ich nicht überein«, sagte K. kopfschüttelnd, »denn wenn man sich ihr anschließt, muss man alles, was der Türhüter sagt, für wahr halten. Dass das aber nicht möglich ist, hast du ja selbst ausführlich begründet.« »Nein«, sagte der Geistliche, »man muss nicht alles für wahr halten, man muss es nur für notwendig halten.« »Trübselige Meinung«, sagte K. »Die Lüge wird zur Weltordnung gemacht.«

K. sagte das abschließend, aber sein Endurteil war es nicht. Er war zu müde, um alle Folgerungen der Geschichte übersehen zu können, es waren auch ungewohnte Gedankengänge, in die sie ihn führte, unwirkliche Dinge, besser geeignet zur Besprechung für die Gesellschaft der Gerichtsbeamten als für ihn. Die einfache Geschichte war unförmlich geworden, er wollte sie von sich abschütteln, und der Geistliche, der jetzt ein großes Zartgefühl bewies, duldete es und nahm K.s Bemerkung schweigend auf, obwohl sie mit seiner eigenen Meinung gewiss nicht übereinstimmte.

Sie gingen eine Zeit lang schweigend weiter, K. hielt sich eng neben dem Geistlichen, ohne zu wissen, wo er sich befand. Die Lampe in seiner Hand war längst erloschen. Einmal blinkte gerade vor ihm das silberne Standbild eines Heiligen nur mit dem Schein des Silbers und spielte gleich wieder ins Dunkel über. Um nicht vollständig auf den Geistlichen angewiesen zu bleiben, fragte ihn K.: »Sind wir jetzt nicht in der Nähe des Haupteinganges?« »Nein«, sagte der Geistliche, »wir sind weit von ihm entfernt. Willst du schon fortgehen?« Obwohl K. gerade jetzt nicht daran gedacht hatte, sagte er sofort: »Gewiss, ich muss fortgehen. Ich bin Prokurist einer Bank, man wartet auf mich, ich bin nur hergekommen, um einem ausländischen Geschäftsfreund den Dom zu zeigen.« »Nun«, sagte der Geistliche, und reichte K. die Hand, »dann geh.« »Ich kann mich aber im Dunkel allein nicht zurechtfinden«, sagte K. »Geh links zur Wand«, sagte der Geistliche, »dann weiter die Wand entlang, ohne sie zu verlassen, und du wirst einen Ausgang finden.« Der Geistliche hatte sich erst ein paar Schritte entfernt, aber K. rief schon sehr laut: »Bitte, warte noch!« »Ich warte«, sagte der Geistliche. »Willst du nicht noch etwas von mir?«, fragte K. »Nein«, sagte der Geistliche. »Du warst früher so freundlich zu mir«, sagte K., »und hast mir alles erklärt, jetzt aber entlässt du mich, als läge dir nichts an mir.« »Du musst doch fortgehen«, sagte der Geistliche. »Nun ja«, sagte K., »sieh das doch ein.« »Sieh du zuerst ein, wer ich bin«, sagte der Geistliche. »Du bist der Gefängniskaplan«, sagte K. und ging näher zum Geistlichen hin, seine sofortige Rückkehr in die Bank war nicht so notwendig, wie er sie dargestellt hatte, er konnte recht gut noch hierbleiben. »Ich gehöre also zum Gericht«, sagte der Geistliche. »Warum sollte ich also etwas von dir wollen. Das Gericht will nichts von dir. Es nimmt dich auf, wenn du kommst, und es entlässt dich, wenn du gehst.«

Zehntes Kapitel
Ende

Am Vorabend seines einunddreißigsten Geburtstages – es war gegen neun Uhr abends, die Zeit der Stille auf den Straßen – kamen zwei Herren in K.s Wohnung. In Gehröcken, bleich und fett, mit scheinbar unverrückbaren Zylinderhüten. Nach einer kleinen Förmlichkeit bei der Wohnungstür wegen des ersten Eintretens wiederholte sich die gleiche Förmlichkeit in größerem Umfange vor K.s Tür. Ohne dass ihm der Besuch angekündigt gewesen wäre, saß K., gleichfalls schwarz angezogen, in einem Sessel in der Nähe der Türe und zog langsam neue, scharf sich über die Finger spannende Handschuhe an, in der Haltung, wie man Gäste erwartet. Er stand gleich auf und sah die Herren neugierig an. »Sie sind also für mich bestimmt?«, fragte er. Die Herren nickten, einer zeigte mit dem Zylinderhut in der Hand auf den anderen. K. gestand sich ein, dass er einen anderen Besuch erwartet hatte. Er ging zum Fenster und sah noch einmal auf die dunkle Straße. Auch fast alle Fenster auf der anderen Straßenseite waren schon dunkel, in vielen die Vorhänge herabgelassen. In einem beleuchteten Fenster des Stockwerkes spielten kleine Kinder hinter einem Gitter miteinander und tasteten, noch unfähig, sich von ihren Plätzen fortzubewegen, mit den Händchen nacheinander. »Alte, untergeordnete Schauspieler schickt man um mich«, sagte sich K. und sah sich um, um sich nochmals davon zu überzeugen. »Man sucht auf billige Weise mit mir fertig zu werden.« K. wendete sich plötzlich ihnen zu und fragte: »An welchem Theater spielen Sie?« »Theater?«, fragte der eine Herr mit zuckenden Mundwinkeln den anderen um Rat. Der andere gebärdete sich wie ein Stummer, der mit dem widerspenstigsten Organismus kämpft. »Sie sind nicht darauf vorbereitet, gefragt zu werden«, sagte sich K. und ging seinen Hut holen.

Schon auf der Treppe wollten sich die Herren in K. einhängen, aber K. sagte: »Erst auf der Gasse, ich bin nicht krank.« Gleich aber vor dem Tor hängten sie sich in ihn in einer Weise ein, wie K. noch niemals mit einem Menschen gegangen war. Sie hielten die Schultern eng hinter den seinen, knickten die Arme nicht ein, sondern benützten sie, um K.s Arme in ihrer ganzen Länge zu umschlingen, unten fassten sie K.s Hände mit einem schulmäßig eingeübten, unwiderstehlichen Griff. K. ging straff gestreckt zwischen ihnen, sie bildeten jetzt alle drei eine solche Einheit, dass, wenn man einen von ihnen zerschlagen hätte, alle zerschlagen gewesen wären. Es war eine Einheit, wie sie fast nur Lebloses bilden kann.

Unter den Laternen versuchte K. öfters, so schwer es bei diesem engen Aneinander ausgeführt werden konnte, seine Begleiter deutlicher zu sehen, als es in der Dämmerung seines Zimmers möglich gewesen war. »Vielleicht sind es Tenöre«, dachte er im Anblick ihres schweren Doppelkinns. Er ekelte sich vor der Reinlichkeit ihrer Gesichter. Man sah förmlich noch die säubernde Hand, die in ihre Augenwinkel gefahren, die ihre Oberlippe gerieben, die die Falten am Kinn ausgekratzt hatte.

Als K. das bemerkte, blieb er stehen, infolgedessen blieben auch die andern stehen; sie waren am Rand eines freien, menschenleeren, mit Anlagen geschmückten Platzes. »Warum hat man gerade Sie geschickt!«, rief er mehr, als er fragte. Die Herren wussten scheinbar keine Antwort, sie warteten mit dem hängenden, freien Arm, wie Krankenwärter, wenn der Kranke sich ausruhen will. »Ich gehe nicht weiter«, sagte K. versuchsweise. Darauf brauchten die Herren nicht zu antworten, es genügte, dass sie den Griff nicht lockerten und K. von der Stelle wegzuheben versuchten, aber K. widerstand. »Ich werde nicht mehr viel Kraft brauchen, ich werde jetzt alle anwenden«, dachte er. Ihm fielen die Fliegen ein, die mit zerreißenden Beinchen von der Leimrute wegstrebten. »Die Herren werden schwere Arbeit haben.«

Da stieg vor ihnen aus einer tiefer gelegenen Gasse auf einer kleinen Treppe Fräulein Bürstner zum Platz empor. Es war nicht ganz sicher, ob sie es war, die Ähnlichkeit war freilich groß. Aber K. lag auch nichts daran, ob es bestimmt Fräulein Bürstner war, bloß die Wertlosigkeit seines Widerstandes kam ihm gleich zum Bewusstsein. Es war nichts Heldenhaftes, wenn er widerstand, wenn er jetzt den Herren Schwierigkeiten bereitete, wenn er jetzt in der Abwehr noch den letzten Schein des Lebens zu genießen versuchte. Er setzte sich in Gang, und von der Freude, die er dadurch den Herren machte, ging noch etwas auf ihn selbst über. Sie duldeten es jetzt, dass er die Wegrichtung bestimmte, und er bestimmte sie nach dem Weg, den das Fräulein vor ihnen nahm, nicht etwa, weil er sie einholen, nicht etwa, weil er sie möglichst lange sehen wollte, sondern nur deshalb, um die Mahnung, die sie für ihn bedeutete, nicht zu vergessen. »Das Einzige, was ich jetzt tun kann«, sagte er sich, und das Gleichmaß seiner Schritte und der Schritte der beiden anderen bestätigte seine Gedanken, »das Einzige, was ich jetzt tun kann, ist, bis zum Ende den ruhig einteilenden Verstand behalten. Ich wollte immer mit zwanzig Händen in die Welt hineinfahren und überdies zu einem nicht zu billigenden Zweck. Das war unrichtig. Soll ich nun zeigen, dass nicht einmal der einjährige Prozess mich belehren konnte? Soll ich als ein begriffsstutziger Mensch abgehen? Soll man mir nachsagen dürfen, dass ich am Anfang des Prozesses ihn beenden wollte und jetzt, an seinem Ende, ihn wieder beginnen will? Ich will nicht, dass man das sagt. Ich bin dafür dankbar, dass man mir auf diesem Weg diese halbstummen, verständnislosen Herren mitgegeben hat und dass man es mir überlassen hat, mir selbst das Notwendige zu sagen.«

Das Fräulein war inzwischen in eine Seitengasse eingebogen, aber K. konnte sie schon entbehren und überließ sich seinen Begleitern. Alle drei zogen nun in vollem Einverständnis über eine Brücke im Mondschein, jeder kleinen Bewegung, die K. machte, gaben die Herren jetzt bereitwillig nach, als er ein wenig zum Geländer sich wendete, drehten auch sie sich in ganzer Front dorthin. Das im Mondlicht glänzende und zitternde Wasser teilte sich um eine kleine Insel, auf der, wie zusammengedrängt, Laubmassen von Bäumen und Sträuchern sich aufhäuften. Unter ihnen, jetzt unsichtbar, führten Kieswege mit bequemen Bänken, auf denen K. in manchem Sommer sich gestreckt und gedehnt hatte. »Ich wollte ja gar nicht stehen bleiben«, sagte er zu seinen Begleitern, beschämt durch ihre Bereitwilligkeit. Der eine schien dem anderen hinter K.s Rücken einen sanften Vorwurf wegen des missverständlichen Stehenbleibens zu machen, dann gingen sie weiter.

Sie kamen durch einige ansteigende Gassen, in denen hie und da Polizisten standen oder gingen; bald in der Ferne, bald in nächster Nähe. Einer mit buschigem Schnurrbart, die Hand am Griff des Säbels, trat wie mit Absicht nahe an die nicht ganz unverdächtige Gruppe. Die Herren stockten, der Polizeimann schien schon den Mund zu öffnen, da zog K. mit Macht die Herren vorwärts. Öfters drehte er sich vorsichtig um, ob der Polizeimann nicht folge; als sie aber eine Ecke zwischen sich und dem Polizeimann hatten, fing K. zu laufen an, die Herren mussten trotz großer Atemnot auch mitlaufen.

So kamen sie rasch aus der Stadt hinaus, die sich in dieser Richtung fast ohne Übergang an die Felder anschloss. Ein kleiner Steinbruch, verlassen und öde, lag in der Nähe eines noch ganz städtischen Hauses. Hier machten die Herren halt, sei es, dass dieser Ort von allem Anfang an ihr Ziel gewesen war, sei es, dass sie zu erschöpft waren, um noch weiter zu laufen. Jetzt ließen sie K. los, der stumm wartete, nahmen die Zylinderhüte ab und wischten sich, während sie sich im Steinbruch umsahen, mit den Taschentüchern den Schweiß von der Stirn. Überall lag der Mondschein mit seiner Natürlichkeit und Ruhe, die keinem anderen Licht gegeben ist. Nach Austausch einiger Höflichkeiten hinsichtlich dessen, wer die nächsten Aufgaben auszuführen habe – die Herren schienen die Aufträge ungeteilt bekommen zu haben –, ging der eine zu K. und zog ihm den Rock, die Weste und schließlich das Hemd aus. K. fröstelte unwillkürlich, worauf ihm der Herr einen leichten, beruhigenden Schlag auf den Rücken gab. Dann legte er die Sachen sorgfältig zusammen, wie Dinge, die man noch gebrauchen wird, wenn auch nicht in allernächster Zeit. Um K. nicht ohne Bewegung der immerhin kühlen Nachtluft auszusetzen, nahm er ihn unter den Arm und ging mit ihm ein wenig auf und ab, während der andere Herr den Steinbruch nach irgendeiner passenden Stelle absuchte. Als er sie gefunden hatte, winkte er, und der andere Herr geleitete K. hin. Es war nahe der Bruchwand, es lag dort ein losgebrochener Stein. Die Herren setzten K. auf die Erde nieder, lehnten ihn an den Stein und betteten seinen Kopf obenauf. Trotz aller Anstrengung, die sie sich gaben, und trotz allem Entgegenkommen, das ihnen K. bewies, blieb seine Haltung eine sehr gezwungene und unglaubwürdige. Der eine Herr bat daher den anderen, ihm für ein Weilchen das Hinlegen K.s allein zu überlassen, aber auch dadurch wurde es nicht besser. Schließlich ließen sie K. in einer Lage, die nicht einmal die beste von den bereits erreichten Lagen war. Dann öffnete der eine Herr seinen Gehrock und nahm aus einer Scheide, die an einem um die Weste gespannten Gürtel hing, ein langes, dünnes, beiderseitig geschärftes Fleischermesser, hielt es hoch und prüfte die Schärfe im Licht. Wieder begannen die widerlichen Höflichkeiten, einer reichte über K. hinweg das Messer dem anderen, dieser reichte es wieder über K. zurück. K. wusste jetzt genau, dass es seine Pflicht gewesen wäre, das Messer, als es von Hand zu Hand über ihm schwebte, selbst zu fassen und sich einzubohren. Aber er tat es nicht, sondern drehte den noch freien Hals und sah umher. Vollständig konnte er sich nicht bewähren, alle Arbeit den Behörden nicht abnehmen, die Verantwortung für diesen letzten Fehler trug der, der ihm den Rest der dazu nötigen Kraft versagt hatte. Seine Blicke fielen auf das letzte Stockwerk des an den Steinbruch angrenzenden Hauses. Wie ein Licht aufzuckt, so fuhren die Fensterflügel eines Fensters dort auseinander, ein Mensch, schwach und dünn in der Ferne und Höhe, beugte sich mit einem Ruck weit vor und streckte die

Arme noch weiter aus. Wer war es? Ein Freund? Ein guter Mensch? Einer, der teilnahm? Einer, der helfen wollte? War es ein Einzelner? Waren es alle? War noch Hilfe? Gab es Einwände, die man vergessen hatte? Gewiss gab es solche. Die Logik ist zwar unerschütterlich, aber einem Menschen, der leben will, widersteht sie nicht. Wo war der Richter, den er nie gesehen hatte? Wo war das hohe Gericht, bis zu dem er nie gekommen war? Er hob die Hände und spreizte alle Finger.

Aber an K.s Gurgel legten sich die Hände des einen Herrn, während der andere das Messer ihm tief ins Herz stieß und zweimal dort drehte. Mit brechenden Augen sah noch K., wie die Herren, nahe vor seinem Gesicht, Wange an Wange aneinandergelehnt, die Entscheidung beobachteten. »Wie ein Hund!«, sagte er, es war, als sollte die Scham ihn überleben.

DAS URTEIL

Für Fräulein Felice B.

Es war an einem Sonntagvormittag im schönsten Frühjahr. Georg Bendemann, ein junger Kaufmann, saß in seinem Privatzimmer im ersten Stock eines der niedrigen, leichtgebauten Häuser, die entlang des Flusses in einer langen Reihe, fast nur in der Höhe und Färbung unterschieden, sich hinzogen. Er hatte gerade einen Brief an einen sich im Ausland befindenden Jugendfreund beendet, verschloss ihn in spielerischer Langsamkeit und sah dann, den Ellbogen auf den Schreibtisch gestützt, aus dem Fenster auf den Fluss, die Brücke und die Anhöhen am anderen Ufer mit ihrem schwachen Grün.

Er dachte darüber nach, wie dieser Freund, mit seinem Fortkommen zu Hause unzufrieden, vor Jahren schon nach Russland sich förmlich geflüchtet hatte. Nun betrieb er ein Geschäft in Petersburg, das anfangs sich sehr gut angelassen hatte, seit Langem aber schon zu stocken schien, wie der Freund bei seinen immer seltener werdenden Besuchen klagte. So arbeitete er sich in der Fremde nutzlos ab, der fremdartige Vollbart verdeckte nur schlecht das seit den Kinderjahren wohlbekannte Gesicht, dessen gelbe Hautfarbe auf eine sich entwickelnde Krankheit hinzudeuten schien. Wie er erzählte, hatte er keine rechte Verbindung mit der dortigen Kolonie seiner Landsleute, aber auch fast keinen gesellschaftlichen Verkehr mit einheimischen Familien und richtete sich so für ein endgültiges Junggesellentum ein.

Was sollte man einem solchen Manne schreiben, der sich offenbar verrannt hatte, den man bedauern, dem man aber nicht helfen konnte. Sollte man ihm vielleicht raten, wieder nach Hause zu kommen, seine Existenz hierher zu verlegen, alle die alten freundschaftlichen Beziehungen wieder aufzunehmen – wofür ja kein Hindernis bestand – und im Übrigen auf die Hilfe der Freunde zu vertrauen? Das bedeutete aber nichts anderes, als dass man ihm gleichzeitig, je schonender, desto kränkender, sagte, dass seine bisherigen Versuche misslungen seien, dass er endlich von ihnen ablassen solle, dass er zurückkehren und sich als ein für immer Zurückgekehrter von allen mit großen Augen anstaunen lassen müsse, dass nur seine Freunde etwas verstünden und dass er ein altes Kind sei, das den erfolgreichen, zu Hause gebliebenen Freunden einfach zu folgen habe. Und war es dann noch sicher, dass alle die Plage, die man ihm antun müsste, einen Zweck hätte? Vielleicht gelang es nicht einmal, ihn überhaupt nach Hause zu bringen – er sagte ja selbst, dass er die Verhältnisse in der Heimat nicht mehr verstünde – und so bliebe er dann trotz allem in seiner Fremde, verbittert durch die Ratschläge und den Freunden noch ein Stück mehr entfremdet. Folgte er aber wirklich dem Rat und würde hier – natürlich nicht mit Absicht, aber durch die Tatsachen – niedergedrückt, fände sich nicht in seinen Freunden und nicht ohne sie zurecht, litte an Beschämung, hätte jetzt wirklich keine Heimat und keine Freunde mehr, war es da nicht viel besser für ihn, er blieb in der Fremde, so wie er war? Konnte man denn bei solchen Umständen daran denken, dass er es hier tatsächlich vorwärtsbringen würde?

Aus diesen Gründen konnte man ihm, wenn man noch überhaupt die briefliche Verbindung aufrechterhalten wollte, keine eigentlichen Mitteilungen machen, wie man sie ohne Scheu auch den entferntesten Bekannten machen würde. Der Freund war nun schon über drei Jahre nicht in der Heimat gewesen und erklärte dies sehr notdürftig mit der Unsicherheit der politischen Verhältnisse in Russland, die demnach also auch die kürzeste Abwesenheit eines kleinen Geschäftsmannes nicht zuließen, während hunderttausende Russen ruhig in der Welt herumfuhren. Im Laufe dieser drei Jahre hatte sich aber gerade für Georg vieles verändert. Von dem Todesfall von Georgs Mutter, der vor etwa zwei Jahren erfolgt war und seit welchem Georg mit seinem alten Vater in gemeinsamer Wirtschaft lebte, hatte der Freund wohl noch erfahren und sein Beileid in einem Brief mit einer Trockenheit ausgedrückt, die ihren Grund nun darin haben konnte, dass die Trauer über ein solches Ereignis in der Fremde ganz unvorstellbar wird. Nun hatte aber Georg seit jener Zeit, so wie alles andere, auch sein Geschäft mit größerer Entschlossenheit angepackt. Vielleicht hatte ihn der Vater bei Lebzeiten der Mutter dadurch, dass er im Geschäft nur seine Ansicht gelten lassen wollte, an einer wirklichen eigenen Tätigkeit gehindert, vielleicht war der Vater seit dem Tode der Mutter, trotzdem er noch immer im Geschäfte arbeitete, zurückhaltender geworden, vielleicht spielten – was sogar sehr wahrscheinlich war – glückliche Zufälle eine weit wichtigere Rolle, jedenfalls aber hatte sich das Geschäft in diesen zwei Jahren ganz unerwartet entwickelt, das Personal hatte man verdoppeln müssen, der Umsatz hatte sich verfünffacht, ein weiterer Fortschritt stand zweifellos bevor.

Der Freund aber hatte keine Ahnung von dieser Veränderung. Früher, zum letzten Mal vielleicht in jenem Beileidsbrief, hatte er Georg zur Auswanderung nach Russland überreden wollen und sich über die Aussichten verbreitet, die gerade für Georgs Geschäftszweig in Petersburg bestanden. Die Ziffern waren verschwindend gegenüber dem Umfang, den Georgs Geschäft jetzt angenommen hatte. Georg aber hatte keine Lust gehabt, dem Freund von seinen geschäftlichen Erfolgen zu schreiben, und hätte er es jetzt nachträglich getan, es hätte wirklich einen merkwürdigen Anschein gehabt.

So beschränkte sich Georg darauf, dem Freund immer nur über bedeutungslose Vorfälle zu schreiben, wie sie sich, wenn man an einem ruhigen Sonntag nachdenkt, in der Erinnerung ungeordnet aufhäufen. Er wollte nichts anderes, als die Vorstellung ungestört lassen, die sich der Freund von der Heimatstadt in der langen Zwischenzeit wohl gemacht und mit welcher er sich abgefunden hatte. So geschah es Georg, dass er dem Freund die Verlobung eines gleichgültigen Menschen mit einem ebenso gleichgültigen Mädchen dreimal in ziemlich weit auseinanderliegenden Briefen anzeigte, bis sich dann allerdings der Freund, ganz gegen Georgs Absicht, für diese Merkwürdigkeit zu interessieren begann.

Georg schrieb ihm aber solche Dinge viel lieber, als dass er zugestanden hätte, dass er selbst vor einem Monat mit einem Fräulein Frieda Brandenfeld, einem Mädchen aus wohlhabender Familie, sich verlobt hatte. Oft sprach er mit seiner Braut über diesen Freund und das besondere Korrespondenzverhältnis, in welchem er zu ihm stand. »Da wird er gar nicht zu unserer Hochzeit kommen«, sagte sie, »und ich habe doch das Recht, alle deine Freunde kennenzulernen.« »Ich will ihn nicht stören«, antwortete Georg, »verstehe mich recht, er würde wahrscheinlich kommen, wenigstens glaube ich es, aber er würde sich gezwungen und geschädigt fühlen, vielleicht mich beneiden und sicher unzufrieden und unfähig, diese Unzufriedenheit jemals zu beseitigen, allein wieder zurückfahren. Allein – weißt du, was das ist?« »Ja, kann er denn von unserer Heirat nicht auch auf andere Weise erfahren?« »Das kann ich allerdings nicht verhindern, aber es ist bei seiner Lebensweise unwahrscheinlich.« »Wenn du solche Freunde hast, Georg, hättest du dich überhaupt nicht verloben sollen.« »Ja, das ist unser beider Schuld; aber ich wollte es auch jetzt nicht anders haben.« Und wenn sie dann, rasch atmend unter seinen Küssen, noch vorbrachte: »Eigentlich kränkt es mich doch«, hielt er es wirklich für unverfänglich, dem Freund alles zu schreiben. »So bin ich und so hat er mich hinzunehmen«, sagte er sich, »ich kann nicht aus mir einen Menschen herausschneiden, der vielleicht für die Freundschaft mit ihm geeigneter wäre, als ich es bin.«

Und tatsächlich berichtete er seinem Freunde in dem langen Brief, den er an diesem Sonntagvormittag schrieb, die erfolgte Verlobung mit folgenden Worten: »Die beste Neuigkeit habe ich mir bis zum Schluss aufgespart. Ich habe mich mit einem Fräulein Frieda Brandenfeld verlobt, einem Mädchen aus einer wohlhabenden Familie, die sich hier erst lange nach Deiner Abreise angesiedelt hat, die Du also kaum kennen dürftest. Es wird sich noch Gelegenheit finden, Dir Näheres über meine Braut mitzuteilen, heute genüge Dir, dass ich recht glücklich bin und dass sich in unserem gegenseitigen Verhältnis nur insofern etwas geändert hat, als Du jetzt in mir statt eines ganz gewöhnlichen Freundes einen glücklichen Freund haben wirst. Außerdem bekommst Du in meiner Braut, die Dich herzlich grüßen lässt, und die Dir nächstens selbst schreiben wird, eine aufrichtige Freundin, was für einen Junggesellen nicht ganz ohne Bedeutung ist. Ich weiß, es hält Dich vielerlei von einem Besuch bei uns zurück, wäre aber nicht gerade meine Hochzeit die richtige Gelegenheit, einmal alle Hindernisse über den Haufen zu werfen? Aber wie dies auch sein mag, handle ohne alle Rücksicht und nur nach Deiner Wohlmeinung.«

Mit diesem Brief in der Hand war Georg lange, das Gesicht dem Fenster zugekehrt, an seinem Schreibtisch gesessen. Einem Bekannten, der ihn im Vorübergehen von der Gasse aus gegrüßt hatte, hatte er kaum mit einem abwesenden Lächeln geantwortet.

Endlich steckte er den Brief in die Tasche und ging aus seinem Zimmer quer durch einen kleinen Gang in das Zimmer seines Vaters, in dem er schon seit Monaten nicht gewesen war. Es bestand auch sonst keine Nötigung dazu, denn er verkehrte mit seinem Vater ständig im Geschäft, das Mittagessen nahmen sie gleichzeitig in einem Speisehaus ein, abends versorgte sich zwar jeder nach Belieben, doch saßen sie dann meistens, wenn nicht Georg, wie es am häufigsten geschah, mit Freunden beisammen war oder jetzt seine Braut besuchte, noch ein Weilchen, jeder mit seiner Zeitung, im gemeinsamen Wohnzimmer.

Georg staunte darüber, wie dunkel das Zimmer des Vaters selbst an diesem sonnigen Vormittag war. Einen solchen Schatten warf also die hohe Mauer, die sich jenseits des schmalen Hofes erhob. Der Vater saß beim Fenster in einer Ecke, die mit verschiedenen Andenken an die selige Mutter ausgeschmückt war, und las die Zeitung, die er seitlich vor die Augen

hielt, wodurch er irgendeine Augenschwäche auszugleichen suchte. Auf dem Tisch standen die Reste des Frühstücks, von dem nicht viel verzehrt zu sein schien.
»Ah, Georg!«, sagte der Vater und ging ihm gleich entgegen. Sein schwerer Schlafrock öffnete sich im Gehen, die Enden umflatterten ihn – »mein Vater ist noch immer ein Riese«, sagte sich Georg.
»Hier ist es ja unerträglich dunkel«, sagte er dann.
»Ja, dunkel ist es schon«, antwortete der Vater.
»Das Fenster hast du auch geschlossen?«
»Ich habe es lieber so.«
»Es ist ja ganz warm draußen«, sagte Georg, wie im Nachhang zu dem Früheren, und setzte sich.
Der Vater räumte das Frühstücksgeschirr ab und stellte es auf einen Kasten.
»Ich wollte dir eigentlich nur sagen«, fuhr Georg fort, der den Bewegungen des alten Mannes ganz verloren folgte, »dass ich nun doch nach Petersburg meine Verlobung angezeigt habe.« Er zog den Brief ein wenig aus der Tasche und ließ ihn wieder zurückfallen.
»Wieso nach Petersburg?«, fragte der Vater.
»Meinem Freunde doch«, sagte Georg und suchte des Vaters Augen. – »Im Geschäft ist er doch ganz anders«, dachte er, »wie er hier breit sitzt und die Arme über der Brust kreuzt.«
»Ja. Deinem Freunde«, sagte der Vater mit Betonung.
»Du weißt doch, Vater, dass ich ihm meine Verlobung zuerst verschweigen wollte. Aus Rücksichtnahme, aus keinem anderen Grunde sonst. Du weißt selbst, er ist ein schwieriger Mensch. Ich sagte mir, von anderer Seite kann er von meiner Verlobung wohl erfahren, wenn das auch bei seiner einsamen Lebensweise kaum wahrscheinlich ist – das kann ich nicht hindern –, aber von mir selbst soll er es nun einmal nicht erfahren.«
»Und jetzt hast du es dir wieder anders überlegt?«, fragte der Vater, legte die große Zeitung auf den Fensterbord und auf die Zeitung die Brille, die er mit der Hand bedeckte.
»Ja, jetzt habe ich es mir wieder überlegt. Wenn er mein guter Freund ist, sagte ich mir, dann ist meine glückliche Verlobung auch für ihn ein Glück. Und deshalb habe ich nicht mehr gezögert, es ihm anzuzeigen. Ehe ich jedoch den Brief einwarf, wollte ich es dir sagen.«
»Georg«, sagte der Vater und zog den zahnlosen Mund in die Breite, »hör einmal! Du bist wegen dieser Sache zu mir gekommen, um dich mit mir zu beraten. Das ehrt dich ohne Zweifel. Aber es ist nichts, es ist ärger als

nichts, wenn du mir jetzt nicht die volle Wahrheit sagst. Ich will nicht Dinge aufrühren, die nicht hierher gehören. Seit dem Tode unserer teuren Mutter sind gewisse unschöne Dinge vorgegangen. Vielleicht kommt auch für sie die Zeit und vielleicht kommt sie früher, als wir denken. Im Geschäft entgeht mir manches, es wird mir vielleicht nicht verborgen – ich will jetzt gar nicht die Annahme machen, dass es mir verborgen wird –, ich bin nicht mehr kräftig genug, mein Gedächtnis lässt nach, ich habe nicht mehr den Blick für alle die vielen Sachen. Das ist erstens der Ablauf der Natur, und zweitens hat mich der Tod unseres Mütterchens viel mehr niedergeschlagen als dich. – Aber weil wir gerade bei dieser Sache halten, bei diesem Brief, so bitte ich dich, Georg, täusche mich nicht. Es ist eine Kleinigkeit, es ist nicht des Atems wert, also täusche mich nicht. Hast du wirklich diesen Freund in Petersburg?«

Georg stand verlegen auf. »Lassen wir meine Freunde sein. Tausend Freunde ersetzen mir nicht meinen Vater. Weißt du, was ich glaube? Du schonst dich nicht genug. Aber das Alter verlangt seine Rechte. Du bist mir im Geschäft unentbehrlich, das weißt du ja sehr genau, aber wenn das Geschäft deine Gesundheit bedrohen sollte, sperre ich es noch morgen für immer. Das geht nicht. Wir müssen da eine andere Lebensweise für dich einführen. Aber von Grund aus. Du sitzt hier im Dunkel und im Wohnzimmer hättest du schönes Licht. Du nippst vom Frühstück, statt dich ordentlich zu stärken. Du sitzt bei geschlossenem Fenster und die Luft würde dir so guttun. Nein, mein Vater! Ich werde den Arzt holen und seinen Vorschriften werden wir folgen. Die Zimmer werden wir wechseln, du wirst ins Vorderzimmer ziehen, ich hierher. Es wird keine Veränderung für dich sein, alles wird mit übertragen werden. Aber das alles hat Zeit, jetzt lege dich noch ein wenig ins Bett, du brauchst unbedingt Ruhe. Komm, ich werde dir beim Ausziehen helfen, du wirst sehen, ich kann es. Oder willst du gleich ins Vorderzimmer gehen, dann legst du dich vorläufig in mein Bett. Das wäre übrigens sehr vernünftig.«

Georg stand knapp neben seinem Vater, der den Kopf mit dem struppigen weißen Haar auf die Brust hatte sinken lassen.

»Georg«, sagte der Vater leise, ohne Bewegung.

Georg kniete sofort neben dem Vater nieder, er sah die Pupillen in dem milden Gesicht des Vaters übergroß in den Winkeln der Augen auf sich gerichtet.

»Du hast keinen Freund in Petersburg. Du bist immer ein Spaßmacher gewesen und hast dich auch mir gegenüber nicht zurückgehalten. Wie solltest du denn gerade dort einen Freund haben! Das kann ich gar nicht glauben.«

»Denk doch noch einmal nach, Vater«, sagte Georg, hob den Vater vom Sessel und zog ihm, wie er nun doch recht schwach dastand, den Schlafrock aus, »jetzt wird es bald drei Jahre her sein, da war ja mein Freund bei uns zu Besuch. Ich erinnere mich noch, dass du ihn nicht besonders gernhattest. Wenigstens zweimal habe ich ihn vor dir verleugnet, trotzdem er gerade bei mir im Zimmer saß. Ich konnte ja deine Abneigung gegen ihn ganz gut verstehen, mein Freund hat seine Eigentümlichkeiten. Aber dann hast du dich doch auch wieder ganz gut mit ihm unterhalten. Ich war damals noch so stolz darauf, dass du ihm zuhörtest, nicktest und fragtest. Wenn du nachdenkst, musst du dich erinnern. Er erzählte damals unglaubliche Geschichten von der russischen Revolution. Wie er z. B. auf einer Geschäftsreise in Kiew bei einem Tumult einen Geistlichen auf einem Balkon gesehen hatte, der sich ein breites Blutkreuz in die flache Hand schnitt, diese Hand erhob und die Menge anrief. Du hast ja selbst diese Geschichte hier und da wiedererzählt.«

Währenddessen war es Georg gelungen, den Vater wieder niederzusetzen und ihm die Trikothose, die er über den Leinenunterhosen trug, sowie die Socken vorsichtig auszuziehen. Beim Anblick der nicht besonders reinen Wäsche machte er sich Vorwürfe, den Vater vernachlässigt zu haben. Es wäre sicherlich auch seine Pflicht gewesen, über den Wäschewechsel seines Vaters zu wachen. Er hatte mit seiner Braut darüber, wie sie die Zukunft des Vaters einrichten wollten, noch nicht ausdrücklich gesprochen, denn sie hatten stillschweigend vorausgesetzt, dass der Vater allein in der alten Wohnung bleiben würde. Doch jetzt entschloss er sich kurz mit aller Bestimmtheit, den Vater in seinen künftigen Haushalt mitzunehmen. Es schien ja fast, wenn man genauer zusah, dass die Pflege, die dort dem Vater bereitet werden sollte, zu spät kommen könnte.

Auf seinen Armen trug er den Vater ins Bett. Ein schreckliches Gefühl hatte er, als er während der paar Schritte zum Bett hin merkte, dass an seiner Brust der Vater mit seiner Uhrkette spielte. Er konnte ihn nicht gleich ins Bett legen, so fest hielt er sich an dieser Uhrkette. Kaum war er aber im Bett, schien alles gut. Er deckte sich selbst zu und zog dann die Bettdecke noch besonders weit über die Schulter. Er sah nicht unfreundlich zu Georg hinauf.

»Nicht wahr, du erinnerst dich schon an ihn?«, fragte Georg und nickte ihm aufmunternd zu.

»Bin ich jetzt gut zugedeckt?«, fragte der Vater, als könne er nicht nachschauen, ob die Füße genug bedeckt seien.
»Es gefällt dir also schon im Bett«, sagte Georg und legte das Deckzeug besser um ihn.
»Bin ich gut zugedeckt?«, fragte der Vater noch einmal und schien auf die Antwort besonders aufzupassen.
»Sei nur ruhig, du bist gut zugedeckt.«
»Nein!«, rief der Vater, dass die Antwort an die Frage stieß, warf die Decke zurück mit einer Kraft, dass sie einen Augenblick im Fluge sich ganz entfaltete, und stand aufrecht im Bett. Nur eine Hand hielt er leicht an den Plafond. »Du wolltest mich zudecken, das weiß ich, mein Früchtchen, aber zugedeckt bin ich noch nicht. Und ist es auch die letzte Kraft, genug für dich, zu viel für dich. Wohl kenne ich deinen Freund. Er wäre ein Sohn nach meinem Herzen. Darum hast du ihn auch betrogen die ganzen Jahre lang. Warum sonst? Glaubst du, ich habe nicht um ihn geweint? Darum doch sperrst du dich in dein Bureau, niemand soll stören, der Chef ist beschäftigt – nur damit du deine falschen Briefchen nach Russland schreiben kannst. Aber den Vater muss glücklicherweise niemand lehren, den Sohn zu durchschauen. Wie du jetzt geglaubt hast, du hättest ihn untergekriegt, so untergekriegt, dass du dich mit deinem Hintern auf ihn setzen kannst und er rührt sich nicht, da hat sich mein Herr Sohn zum Heiraten entschlossen!«
Georg sah zum Schreckbild seines Vaters auf. Der Petersburger Freund, den der Vater plötzlich so gut kannte, ergriff ihn wie noch nie. Verloren im weiten Russland sah er ihn. An der Türe des leeren, ausgeraubten Geschäftes sah er ihn. Zwischen den Trümmern der Regale, den zerfetzten Waren, den fallenden Gasarmen stand er gerade noch. Warum hatte er so weit wegfahren müssen!
»Aber schau mich an!«, rief der Vater, und Georg lief, fast zerstreut, zum Bett, um alles zu fassen, stockte aber in der Mitte des Weges.
»Weil sie die Röcke gehoben hat«, fing der Vater zu flöten an, »weil sie die Röcke so gehoben hat, die widerliche Gans«, und er hob, um das darzustellen, sein Hemd so hoch, dass man auf seinem Oberschenkel die Narbe aus seinen Kriegsjahren sah, »weil sie die Röcke so und so und so gehoben hat, hast du dich an sie herangemacht, und damit du an ihr ohne Störung dich befriedigen kannst, hast du unserer Mutter Andenken geschändet, den Freund verraten und deinen Vater ins Bett gesteckt, damit er sich nicht rühren kann. Aber kann er sich rühren oder

nicht?« Und er stand vollkommen frei und warf die Beine. Er strahlte vor Einsicht.

Georg stand in einem Winkel, möglichst weit vom Vater. Vor einer langen Weile hatte er sich fest entschlossen, alles vollkommen genau zu beobachten, damit er nicht irgendwie auf Umwegen, von hinten her, von oben herab überrascht werden könne. Jetzt erinnerte er sich wieder an den längst vergessenen Entschluss und vergaß ihn, wie man einen kurzen Faden durch ein Nadelöhr zieht.

»Aber der Freund ist nun doch nicht verraten!«, rief der Vater, und sein hin- und herbewegter Zeigefinger bekräftigte es. »Ich war sein Vertreter hier am Ort.«

»Komödiant!«, konnte sich Georg zu rufen nicht enthalten, erkannte sofort den Schaden und biss, nur zu spät, – die Augen erstarrt – in seine Zunge, dass er vor Schmerz einknickte.

»Ja, freilich habe ich Komödie gespielt! Komödie! Gutes Wort! Welcher andere Trost blieb dem alten verwitweten Vater? Sag – und für den Augenblick der Antwort sei du noch mein lebender Sohn –, was blieb mir übrig, in meinem Hinterzimmer, verfolgt vom ungetreuen Personal, alt bis in die Knochen? Und mein Sohn ging im Jubel durch die Welt, schloss Geschäfte ab, die ich vorbereitet hatte, überpurzelte sich vor Vergnügen und ging vor seinem Vater mit dem verschlossenen Gesicht eines Ehrenmannes davon! Glaubst du, ich hätte dich nicht geliebt, ich, von dem du ausgingst?«

»Jetzt wird er sich vorbeugen«, dachte Georg, »wenn er fiele und zerschmetterte!« Dieses Wort durchzischte seinen Kopf.

Der Vater beugte sich vor, fiel aber nicht. Da Georg sich nicht näherte, wie er erwartet hatte, erhob er sich wieder.

»Bleib, wo du bist, ich brauche dich nicht! Du denkst, du hast noch die Kraft, hierher zu kommen und hältst dich bloß zurück, weil du so willst. Dass du dich nicht irrst! Ich bin noch immer der viel Stärkere. Allein hätte ich vielleicht zurückweichen müssen, aber so hat mir die Mutter ihre Kraft abgegeben, mit deinem Freund habe ich mich herrlich verbunden, deine Kundschaft habe ich hier in der Tasche!«

»Sogar im Hemd hat er Taschen!«, sagte sich Georg und glaubte, er könne ihn mit dieser Bemerkung in der ganzen Welt unmöglich machen. Nur einen Augenblick dachte er das, denn immerfort vergaß er alles.

»Häng dich nur in deine Braut ein und komm mir entgegen! Ich fege sie dir von der Seite weg, du weißt nicht wie!«

Georg machte Grimassen, als glaube er das nicht. Der Vater nickte bloß, die Wahrheit dessen, was er sagte, beteuernd, in Georgs Ecke hin.

»Wie hast du mich doch heute unterhalten, als du kamst und fragtest, ob du deinem Freund von der Verlobung schreiben sollst. Er weiß doch alles, dummer Junge, er weiß doch alles! Ich schrieb ihm doch, weil du vergessen hast, mir das Schreibzeug wegzunehmen. Darum kommt er schon seit Jahren nicht, er weiß ja alles hundertmal besser als du selbst, deine Briefe zerknüllt er ungelesen in der linken Hand, während er in der Rechten meine Briefe zum Lesen sich vorhält!« Seinen Arm schwang er vor Begeisterung über dem Kopf. »Er weiß alles tausendmal besser!«, rief er.

»Zehntausendmal!«, sagte Georg, um den Vater zu verlachen, aber noch in seinem Munde bekam das Wort einen toternsten Klang.

»Seit Jahren passe ich schon auf, dass du mit dieser Frage kämest! Glaubst du, mich kümmert etwas anderes? Glaubst du, ich lese Zeitungen? Da!«, und er warf Georg ein Zeitungsblatt, das irgendwie mit ins Bett getragen worden war, zu. Eine alte Zeitung, mit einem Georg schon ganz unbekannten Namen.

»Wie lange hast du gezögert, ehe du reif geworden bist! Die Mutter musste sterben, sie konnte den Freudentag nicht erleben, der Freund geht zugrunde in seinem Russland, schon vor drei Jahren war er gelb zum Wegwerfen, und ich, du siehst ja, wie es mit mir steht. Dafür hast du doch Augen!«

»Du hast mir also aufgelauert!«, rief Georg.

Mitleidig sagte der Vater nebenbei: »Das wolltest du wahrscheinlich früher sagen. Jetzt passt es ja gar nicht mehr.«

Und lauter: »Jetzt weißt du also, was es noch außer dir gab, bisher wusstest du nur von dir! Ein unschuldiges Kind warst du ja eigentlich, aber noch eigentlicher warst du ein teuflischer Mensch! – Und darum wisse, ich verurteile dich jetzt zum Tode des Ertrinkens!«

Georg fühlte sich aus dem Zimmer gejagt, den Schlag, mit dem der Vater hinter ihm aufs Bett stürzte, trug er noch in den Ohren davon. Auf der Treppe, über deren Stufen er wie über eine schiefe Fläche eilte, überrumpelte er seine Bedienerin, die im Begriff war hinaufzugehen, um die Wohnung nach der Nacht aufzuräumen. »Jesus!«, rief sie und verdeckte mit der Schürze das Gesicht, aber er war schon davon. Aus dem Tor sprang er, über die Fahrbahn zum Wasser trieb es ihn. Schon hielt er das Geländer fest, wie ein Hungriger die Nahrung. Er schwang sich über, als der ausgezeichnete Turner, der er in seinen Jugendjahren zum Stolz seiner

Eltern gewesen war. Noch hielt er sich mit schwächer werdenden Händen fest, erspähte zwischen den Geländerstangen einen Autoomnibus, der mit Leichtigkeit seinen Fall übertönen würde, rief leise: »Liebe Eltern, ich habe euch doch immer geliebt«, und ließ sich hinabfallen.
In diesem Augenblick ging über die Brücke ein geradezu unendlicher Verkehr.

DIE VERWANDLUNG

I

Als Gregor Samsa eines Morgens aus unruhigen Träumen erwachte, fand er sich in seinem Bett zu einem ungeheuren Ungeziefer verwandelt. Er lag auf seinem panzerartig harten Rücken und sah, wenn er den Kopf ein wenig hob, seinen gewölbten, braunen, von bogenförmigen Versteifungen geteilten Bauch, auf dessen Höhe sich die Bettdecke, zum gänzlichen Niedergleiten bereit, kaum noch erhalten konnte. Seine vielen, im Vergleich zu seinem sonstigen Umfang kläglich dünnen Beine flimmerten ihm hilflos vor den Augen.

»Was ist mit mir geschehen?«, dachte er. Es war kein Traum. Sein Zimmer, ein richtiges, nur etwas zu kleines Menschenzimmer, lag ruhig zwischen den vier wohlbekannten Wänden. Über dem Tisch, auf dem eine auseinandergepackte Musterkollektion von Tuchwaren ausgebreitet war – Samsa war Reisender – hing das Bild, das er vor Kurzem aus einer illustrierten Zeitschrift ausgeschnitten und in einem hübschen, vergoldeten Rahmen untergebracht hatte. Es stellte eine Dame dar, die mit einem Pelzhut und einer Pelzboa versehen, aufrecht dasaß und einen schweren Pelzmuff, in dem ihr ganzer Unterarm verschwunden war, dem Beschauer entgegenhob.

Gregors Blick richtete sich dann zum Fenster, und das trübe Wetter – man hörte Regentropfen auf das Fensterblech aufschlagen – machte ihn ganz melancholisch. »Wie wäre es, wenn ich noch ein wenig weiterschliefe und alle Narrheiten vergäße«, dachte er, aber das war gänzlich undurchführbar, denn er war gewöhnt, auf der rechten Seite zu schlafen, konnte sich aber in seinem gegenwärtigen Zustand nicht in diese Lage bringen. Mit welcher Kraft er sich auch auf die rechte Seite warf, immer wieder schaukelte er in die Rückenlage zurück. Er versuchte es wohl hundertmal, schloss die Augen, um die zappelnden Beine nicht sehen zu müssen, und ließ erst ab, als er in der Seite einen noch nie gefühlten, leichten, dumpfen Schmerz zu fühlen begann.

»Ach Gott«, dachte er, »was für einen anstrengenden Beruf habe ich gewählt! Tag aus, Tag ein auf der Reise. Die geschäftlichen Aufregungen sind viel größer als im eigentlichen Geschäft zu Hause, und außerdem ist mir noch diese Plage des Reisens auferlegt, die Sorgen um die Zuganschlüsse, das unregelmäßige, schlechte Essen, ein immer wechselnder, nie andauernder, nie herzlich werdender menschlicher Verkehr. Der Teufel soll das alles holen!« Er fühlte ein leichtes Jucken oben auf dem Bauch; schob sich auf dem Rücken langsam näher zum Bettpfosten, um den Kopf besser heben zu können; fand die juckende Stelle, die mit lauter kleinen weißen Pünktchen besetzt war, die er nicht zu beurteilen verstand; und wollte mit einem Bein die Stelle betasten, zog es aber gleich zurück, denn bei der Berührung umwehten ihn Kälteschauer.

Er glitt wieder in seine frühere Lage zurück. »Dieses frühzeitige Aufstehen«, dachte er, »macht einen ganz blödsinnig. Der Mensch muss seinen Schlaf haben. Andere Reisende leben wie Haremsfrauen. Wenn ich zum Beispiel im Laufe des Vormittags ins Gasthaus zurückgehe, um die erlangten Aufträge zu überschreiben, sitzen diese Herren erst beim Frühstück. Das sollte ich bei meinem Chef versuchen; ich würde auf der Stelle hinausfliegen. Wer weiß übrigens, ob das nicht sehr gut für mich wäre. Wenn ich mich nicht wegen meiner Eltern zurückhielte, ich hätte längst gekündigt, ich wäre vor den Chef hingetreten und hätte ihm meine Meinung von Grund des Herzens aus gesagt. Vom Pult hätte er fallen müssen! Es ist auch eine sonderbare Art, sich auf das Pult zu setzen und von der Höhe herab mit dem Angestellten zu reden, der überdies wegen der Schwerhörigkeit des Chefs ganz nahe herantreten muss. Nun, die Hoffnung ist noch nicht gänzlich aufgegeben; habe ich einmal das Geld beisammen, um die Schuld der Eltern an ihn abzuzahlen – es dürfte noch fünf bis sechs Jahre dauern –, mache ich die Sache unbedingt. Dann wird der große Schnitt gemacht. Vorläufig allerdings muss ich aufstehen, denn mein Zug fährt um fünf.«

Und er sah zur Weckuhr hinüber, die auf dem Kasten tickte. »Himmlischer Vater!«, dachte er. Es war halb sieben Uhr, und die Zeiger gingen ruhig vorwärts, es war sogar halb vorüber, es näherte sich schon dreiviertel. Sollte der Wecker nicht geläutet haben? Man sah vom Bett aus, dass er auf vier Uhr richtig eingestellt war; gewiss hatte er auch geläutet. Ja, aber war es möglich, dieses möbelerschütternde Läuten ruhig zu verschlafen? Nun, ruhig hatte er ja nicht geschlafen, aber wahrscheinlich desto fester. Was aber sollte er jetzt tun? Der nächste Zug ging um sieben Uhr; um den einzuholen, hätte er sich unsinnig beeilen müssen, und die Kollektion war noch nicht eingepackt, und er selbst fühlte sich durchaus nicht besonders frisch und beweglich. Und selbst wenn er den Zug einholte, ein Donnerwetter des Chefs war nicht zu vermeiden, denn der Geschäftsdiener hatte beim Fünf-Uhr-Zug gewartet und die Meldung von seiner Versäumnis längst erstattet. Es war eine Kreatur des Chefs, ohne Rückgrat und Verstand. Wie nun, wenn er sich krankmeldete? Das wäre aber äußerst peinlich und verdächtig, denn Gregor war während seines fünfjährigen Dienstes noch nicht einmal krank gewesen. Gewiss würde der Chef mit dem Krankenkassenarzt kommen, würde den Eltern wegen des faulen Sohnes Vorwürfe machen und alle Einwände durch den Hinweis auf den Krankenkassenarzt abschneiden, für den es ja überhaupt nur ganz gesunde, aber arbeitsscheue Menschen gibt. Und hätte er übrigens in diesem Falle so ganz unrecht? Gregor fühlte sich tatsächlich, abgesehen von einer nach dem langen Schlaf wirklich überflüssigen Schläfrigkeit, ganz wohl und hatte sogar einen besonders kräftigen Hunger.

Als er dies alles in größter Eile überlegte, ohne sich entschließen zu können, das Bett zu verlassen – gerade schlug der Wecker dreiviertel sieben – klopfte es vorsichtig an die Tür am Kopfende seines Bettes. »Gregor«, rief es – es war die Mutter –, »es ist drei viertel sieben. Wolltest du nicht wegfahren?« Die sanfte Stimme! Gregor erschrak, als er seine antwortende Stimme hörte, die wohl unverkennbar seine frühere war, in die sich aber, wie von unten her, ein nicht zu unterdrückendes, schmerzliches Piepsen mischte, das die Worte förmlich nur im ersten Augenblick in ihrer Deutlichkeit beließ, um sie im Nachklang derart zu zerstören, dass man nicht wusste, ob man recht gehört hatte. Gregor hatte ausführlich antworten und alles erklären wollen, beschränkte sich aber bei diesen Umständen darauf, zu sagen: »Ja, ja, danke Mutter, ich stehe schon auf.« Infolge der Holztür war die Veränderung in Gregors Stimme draußen wohl nicht zu merken, denn die Mutter beruhigte sich mit dieser Erklärung und schlurfte davon. Aber durch das kleine Gespräch waren die anderen Familienmitglieder darauf aufmerksam geworden, dass Gregor wider Erwarten noch zu Hause war, und schon klopfte an der einen Seitentür der Vater, schwach, aber mit der Faust. »Gregor, Gregor«, rief er, »was ist denn?« Und nach einer kleinen Weile mahnte er nochmals mit tieferer Stimme: »Gregor! Gregor!« An der anderen Seitentür aber klagte leise die Schwester: »Gregor? Ist dir nicht wohl? Brauchst du etwas?« Nach beiden Seiten hin antwortete Gregor: »Bin schon fertig«, und bemühte sich, durch die sorgfältigste Aussprache und durch Einschaltung von langen Pausen zwischen den einzelnen Worten seiner Stimme alles Auffallende zu nehmen. Der Vater kehrte auch zu seinem Frühstück zurück, die Schwester aber flüsterte: »Gregor, mach auf, ich beschwöre dich.« Gregor aber dachte gar nicht daran aufzumachen, sondern lobte die vom Reisen her übernommene Vorsicht, auch zu Hause alle Türen während der Nacht zu versperren.

Zunächst wollte er ruhig und ungestört aufstehen, sich anziehen und vor allem frühstücken, und dann erst das Weitere überlegen, denn, das merkte er wohl, im Bett würde er mit dem Nachdenken zu keinem vernünftigen Ende kommen. Er erinnerte sich, schon öfters im Bett irgendeinen vielleicht durch ungeschicktes Liegen erzeugten, leichten Schmerz empfunden zu haben, der sich dann beim Aufstehen als reine Einbildung herausstellte, und er war gespannt, wie sich seine heutigen Vorstellungen allmählich auflösen würden. Dass die Veränderung der Stimme nichts anderes war als der Vorbote einer tüchtigen Verkühlung, einer Berufskrankheit der Reisenden, daran zweifelte er nicht im Geringsten.

Die Decke abzuwerfen war ganz einfach; er brauchte sich nur ein wenig aufzublasen und sie fiel von selbst. Aber weiterhin wurde es schwierig, besonders weil er so ungemein breit war. Er hätte Arme und Hände gebraucht, um sich aufzurichten, stattdessen aber hatte er nur die vielen Beinchen, die ununterbrochen in der verschiedensten Bewegung waren und die er überdies nicht beherrschen konnte. Wollte er eines einmal einknicken, so war es das erste, dass es sich streckte; und gelang es ihm endlich, mit diesem Bein das auszuführen, was er wollte, so arbeiteten inzwischen alle anderen, wie freigelassen, in höchster, schmerzlicher Aufregung. »Nur sich nicht im Bett unnütz aufhalten«, sagte sich Gregor.

Zuerst wollte er mit dem unteren Teil seines Körpers aus dem Bett hinauskommen, aber dieser untere Teil, den er übrigens noch nicht gesehen hatte und von dem er sich auch keine rechte Vorstellung machen konnte, erwies sich als zu schwer beweglich; es ging so langsam; und als er schließlich, fast wild geworden, mit gesammelter Kraft, ohne Rücksicht sich vorwärtsstieß, hatte er die Richtung falsch gewählt, schlug an den unteren Bettpfosten heftig an, und der brennende Schmerz, den er empfand, belehrte ihn, dass gerade der untere Teil seines Körpers augenblicklich vielleicht der empfindlichste war.

Er versuchte es daher, zuerst den Oberkörper aus dem Bett zu bekommen, und drehte vorsichtig den Kopf dem Bettrand zu. Dies gelang auch leicht, und trotz ihrer Breite und Schwere folgte schließlich die Körpermasse langsam der Wendung des Kopfes. Aber als er den Kopf endlich außerhalb des Bettes in der freien Luft hielt, bekam er Angst, weiter auf diese Weise vorzurücken, denn wenn er sich schließlich so fallen ließ, musste geradezu ein Wunder geschehen, wenn der Kopf nicht verletzt werden sollte. Und die Besinnung durfte er gerade jetzt um keinen Preis verlieren; lieber wollte er im Bett bleiben.

Aber als er wieder nach gleicher Mühe aufseufzend so dalag wie früher, und wieder seine Beinchen womöglich noch ärger gegeneinander kämpfen sah und keine Möglichkeit fand, in diese Willkür Ruhe und Ordnung zu bringen, sagte er sich wieder, dass er unmöglich im Bett bleiben könne und dass es das Vernünftigste sei, alles zu opfern, wenn auch nur die kleinste Hoffnung bestünde, sich dadurch vom Bett zu befreien. Gleichzeitig aber vergaß er nicht, sich zwischendurch daran zu erinnern, dass viel besser als verzweifelte Entschlüsse ruhige und ruhigste Überlegung sei. In solchen Augenblicken richtete er die Augen möglichst scharf auf das Fenster, aber leider war aus dem Anblick des Morgennebels, der sogar die andere Seite der engen Straße verhüllte, wenig Zuversicht und Munterkeit zu holen. »Schon sieben Uhr«, sagte er sich beim neuerlichen Schlagen des Weckers, »schon sieben Uhr und noch immer ein solcher Nebel.« Und ein Weilchen lang lag er ruhig mit schwachem Atem, als erwarte er vielleicht von der völligen Stille die Wiederkehr der wirklichen und selbstverständlichen Verhältnisse.

Dann aber sagte er sich: »Ehe es ein viertel acht schlägt, muss ich unbedingt das Bett vollständig verlassen haben. Im Übrigen wird auch bis dahin jemand aus dem Geschäft kommen, um nach mir zu fragen, denn das Geschäft wird vor sieben Uhr geöffnet.« Und er machte sich nun daran, den Körper in seiner ganzen Länge vollständig gleichmäßig aus dem Bett hinauszuschaukeln. Wenn er sich auf diese Weise aus dem Bett fallen ließ, blieb der Kopf, den er beim Fall scharf heben wollte, voraussichtlich unverletzt. Der Rücken schien hart zu sein; dem würde wohl bei dem Fall auf den Teppich nichts geschehen. Das größte Bedenken machte ihm die Rücksicht auf den lauten Krach, den es geben müsste und der wahrscheinlich hinter allen Türen wenn nicht Schrecken, so doch Besorgnisse erregen würde. Das musste aber gewagt werden.

Als Gregor schon zur Hälfte aus dem Bette ragte – die neue Methode war mehr ein Spiel als eine Anstrengung, er brauchte immer nur ruckweise zu schaukeln –, fiel ihm ein, wie einfach alles wäre, wenn man ihm zu Hilfe käme. Zwei starke Leute – er dachte an seinen Vater und das Dienstmädchen – hätten vollständig genügt; sie hätten ihre Arme nur unter seinen gewölbten Rücken schieben, ihn so aus dem Bett schälen, sich mit der Last niederbeugen und dann bloß vorsichtig dulden müssen, dass er den Überschwung auf dem Fußboden vollzog, wo dann die Beinchen hoffentlich einen Sinn bekommen würden. Nun, ganz abgesehen davon, dass die Türen versperrt waren, hätte er wirklich um Hilfe rufen sollen? Trotz aller Not konnte er bei diesem Gedanken ein Lächeln nicht unterdrücken.

Schon war er so weit, dass er bei stärkerem Schaukeln kaum das Gleichgewicht noch erhielt, und sehr bald musste er sich nun endgültig entscheiden, denn es war in fünf Minuten ein viertel acht, – als es an der Wohnungstür läutete. »Das ist jemand aus dem Geschäft«, sagte er sich und erstarrte fast, während seine Beinchen nur desto eiliger tanzten. Einen Augenblick blieb alles still. »Sie öffnen nicht«, sagte sich Gregor, befangen in irgendeiner unsinnigen Hoffnung. Aber dann ging natürlich wie immer das Dienstmädchen festen Schrittes zur Tür und öffnete. Gregor brauchte nur das erste Grußwort des Besuchers zu hören und wusste schon, wer es war – der Prokurist selbst. Warum war nur Gregor dazu verurteilt, bei einer Firma zu dienen, wo man bei der kleinsten Versäumnis gleich den größten Verdacht fasste? Waren denn alle Angestellten samt und sonders Lumpen, gab es denn unter ihnen keinen treuen ergebenen Menschen, der, wenn er auch nur ein paar Morgenstunden für das Geschäft nicht ausgenutzt hatte, vor Gewissensbissen närrisch wurde und geradezu nicht imstande war, das Bett zu verlassen? Genügte es wirklich nicht, einen Lehrjungen nachfragen zu lassen – wenn überhaupt diese Fragerei nötig war –, musste da der Prokurist selbst kommen, und musste dadurch der ganzen unschuldigen Familie gezeigt werden, dass die Untersuchung dieser verdächtigen Angelegenheit nur dem Verstand des Prokuristen anvertraut werden konnte? Und mehr infolge der Erregung, in welche Gregor durch diese Überlegungen versetzt wurde, als infolge eines richtigen Entschlusses, schwang er sich mit aller Macht aus dem Bett. Es gab einen lauten Schlag, aber ein eigentlicher Krach war es nicht. Ein wenig wurde der Fall durch den Teppich abgeschwächt, auch war der Rücken elastischer, als Gregor gedacht hatte, daher kam der nicht gar so auffallende dumpfe Klang. Nur den Kopf hatte er nicht vorsichtig genug gehalten und ihn angeschlagen; er drehte ihn und rieb ihn an dem Teppich vor Ärger und Schmerz.

»Da drin ist etwas gefallen«, sagte der Prokurist im Nebenzimmer links. Gregor suchte sich vorzustellen, ob nicht auch einmal dem Prokuristen etwas Ähnliches passieren könnte wie heute ihm; die Möglichkeit dessen musste man doch eigentlich zugeben. Aber wie zur rohen Antwort auf diese Frage machte jetzt der Prokurist im Nebenzimmer ein paar bestimmte Schritte und ließ seine Lackstiefel knarren. Aus dem Nebenzimmer rechts flüsterte die Schwester, um Gregor zu verständigen: »Gregor, der Prokurist ist da.« »Ich weiß«, sagte Gregor vor sich hin; aber so laut, dass es die Schwester hätte hören können, wagte er die Stimme nicht zu erheben.

»Gregor«, sagte nun der Vater aus dem Nebenzimmer links, »der Herr Prokurist ist gekommen und erkundigt sich, warum du nicht mit dem Frühzug weggefahren bist. Wir wissen nicht, was wir ihm sagen sollen. Übrigens will er auch mit dir persönlich sprechen. Also bitte mach die Tür auf. Er wird die Unordnung im Zimmer zu entschuldigen schon die Güte haben.« »Guten Morgen, Herr Samsa«, rief der Prokurist freundlich dazwischen. »Ihm ist nicht wohl«, sagte die Mutter zum Prokuristen, während der Vater noch an der Tür redete, »ihm ist nicht wohl, glauben Sie mir, Herr Prokurist. Wie würde denn Gregor sonst einen Zug versäumen! Der Junge hat ja nichts im Kopf als das Geschäft. Ich ärgere mich schon fast, dass er abends niemals ausgeht; jetzt war er doch acht Tage in der Stadt, aber jeden Abend war er zu Hause. Da sitzt er bei uns am Tisch und liest still die Zeitung oder studiert Fahrpläne. Es ist schon eine Zerstreuung für ihn, wenn er sich mit Laubsägearbeiten beschäftigt. Da hat er zum Beispiel im Laufe von zwei, drei Abenden einen kleinen Rahmen geschnitzt; Sie werden staunen, wie hübsch er ist; er hängt drin im Zimmer; Sie werden ihn gleich sehen, bis Gregor aufmacht. Ich bin übrigens glücklich, dass Sie da sind, Herr Prokurist; wir allein hätten Gregor nicht dazu gebracht, die Tür zu öffnen; er ist so hartnäckig; und bestimmt ist ihm nicht wohl, trotzdem er es am Morgen geleugnet hat.« »Ich komme gleich«, sagte Gregor langsam und bedächtig und rührte sich nicht, um kein Wort der Gespräche zu verlieren. »Anders, gnädige Frau, kann ich es mir auch nicht erklären«, sagte der Prokurist, »hoffentlich ist es nichts Ernstes. Wenn ich auch andererseits sagen muss, dass wir Geschäftsleute – wie man will, leider oder glücklicherweise – ein leichtes Unwohlsein sehr oft aus geschäftlichen Rücksichten einfach überwinden müssen.« »Also kann der Herr Prokurist schon zu dir hinein?«, fragte der ungeduldige Vater und klopfte wiederum an die Tür. »Nein«, sagte Gregor. Im Nebenzimmer links trat eine peinliche Stille ein, im Nebenzimmer rechts begann die Schwester zu schluchzen.

Warum ging denn die Schwester nicht zu den anderen? Sie war wohl erst jetzt aus dem Bett aufgestanden und hatte noch gar nicht angefangen sich anzuziehen. Und warum weinte sie denn? Weil er nicht aufstand und den Prokuristen nicht hereinließ, weil er in Gefahr war, den Posten zu verlieren und weil dann der Chef die Eltern mit den alten Forderungen wieder verfolgen würde? Das waren doch vorläufig wohl unnötige Sorgen. Noch war Gregor hier und dachte nicht im Geringsten daran, seine Familie zu verlassen. Augenblicklich lag er wohl da auf dem Teppich, und niemand, der seinen Zustand gekannt hätte, hätte im Ernst von ihm verlangt, dass er den Prokuristen hereinlasse. Aber wegen dieser kleinen Unhöflichkeit, für die sich ja später leicht eine passende Ausrede finden würde, konnte Gregor doch nicht gut sofort weggeschickt werden. Und Gregor schien es, dass es viel vernünftiger wäre, ihn jetzt in Ruhe zu lassen, statt ihn mit Weinen und Zureden zu stören. Aber es war eben die Ungewissheit, welche die anderen bedrängte und ihr Benehmen entschuldigte.
»Herr Samsa«, rief nun der Prokurist mit erhobener Stimme, »was ist denn los? Sie verbarrikadieren sich da in Ihrem Zimmer, antworten bloß mit Ja und Nein, machen Ihren Eltern schwere, unnötige Sorgen und versäumen – dies nur nebenbei erwähnt – Ihre geschäftlichen Pflichten in einer eigentlich unerhörten Weise. Ich spreche hier im Namen Ihrer Eltern und Ihres Chefs und bitte Sie ganz ernsthaft um eine augenblickliche, deutliche Erklärung. Ich staune, ich staune. Ich glaubte Sie als einen ruhigen, vernünftigen Menschen zu kennen, und nun scheinen Sie plötzlich anfangen zu wollen, mit sonderbaren Launen zu paradieren. Der Chef deutete mir zwar heute früh eine möglich Erklärung für Ihre Versäumnisse an – sie betraf das Ihnen seit Kurzem anvertraute Inkasso –, aber ich legte wahrhaftig fast mein Ehrenwort dafür ein, dass diese Erklärung nicht zutreffen könne. Nun aber sehe ich hier Ihren unbegreiflichen Starrsinn und verliere ganz und gar jede Lust, mich auch nur im Geringsten für Sie einzusetzen. Und Ihre Stellung ist durchaus nicht die festeste. Ich hatte ursprünglich die Absicht, Ihnen das alles unter vier Augen zu sagen, aber da Sie mich hier nutzlos meine Zeit versäumen lassen, weiß ich nicht, warum es nicht auch Ihre Herren Eltern erfahren sollen. Ihre Leistungen in der letzten Zeit waren also sehr unbefriedigend; es ist zwar nicht die Jahreszeit, um besondere Geschäfte zu machen, das erkennen wir an; aber eine Jahreszeit, um keine Geschäfte zu machen, gibt es überhaupt nicht, Herr Samsa, darf es nicht geben.« »Aber Herr

Prokurist«, rief Gregor außer sich und vergaß in der Aufregung alles andere, »ich mache ja sofort, augenblicklich auf. Ein leichtes Unwohlsein, ein Schwindelanfall haben mich verhindert aufzustehen. Ich liege noch jetzt im Bett. Jetzt bin ich aber schon wieder ganz frisch. Eben steige ich aus dem Bett. Nur einen kleinen Augenblick Geduld! Es geht noch nicht so gut, wie ich dachte. Es ist mir aber schon wohl. Wie das nur einen Menschen so überfallen kann! Noch gestern Abend war mir ganz gut, meine Eltern wissen es ja, oder besser, schon gestern Abend hatte ich eine kleine Vorahnung. Man hätte es mir ansehen müssen. Warum habe ich es nur im Geschäft nicht gemeldet! Aber man denkt eben immer, dass man die Krankheit ohne Zuhausebleiben überstehen wird. Herr Prokurist! Schonen Sie meine Eltern! Für alle die Vorwürfe, die Sie mir jetzt machen, ist ja kein Grund; man hat mir ja davon auch kein Wort gesagt. Sie haben vielleicht die letzten Aufträge, die ich geschickt habe, nicht gelesen. Übrigens, noch mit dem Acht-Uhr-Zug fahre ich auf die Reise, die paar Stunden Ruhe haben mich gekräftigt. Halten Sie sich nur nicht auf, Herr Prokurist; ich bin gleich selbst im Geschäft, und haben Sie die Güte, das zu sagen und mich dem Herrn Chef zu empfehlen!«

Und während Gregor dies alles hastig ausstieß und kaum wusste, was er sprach, hatte er sich leicht, wohl infolge der im Bett bereits erlangten Übung, dem Kasten genähert und versuchte nun, an ihm sich aufzurichten. Er wollte tatsächlich die Tür aufmachen, tatsächlich sich sehen lassen und mit dem Prokuristen sprechen; er war begierig zu erfahren, was die anderen, die jetzt so nach ihm verlangten, bei seinem Anblick sagen würden. Würden sie erschrecken, dann hatte Gregor keine Verantwortung mehr und konnte ruhig sein. Würden sie aber alles ruhig hinnehmen, dann hatte auch er keinen Grund sich aufzuregen und konnte, wenn er sich beeilte, um acht Uhr tatsächlich auf dem Bahnhof sein. Zuerst glitt er nun einige Male von dem glatten Kasten ab, aber endlich gab er sich einen letzten Schwung und stand aufrecht da; auf die Schmerzen im Unterleib achtete er gar nicht mehr, so sehr sie auch brannten. Nun ließ er sich gegen die Rückenlehne eines nahen Stuhles fallen, an deren Rändern er sich mit seinen Beinchen festhielt. Damit hatte er aber auch die Herrschaft über sich erlangt und verstummte, denn nun konnte er den Prokuristen anhören.

»Haben Sie auch nur ein Wort verstanden?«, fragte der Prokurist die Eltern, »er macht sich doch wohl nicht einen Narren aus uns?« »Um Gottes willen«, rief die Mutter schon unter Weinen, »er ist vielleicht schwer krank, und wir quälen ihn. Grete! Grete!«, schrie sie dann. »Mutter?«, rief die Schwester von der anderen Seite. Sie verständigten sich durch Gregors Zimmer. »Du musst augenblicklich zum Arzt. Gregor ist krank. Rasch um den Arzt. Hast du Gregor jetzt reden hören?« »Das war eine Tierstimme«, sagte der Prokurist, auffallend leise gegenüber dem Schreien der Mutter. »Anna! Anna!«, rief der Vater durch das Vorzimmer in die Küche und klatschte in die Hände, »Sofort einen Schlosser holen!« Und schon liefen die zwei Mädchen mit rauschenden Röcken durch das Vorzimmer – wie hatte sich die Schwester denn so schnell angezogen? – und rissen die Wohnungstüre auf. Man hörte gar nicht die Türe zuschlagen; sie hatten sie wohl offengelassen, wie es in Wohnungen zu sein pflegt, in denen ein großes Unglück geschehen ist.

Gregor war aber viel ruhiger geworden. Man verstand zwar also seine Worte nicht mehr, trotzdem sie ihm genug klar, klarer als früher, vorgekommen waren, vielleicht infolge der Gewöhnung des Ohres. Aber immerhin glaubte man nun schon daran, dass es mit ihm nicht ganz in Ordnung war, und war bereit, ihm zu helfen. Die Zuversicht und Sicherheit, mit welchen die ersten Anordnungen getroffen worden waren, taten ihm wohl. Er fühlte sich wieder einbezogen in den menschlichen Kreis und erhoffte von beiden, vom Arzt und vom Schlosser, ohne sie eigentlich genau zu scheiden, großartige und überraschende Leistungen. Um für die sich nähernden entscheidenden Besprechungen eine möglichst klare Stimme zu bekommen, hustete er ein wenig ab, allerdings bemüht, dies ganz gedämpft zu tun, da möglicherweise auch schon dieses Geräusch anders als menschlicher Husten klang, was er selbst zu entscheiden sich nicht mehr getraute. Im Nebenzimmer war es inzwischen ganz still geworden. Vielleicht saßen die Eltern mit dem Prokuristen beim Tisch und tuschelten, vielleicht lehnten alle an der Türe und horchten.

Gregor schob sich langsam mit dem Sessel zur Tür hin, ließ ihn dort los, warf sich gegen die Tür, hielt sich an ihr aufrecht – die Ballen seiner Beinchen hatten ein wenig Klebstoff – und ruhte sich dort einen Augenblick lang von der Anstrengung aus. Dann aber machte er sich daran, mit dem Mund den Schlüssel im Schloss umzudrehen. Es schien leider, dass er keine eigentlichen Zähne hatte, – womit sollte er gleich den Schlüssel fassen? – aber dafür waren die Kiefer freilich sehr stark; mit ihrer Hilfe brachte er auch wirklich den Schlüssel in Bewegung und achtete nicht darauf, dass er sich zweifellos irgendeinen Schaden zufügte, denn eine braune Flüssigkeit kam ihm aus dem Mund, floss über den Schlüssel und tropfte auf den Boden. »Hören Sie nur«, sagte der Prokurist im Nebenzimmer, »er dreht den Schlüssel um.« Das war für Gregor eine große Aufmunterung; aber alle hätten ihm zurufen sollen, auch der Vater und die Mutter: »Frisch, Gregor«, hätten sie rufen sollen, »immer nur heran, fest an das Schloss heran!« Und in der Vorstellung, dass alle seine Bemühungen mit Spannung verfolgten, verbiss er sich mit allem, was er an Kraft aufbringen konnte, besinnungslos in den Schlüssel. Je nach dem Fortschreiten der Drehung des Schlüssels umtanzte er das Schloss; hielt sich jetzt nur noch mit dem Munde aufrecht, und je nach Bedarf hing er sich an den Schlüssel oder drückte ihn dann wieder nieder mit der ganzen Last seines Körpers. Der hellere Klang des endlich zurückschnappenden Schlosses erweckte Gregor förmlich. Aufatmend sagte er sich: »Ich habe also den Schlosser nicht gebraucht«, und legte den Kopf auf die Klinke, um die Türe gänzlich zu öffnen.

Da er die Türe auf diese Weise öffnen musste, war sie eigentlich schon recht weit geöffnet, und er selbst noch nicht zu sehen. Er musste sich erst langsam um den einen Türflügel herumdrehen, und zwar sehr vorsichtig, wenn er nicht gerade vor dem Eintritt ins Zimmer plump auf den Rücken fallen wollte. Er war noch mit jener schwierigen Bewegung beschäftigt und hatte nicht Zeit, auf anderes zu achten, da hörte er schon den Prokuristen ein lautes »Oh!« ausstoßen – es klang, wie wenn der Wind saust –, und nun sah er ihn auch, wie er, der der Nächste an der Türe war, die Hand gegen den offenen Mund drückte und langsam zurückwich, als vertreibe ihn eine unsichtbare, gleichmäßig fortwirkende Kraft. Die Mutter – sie stand hier trotz der Anwesenheit des Prokuristen mit von der Nacht her noch aufgelösten, hoch sich sträubenden Haaren – sah zuerst mit gefalteten Händen den Vater an, ging dann zwei Schritte zu Gregor hin und fiel inmitten ihrer rings um sie herum sich ausbreitenden Röcke nieder, das Gesicht ganz unauffindbar zu ihrer Brust gesenkt. Der Vater ballte mit feindseligem Ausdruck die Faust, als wolle er Gregor in sein Zimmer zurückstoßen, sah sich dann unsicher im Wohnzimmer um, beschattete dann mit den Händen die Augen und weinte, dass sich seine mächtige Brust schüttelte.

Gregor trat nun gar nicht in das Zimmer, sondern lehnte sich von innen an den festgeriegelten Türflügel, sodass sein Leib nur zur Hälfte und darüber der seitlich geneigte Kopf zu sehen war, mit dem er zu den anderen hinüberlugte. Es war inzwischen viel heller geworden; klar stand auf der anderen Straßenseite ein Ausschnitt des gegenüberliegenden, endlosen, grauschwarzen Hauses – es war ein Krankenhaus – mit seinen hart die Front durchbrechenden regelmäßigen Fenstern; der Regen fiel noch nieder, aber nur mit großen, einzeln sichtbaren und förmlich auch einzelweise auf die Erde hinuntergeworfenen Tropfen. Das Frühstücksgeschirr stand in überreicher Zahl auf dem Tisch, denn für den Vater war das Frühstück die wichtigste Mahlzeit des Tages, die er bei der Lektüre verschiedener Zeitungen stundenlang hinzog. Gerade an der gegenüberliegenden Wand hing eine Fotografie Gregors aus seiner Militärzeit, die ihn als Leutnant darstellte, wie er, die Hand am Degen, sorglos lächelnd, Respekt für seine Haltung und Uniform verlangte. Die Tür zum Vorzimmer war geöffnet, und man sah, da auch die Wohnungstür offen war, auf den Vorplatz der Wohnung hinaus und auf den Beginn der abwärts führenden Treppe.

»Nun«, sagte Gregor und war sich dessen wohl bewusst, dass er der Einzige war, der die Ruhe bewahrt hatte, »ich werde mich gleich anziehen, die Kollektion zusammenpacken und wegfahren. Wollt ihr, wollt ihr mich wegfahren lassen? Nun, Herr Prokurist, Sie sehen, ich bin nicht starrköpfig und ich arbeite gern, das Reisen ist beschwerlich, aber ich könnte ohne das Reisen nicht leben. Wohin gehen Sie denn, Herr Prokurist? Ins Geschäft? Ja? Werden Sie alles wahrheitsgetreu berichten? Man kann im Augenblick unfähig sein zu arbeiten, aber dann ist gerade der richtige Zeitpunkt, sich an die früheren Leistungen zu erinnern und zu bedenken, dass man später, nach Beseitigung des Hindernisses, gewiss desto fleißiger und gesammelter arbeiten wird. Ich bin ja dem Herrn Chef so sehr verpflichtet, das wissen Sie doch recht gut. Andererseits habe ich die Sorge um meine Eltern und die Schwester. Ich bin in der Klemme, ich werde mich aber auch wieder herausarbeiten. Machen Sie es mir aber nicht schwieriger, als es schon ist. Halten Sie im Geschäft meine Partei! Man liebt den Reisenden nicht, ich weiß. Man denkt, er verdient ein Heidengeld und führt dabei ein schönes Leben. Man hat eben keine besondere Veranlassung, dieses Vorurteil besser zu durchdenken. Sie aber, Herr Prokurist, Sie haben einen besseren Überblick über die Verhältnisse als das sonstige Personal, ja sogar, ganz im Vertrauen gesagt, einen besseren Überblick als der Herr Chef selbst, der in seiner Eigenschaft als Unternehmer sich in seinem Urteil leicht zu Ungunsten eines Angestellten beirren lässt. Sie wissen auch sehr wohl, dass der Reisende, der fast das ganze Jahr außerhalb des Geschäfts ist, so leicht ein Opfer von Klatschereien, Zufälligkeiten und grundlosen Beschwerden werden kann, gegen die sich zu wehren ihm ganz unmöglich ist, da er von ihnen meistens gar nichts erfährt und nur dann, wenn er erschöpft eine Reise beendet hat, zu Hause die schlimmen, auf ihre Ursachen hin nicht mehr zu durchschauenden Folgen am eigenen Leibe zu spüren bekommt. Herr Prokurist, gehen Sie nicht weg, ohne mir ein Wort gesagt zu haben, das mir zeigt, dass Sie mir wenigstens zu einem kleinen Teil recht geben!«

Aber der Prokurist hatte sich schon bei den ersten Worten Gregors abgewendet, und nur über die zuckende Schulter hinweg sah er mit aufgeworfenen Lippen nach Gregor zurück. Und während Gregors Rede stand er keinen Augenblick still, sondern verzog sich, ohne Gregor aus den Augen zu lassen, gegen die Tür, aber ganz allmählich, als bestehe ein geheimes Verbot, das Zimmer zu verlassen. Schon war er im Vorzimmer, und nach der plötzlichen Bewegung, mit der er zum letzten Mal den Fuß aus dem Wohnzimmer zog, hätte man glauben können, er habe sich soeben die Sohle verbrannt. Im Vorzimmer aber streckte er die rechte Hand weit von sich zur Treppe hin, als warte dort auf ihn eine geradezu überirdische Erlösung.

Gregor sah ein, dass er den Prokuristen in dieser Stimmung auf keinen Fall weggehen lassen dürfe, wenn dadurch seine Stellung im Geschäft nicht aufs Äußerste gefährdet werden sollte. Die Eltern verstanden das alles nicht so gut; sie hatten sich in den langen Jahren die Überzeugung gebildet, dass Gregor in diesem Geschäft für sein Leben versorgt war, und hatten außerdem jetzt mit den augenblicklichen Sorgen so viel zu tun, dass ihnen jede Voraussicht abhandengekommen war. Aber Gregor hatte diese Voraussicht. Der Prokurist musste gehalten, beruhigt, überzeugt und schließlich gewonnen werden; die Zukunft Gregors und seiner Familie hing doch davon ab! Wäre doch die Schwester hier gewesen! Sie war klug; sie hatte schon geweint, als Gregor noch ruhig auf dem Rücken lag. Und gewiss hätte der Prokurist, dieser Damenfreund, sich von ihr lenken lassen; sie hätte die Wohnungstür zugemacht und ihm im Vorzimmer den Schrecken ausgeredet. Aber die Schwester war eben nicht da, Gregor selbst musste handeln. Und ohne daran zu denken, dass er seine gegenwärtigen Fähigkeiten, sich zu bewegen, noch gar nicht kannte, ohne auch daran zu denken, dass seine Rede möglicher-, ja wahrscheinlicherweise wieder nicht verstanden worden war, verließ er den Türflügel; schob sich durch die Öffnung; wollte zum Prokuristen hingehen, der sich schon am Geländer des Vorplatzes lächerlicherweise mit beiden Händen festhielt; fiel aber sofort, nach einem Halt suchend, mit einem kleinen Schrei auf seine vielen Beinchen nieder.

Kaum war das geschehen, fühlte er zum ersten Mal an diesem Morgen ein körperliches Wohlbehagen; die Beinchen hatten festen Boden unter sich; sie gehorchten vollkommen, wie er zu seiner Freude merkte; strebten sogar darnach, ihn fortzutragen, wohin er wollte; und schon glaubte er, die endgültige Besserung alles Leidens stehe unmittelbar bevor. Aber im gleichen Augenblick, als er da schaukelnd vor verhaltener Bewegung, gar nicht weit von seiner Mutter entfernt, ihr gerade gegenüber auf dem Boden lag, sprang diese, die doch so ganz in sich versunken schien, mit einem Male in die Höhe, die Arme weit ausgestreckt, die Finger gespreizt, rief: »Hilfe, um Gottes willen Hilfe!«, hielt den Kopf geneigt, als wolle sie Gregor besser sehen, lief aber, im Widerspruch dazu, sinnlos zurück; hatte vergessen, dass hinter ihr der gedeckte Tisch stand; setzte sich, als sie bei ihm angekommen war, wie in Zerstreutheit, eilig auf ihn; und schien gar nicht zu merken, dass neben ihr aus der umgeworfenen großen Kanne der Kaffee in vollem Strome auf den Teppich sich ergoss.

»Mutter, Mutter«, sagte Gregor leise und sah zu ihr hinauf. Der Prokurist war ihm für einen Augenblick ganz aus dem Sinn gekommen; dagegen konnte er sich nicht versagen, im Anblick des fließenden Kaffees mehrmals mit den Kiefern ins Leere zu schnappen. Darüber schrie die Mutter neuerdings auf, flüchtete vom Tisch und fiel dem ihr entgegeneilenden Vater in die Arme. Aber Gregor hatte jetzt keine Zeit für seine Eltern; der Prokurist war schon auf der Treppe; das Kinn auf dem Geländer, sah er noch zum letzten Male zurück. Gregor nahm einen Anlauf, um ihn möglichst sicher einzuholen; der Prokurist musste etwas ahnen, denn er machte einen Sprung über mehrere Stufen und verschwand; »Huh!«, aber schrie er noch, es klang durchs ganze Treppenhaus. Leider schien nun auch diese Flucht des Prokuristen den Vater, der bisher verhältnismäßig gefasst gewesen war, völlig zu verwirren, denn statt selbst dem Prokuristen nachzulaufen oder wenigstens Gregor in der Verfolgung nicht zu hindern, packte er mit der Rechten den Stock des Prokuristen, den dieser mit Hut und Überzieher auf einem Sessel zurückgelassen hatte, holte mit der Linken eine große Zeitung vom Tisch und machte sich unter Füßestampfen daran, Gregor durch Schwenken des Stockes und der Zeitung in sein Zimmer zurückzutreiben. Kein Bitten Gregors half, kein Bitten wurde auch verstanden, er mochte den Kopf noch so demütig drehen, der Vater stampfte nur stärker mit den Füßen. Drüben hatte die

Mutter trotz des kühlen Wetters ein Fenster aufgerissen, und hinausgelehnt drückte sie ihr Gesicht weit außerhalb des Fensters in ihre Hände. Zwischen Gasse und Treppenhaus entstand eine starke Zugluft, die Fenstervorhänge flogen auf, die Zeitungen auf dem Tische rauschten, einzelne Blätter wehten über den Boden hin. Unerbittlich drängte der Vater und stieß Zischlaute aus, wie ein Wilder. Nun hatte aber Gregor noch gar keine Übung im Rückwärtsgehen, es ging wirklich sehr langsam. Wenn sich Gregor nur hätte umdrehen dürfen, er wäre gleich in seinem Zimmer gewesen, aber er fürchtete sich, den Vater durch die zeitraubende Umdrehung ungeduldig zu machen, und jeden Augenblick drohte ihm doch von dem Stock in des Vaters Hand der tödliche Schlag auf den Rücken oder auf den Kopf. Endlich aber blieb Gregor doch nichts anderes übrig, denn er merkte mit Entsetzen, dass er im Rückwärtsgehen nicht einmal die Richtung einzuhalten verstand; und so begann er, unter unaufhörlichen ängstlichen Seitenblicken nach dem Vater, sich nach Möglichkeit rasch, in Wirklichkeit aber doch nur sehr langsam umzudrehen. Vielleicht merkte der Vater seinen guten Willen, denn er störte ihn hierbei nicht, sondern dirigierte sogar hie und da die Drehbewegung von der Ferne mit der Spitze seines Stockes. Wenn nur nicht dieses unerträgliche Zischen des Vaters gewesen wäre! Gregor verlor darüber ganz den Kopf. Er war schon fast ganz umgedreht, als er sich, immer auf dieses Zischen horchend, sogar irrte und sich wieder ein Stück zurückdrehte. Als er aber endlich glücklich mit dem Kopf vor der Türöffnung war, zeigte es sich, dass sein Körper zu breit war, um ohne Weiteres durchzukommen. Dem Vater fiel es natürlich in seiner gegenwärtigen Verfassung auch nicht entfernt ein, etwa den anderen Türflügel zu öffnen, um für Gregor einen genügenden Durchgang zu schaffen. Seine fixe Idee war bloß, dass Gregor so rasch wie möglich in sein Zimmer müsse. Niemals hätte er auch die umständlichen Vorbereitungen gestattet, die Gregor brauchte, um sich aufzurichten und vielleicht auf diese Weise durch die Tür zu kommen. Vielmehr trieb er, als gäbe es kein Hindernis, Gregor jetzt unter besonderem Lärm vorwärts; es klang schon hinter Gregor gar nicht mehr wie die Stimme bloß eines einzigen Vaters; nun gab es wirklich keinen Spaß mehr, und Gregor drängte sich – geschehe, was wolle – in die Tür. Die eine Seite seines Körpers hob sich, er lag schief in der Türöffnung, seine eine Flanke war ganz wundgerieben, an der weißen Tür blieben hässliche Flecken, bald steckte er fest und hätte sich allein nicht mehr rühren können, die Beinchen auf der einen Seite hingen zitternd oben in der Luft, die auf der anderen waren schmerzhaft zu Boden gedrückt – da gab ihm der Vater von hinten einen jetzt wahrhaftig erlösenden starken Stoß, und er flog, heftig blutend, weit in sein Zimmer hinein. Die Tür wurde noch mit dem Stock zugeschlagen, dann war es endlich still.

II

Erst in der Abenddämmerung erwachte Gregor aus seinem schweren ohnmachtsähnlichen Schlaf. Er wäre gewiss nicht viel später auch ohne Störung erwacht, denn er fühlte sich genügend ausgeruht und ausgeschlafen, doch schien es ihm, als hätte ihn ein flüchtiger Schritt und ein vorsichtiges Schließen der zum Vorzimmer führenden Tür geweckt. Der Schein der elektrischen Straßenlampen lag bleich hier und da auf der Zimmerdecke und auf den höheren Teilen der Möbel, aber unten bei Gregor war es finster. Langsam schob er sich, noch ungeschickt mit seinen Fühlern tastend, die er erst jetzt schätzen lernte, zur Türe hin, um nachzusehen, was dort geschehen war. Seine linke Seite schien eine einzige lange, unangenehm spannende Narbe und er musste auf seinen zwei Beinreihen regelrecht hinken. Ein Beinchen war übrigens im Laufe der vormittägigen Vorfälle schwer verletzt worden – es war fast ein Wunder, dass nur eines verletzt worden war – und schleppte leblos nach.

Erst bei der Tür merkte er, was ihn dorthin eigentlich gelockt hatte; es war der Geruch von etwas Essbarem gewesen. Denn dort stand ein Napf mit süßer Milch gefüllt, in der kleine Schnitten von Weißbrot schwammen. Fast hätte er vor Freude gelacht, denn er hatte noch größeren Hunger als am Morgen, und gleich tauchte er seinen Kopf fast bis über die Augen in die Milch hinein. Aber bald zog er ihn enttäuscht wieder zurück; nicht nur, dass ihm das Essen wegen seiner heiklen linken Seite Schwierigkeiten machte – und er konnte nur essen, wenn der ganze Körper schnaufend mitarbeitete –, so schmeckte ihm überdies die Milch, die sonst sein Lieblingsgetränk war, und die ihm gewiss die Schwester deshalb hereingestellt hatte, gar nicht, ja er wandte sich fast mit Widerwillen von dem Napf ab und kroch in die Zimmermitte zurück.

Im Wohnzimmer war, wie Gregor durch die Türspalte sah, das Gas angezündet, aber während sonst zu dieser Tageszeit der Vater seine nachmittags erscheinende Zeitung der Mutter und manchmal auch der Schwester mit erhobener Stimme vorzulesen pflegte, hörte man jetzt keinen Laut. Nun, vielleicht war dieses Vorlesen, von dem ihm die Schwester immer erzählte und schrieb, in der letzten Zeit überhaupt aus der Übung gekommen. Aber auch ringsherum war es so still, trotzdem doch gewiss die Wohnung nicht leer war. »Was für ein stilles Leben die Familie doch führte«, sagte sich Gregor und fühlte, während er starr vor sich ins Dunkle sah, einen großen Stolz darüber, dass er seinen Eltern und seiner Schwester ein solches Leben in einer so schönen Wohnung hatte verschaffen können. Wie aber, wenn jetzt alle Ruhe, aller Wohlstand, alle Zufriedenheit ein Ende mit Schrecken nehmen sollte? Um sich nicht in solche Gedanken zu verlieren, setzte sich Gregor lieber in Bewegung und kroch im Zimmer auf und ab.

Einmal während des langen Abends wurde die eine Seitentüre und einmal die andere bis zu einer kleinen Spalte geöffnet und rasch wieder geschlossen; jemand hatte wohl das Bedürfnis hereinzukommen, aber auch wieder zu viele Bedenken. Gregor machte nun unmittelbar bei der Wohnzimmertür halt, entschlossen, den zögernden Besucher doch irgendwie hereinzubringen oder doch wenigstens zu erfahren, wer es sei; aber nun wurde die Tür nicht mehr geöffnet und Gregor wartete vergebens. Früh, als die Türen versperrt waren, hatten alle zu ihm hereinkommen wollen, jetzt, da er die eine Tür geöffnet hatte und die anderen offenbar während des Tages geöffnet worden waren, kam keiner mehr, und die Schlüssel steckten nun auch von außen.

Spät erst in der Nacht wurde das Licht im Wohnzimmer ausgelöscht, und nun war leicht festzustellen, dass die Eltern und die Schwester so lange wachgeblieben waren, denn wie man genau hören konnte, entfernten sich jetzt alle drei auf den Fußspitzen. Nun kam gewiss bis zum Morgen niemand mehr zu Gregor herein; er hatte also eine lange Zeit, um ungestört zu überlegen, wie er sein Leben jetzt neu ordnen sollte. Aber das hohe freie Zimmer, in dem er gezwungen war, flach auf dem Boden zu liegen, ängstigte ihn, ohne dass er die Ursache herausfinden konnte, denn es war ja sein seit fünf Jahren von ihm bewohntes Zimmer – und mit einer halb unbewussten Wendung und nicht ohne eine leichte Scham eilte er unter das Kanapee, wo er sich, trotzdem sein Rücken ein wenig gedrückt wurde und trotzdem er den Kopf nicht mehr erheben konnte, gleich sehr behaglich fühlte und nur bedauerte, dass sein Körper zu breit war, um vollständig unter dem Kanapee untergebracht zu werden.

Dort blieb er die ganze Nacht, die er zum Teil im Halbschlaf, aus dem ihn der Hunger immer wieder aufschreckte, verbrachte, zum Teil aber in Sorgen und undeutlichen Hoffnungen, die aber alle zu dem Schlusse führten, dass er sich vorläufig ruhig verhalten und durch Geduld und größte Rücksichtnahme der Familie die Unannehmlichkeiten erträglich machen müsse, die er ihr in seinem gegenwärtigen Zustand nun einmal zu verursachen gezwungen war.

Schon am frühen Morgen, es war fast noch Nacht, hatte Gregor Gelegenheit, die Kraft seiner eben gefassten Entschlüsse zu prüfen, denn vom Vorzimmer her öffnete die Schwester, fast völlig angezogen, die Tür und sah mit Spannung herein. Sie fand ihn nicht gleich, aber als sie ihn unter dem Kanapee bemerkte – Gott, er musste doch irgendwo sein, er hatte doch nicht wegfliegen können –, erschrak sie so sehr, dass sie, ohne sich beherrschen zu können, die Tür von außen wieder zuschlug. Aber als bereue sie ihr Benehmen, öffnete sie die Tür sofort wieder und trat, als sei sie bei einem Schwerkranken oder gar bei einem Fremden, auf den Fußspitzen herein. Gregor hatte den Kopf bis knapp zum Rande des Kanapees vorgeschoben und beobachtete sie. Ob sie wohl bemerken würde, dass er die Milch stehen gelassen hatte, und zwar keineswegs aus Mangel an Hunger, und ob sie eine andere Speise hereinbringen würde, die ihm besser entsprach? Täte sie es nicht von selbst, er wollte lieber verhungern, als sie darauf aufmerksam machen, trotzdem es ihn eigentlich ungeheuer drängte, unterm Kanapee vorzuschießen, sich der Schwester zu Füßen zu werfen und sie um irgendetwas Gutes zum Essen zu bitten. Aber die Schwester bemerkte sofort mit Verwunderung den noch vollen Napf, aus dem nur ein wenig Milch ringsherum verschüttet war, sie hob ihn gleich auf, zwar nicht mit den bloßen Händen, sondern mit einem Fetzen, und trug ihn hinaus. Gregor war äußerst neugierig, was sie zum Ersatz bringen würde, und er machte sich die verschiedensten Gedanken darüber. Niemals aber hätte er erraten können, was die Schwester in ihrer Güte wirklich tat. Sie brachte ihm, um seinen Geschmack zu prüfen, eine ganze Auswahl, alles auf einer alten Zeitung ausgebreitet. Da war altes, halb verfaultes Gemüse; Knochen vom Nachtmahl her, die von fest gewordener weißer Sauce umgeben waren; ein paar Rosinen und Mandeln; ein Käse, den Gregor vor zwei Tagen für ungenießbar erklärt hatte; ein trockenes Brot, ein mit Butter beschmiertes und gesalzenes Brot. Außerdem stellte sie zu dem allen noch den wahrscheinlich ein für alle Mal für Gregor bestimmten Napf, in den sie Wasser gegossen hatte. Und aus Zartgefühl, da sie wusste, dass Gregor vor ihr nicht essen würde, entfernte sie sich eiligst und drehte sogar den Schlüssel um, damit nur Gregor merken könne, dass er es sich so behaglich machen dürfe, wie er wolle. Gregors Beinchen schwirrten, als es jetzt zum Essen ging. Seine Wunden mussten übrigens auch schon vollständig geheilt sein, er fühlte keine Behinderung mehr, er staunte darüber und dachte daran, wie er vor mehr als einem Monat sich mit dem Messer ganz wenig in den Finger geschnitten, und wie ihm diese Wunde noch vorgestern genug weh getan hatte. »Sollte ich jetzt weniger Feingefühl haben?«, dachte er und saugte schon gierig an dem Käse, zu dem es ihn vor allen anderen Speisen sofort und nachdrücklich gezogen hatte. Rasch hintereinander und mit vor Befriedigung tränenden Augen verzehrte er den Käse, das Gemüse und die Sauce; die frischen Speisen dagegen schmeckten ihm nicht, er konnte nicht einmal ihren Geruch vertragen und schleppte sogar die Sachen, die er essen wollte, ein Stückchen weiter weg. Er war schon längst mit allem fertig und lag nun faul auf der gleichen Stelle, als die Schwester zum Zeichen, dass er sich zurückziehen solle, langsam den Schlüssel umdrehte. Das schreckte ihn sofort auf, trotzdem er schon fast schlummerte, und er eilte wieder unter das Kanapee. Aber es kostete ihn große Selbstüberwindung, auch nur die kurze Zeit, während welcher die Schwester im Zimmer war, unter dem Kanapee zu bleiben, denn von dem reichlichen Essen hatte sich sein Leib ein wenig gerundet und er konnte dort in der Enge kaum atmen. Unter kleinen Erstickungsanfällen sah er mit etwas hervorgequollenen Augen zu, wie die nichtsahnende Schwester mit einem Besen nicht nur die Überbleibsel zusammenkehrte, sondern selbst die von Gregor gar nicht berührten Speisen, als seien also auch diese nicht mehr zu gebrauchen, und wie sie alles hastig in einen Kübel schüttete, den sie mit einem Holzdeckel schloss, worauf sie alles hinaustrug. Kaum hatte sie sich umgedreht, zog sich schon Gregor unter dem Kanapee hervor und streckte und blähte sich.

Auf diese Weise bekam nun Gregor täglich sein Essen, einmal am Morgen, wenn die Eltern und das Dienstmädchen noch schliefen, das zweite Mal nach dem allgemeinen Mittagessen, denn dann schliefen die Eltern gleichfalls noch ein Weilchen, und das Dienstmädchen wurde von der Schwester mit irgendeiner Besorgung weggeschickt. Gewiss wollten auch sie nicht, dass Gregor verhungere, aber vielleicht hätten sie es nicht ertragen können, von seinem Essen mehr als durch Hörensagen zu erfahren, vielleicht wollte die Schwester ihnen auch eine möglicherweise nur kleine Trauer ersparen, denn tatsächlich litten sie ja gerade genug.

Mit welchen Ausreden man an jenem ersten Vormittag den Arzt und den Schlosser wieder aus der Wohnung geschafft hatte, konnte Gregor gar nicht erfahren, denn da er nicht verstanden wurde, dachte niemand daran, auch die Schwester nicht, dass er die anderen verstehen könne, und so musste er sich, wenn die Schwester in seinem Zimmer war, damit begnügen, nur hier und da ihre Seufzer und Anrufe der Heiligen zu hören. Erst später, als sie sich ein wenig an alles gewöhnt hatte – von vollständiger Gewöhnung konnte natürlich niemals die Rede sein –, erhaschte Gregor manchmal eine Bemerkung, die freundlich gemeint war oder so gedeutet werden konnte. »Heute hat es ihm aber geschmeckt«, sagte sie, wenn Gregor unter dem Essen tüchtig aufgeräumt hatte, während sie im gegenteiligen Fall, der sich allmählich immer häufiger wiederholte, fast traurig zu sagen pflegte: »Nun ist wieder alles stehen geblieben.«

Während aber Gregor unmittelbar keine Neuigkeit erfahren konnte, erhorchte er manches aus den Nebenzimmern, und wo er nur einmal Stimmen hörte, lief er gleich zu der betreffenden Tür und drückte sich mit ganzem Leib an sie. Besonders in der ersten Zeit gab es kein Gespräch, das nicht irgendwie, wenn auch nur im Geheimen, von ihm handelte. Zwei Tage lang waren bei allen Mahlzeiten Beratungen darüber zu hören, wie man sich jetzt verhalten solle; aber auch zwischen den Mahlzeiten sprach man über das gleiche Thema, denn immer waren zumindest zwei Familienmitglieder zu Hause, da wohl niemand allein zu Hause bleiben wollte und man die Wohnung doch auf keinen Fall gänzlich verlassen konnte. Auch hatte das Dienstmädchen gleich am ersten Tag – es war nicht ganz klar, was und wie viel sie von dem Vorgefallenen wusste – kniefällig die Mutter gebeten, sie sofort zu entlassen, und als sie sich eine Viertelstunde danach verabschiedete, dankte sie für die Entlassung unter Tränen, wie für die größte Wohltat, die man ihr hier erwiesen hatte, und gab, ohne dass man es von ihr verlangte, einen fürchterlichen Schwur ab, niemandem auch nur das Geringste zu verraten.

Nun musste die Schwester im Verein mit der Mutter auch kochen; allerdings machte das nicht viel Mühe, denn man aß fast nichts. Immer wieder hörte Gregor, wie der eine den anderen vergebens zum Essen aufforderte und keine andere Antwort bekam als: »Danke, ich habe genug«, oder etwas Ähnliches. Getrunken wurde vielleicht auch nichts. Öfters fragte die Schwester den Vater, ob er Bier haben wolle, und herzlich erbot sie sich, es selbst zu holen, und als der Vater schwieg, sagte sie, um ihm jedes Bedenken zu nehmen, sie könne auch die Hausmeisterin darum schicken, aber dann sagte der Vater schließlich ein großes »Nein«, und es wurde nicht mehr davon gesprochen.

Schon im Laufe des ersten Tages legte der Vater die ganzen Vermögensverhältnisse und Aussichten sowohl der Mutter als auch der Schwester dar. Hie und da stand er vom Tisch auf und holte aus seiner kleinen Wertheimkassa, die er aus dem vor fünf Jahren erfolgten Zusammenbruch seines Geschäftes gerettet hatte, irgendeinen Beleg oder irgendein Vormerkbuch. Man hörte, wie er das komplizierte Schloss aufsperrte und nach Entnahme des Gesuchten wieder verschloss. Diese Erklärungen des Vaters waren zum Teil das erste Erfreuliche, was Gregor seit seiner Gefangenschaft zu hören bekam. Er war der Meinung gewesen, dass dem Vater von jenem Geschäft her nicht das Geringste übriggeblieben war, zumindest hatte ihm der Vater nichts Gegenteiliges gesagt, und Gregor allerdings hatte ihn auch nicht darum gefragt. Gregors Sorge war damals nur gewesen, alles daranzusetzen, um die Familie das geschäftliche Unglück, das alle in eine vollständige Hoffnungslosigkeit gebracht hatte, möglichst rasch vergessen zu lassen. Und so hatte er damals mit ganz besonderem Feuer zu arbeiten angefangen und war fast über Nacht aus einem kleinen Kommis ein Reisender geworden, der natürlich ganz andere Möglichkeiten des Geldverdienens hatte, und dessen Arbeitserfolge sich sofort in Form der Provision zu Bargeld verwandelten, das der erstaunten und beglückten Familie zu Hause auf den Tisch gelegt werden konnte. Es waren schöne Zeiten gewesen, und niemals nachher hatten sie sich, wenigstens in diesem Glanze, wiederholt, trotzdem Gregor später so viel Geld verdiente, dass er den Aufwand der ganzen Familie zu tragen imstande war und auch trug. Man hatte sich eben daran gewöhnt, sowohl die Familie als auch Gregor, man nahm das Geld dankbar an, er lieferte es gern ab, aber eine besondere Wärme wollte sich nicht mehr ergeben. Nur die Schwester war Gregor doch noch nahe geblieben, und es war sein geheimer Plan, sie, die zum Unterschied von Gregor Musik sehr liebte und rührend Violine zu spielen verstand, nächstes Jahr, ohne Rücksicht auf die großen Kosten, die das verursachen musste, und die man schon auf andere Weise hereinbringen würde, auf das Konservatorium zu schicken. Öfters während der kurzen Aufenthalte Gregors in der Stadt wurde in den Gesprächen mit der Schwester das Konservatorium erwähnt, aber immer nur als schöner Traum, an dessen Verwirklichung nicht zu denken war, und die Eltern hörten nicht einmal diese unschuldigen Erwähnungen gern; aber Gregor dachte sehr bestimmt daran und beabsichtigte, es am Weihnachtsabend feierlich zu erklären.

Solche in seinem gegenwärtigen Zustand ganz nutzlose Gedanken gingen ihm durch den Kopf, während er dort aufrecht an der Türe klebte und horchte. Manchmal konnte er vor allgemeiner Müdigkeit gar nicht mehr zuhören und ließ den Kopf nachlässig gegen die Tür schlagen, hielt ihn aber sofort wieder fest, denn selbst das kleine Geräusch, das er damit verursacht hatte, war nebenan gehört worden und hatte alle verstummen lassen. »Was er nur wieder treibt«, sagte der Vater nach einer Weile, offenbar zur Türe hingewendet, und dann erst wurde das unterbrochene Gespräch allmählich wieder aufgenommen.

Gregor erfuhr nun zur Genüge – denn der Vater pflegte sich in seinen Erklärungen öfters zu wiederholen, teils, weil er selbst sich mit diesen Dingen schon lange nicht beschäftigt hatte, teils auch, weil die Mutter nicht alles gleich beim ersten Mal verstand –, dass trotz allen Unglücks ein allerdings ganz kleines Vermögen aus der alten Zeit noch vorhanden war, das die nicht angerührten Zinsen in der Zwischenzeit ein wenig hatten anwachsen lassen. Außerdem aber war das Geld, das Gregor allmonatlich nach Hause gebracht hatte – er selbst hatte nur ein paar Gulden für sich behalten –, nicht vollständig aufgebraucht worden und hatte sich zu einem kleinen Kapital angesammelt. Gregor, hinter seiner Türe, nickte eifrig, erfreut über diese unerwartete Vorsicht und Sparsamkeit. Eigentlich hätte er ja mit diesen überschüssigen Geldern die Schuld des Vaters gegenüber dem Chef weiter abgetragen haben können, und jener Tag, an dem er diesen Posten hätte loswerden können, wäre weit näher gewesen, aber jetzt war es zweifellos besser so, wie es der Vater eingerichtet hatte.

Nun genügte dieses Geld aber ganz und gar nicht, um die Familie etwa von den Zinsen leben zu lassen; es genügte vielleicht, um die Familie ein, höchstens zwei Jahre zu erhalten, mehr war es nicht. Es war also bloß eine Summe, die man eigentlich nicht angreifen durfte, und die für den Notfall zurückgelegt werden musste; das Geld zum Leben aber musste man verdienen. Nun war aber der Vater ein zwar gesunder, aber alter Mann, der schon fünf Jahre nichts gearbeitet hatte und sich jedenfalls nicht viel zutrauen durfte; er hatte in diesen fünf Jahren, welche die ersten Ferien seines mühevollen und doch erfolglosen Lebens waren, viel Fett angesetzt und war dadurch recht schwerfällig geworden. Und die alte Mutter sollte nun vielleicht Geld verdienen, die an Asthma litt, der eine Wanderung durch die Wohnung schon Anstrengung verursachte, und die jeden zweiten Tag in Atembeschwerden auf dem Sofa beim offenen Fenster verbrachte? Und die Schwester sollte Geld verdienen, die noch ein Kind war

mit ihren siebzehn Jahren, und der ihre bisherige Lebensweise so sehr zu gönnen war, die daraus bestanden hatte, sich nett zu kleiden, lange zu schlafen, in der Wirtschaft mitzuhelfen, an ein paar bescheidenen Vergnügungen sich zu beteiligen und vor allem Violine zu spielen? Wenn die Rede auf diese Notwendigkeit des Geldverdienens kam, ließ zuerst immer Gregor die Türe los und warf sich auf das neben der Tür befindliche kühle Ledersofa, denn ihm war ganz heiß vor Beschämung und Trauer.
Oft lag er dort die ganzen langen Nächte über, schlief keinen Augenblick und scharrte nur stundenlang auf dem Leder. Oder er scheute nicht die große Mühe, einen Sessel zum Fenster zu schieben, dann die Fensterbrüstung hinaufzukriechen und, in den Sessel gestemmt, sich ans Fenster zu lehnen, offenbar nur in irgendeiner Erinnerung an das Befreiende, das früher für ihn darin gelegen war, aus dem Fenster zu schauen. Denn tatsächlich sah er von Tag zu Tag die auch nur ein wenig entfernten Dinge immer undeutlicher; das gegenüberliegende Krankenhaus, dessen nur allzu häufigen Anblick er früher verflucht hatte, bekam er überhaupt nicht mehr zu Gesicht, und wenn er nicht genau gewusst hätte, dass er in der stillen, aber völlig städtischen Charlottenstraße wohnte, hätte er glauben können, von seinem Fenster aus in eine Einöde zu schauen, in welcher der graue Himmel und die graue Erde ununterscheidbar sich vereinigten. Nur zweimal hatte die aufmerksame Schwester sehen müssen, dass der Sessel beim Fenster stand, als sie schon jedes Mal, nachdem sie das Zimmer aufgeräumt hatte, den Sessel wieder genau zum Fenster hinschob, ja sogar von nun ab den inneren Fensterflügel offenließ.
Hätte Gregor nur mit der Schwester sprechen und ihr für alles danken können, was sie für ihn machen musste, er hätte ihre Dienste leichter ertragen; so aber litt er darunter. Die Schwester suchte freilich die Peinlichkeit des Ganzen möglichst zu verwischen, und je längere Zeit verging, desto besser gelang es ihr natürlich auch, aber auch Gregor durchschaute mit der Zeit alles viel genauer. Schon ihr Eintritt war für ihn schrecklich. Kaum war sie eingetreten, lief sie, ohne sich Zeit zu nehmen, die Türe zu schließen, so sehr sie sonst darauf achtete, jedem den Anblick von Gregors Zimmer zu ersparen, geradewegs zum Fenster und riss es, als ersticke sie fast, mit hastigen Händen auf, blieb auch, selbst wenn es noch so kalt war, ein Weilchen beim Fenster und atmete tief. Mit diesem Laufen und Lärmen erschreckte sie Gregor täglich zweimal; die ganze Zeit über zitterte er unter dem Kanapee und wusste doch sehr gut, dass sie ihn gewiss gerne damit verschont hätte, wenn es ihr nur möglich gewesen wäre,

sich in einem Zimmer, in dem sich Gregor befand, bei geschlossenem Fenster aufzuhalten.

Einmal, es war wohl schon ein Monat seit Gregors Verwandlung vergangen und es war doch schon für die Schwester kein besonderer Grund mehr, über Gregors Aussehen in Erstaunen zu geraten, kam sie ein wenig früher als sonst und traf Gregor noch an, wie er, unbeweglich und so recht zum Erschrecken aufgestellt, aus dem Fenster schaute. Es wäre für Gregor nicht unerwartet gewesen, wenn sie nicht eingetreten wäre, da er sie durch seine Stellung verhinderte, sofort das Fenster zu öffnen, aber sie trat nicht nur nicht ein, sie fuhr sogar zurück und schloss die Tür; ein Fremder hätte geradezu denken können, Gregor habe ihr aufgelauert und habe sie beißen wollen. Gregor versteckte sich natürlich sofort unter dem Kanapee, aber er musste bis zum Mittag warten, ehe die Schwester wiederkam, und sie schien viel unruhiger als sonst. Er erkannte daraus, dass ihr sein Anblick noch immer unerträglich war und ihr auch weiterhin unerträglich bleiben müsse, und dass sie sich wohl sehr überwinden musste, vor dem Anblick auch nur der kleinen Partie seines Körpers nicht davonzulaufen, mit der er unter dem Kanapee hervorragte. Um ihr auch diesen Anblick zu ersparen, trug er eines Tages auf seinem Rücken – er brauchte zu dieser Arbeit vier Stunden – das Leintuch auf das Kanapee und ordnete es in einer solchen Weise an, dass er nun gänzlich verdeckt war, und dass die Schwester, selbst wenn sie sich bückte, ihn nicht sehen konnte. Wäre dieses Leintuch ihrer Meinung nach nicht nötig gewesen, dann hätte sie es ja entfernen können, denn dass es nicht zum Vergnügen Gregors gehören konnte, sich so ganz und gar abzusperren, war doch klar genug, aber sie ließ das Leintuch so wie es war, und Gregor glaubte sogar einen dankbaren Blick erhascht zu haben, als er einmal mit dem Kopf vorsichtig das Leintuch ein wenig lüftete, um nachzusehen, wie die Schwester die neue Einrichtung aufnahm.

In den ersten vierzehn Tagen konnten es die Eltern nicht über sich bringen, zu ihm hereinzukommen, und er hörte oft, wie sie die jetzige Arbeit der Schwester völlig erkannten, während sie sich bisher häufig über die Schwester geärgert hatten, weil sie ihnen als ein etwas nutzloses Mädchen erschienen war. Nun aber warteten oft beide, der Vater und die Mutter, vor Gregors Zimmer, während die Schwester dort aufräumte, und kaum war sie herausgekommen, musste sie ganz genau erzählen, wie es in dem Zimmer aussah, was Gregor gegessen hatte, wie er sich diesmal benommen hatte, und ob vielleicht eine kleine Besserung zu bemerken war. Die

Mutter übrigens wollte verhältnismäßig bald Gregor besuchen, aber der Vater und die Schwester hielten sie zuerst mit Vernunftgründen zurück, denen Gregor sehr aufmerksam zuhörte, und die er vollständig billigte. Später aber musste man sie mit Gewalt zurückhalten, und wenn sie dann rief: »Lasst mich doch zu Gregor, er ist ja mein unglücklicher Sohn! Begreift ihr es denn nicht, dass ich zu ihm muss?«, dann dachte Gregor, dass es vielleicht doch gut wäre, wenn die Mutter hereinkäme, nicht jeden Tag natürlich, aber vielleicht einmal in der Woche; sie verstand doch alles viel besser als die Schwester, die trotz all ihrem Mute doch nur ein Kind war und im letzten Grunde vielleicht nur aus kindlichem Leichtsinn eine so schwere Aufgabe übernommen hatte.

Der Wunsch Gregors, die Mutter zu sehen, ging bald in Erfüllung. Während des Tages wollte Gregor schon aus Rücksicht auf seine Eltern sich nicht beim Fenster zeigen, kriechen konnte er aber auf den paar Quadratmetern des Fußbodens auch nicht viel, das ruhige Liegen ertrug er schon während der Nacht schwer, das Essen machte ihm bald nicht mehr das geringste Vergnügen, und so nahm er zur Zerstreuung die Gewohnheit an, kreuz und quer über Wände und Plafond zu kriechen. Besonders oben auf der Decke hing er gern; es war ganz anders als das Liegen auf dem Fußboden; man atmete freier; ein leichtes Schwingen ging durch den Körper; und in der fast glücklichen Zerstreutheit, in der sich Gregor dort oben befand, konnte es geschehen, dass er zu seiner eigenen Überraschung sich losließ und auf den Boden klatschte. Aber nun hatte er natürlich seinen Körper ganz anders in der Gewalt als früher und beschädigte sich selbst bei einem so großen Fall nicht. Die Schwester nun bemerkte sofort die neue Unterhaltung, die Gregor für sich gefunden hatte – er hinterließ ja auch beim Kriechen hie und da Spuren seines Klebstoffes –, und da setzte sie es sich in den Kopf, Gregor das Kriechen in größtem Ausmaß zu ermöglichen und die Möbel, die es verhinderten, also vor allem den Kasten und den Schreibtisch, wegzuschaffen. Nun war sie aber nicht imstande, dies allein zu tun; den Vater wagte sie nicht um Hilfe zu bitten; das Dienstmädchen hätte ihr ganz gewiss nicht geholfen, denn dieses etwa sechzehnjährige Mädchen harrte zwar tapfer seit Entlassung der früheren Köchin aus, hatte aber um die Vergünstigung gebeten, die Küche unaufhörlich versperrt halten zu dürfen und nur auf besonderen Anruf öffnen zu müssen; so blieb der Schwester also nichts übrig, als einmal in Abwesenheit des Vaters die Mutter zu holen. Mit Ausrufen erregter Freude kam die Mutter auch heran, verstummte aber an der Tür vor Gregors Zimmer.

Zuerst sah natürlich die Schwester nach, ob alles im Zimmer in Ordnung war; dann erst ließ sie die Mutter eintreten. Gregor hatte in größter Eile das Leintuch noch tiefer und mehr in Falten gezogen, das Ganze sah wirklich nur wie ein zufällig über das Kanapee geworfenes Leintuch aus. Gregor unterließ auch diesmal, unter dem Leintuch zu spionieren; er verzichtete darauf, die Mutter schon diesmal zu sehen, und war nur froh, dass sie nun doch gekommen war. »Komm nur, man sieht ihn nicht«, sagte die Schwester, und offenbar führte sie die Mutter an der Hand. Gregor hörte nun, wie die zwei schwachen Frauen den immerhin schweren alten Kasten von seinem Platze rückten, und wie die Schwester immerfort den größten Teil der Arbeit für sich beanspruchte, ohne auf die Warnungen der Mutter zu hören, welche fürchtete, dass sie sich überanstrengen werde. Es dauerte sehr lange. Wohl nach schon viertelstündiger Arbeit sagte die Mutter, man solle den Kasten doch lieber hierlassen, denn erstens sei er zu schwer, sie würden vor Ankunft des Vaters nicht fertig werden und mit dem Kasten in der Mitte des Zimmers Gregor jeden Weg verrammeln, zweitens aber sei es doch gar nicht sicher, dass Gregor mit der Entfernung der Möbel ein Gefallen geschehe. Ihr scheine das Gegenteil der Fall zu sein; ihr bedrücke der Anblick der leeren Wand geradezu das Herz; und warum solle nicht auch Gregor diese Empfindung haben, da er doch an die Zimmermöbel längst gewöhnt sei und sich deshalb im leeren Zimmer verlassen fühlen werde. »Und ist es dann nicht so«, schloss die Mutter ganz leise, wie sie überhaupt fast flüsterte, als wolle sie vermeiden, dass Gregor, dessen genauen Aufenthalt sie ja nicht kannte, auch nur den Klang der Stimme höre, denn dass er die Worte nicht verstand, davon war sie überzeugt, »und ist es nicht so, als ob wir durch die Entfernung der Möbel zeigten, dass wir jede Hoffnung auf Besserung aufgeben und ihn rücksichtslos sich selbst überlassen? Ich glaube, es wäre das Beste, wir suchen das Zimmer genau in dem Zustand zu erhalten, in dem es früher war, damit Gregor, wenn er wieder zu uns zurückkommt, alles unverändert findet und umso leichter die Zwischenzeit vergessen kann.«

Beim Anhören dieser Worte der Mutter erkannte Gregor, dass der Mangel jeder unmittelbaren menschlichen Ansprache, verbunden mit dem einförmigen Leben inmitten der Familie, im Laufe dieser zwei Monate seinen Verstand hatte verwirren müssen, denn anders konnte er es sich nicht erklären, dass er ernsthaft danach hatte verlangen können, dass sein Zimmer ausgeleert würde. Hatte er wirklich Lust, das warme, mit ererbten Möbeln gemütlich ausgestattete Zimmer in eine Höhle verwandeln zu lassen, in der er dann freilich nach allen Richtungen ungestört würde kriechen können, jedoch auch unter gleichzeitigem schnellen, gänzlichen Vergessen seiner menschlichen Vergangenheit? War er doch jetzt schon nahe daran, zu vergessen, und nur die seit Langem nicht gehörte Stimme der Mutter hatte ihn aufgerüttelt. Nichts sollte entfernt werden; alles musste bleiben; die guten Einwirkungen der Möbel auf seinen Zustand konnte er nicht entbehren; und wenn die Möbel ihn hinderten, das sinnlose Herumkriechen zu betreiben, so war es kein Schaden, sondern ein großer Vorteil.

Aber die Schwester war leider anderer Meinung; sie hatte sich, allerdings nicht ganz unberechtigt, angewöhnt, bei Besprechung der Angelegenheiten Gregors als besonders Sachverständige gegenüber den Eltern aufzutreten, und so war auch jetzt der Rat der Mutter für die Schwester Grund genug, auf der Entfernung nicht nur des Kastens und des Schreibtisches, an die sie zuerst allein gedacht hatte, sondern auf der Entfernung sämtlicher Möbel, mit Ausnahme des unentbehrlichen Kanapees, zu bestehen. Es war natürlich nicht nur kindlicher Trotz und das in der letzten Zeit so unerwartet und schwer erworbene Selbstvertrauen, das sie zu dieser Forderung bestimmte; sie hatte doch auch tatsächlich beobachtet, dass Gregor viel Raum zum Kriechen brauchte, dagegen die Möbel, soweit man sehen konnte, nicht im Geringsten benützte. Vielleicht aber spielte auch der schwärmerische Sinn der Mädchen ihres Alters mit, der bei jeder Gelegenheit seine Befriedigung sucht, und durch den Grete jetzt sich dazu verlocken ließ, die Lage Gregors noch schreckenerregender machen zu wollen, um dann noch mehr als bis jetzt für ihn leisten zu können. Denn in einen Raum, in dem Gregor ganz allein die leeren Wände beherrschte, würde wohl kein Mensch außer Grete jemals einzutreten sich getrauen.

Und so ließ sie sich von ihrem Entschlusse durch die Mutter nicht abbringen, die auch in diesem Zimmer vor lauter Unruhe unsicher schien, bald verstummte und der Schwester nach Kräften beim Hinausschaffen des Kastens half. Nun, den Kasten konnte Gregor im Notfall noch entbehren, aber schon der Schreibtisch musste bleiben. Und kaum hatten die Frauen mit dem Kasten, an den sie sich ächzend drückten, das Zimmer verlassen, als Gregor den Kopf unter dem Kanapee hervorstieß, um zu sehen, wie er vorsichtig und möglichst rücksichtsvoll eingreifen könnte. Aber zum Unglück war es gerade die Mutter, welche zuerst zurückkehrte, während Grete im Nebenzimmer den Kasten umfangen hielt und ihn allein hin und her schwang, ohne ihn natürlich von der Stelle zu bringen.

Die Mutter aber war Gregors Anblick nicht gewöhnt, er hätte sie krank machen können, und so eilte Gregor erschrocken im Rückwärtslauf bis an das andere Ende des Kanapees, konnte es aber nicht mehr verhindern, dass das Leintuch vorne ein wenig sich bewegte. Das genügte, um die Mutter aufmerksam zu machen. Sie stockte, stand einen Augenblick still und ging dann zu Grete zurück.

Trotzdem sich Gregor immer wieder sagte, dass ja nichts Außergewöhnliches geschehe, sondern nur ein paar Möbel umgestellt würden, wirkte doch, wie er sich bald eingestehen musste, dieses Hin- und Hergehen der Frauen, ihre kleinen Zurufe, das Kratzen der Möbel auf dem Boden, wie ein großer, von allen Seiten genährter Trubel auf ihn, und er musste sich, so fest er Kopf und Beine an sich zog und den Leib bis an den Boden drückte, unweigerlich sagen, dass er das Ganze nicht lange aushalten werde. Sie räumten ihm sein Zimmer aus; nahmen ihm alles, was ihm lieb war; den Kasten, in dem die Laubsäge und andere Werkzeuge lagen, hatten sie schon hinausgetragen; lockerten jetzt den schon im Boden fest eingegrabenen Schreibtisch, an dem er als Handelsakademiker, als Bürgerschüler, ja sogar schon als Volksschüler seine Aufgaben geschrieben hatte, – da hatte er wirklich keine Zeit mehr, die guten Absichten zu prüfen, welche die zwei Frauen hatten, deren Existenz er übrigens fast vergessen hatte, denn vor Erschöpfung arbeiteten sie schon stumm, und man hörte nur das schwere Tappen ihrer Füße.

Und so brach er denn hervor – die Frauen stützten sich gerade im Nebenzimmer an den Schreibtisch, um ein wenig zu verschnaufen –, wechselte viermal die Richtung des Laufes, er wusste wirklich nicht, was er zuerst retten sollte, da sah er an der im Übrigen schon leeren Wand auffallend das Bild der in lauter Pelzwerk gekleideten Dame hängen, kroch eilends hinauf und presste sich an das Glas, das ihn festhielt und seinem heißen Bauch wohltat. Dieses Bild wenigstens, das Gregor jetzt ganz verdeckte, würde nun gewiss niemand wegnehmen. Er verdrehte den Kopf nach der Tür des Wohnzimmers, um die Frauen bei ihrer Rückkehr zu beobachten. Sie hatten sich nicht viel Ruhe gegönnt und kamen schon wieder; Grete hatte den Arm um die Mutter gelegt und trug sie fast. »Also was nehmen wir jetzt?«, sagte Grete und sah sich um. Da kreuzten sich ihre Blicke mit denen Gregors an der Wand. Wohl nur infolge der Gegenwart der Mutter behielt sie ihre Fassung, beugte ihr Gesicht zur Mutter, um diese vom Herumschauen abzuhalten, und sagte, allerdings zitternd und unüberlegt: »Komm, wollen wir nicht lieber auf einen Augenblick noch ins

Wohnzimmer zurückgehen?« Die Absicht Gretes war für Gregor klar, sie wollte die Mutter in Sicherheit bringen und dann ihn von der Wand hinunterjagen. Nun, sie konnte es ja immerhin versuchen! Er saß auf seinem Bild und gab es nicht her. Lieber würde er Grete ins Gesicht springen.
Aber Gretes Worte hatten die Mutter erst recht beunruhigt, sie trat zur Seite, erblickte den riesigen braunen Fleck auf der geblümten Tapete, rief, ehe ihr eigentlich zum Bewusstsein kam, dass das Gregor war, was sie sah, mit schreiender, rauer Stimme: »Ach Gott, ach Gott!«, und fiel mit ausgebreiteten Armen, als gebe sie alles auf, über das Kanapee hin und rührte sich nicht. »Du, Gregor!«, rief die Schwester mit erhobener Faust und eindringlichen Blicken. Es waren seit der Verwandlung die ersten Worte, die sie unmittelbar an ihn gerichtet hatte. Sie lief ins Nebenzimmer, um irgendeine Essenz zu holen, mit der sie die Mutter aus ihrer Ohnmacht wecken könnte; Gregor wollte auch helfen – zur Rettung des Bildes war noch Zeit –; er klebte aber fest an dem Glas und musste sich mit Gewalt losreißen; er lief dann auch ins Nebenzimmer, als könne er der Schwester irgendeinen Rat geben, wie in früherer Zeit; musste dann aber untätig hinter ihr stehen; während sie in verschiedenen Fläschchen kramte, erschreckte sie noch, als sie sich umdrehte; eine Flasche fiel auf den Boden und zerbrach; ein Splitter verletzte Gregor im Gesicht, irgendeine ätzende Medizin umfloss ihn; Grete nahm nun, ohne sich länger aufzuhalten, so viele Fläschchen, als sie nur halten konnte, und rannte mit ihnen zur Mutter hinein; die Tür schlug sie mit dem Fuße zu. Gregor war nun von der Mutter abgeschlossen, die durch seine Schuld vielleicht dem Tode nahe war; die Tür durfte er nicht öffnen, wollte er die Schwester, die bei der Mutter bleiben musste, nicht verjagen, er hatte jetzt nichts zu tun, als zu warten; und von Selbstvorwürfen und Besorgnis bedrängt, begann er zu kriechen, überkroch alles, Wände, Möbel und Zimmerdecke und fiel endlich in seiner Verzweiflung, als sich das ganze Zimmer schon um ihn zu drehen anfing, mitten auf den großen Tisch.
Es verging eine kleine Weile, Gregor lag matt da, ringsherum war es still, vielleicht war das ein gutes Zeichen. Da läutete es. Das Mädchen war natürlich in ihrer Küche eingesperrt und Grete musste daher öffnen gehen. Der Vater war gekommen. »Was ist geschehen?«, waren seine ersten Worte; Gretes Aussehen hatte ihm wohl alles verraten. Grete antwortete mit dumpfer Stimme, offenbar drückte sie ihr Gesicht an des Vaters Brust: »Die Mutter war ohnmächtig, aber es geht ihr schon besser. Gregor ist ausgebrochen.« »Ich habe es ja erwartet«, sagte der Vater, »ich habe es

euch ja immer gesagt, aber ihr Frauen wollt nicht hören.« Gregor war es klar, dass der Vater Gretes allzu kurze Mitteilung schlecht gedeutet hatte und annahm, dass Gregor sich irgendeine Gewalttat habe zuschulden kommen lassen. Deshalb musste Gregor den Vater jetzt zu besänftigen suchen, denn ihn aufzuklären hatte er weder Zeit noch Möglichkeit. Und so flüchtete er sich zur Tür seines Zimmers und drückte sich an sie, damit der Vater beim Eintritt vom Vorzimmer her gleich sehen könne, dass Gregor die beste Absicht habe, sofort in sein Zimmer zurückzukehren, und dass es nicht nötig sei, ihn zurückzutreiben, sondern dass man nur die Tür zu öffnen brauche, und gleich werde er verschwinden.

Aber der Vater war nicht in der Stimmung, solche Feinheiten zu bemerken; »Ah!«, rief er gleich beim Eintritt in einem Tone, als sei er gleichzeitig wütend und froh. Gregor zog den Kopf von der Tür zurück und hob ihn gegen den Vater. So hatte er sich den Vater wirklich nicht vorgestellt, wie er jetzt dastand; allerdings hatte er in der letzten Zeit über dem neuartigen Herumkriechen versäumt, sich so wie früher um die Vorgänge in der übrigen Wohnung zu kümmern, und hätte eigentlich darauf gefasst sein müssen, veränderte Verhältnisse anzutreffen. Trotzdem, trotzdem, war das noch der Vater? Der gleiche Mann, der müde im Bett vergraben lag, wenn früher Gregor zu einer Geschäftsreise ausgerückt war; der ihn an Abenden der Heimkehr im Schlafrock im Lehnstuhl empfangen hatte; gar nicht recht imstande war, aufzustehen, sondern zum Zeichen der Freude nur die Arme gehoben hatte, und der bei den seltenen gemeinsamen Spaziergängen an ein paar Sonntagen im Jahr und an den höchsten Feiertagen zwischen Gregor und der Mutter, die schon an und für sich langsam gingen, immer noch ein wenig langsamer, in seinen alten Mantel eingepackt, mit stets vorsichtig aufgesetztem Krückstock sich vorwärts arbeitete und, wenn er etwas sagen wollte, fast immer stillstand und seine Begleitung um sich versammelte? Nun aber war er recht gut aufgerichtet; in eine straffe blaue Uniform mit Goldknöpfen gekleidet, wie sie Diener der Bankinstitute tragen; über dem hohen steifen Kragen des Rockes entwickelte sich sein starkes Doppelkinn; unter den buschigen Augenbrauen drang der Blick der schwarzen Augen frisch und aufmerksam hervor; das sonst zerzauste weiße Haar war zu einer peinlich genauen, leuchtenden Scheitelfrisur niedergekämmt. Er warf seine Mütze, auf der ein Goldmonogramm, wahrscheinlich das einer Bank, angebracht war, über das ganze Zimmer im Bogen auf das Kanapee hin und ging, die Enden seines langen Uniformrockes zurückgeschlagen, die Hände in den Hosentaschen, mit verbissenem Gesicht auf Gregor zu. Er wusste wohl selbst nicht, was er vorhatte; immerhin hob er die Füße ungewöhnlich hoch, und Gregor staunte über die Riesengröße seiner Stiefelsohlen. Doch hielt er sich dabei nicht auf, er wusste ja noch vom ersten Tage seines neuen Lebens her, dass der Vater ihm gegenüber nur die größte Strenge für angebracht ansah. Und so lief er vor dem Vater her, stockte, wenn der Vater stehen blieb, und eilte schon wieder vorwärts, wenn sich der Vater nur rührte. So machten sie mehrmals die Runde um das Zimmer, ohne dass sich etwas Entscheidendes ereignete, ja ohne dass das Ganze infolge seines langsamen Tempos den Anschein einer Verfolgung gehabt hätte. Deshalb blieb auch Gregor vorläufig auf dem Fußboden, zumal er fürchtete, der Vater könnte eine Flucht auf die Wände oder den Plafond für besondere Bosheit halten. Allerdings musste sich Gregor sagen, dass er sogar dieses Laufen nicht lange aushalten würde; denn während der Vater einen Schritt machte, musste er eine Unzahl von Bewegungen ausführen. Atemnot begann sich schon bemerkbar zu machen, wie er ja auch in seiner früheren Zeit keine ganz vertrauenswürdige Lunge besessen hatte. Als er nun so dahintorkelte, um alle Kräfte für den Lauf zu sammeln, kaum die Augen offenhielt; in seiner Stumpfheit an eine andere Rettung als durch Laufen gar nicht dachte; und fast schon vergessen hatte, dass ihm die Wände freistanden, die hier allerdings mit sorgfältig geschnitzten Möbeln voll Zacken und Spitzen verstellt waren – da flog knapp neben ihm, leicht geschleudert, irgendetwas nieder und rollte vor ihm her. Es war ein Apfel; gleich flog ihm ein zweiter nach; Gregor blieb vor Schrecken stehen; ein Weiterlaufen war nutzlos, denn der Vater hatte sich entschlossen, ihn zu bombardieren. Aus der Obstschale auf der Kredenz hatte er sich die Taschen gefüllt und warf nun, ohne vorläufig scharf zu zielen, Apfel für Apfel. Diese kleinen roten Äpfel rollten wie elektrisiert auf dem Boden herum und stießen aneinander. Ein schwach geworfener Apfel streifte Gregors Rücken, glitt aber unschädlich ab. Ein ihm sofort nachfliegender drang dagegen förmlich in Gregors Rücken ein; Gregor wollte sich weiterschleppen, als könne der überraschende unglaubliche Schmerz mit dem Ortswechsel vergehen; doch fühlte er sich wie festgenagelt und streckte sich in vollständiger Verwirrung aller Sinne. Nur mit dem letzten Blick sah er noch, wie die Tür seines Zimmers aufgerissen wurde, und vor der schreienden Schwester die Mutter hervoreilte, im Hemd, denn die Schwester hatte sie entkleidet, um ihr in der Ohnmacht Atemfreiheit zu verschaffen, wie dann die Mutter auf den Vater zulief und ihr auf dem Weg die aufgebundenen Röcke einer nach dem anderen zu Boden glitten, und wie sie stolpernd über die Röcke auf den Vater eindrang und ihn umarmend, in gänzlicher Vereinigung mit ihm – nun versagte aber Gregors Sehkraft schon – die Hände an des Vaters Hinterkopf um Schonung von Gregors Leben bat.

III

Die schwere Verwundung Gregors, an der er über einen Monat litt – der Apfel blieb, da ihn niemand zu entfernen wagte, als sichtbares Andenken im Fleische sitzen –, schien selbst den Vater daran erinnert zu haben, dass Gregor trotz seiner gegenwärtigen traurigen und ekelhaften Gestalt ein Familienmitglied war, das man nicht wie einen Feind behandeln durfte, sondern dem gegenüber es das Gebot der Familienpflicht war, den Widerwillen hinunterzuschlucken und zu dulden, nichts als zu dulden.
Und wenn nun auch Gregor durch seine Wunde an Beweglichkeit wahrscheinlich für immer verloren hatte und vorläufig zur Durchquerung seines Zimmers wie ein alter Invalide lange, lange Minuten brauchte – an das Kriechen in der Höhe war nicht zu denken –, so bekam er für diese Verschlimmerung seines Zustandes einen seiner Meinung nach vollständig genügenden Ersatz dadurch, dass immer gegen Abend die Wohnzimmertür, die er schon ein bis zwei Stunden vorher scharf zu beobachten pflegte, geöffnet wurde, sodass er, im Dunkel seines Zimmers liegend, vom Wohnzimmer aus unsichtbar, die ganze Familie beim beleuchteten Tische sehen und ihre Reden, gewissermaßen mit allgemeiner Erlaubnis, also ganz anders als früher, anhören durfte.
Freilich waren es nicht mehr die lebhaften Unterhaltungen der früheren Zeiten, an die Gregor in den kleinen Hotelzimmern stets mit einigem Verlangen gedacht hatte, wenn er sich müde in das feuchte Bettzeug hatte werfen müssen. Es ging jetzt meist nur sehr still zu. Der Vater schlief bald nach dem Nachtessen in seinem Sessel ein; die Mutter und Schwester ermahnten einander zur Stille; die Mutter nähte, weit unter das Licht vorgebeugt, feine Wäsche für ein Modengeschäft; die Schwester, die eine Stellung als Verkäuferin angenommen hatte, lernte am Abend Stenografie und Französisch, um vielleicht später einmal einen besseren Posten zu erreichen. Manchmal wachte der Vater auf, und als wisse er gar nicht, dass

er geschlafen habe, sagte er zur Mutter: »Wie lange du heute schon wieder nähst!«, und schlief sofort wieder ein, während Mutter und Schwester einander müde zulächelten.
Mit einer Art Eigensinn weigerte sich der Vater, auch zu Hause seine Dieneruniform abzulegen; und während der Schlafrock nutzlos am Kleiderhaken hing, schlummerte der Vater vollständig angezogen auf seinem Platz, als sei er immer zu seinem Dienste bereit und warte auch hier auf die Stimme des Vorgesetzten. Infolgedessen verlor die gleich anfangs nicht neue Uniform trotz aller Sorgfalt von Mutter und Schwester an Reinlichkeit, und Gregor sah oft ganze Abende lang auf dieses über und über fleckige, mit seinen stets geputzten Goldknöpfen leuchtende Kleid, in dem der alte Mann höchst unbequem und doch ruhig schlief.
Sobald die Uhr zehn schlug, suchte die Mutter durch leise Zusprache den Vater zu wecken und dann zu überreden, ins Bett zu gehen, denn hier war es doch kein richtiger Schlaf und diesen hatte der Vater, der um sechs Uhr seinen Dienst antreten musste, äußerst nötig. Aber in dem Eigensinn, der ihn, seitdem er Diener war, ergriffen hatte, bestand er immer darauf, noch länger bei Tisch zu bleiben, trotzdem er regelmäßig einschlief, und war dann überdies nur mit der größten Mühe zu bewegen, den Sessel mit dem Bett zu vertauschen. Da mochten Mutter und Schwester mit kleinen Ermahnungen noch so sehr auf ihn eindringen, viertelstundenlang schüttelte er langsam den Kopf, hielt die Augen geschlossen und stand nicht auf. Die Mutter zupfte ihn am Ärmel, sagte ihm Schmeichelworte ins Ohr, die Schwester verließ ihre Aufgabe, um der Mutter zu helfen, aber beim Vater verfing das nicht. Er versank nur noch tiefer in seinen Sessel. Erst als ihn die Frauen unter den Achseln fassten, schlug er die Augen auf, sah abwechselnd die Mutter und die Schwester an und pflegte zu sagen: »Das ist ein Leben. Das ist die Ruhe meiner alten Tage.« Und auf die beiden Frauen gestützt, erhob er sich, umständlich, als sei er für sich selbst die größte Last, ließ sich von den Frauen bis zur Türe führen, winkte ihnen dort ab und ging nun selbstständig weiter, während die Mutter ihr Nähzeug, die Schwester ihre Feder eiligst hinwarfen, um hinter dem Vater zu laufen und ihm weiter behilflich zu sein.
Wer hatte in dieser abgearbeiteten und übermüdeten Familie Zeit, sich um Gregor mehr zu kümmern, als unbedingt nötig war? Der Haushalt wurde immer mehr eingeschränkt; das Dienstmädchen wurde nun doch entlassen; eine riesige knochige Bedienerin mit weißem, den Kopf umflatterndem Haar kam des Morgens und des Abends, um die schwers-

te Arbeit zu leisten; alles andere besorgte die Mutter neben ihrer vielen Näharbeit. Es geschah sogar, dass verschiedene Familienschmuckstücke, welche früher die Mutter und die Schwester überglücklich bei Unterhaltungen und Feierlichkeiten getragen hatten, verkauft wurden, wie Gregor am Abend aus der allgemeinen Besprechung der erzielten Preise erfuhr. Die größte Klage war aber stets, dass man diese für die gegenwärtigen Verhältnisse allzu große Wohnung nicht verlassen konnte, da es nicht auszudenken war, wie man Gregor übersiedeln sollte. Aber Gregor sah wohl ein, dass es nicht nur die Rücksicht auf ihn war, welche eine Übersiedlung verhinderte, denn ihn hätte man doch in einer passenden Kiste mit ein paar Luftlöchern leicht transportieren können; was die Familie hauptsächlich vom Wohnungswechsel abhielt, war vielmehr die völlige Hoffnungslosigkeit und der Gedanke daran, dass sie mit einem Unglück geschlagen war, wie niemand sonst im ganzen Verwandten- und Bekanntenkreis. Was die Welt von armen Leuten verlangt, erfüllten sie bis zum Äußersten, der Vater holte den kleinen Bankbeamten das Frühstück, die Mutter opferte sich für die Wäsche fremder Leute, die Schwester lief nach dem Befehl der Kunden hinter dem Pult hin und her, aber weiter reichten die Kräfte der Familie schon nicht. Und die Wunde im Rücken fing Gregor wie neu zu schmerzen an, wenn Mutter und Schwester, nachdem sie den Vater zu Bett gebracht hatten, nun zurückkehrten, die Arbeit liegen ließen, nahe zusammenrückten, schon Wange an Wange saßen; wenn jetzt die Mutter, auf Gregors Zimmer zeigend, sagte: »Mach dort die Tür zu, Grete«, und wenn nun Gregor wieder im Dunkel war, während nebenan die Frauen ihre Tränen vermischten oder gar tränenlos den Tisch anstarrten.

Die Nächte und Tage verbrachte Gregor fast ganz ohne Schlaf. Manchmal dachte er daran, beim nächsten Öffnen der Tür die Angelegenheiten der Familie ganz so wie früher wieder in die Hand zu nehmen; in seinen Gedanken erschienen wieder nach langer Zeit der Chef und der Prokurist, die Kommis und die Lehrjungen, der so begriffsstutzige Hausknecht, zwei, drei Freunde aus anderen Geschäften, ein Stubenmädchen aus einem Hotel in der Provinz, eine liebe, flüchtige Erinnerung, eine Kassiererin aus einem Hutgeschäft, um die er sich ernsthaft, aber zu langsam beworben hatte – sie alle erschienen untermischt mit Fremden oder schon Vergessenen, aber statt ihm und seiner Familie zu helfen, waren sie sämtlich unzugänglich, und er war froh, wenn sie verschwanden. Dann aber war er wieder gar nicht in der Laune, sich um seine Familie zu sorgen, bloß Wut über die schlechte Wartung erfüllte ihn, und trotzdem er sich nichts vorstellen konnte, worauf er Appetit gehabt hätte, machte er doch Pläne, wie er in die Speisekammer gelangen könnte, um dort zu nehmen, was ihm, auch wenn er keinen Hunger hatte, immerhin gebührte. Ohne jetzt mehr nachzudenken, womit man Gregor einen besonderen Gefallen machen könnte, schob die Schwester eiligst, ehe sie morgens und mittags ins Geschäft lief, mit dem Fuß irgendeine beliebige Speise in Gregors Zimmer hinein, um sie am Abend, gleichgültig dagegen, ob die Speise vielleicht nur verkostet oder – der häufigste Fall – gänzlich unberührt war, mit einem Schwenken des Besens hinauszukehren. Das Aufräumen des Zimmers, das sie nun immer abends besorgte, konnte gar nicht mehr schneller getan sein. Schmutzstreifen zogen sich die Wände entlang, hie und da lagen Knäuel von Staub und Unrat. In der ersten Zeit stellte sich Gregor bei der Ankunft der Schwester in derartige besonders bezeichnende Winkel, um ihr durch diese Stellung gewissermaßen einen Vorwurf zu machen. Aber er hätte wohl wochenlang dortbleiben können, ohne dass sich die Schwester gebessert hätte; sie sah ja den Schmutz genauso wie er, aber sie hatte sich eben entschlossen, ihn zu lassen. Dabei wachte sie mit einer an ihr ganz neuen Empfindlichkeit, die überhaupt die ganze Familie ergriffen hatte, darüber, dass das Aufräumen von Gregors Zimmer ihr vorbehalten blieb. Einmal hatte die Mutter Gregors Zimmer einer großen Reinigung unterzogen, die ihr nur nach Verbrauch einiger Kübel Wasser gelungen war – die viele Feuchtigkeit kränkte allerdings Gregor auch und er lag breit, verbittert und unbeweglich auf dem Kanapee –, aber die Strafe blieb für die Mutter nicht aus. Denn kaum hatte am Abend die Schwester die Veränderung in Gregors Zimmer bemerkt, als sie, aufs Höchste beleidigt, ins Wohnzimmer lief und, trotz der beschwörend erhobenen Hände der Mutter, in einen Weinkrampf ausbrach, dem die Eltern – der Vater war natürlich aus seinem Sessel aufgeschreckt worden – zuerst erstaunt und hilflos zusahen; bis auch sie sich zu rühren anfingen; der Vater rechts der Mutter Vorwürfe machte, dass sie Gregors Zimmer nicht der Schwester zur Reinigung überließ; links dagegen die Schwester anschrie, sie werde niemals mehr Gregors Zimmer reinigen dürfen; während die Mutter den Vater, der sich vor Erregung nicht mehr kannte, ins Schlafzimmer zu schleppen suchte; die Schwester, von Schluchzen geschüttelt, mit ihren kleinen Fäusten den Tisch bearbeitete; und Gregor laut vor Wut darüber zischte, dass es keinem einfiel, die Tür zu schließen und ihm diesen Anblick und Lärm zu ersparen.

Aber selbst wenn die Schwester, erschöpft von ihrer Berufsarbeit, dessen überdrüssig geworden war, für Gregor, wie früher, zu sorgen, so hätte noch keineswegs die Mutter für sie eintreten müssen und Gregor hätte doch nicht vernachlässigt werden brauchen. Denn nun war die Bedienerin da. Diese alte Witwe, die in ihrem langen Leben mit Hilfe ihres starken Knochenbaues das Ärgste überstanden haben mochte, hatte keinen eigentlichen Abscheu vor Gregor. Ohne irgendwie neugierig zu sein, hatte sie zufällig einmal die Tür von Gregors Zimmer aufgemacht und war im Anblick Gregors, der, gänzlich überrascht, trotzdem ihn niemand jagte, hin und her zu laufen begann, die Hände im Schoß gefaltet, staunend stehen geblieben. Seitdem versäumte sie nicht, stets flüchtig morgens und abends die Tür ein wenig zu öffnen und zu Gregor hineinzuschauen. Anfangs rief sie ihn auch zu sich herbei, mit Worten, die sie wahrscheinlich für freundlich hielt, wie »Komm mal herüber, alter Mistkäfer!« oder »Seht mal den alten Mistkäfer!« Auf solche Ansprachen antwortete Gregor mit nichts, sondern blieb unbeweglich auf seinem Platz, als sei die Tür gar nicht geöffnet worden. Hätte man doch dieser Bedienerin, statt sie nach ihrer Laune ihn nutzlos stören zu lassen, lieber den Befehl gegeben, sein Zimmer täglich zu reinigen! Einmal am frühen Morgen – ein heftiger Regen, vielleicht schon ein Zeichen des kommenden Frühjahrs, schlug an die Scheiben – war Gregor, als die Bedienerin mit ihren Redensarten wieder begann, derartig erbittert, dass er, wie zum Angriff, allerdings langsam und hinfällig, sich gegen sie wendete. Die Bedienerin aber, statt sich zu fürchten, hob bloß einen in der Nähe der Tür befindlichen Stuhl hoch empor, und wie sie mit groß geöffnetem Munde dastand, war ihre Absicht klar, den Mund erst zu schließen, wenn der Sessel in ihrer Hand auf Gregors Rücken niederschlagen würde. »Also weiter geht es nicht?«, fragte sie, als Gregor sich wieder umdrehte, und stellte den Sessel ruhig in die Ecke zurück.

Gregor aß nun fast gar nichts mehr. Nur wenn er zufällig an der vorbereiteten Speise vorüberkam, nahm er zum Spiel einen Bissen in den Mund, hielt ihn dort stundenlang und spie ihn dann meist wieder aus. Zuerst dachte er, es sei die Trauer über den Zustand seines Zimmers, die ihn vom Essen abhalte, aber gerade mit den Veränderungen des Zimmers söhnte er sich sehr bald aus. Man hatte sich angewöhnt, Dinge, die man anderswo nicht unterbringen konnte, in dieses Zimmer hineinzustellen, und solcher Dinge gab es nun viele, da man ein Zimmer der Wohnung an drei Zimmerherren vermietet hatte. Diese ernsten Herren – alle drei hatten Vollbärte, wie Gregor einmal durch eine Türspalte feststellte – waren peinlich auf Ordnung, nicht nur in ihrem Zimmer, sondern, da sie sich nun einmal hier eingemietet hatten, in der ganzen Wirtschaft, also insbesondere in der Küche, bedacht. Unnützen oder gar schmutzigen Kram ertrugen sie nicht. Überdies hatten sie zum größten Teil ihre eigenen Einrichtungsstücke mitgebracht. Aus diesem Grunde waren viele Dinge überflüssig geworden, die zwar nicht verkäuflich waren, die man aber auch nicht wegwerfen wollte. Alle diese wanderten in Gregors Zimmer. Ebenso auch die Aschenkiste und die Abfallkiste aus der Küche. Was nur im Augenblick unbrauchbar war, schleuderte die Bedienerin, die es immer sehr eilig hatte, einfach in Gregors Zimmer; Gregor sah glücklicherweise meist nur den betreffenden Gegenstand und die Hand, die ihn hielt. Die Bedienerin hatte vielleicht die Absicht, bei Zeit und Gelegenheit die Dinge wieder zu holen oder alle insgesamt mit einem Mal hinauszuwerfen, tatsächlich aber blieben sie dort liegen, wohin sie durch den ersten Wurf gekommen waren, wenn nicht Gregor sich durch das Rumpelzeug wand und es in Bewegung brachte, zuerst gezwungen, weil kein sonstiger Platz zum Kriechen frei war, später aber mit wachsendem Vergnügen, obwohl er nach solchen Wanderungen, zum Sterben müde und traurig, wieder stundenlang sich nicht rührte.

Da die Zimmerherren manchmal auch ihr Abendessen zu Hause im gemeinsamen Wohnzimmer einnahmen, blieb die Wohnzimmertür an manchen Abenden geschlossen, aber Gregor verzichtete ganz leicht auf das Öffnen der Tür, hatte er doch schon manche Abende, an denen sie geöffnet war, nicht ausgenutzt, sondern war, ohne dass es die Familie merkte, im dunkelsten Winkel seines Zimmers gelegen. Einmal aber hatte die Bedienerin die Tür zum Wohnzimmer ein wenig offen gelassen; und sie blieb so offen, auch als die Zimmerherren am Abend eintraten und Licht gemacht wurde. Sie setzten sich oben an den Tisch, wo in früheren Zeiten der Vater, die Mutter und Gregor gegessen hatten, entfalteten die Servietten und nahmen Messer und Gabel in die Hand. Sofort erschien in der Tür die Mutter mit einer Schüssel Fleisch und knapp hinter ihr die Schwester mit einer Schüssel hochgeschichteter Kartoffeln. Das Essen dampfte mit starkem Rauch. Die Zimmerherren beugten sich über die vor sie hingestellten Schüsseln, als wollten sie sie vor dem Essen prüfen, und tatsächlich zerschnitt der, welcher in der Mitte saß und den anderen zwei als Autorität zu gelten schien, ein Stück Fleisch noch auf der Schüssel, offenbar um festzustellen, ob es mürbe genug sei und ob es nicht etwa in die Küche zurückgeschickt werden solle. Er war befriedigt, und Mutter und Schwester, die gespannt zugesehen hatten, begannen aufatmend zu lächeln.

Die Familie selbst aß in der Küche. Trotzdem kam der Vater, ehe er in die Küche ging, in dieses Zimmer herein und machte mit einer einzigen Verbeugung, die Kappe in der Hand, einen Rundgang um den Tisch. Die Zimmerherren erhoben sich sämtlich und murmelten etwas in ihre Bärte. Als sie dann allein waren, aßen sie fast unter vollkommenem Stillschweigen. Sonderbar schien es Gregor, dass man aus allen mannigfachen Geräuschen des Essens immer wieder ihre kauenden Zähne heraushörte, als ob damit Gregor gezeigt werden sollte, dass man Zähne brauche, um zu essen, und dass man auch mit den schönsten zahnlosen Kiefern nichts ausrichten könne. »Ich habe ja Appetit«, sagte sich Gregor sorgenvoll, »aber nicht auf diese Dinge. Wie sich diese Zimmerherren nähren, und ich komme um!«

Gerade an diesem Abend – Gregor erinnerte sich nicht, während der ganzen Zeit die Violine gehört zu haben – ertönte sie von der Küche her. Die Zimmerherren hatten schon ihr Nachtmahl beendet, der mittlere hatte eine Zeitung hervorgezogen, den zwei anderen je ein Blatt gegeben, und nun lasen sie zurückgelehnt und rauchten. Als die Violine zu spielen begann, wurden sie aufmerksam, erhoben sich und gingen auf den Fußspitzen zur Vorzimmertür, in der sie aneinandergedrängt stehen blieben. Man musste sie von der Küche aus gehört haben, denn der Vater rief: »Ist den Herren das Spiel vielleicht unangenehm? Es kann sofort eingestellt werden.« »Im Gegenteil«, sagte der mittlere der Herren, »möchte das Fräulein nicht zu uns hereinkommen und hier im Zimmer spielen, wo es doch viel bequemer und gemütlicher ist?« »O bitte«, rief der Vater, als sei er der Violinspieler. Die Herren traten ins Zimmer zurück und warteten. Bald kam der Vater mit dem Notenpult, die Mutter mit den Noten und die Schwester mit der Violine. Die Schwester bereitete alles ruhig zum Spiele vor, die Eltern, die niemals früher Zimmer vermietet hatten und deshalb die Höflichkeit gegen die Zimmerherren übertrieben, wagten gar nicht, sich auf ihre eigenen Sessel zu setzen; der Vater lehnte an der Tür, die rechte Hand zwischen zwei Knöpfe des geschlossenen Livreerockes gesteckt; die Mutter aber erhielt von einem Herrn einen Sessel angeboten und saß, da sie den Sessel dort ließ, wohin ihn der Herr zufällig gestellt hatte, abseits in einem Winkel.

Die Schwester begann zu spielen; Vater und Mutter verfolgten, jeder von seiner Seite, aufmerksam die Bewegungen ihrer Hände. Gregor hatte, von dem Spiel angezogen, sich ein wenig weiter vorgewagt und war schon mit dem Kopf im Wohnzimmer. Er wunderte sich kaum darüber, dass er in letzter Zeit so wenig Rücksicht auf die andern nahm; früher war diese Rücksichtnahme sein Stolz gewesen. Und dabei hätte er gerade jetzt mehr Grund gehabt, sich zu verstecken, denn infolge des Staubes, der in seinem Zimmer überall lag und bei der kleinsten Bewegung umherflog, war auch er ganz staubbedeckt; Fäden, Haare, Speiseüberreste schleppte er auf seinem Rücken und an den Seiten mit sich herum; seine Gleichgültigkeit gegen alles war viel zu groß, als dass er sich, wie früher mehrmals während des Tages, auf den Rücken gelegt und am Teppich gescheuert hätte. Und trotz dieses Zustandes hatte er keine Scheu, ein Stück auf dem makellosen Fußboden des Wohnzimmers vorzurücken.

Allerdings achtete auch niemand auf ihn. Die Familie war gänzlich vom Violinspiel in Anspruch genommen; die Zimmerherren dagegen, die zunächst, die Hände in den Hosentaschen, viel zu nahe hinter dem Notenpult der Schwester sich aufgestellt hatten, sodass sie alle in die Noten hätten sehen können, was sicher die Schwester stören musste, zogen sich bald unter halblauten Gesprächen mit gesenkten Köpfen zum Fenster zurück, wo sie, vom Vater besorgt beobachtet, auch blieben. Es hatte nun wirklich den überdeutlichen Anschein, als wären sie in ihrer Annahme, ein schönes oder unterhaltendes Violinspiel zu hören, enttäuscht, hätten die ganze Vorführung satt und ließen sich nur aus Höflichkeit noch in ihrer Ruhe stören. Besonders die Art, wie sie alle aus Nase und Mund den Rauch ihrer Zigarren in die Höhe bliesen, ließ auf große Nervosität schließen. Und doch spielte die Schwester so schön. Ihr Gesicht war zur Seite geneigt, prüfend und traurig folgten ihre Blicke den Notenzeilen. Gregor kroch noch ein Stück vorwärts und hielt den Kopf eng an den Boden, um möglicherweise ihren Blicken begegnen zu können. War er ein Tier, da ihn Musik so ergriff? Ihm war, als zeige sich ihm der Weg zu der ersehnten unbekannten Nahrung. Er war entschlossen, bis zur Schwester vorzudringen, sie am Rock zu zupfen und ihr dadurch anzudeuten, sie möge doch mit ihrer Violine in sein Zimmer kommen, denn niemand lohnte hier das Spiel so, wie er es lohnen wollte. Er wollte sie nicht mehr aus seinem Zimmer lassen, wenigstens nicht, solange er lebte; seine Schreckgestalt sollte ihm zum ersten Mal nützlich werden; an allen Türen seines Zimmers wollte er gleichzeitig sein und den Angreifern entgegenfauchen; die Schwester aber sollte nicht gezwungen, sondern freiwillig bei ihm bleiben; sie sollte neben ihm auf dem Kanapee sitzen, das Ohr zu ihm herunterneigen, und er wollte ihr dann anvertrauen, dass er die feste Absicht gehabt habe, sie auf das Konservatorium zu schicken, und dass er dies, wenn nicht das Unglück dazwischen gekommen wäre, vergangene Weihnachten – Weihnachten war doch wohl schon vorüber? – allen gesagt hätte, ohne sich um irgendwelche Widerreden zu kümmern. Nach dieser Erklärung würde die Schwester in Tränen der Rührung ausbrechen, und Gregor würde sich bis zu ihrer Achsel erheben und ihren Hals küssen, den sie, seitdem sie ins Geschäft ging, frei ohne Band oder Kragen trug.

»Herr Samsa!«, rief der mittlere Herr dem Vater zu und zeigte, ohne ein weiteres Wort zu verlieren, mit dem Zeigefinger auf den langsam sich vorwärtsbewegenden Gregor. Die Violine verstummte, der mittlere Zimmerherr lächelte erst einmal kopfschüttelnd seinen Freunden zu und sah dann wieder auf Gregor hin. Der Vater schien es für nötiger zu halten, statt Gregor zu vertreiben, vorerst die Zimmerherren zu beruhigen, trotzdem diese gar nicht aufgeregt waren und Gregor sie mehr als das Violinspiel zu unterhalten schien. Er eilte zu ihnen und suchte sie mit ausgebreiteten Armen in ihr Zimmer zu drängen und gleichzeitig mit seinem Körper ihnen den Ausblick auf Gregor zu nehmen. Sie wurden nun tatsächlich ein wenig böse, man wusste nicht mehr, ob über das Benehmen des Vaters oder über die ihnen jetzt aufgehende Erkenntnis, ohne es zu wissen, einen solchen Zimmernachbar wie Gregor besessen zu haben. Sie verlangten vom Vater Erklärungen, hoben ihrerseits die Arme, zupften unruhig an ihren Bärten und wichen nur langsam gegen ihr Zimmer zurück. Inzwischen hatte die Schwester die Verlorenheit, in die sie nach dem plötzlich abgebrochenen Spiel verfallen war, überwunden, hatte sich, nachdem sie eine Zeit lang in den lässig hängenden Händen Violine und Bogen gehalten und weiter, als spiele sie noch, in die Noten gesehen hatte, mit einem Male aufgerafft, hatte das Instrument auf den Schoß der Mutter gelegt, die in Atembeschwerden mit heftig arbeitenden Lungen noch auf ihrem Sessel saß, und war in das Nebenzimmer gelaufen, dem sich die Zimmerherren unter dem Drängen des Vaters schon schneller näherten. Man sah, wie unter den geübten Händen der Schwester die Decken und Polster in den Betten in die Höhe flogen und sich ordneten. Noch ehe die Herren das Zimmer erreicht hatten, war sie mit dem Aufbetten fertig und schlüpfte heraus. Der Vater schien wieder von seinem Eigensinn derartig ergriffen, dass er jeden Respekt vergaß, den er seinen

Mietern immerhin schuldete. Er drängte nur und drängte, bis schon in der Tür des Zimmers der mittlere der Herren donnernd mit dem Fuß aufstampfte und dadurch den Vater zum Stehen brachte. »Ich erkläre hiermit«, sagte er, hob die Hand und suchte mit den Blicken auch die Mutter und die Schwester, »dass ich mit Rücksicht auf die in dieser Wohnung und Familie herrschenden widerlichen Verhältnisse« – hierbei spie er kurz entschlossen auf den Boden – »mein Zimmer augenblicklich kündige. Ich werde natürlich auch für die Tage, die ich hier gewohnt habe, nicht das Geringste bezahlen, dagegen werde ich es mir noch überlegen, ob ich nicht mit irgendwelchen – glauben Sie mir – sehr leicht zu begründenden Forderungen gegen Sie auftreten werde.« Er schwieg und sah gerade vor sich hin, als erwarte er etwas. Tatsächlich fielen sofort seine zwei Freunde mit den Worten ein: »Auch wir kündigen augenblicklich.« Darauf fasste er die Türklinke und schloss mit einem Krach die Tür.

Der Vater wankte mit tastenden Händen zu seinem Sessel und ließ sich in ihn fallen; es sah aus, als strecke er sich zu seinem gewöhnlichen Abendschläfchen, aber das starke Nicken seines wie haltlosen Kopfes zeigte, dass er ganz und gar nicht schlief. Gregor war die ganze Zeit still auf dem Platz gelegen, auf dem ihn die Zimmerherren ertappt hatten. Die Enttäuschung über das Misslingen seines Planes, vielleicht aber auch die durch das viele Hungern verursachte Schwäche machten es ihm unmöglich, sich zu bewegen. Er fürchtete mit einer gewissen Bestimmtheit schon für den nächsten Augenblick einen allgemeinen über ihn sich entladenden Zusammensturz und wartete. Nicht einmal die Violine schreckte ihn auf, die, unter den zitternden Fingern der Mutter hervor, ihr vom Schoße fiel und einen hallenden Ton von sich gab.

»Liebe Eltern«, sagte die Schwester und schlug zur Einleitung mit der Hand auf den Tisch, »so geht es nicht weiter. Wenn ihr das vielleicht nicht einseht, ich sehe es ein. Ich will vor diesem Untier nicht den Namen meines Bruders aussprechen, und sage daher bloß: Wir müssen versuchen, es loszuwerden. Wir haben das Menschenmögliche versucht, es zu pflegen und zu dulden, ich glaube, es kann uns niemand den geringsten Vorwurf machen.«

»Sie hat tausendmal Recht«, sagte der Vater für sich. Die Mutter, die noch immer nicht genug Atem finden konnte, fing in die vorgehaltene Hand mit einem irrsinnigen Ausdruck der Augen dumpf zu husten an.

Die Schwester eilte zur Mutter und hielt ihr die Stirn. Der Vater schien durch die Worte der Schwester auf bestimmtere Gedanken gebracht zu sein, hatte sich aufrecht gesetzt, spielte mit seiner Dienermütze zwischen den Tellern, die noch vom Nachtmahl der Zimmerherren her auf dem Tische lagen, und sah bisweilen auf den stillen Gregor hin.

»Wir müssen es loszuwerden suchen«, sagte die Schwester nun ausschließlich zum Vater, denn die Mutter hörte in ihrem Husten nichts, »es bringt euch noch beide um, ich sehe es kommen. Wenn man schon so schwer arbeiten muss, wie wir alle, kann man nicht noch zu Hause diese ewige Quälerei ertragen. Ich kann es auch nicht mehr.« Und sie brach so heftig in Weinen aus, dass ihre Tränen auf das Gesicht der Mutter niederflossen, von dem sie sie mit mechanischen Handbewegungen wischte.

»Kind«, sagte der Vater mitleidig und mit auffallendem Verständnis, »was sollen wir aber tun?«

Die Schwester zuckte nur die Achseln zum Zeichen der Ratlosigkeit, die sie nun während des Weinens im Gegensatz zu ihrer früheren Sicherheit ergriffen hatte.

»Wenn er uns verstünde«, sagte der Vater halb fragend; die Schwester schüttelte aus dem Weinen heraus heftig die Hand zum Zeichen, dass daran nicht zu denken sei.

»Wenn er uns verstünde«, wiederholte der Vater und nahm durch Schließen der Augen die Überzeugung der Schwester von der Unmöglichkeit dessen in sich auf, »dann wäre vielleicht ein Übereinkommen mit ihm möglich. Aber so –«

»Weg muss es«, rief die Schwester, »das ist das einzige Mittel, Vater. Du musst bloß den Gedanken loszuwerden suchen, dass es Gregor ist. Dass wir es so lange geglaubt haben, das ist ja unser eigentliches Unglück. Aber wie kann es denn Gregor sein? Wenn es Gregor wäre, er hätte längst eingesehen, dass ein Zusammenleben von Menschen mit einem solchen Tier nicht möglich ist, und wäre freiwillig fortgegangen. Wir hätten dann keinen Bruder, aber könnten weiterleben und sein Andenken in Ehren halten. So aber verfolgt uns dieses Tier, vertreibt die Zimmerherren, will offenbar die ganze Wohnung einnehmen und uns auf der Gasse übernachten lassen. Sieh nur, Vater«, schrie sie plötzlich auf, »er fängt schon wieder an!« Und in einem für Gregor gänzlich unverständlichen Schrecken verließ die Schwester sogar die Mutter, stieß sich förmlich von ihrem Sessel ab, als wollte sie lieber die Mutter opfern, als in Gregors Nähe bleiben, und eilte hinter den Vater, der, lediglich durch ihr Benehmen erregt, auch aufstand und die Arme wie zum Schutze der Schwester vor ihr halb erhob.

Aber Gregor fiel es doch gar nicht ein, irgendjemandem und gar seiner Schwester Angst machen zu wollen. Er hatte bloß angefangen sich umzudrehen, um in sein Zimmer zurückzuwandern, und das nahm sich allerdings auffallend aus, da er infolge seines leidenden Zustandes bei den schwierigen Umdrehungen mit seinem Kopfe nachhelfen musste, den er hierbei viele Male hob und gegen den Boden schlug. Er hielt inne und sah sich um. Seine gute Absicht schien erkannt worden zu sein; es war nur ein augenblicklicher Schrecken gewesen. Nun sahen ihn alle schweigend und traurig an. Die Mutter lag, die Beine ausgestreckt und aneinandergedrückt, in ihrem Sessel, die Augen fielen ihr vor Ermattung fast zu; der Vater und die Schwester saßen nebeneinander, die Schwester hatte ihre Hand um des Vaters Hals gelegt.

»Nun darf ich mich schon vielleicht umdrehen«, dachte Gregor und begann seine Arbeit wieder. Er konnte das Schnaufen der Anstrengung nicht unterdrücken und musste auch hier und da ausruhen. Im Übrigen drängte ihn auch niemand, es war alles ihm selbst überlassen. Als er die Umdrehung vollendet hatte, fing er sofort an, geradeaus zurückzuwandern. Er staunte über die große Entfernung, die ihn von seinem Zimmer trennte, und begriff gar nicht, wie er bei seiner Schwäche vor kurzer Zeit den gleichen Weg, fast ohne es zu merken, zurückgelegt hatte. Immerfort nur auf rasches Kriechen bedacht, achtete er kaum darauf, dass kein Wort, kein Ausruf seiner Familie ihn störte. Erst als er schon in der Tür war, wendete er den Kopf, nicht vollständig, denn er fühlte den Hals steif werden, immerhin sah er noch, dass sich hinter ihm nichts verändert hatte, nur die Schwester war aufgestanden. Sein letzter Blick streifte die Mutter, die nun völlig eingeschlafen war. Kaum war er innerhalb seines Zimmers, wurde die Tür eiligst zugedrückt, festgeriegelt und versperrt. Über den plötzlichen Lärm hinter sich erschrak Gregor so, dass ihm die Beinchen einknickten. Es war die Schwester, die sich so beeilt hatte. Aufrecht war sie schon dagestanden und hatte gewartet, leichtfüßig war sie dann vorwärtsgesprungen, Gregor hatte sie gar nicht kommen hören, und ein »Endlich!« rief sie den Eltern zu, während sie den Schlüssel im Schloss umdrehte. »Und jetzt?«, fragte sich Gregor und sah sich im Dunkeln um. Er machte bald die Entdeckung, dass er sich nun überhaupt nicht mehr rühren konnte. Er wunderte sich darüber nicht, eher kam es ihm unnatürlich vor, dass er sich bis jetzt tatsächlich mit diesen dünnen Beinchen hatte fortbewegen können. Im Übrigen fühlte er sich verhältnismäßig behaglich. Er hatte zwar Schmerzen im ganzen Leib, aber ihm war, als würden sie allmählich schwächer und schwächer und würden schließlich ganz vergehen. Den verfaulten Apfel in seinem Rücken und die entzündete Umgebung, die ganz von weichem Staub bedeckt waren, spürte er schon kaum. An seine Familie dachte er mit Rührung und Liebe zurück. Seine Meinung darüber, dass er verschwinden müsse, war womöglich noch entschiedener als die seiner Schwester. In diesem Zustand leeren und friedlichen Nachdenkens blieb er, bis die Turmuhr die dritte Morgenstunde schlug. Den Anfang des allgemeinen Hellerwerdens draußen vor dem Fenster erlebte er noch. Dann sank sein Kopf ohne seinen Willen gänzlich nieder, und aus seinen Nüstern strömte sein letzter Atem schwach hervor.

Als am frühen Morgen die Bedienerin kam – vor lauter Kraft und Eile schlug sie, wie oft man sie auch schon gebeten hatte, das zu vermeiden, alle Türen derartig zu, dass in der ganzen Wohnung von ihrem Kommen an kein ruhiger Schlaf mehr möglich war –, fand sie bei ihrem gewöhnlichen kurzen Besuch an Gregor zuerst nichts Besonderes. Sie dachte, er liege absichtlich so unbeweglich da und spiele den Beleidigten; sie traute ihm allen möglichen Verstand zu. Weil sie zufällig den langen Besen in der Hand hielt, suchte sie mit ihm Gregor von der Tür aus zu kitzeln. Als sich auch da kein Erfolg zeigte, wurde sie ärgerlich und stieß ein wenig in Gregor hinein, und erst als sie ihn ohne jeden Widerstand von seinem Platze geschoben hatte, wurde sie aufmerksam. Als sie bald den wahren Sachverhalt erkannte, machte sie große Augen, pfiff vor sich hin, hielt sich aber nicht lange auf, sondern riss die Tür des Schlafzimmers auf und rief mit lauter Stimme in das Dunkel hinein: »Sehen Sie nur mal an, es ist krepiert; da liegt es, ganz und gar krepiert!«

Das Ehepaar Samsa saß im Ehebett aufrecht da und hatte zu tun, den Schrecken über die Bedienerin zu verwinden, ehe es dazu kam, ihre Meldung aufzufassen. Dann aber stiegen Herr und Frau Samsa, jeder auf seiner Seite, eiligst aus dem Bett, Herr Samsa warf die Decke über seine Schultern, Frau Samsa kam nur im Nachthemd hervor; so traten sie in Gregors Zimmer. Inzwischen hatte sich auch die Tür des Wohnzimmers geöffnet, in dem Grete seit dem Einzug der Zimmerherren schlief; sie war völlig angezogen, als hätte sie gar nicht geschlafen, auch ihr bleiches Gesicht schien das zu beweisen. »Tot?«, sagte Frau Samsa und sah fragend zur Bedienerin auf, trotzdem sie doch alles selbst prüfen und sogar ohne Prüfung erkennen konnte. »Das will ich meinen«, sagte die Bedienerin und stieß zum Beweis Gregors Leiche mit dem Besen noch ein großes

Stück seitwärts. Frau Samsa machte eine Bewegung, als wolle sie den Besen zurückhalten, tat es aber nicht. »Nun«, sagte Herr Samsa, »jetzt können wir Gott danken.« Er bekreuzte sich, und die drei Frauen folgten seinem Beispiel. Grete, die kein Auge von der Leiche wendete, sagte: »Seht nur, wie mager er war. Er hat ja auch schon so lange Zeit nichts gegessen. So wie die Speisen hereinkamen, sind sie wieder hinausgekommen.« Tatsächlich war Gregors Körper vollständig flach und trocken, man erkannte das eigentlich erst jetzt, da er nicht mehr von den Beinchen gehoben war und auch sonst nichts den Blick ablenkte.

»Komm, Grete, auf ein Weilchen zu uns herein«, sagte Frau Samsa mit einem wehmütigen Lächeln, und Grete ging, nicht ohne nach der Leiche zurückzusehen, hinter den Eltern in das Schlafzimmer. Die Bedienerin schloss die Tür und öffnete gänzlich das Fenster. Trotz des frühen Morgens war der frischen Luft schon etwas Lauigkeit beigemischt. Es war eben schon Ende März.

Aus ihrem Zimmer traten die drei Zimmerherren und sahen sich erstaunt nach ihrem Frühstück um; man hatte sie vergessen. »Wo ist das Frühstück?«, fragte der mittlere der Herren mürrisch die Bedienerin. Diese aber legte den Finger an den Mund und winkte dann hastig und schweigend den Herren zu, sie möchten in Gregors Zimmer kommen. Sie kamen auch und standen dann, die Hände in den Taschen ihrer etwas abgenutzten Röckchen, in dem nun schon ganz hellen Zimmer um Gregors Leiche herum.

Da öffnete sich die Tür des Schlafzimmers, und Herr Samsa erschien in seiner Livree, an einem Arm seine Frau, am anderen seine Tochter. Alle waren ein wenig verweint; Grete drückte bisweilen ihr Gesicht an den Arm des Vaters.

»Verlassen Sie sofort meine Wohnung!«, sagte Herr Samsa und zeigte auf die Tür, ohne die Frauen von sich zu lassen. »Wie meinen Sie das?«, sagte der mittlere der Herren etwas bestürzt und lächelte süßlich. Die zwei anderen hielten die Hände auf dem Rücken und rieben sie ununterbrochen aneinander, wie in freudiger Erwartung eines großen Streites, der aber für sie günstig ausfallen musste. »Ich meine es genau so, wie ich es sage«, antwortete Herr Samsa und ging in einer Linie mit seinen zwei Begleiterinnen auf den Zimmerherrn zu. Dieser stand zuerst still da und sah zu Boden, als ob sich die Dinge in seinem Kopf zu einer neuen Ordnung zusammenstellten. »Dann gehen wir also«, sagte er dann und sah zu Herrn Samsa auf, als verlange er in einer plötzlich ihn überkommenden Demut sogar für diesen Entschluss eine neue Genehmigung. Herr Samsa nickte ihm bloß mehrmals kurz mit großen Augen zu. Daraufhin ging der Herr tatsächlich sofort mit langen Schritten ins Vorzimmer; seine beiden Freunde hatten schon ein Weilchen lang mit ganz ruhigen Händen aufgehorcht und hüpften ihm jetzt geradezu nach, wie in Angst, Herr Samsa könnte vor ihnen ins Vorzimmer eintreten und die Verbindung mit ihrem Führer stören. Im Vorzimmer nahmen alle drei die Hüte vom Kleiderrechen, zogen ihre Stöcke aus dem Stockbehälter, verbeugten sich stumm und verließen die Wohnung. In einem, wie sich zeigte, gänzlich unbegründeten Misstrauen trat Herr Samsa mit den zwei Frauen auf den Vorplatz hinaus; an das Geländer gelehnt, sahen sie zu, wie die drei Herren zwar langsam, aber ständig die lange Treppe hinunterstiegen, in jedem Stockwerk in einer bestimmten Biegung des Treppenhauses verschwanden und nach ein paar Augenblicken wieder hervorkamen; je tiefer sie gelangten, desto mehr verlor sich das Interesse der Familie Samsa für sie, und als ihnen entgegen und dann hoch über sie hinweg ein Fleischergeselle mit der Trage auf dem Kopf in stolzer Haltung heraufstieg, verließ bald Herr Samsa mit den Frauen das Geländer, und alle kehrten, wie erleichtert, in ihre Wohnung zurück.

Sie beschlossen, den heutigen Tag zum Ausruhen und Spazierengehen zu verwenden; sie hatten diese Arbeitsunterbrechung nicht nur verdient, sie brauchten sie sogar unbedingt. Und so setzten sie sich zum Tisch und schrieben drei Entschuldigungsbriefe, Herr Samsa an seine Direktion, Frau Samsa an ihren Auftraggeber, und Grete an ihren Prinzipal. Während des Schreibens kam die Bedienerin herein, um zu sagen, dass sie fortgehe, denn ihre Morgenarbeit war beendet. Die drei Schreibenden nickten zuerst bloß, ohne aufzuschauen, erst als die Bedienerin sich immer noch nicht entfernen wollte, sah man ärgerlich auf. »Nun?«, fragte Herr Samsa. Die Bedienerin stand lächelnd in der Tür, als habe sie der Familie ein großes Glück zu melden, werde es aber nur dann tun, wenn sie gründlich ausgefragt werde. Die fast aufrechte kleine Straußfeder auf ihrem Hut, über die sich Herr Samsa schon während ihrer ganzen Dienstzeit ärgerte, schwankte leicht nach allen Richtungen. »Also was wollen Sie eigentlich?«, fragte Frau Samsa, vor welcher die Bedienerin noch am meisten Respekt hatte. »Ja«, antwortete die Bedienerin und konnte vor freundlichem Lachen nicht gleich weiterreden, »also darüber, wie das Zeug von nebenan weggeschafft werden soll, müssen Sie sich keine Sorge machen. Es ist schon in Ordnung.« Frau Samsa und Grete beugten sich zu ihren Briefen nieder, als wollten sie weiterschreiben; Herr Samsa, welcher merkte, dass die Bedienerin nun alles ausführlich zu beschreiben anfangen wollte, wehrte dies mit ausgestreckter Hand entschieden ab. Da sie aber nicht erzählen durfte, erinnerte sie sich an die große Eile, die sie hatte, rief offenbar beleidigt: »Adjes allseits«, drehte sich wild um und verließ unter fürchterlichem Türezuschlagen die Wohnung.

»Abends wird sie entlassen«, sagte Herr Samsa, bekam aber weder von seiner Frau noch von seiner Tochter eine Antwort, denn die Bedienerin schien ihre kaum gewonnene Ruhe wieder gestört zu haben. Sie erhoben sich, gingen zum Fenster und blieben dort, sich umschlungen haltend. Herr Samsa drehte sich in seinem Sessel nach ihnen um und beobachtete sie still ein Weilchen. Dann rief er: »Also kommt doch her. Lasst schon endlich die alten Sachen. Und nehmt auch ein wenig Rücksicht auf mich.« Gleich folgten ihm die Frauen, eilten zu ihm, liebkosten ihn und beendeten rasch ihre Briefe.

Dann verließen alle drei gemeinschaftlich die Wohnung, was sie schon seit Monaten nicht getan hatten, und fuhren mit der Elektrischen ins Freie vor die Stadt. Der Wagen, in dem sie allein saßen, war ganz von warmer Sonne durchschienen. Sie besprachen, bequem auf ihren Sitzen zurückgelehnt, die Aussichten für die Zukunft, und es fand sich, dass diese bei näherer Betrachtung durchaus nicht schlecht waren, denn aller drei Anstellungen waren, worüber sie einander eigentlich noch gar nicht ausgefragt hatten, überaus günstig und besonders für später vielversprechend. Die größte augenblickliche Besserung der Lage musste sich natürlich leicht durch einen Wohnungswechsel ergeben; sie wollten nun eine kleinere und billigere, aber besser gelegene und überhaupt praktischere Wohnung nehmen, als es die jetzige, noch von Gregor ausgesuchte war. Während sie sich so unterhielten, fiel es Herrn und Frau Samsa im Anblick ihrer immer lebhafter werdenden Tochter fast gleichzeitig ein, wie sie in der letzten Zeit trotz aller Plage, die ihre Wangen bleich gemacht hatte, zu einem schönen und üppigen Mädchen aufgeblüht war. Stiller werdend und fast unbewusst durch Blicke sich verständigend, dachten sie daran, dass es nun Zeit sein werde, auch einen braven Mann für sie zu suchen. Und es war ihnen wie eine Bestätigung ihrer neuen Träume und guten Absichten, als am Ziele ihrer Fahrt die Tochter als erste sich erhob und ihren jungen Körper dehnte.